침대와 침대를 오가며

침대와 침대를 오가며
Making the Rounds

퍼트리샤 그레이홀 지음
송섬별 옮김

의학과
사랑
그리고 나

물결점

데이비드, 그리고 내가 사랑한 모든 여자에게

『침대와 침대를 오가며』는 "레즈비언으로 산다는 것은
정신질환으로 취급받"던 시대의 미국에서 살아야 했던
퍼트리샤 그레이홀의 청년기 회고록이다. 스스로가
애리조나의 유일한 레즈비언인 줄 알았던 청소년기부터
정신없는 대학병원의 레지던트 시절까지 놀라울 정도로
내밀하고 솔직한 이야기가 이어진다. 저자는 제목 그대로
침대와 침대를 오가는데, 이는 때에 따라 생활비를 아끼고자
게이 친구 데이비드와 공유하는 침대이기도, 느슨한 연인
관계를 유지하는 싱글 맘 캐스의 침대이기도, 죽음을
받아들였으나 가족의 의사로 병원 치료를 받는 종양학과
환자 조던 씨의 침대이기도 하다.

책의 약 5분의 1 지점인 80쪽까지 저자가 호감을 가지고
언급하는 여성이 무려 열네 명 등장한다. 다행스럽게도 이
속도는 점점 줄어들어 최종적으로 총 스물두 명의 여성이
등장하지만, 동성애자를 탄압하는 동시에 '성 해방'의
시대이기도 했던 1960~1970년대 미국에서 매력적인
레즈비언 여성이 겪은 사랑 이야기는 페이지를 계속 넘기게
하는 힘이 있다. 세 여성 사이에서 갈피를 잡지 못하는 책임감
없는 모습도, 그러다 막상 자유로운 여성을 만나니 집착하는
모순적인 모습도 있는 그대로 묘사하는 저자에게는 요새
보기 힘든 진솔한 매력이 있다.

노년의 이성애자 남성 이야기였다면 분명 "에이, 어르신,

또 이러신다" 정도로 웃어넘겼겠으나, 이 책은 다행히도
그렇지 않다. 섹시한 70대 페미니스트 레즈비언 할머니의
화끈한 청년기 회고록? 일단 나는 환영이다.
　　　　　　　— 김규진(작가, 『언니, 나랑 결혼할래요?』 저자)

사랑이라는 말은 언제나 대단하다. 우리는 사랑을 마치
절대적 이상이나 구원의 힘으로 간주하며 그것에 꿈과
욕망을 기입한다. 그러나 사랑의 한 형식으로서 연애는
트라우마의 기록이다. 그것이 지나간 이후에도 현재의 삶에
계속해서 영향을 준다는 점에서 그렇다. 아이러니하게도
연애를 아프고 힘들게 하는 것은 관계 그 자체라기보다 그
안에서 예측불허로 얽혀드는 각자의 너무나 다른 사랑이다.
그러므로 모든 연애가 사랑 그 자체인 것은 아니며, 모든
사랑이 연애의 형식을 빌리는 것 또한 아니다.
　　　타인에게 자신의 영혼을 나누어 주거나 함께 공유하기를
욕망하는 이들이라면 누구든 그 과정에서 자기 자신을
얼마간 잃어버린다. 그럼에도 불구하고 우리가 그것을 끝내
믿는 이유는 상처 난 자리가 타자가 들어설 빈 공간이 되며,
공동의 육신이 오직 그곳에서만 자라나기 때문이다. 신경과
힘줄, 근육과 뼈가 새로이 발생하는 그 감각은 전적으로
낯선 고통이다. 그래서 때로 어떤 사랑은 그것의 진실함과
무관하게 서로를 착취하는 전쟁이고, 그 끝은 도저히 끝이라
부를 수 없을 만큼 무자비하다. 말하자면 사랑은 고통이
우리에게 내미는 마약이다. 알면서도 인간은 기꺼이 그것을

집어 든다. 독성에 취해 스스로의 가슴을 쥐어뜯으며
울부짖거나 그 아픔을 타인에게 전가하고 비난하며
살아간다. 적어도 사랑에 관해서라면 모든 인간은 중독자다.
　　저자는 자신이 만났던 여자들과의 관계 안에서 사랑과
욕망을 분별해 나가는 강렬하고도 험난한 여정을 기록했다.
한 여성을 '인간'으로 이해하는 일을 두고 그녀가 인간으로서
품은 꿈과 욕망, 경험한 고통과 좌절의 궤적을 그 어떤
편견도 없이 함께 걸어보는 일이라 말할 수 있다면, 퍼트리샤
그레이홀이 『침대와 침대를 오가며』에 남긴 사랑의 흔적,
연애의 기록은 매우 탁월한 견본이 된다. 그러나 신기하게도
그녀의 기록을 따라 걷다 보면 우리는 그녀가 아니라 미처
살피지 못했던 '나' 자신에 대해서 깨닫는다. 사랑이 중독적인
것 또한 바로 이 때문이다. 당신을 사랑함으로써 내 삶은
아름답고 낯선 다른 몸으로 태어난다.
　　미국의 성혁명기를 경험한 70대 레즈비언이 평생에
걸친 자신의 사랑 '중독'을 고백한 이 책은 정체성이 삶을
주조하는 것이 아니라 역으로, 무한히 생동하는 삶의
비뚤어진 기울기가 우리의 정체성을 지탱한다고 말한다.
'여성'이 단일한 기호가 아니라면, '레즈비언'과 '남성' 또는
'이성애자' 역시 마찬가지일 것이다. 완벽하게 불일치하는
감각의 조각들인 우리가 '삶'과 '인간'이라는 두 가지 단어
앞에 나란히 설 수 있다면, 당신에게 이 책은 공동의 진실을
담은 비밀스러운 서신으로 펼쳐질 것이다. 내가 발견한
비밀의 내용은 다음과 같다.

사랑은 진창과도 같은 이 생을 감당해 내는 역능이자
선택이다.
그러나 그것은 내가 나를 향해 건네는 선택이다.

만약 이 책에 담긴 이야기가 당신을 조금이라도
불편하거나 힘들게 한다면, 그것은 당신의 몸이 그녀의
선택에 공명하고 있다는 반증일 것이다.

— 전승민(문학평론가, 『퀴어 (포)에티카』 저자)

퍼트리샤 그레이홀의 『침대와 침대를 오가며』는 보수적인
1960~1970년대 미국을 통과해 온 의사이자 여성, 레즈비언인
한 인간의 삶을 진실하게 담아낸 회고록이다. 이성애자 남성
중심의 의료계에서 저자는 '여성'이자 '레즈비언'이라는
이중의 소수성을 짊어진 채, 매 순간 자신의 존재를
증명해야만 했다. 이 책의 모든 페이지에는 사회적 편견과
한계 속에서도 끝내 자신을 잃지 않으려는 '개척자'의 용기,
형태소 단위의 감정을 온전히 그려내고자 하는 '예술가'의
의지가 촘촘히 스며들어 있다. 책을 펴는 순간, 뛰어난
가독성과 진정성에 이끌려 한달음에 다 읽어 내려갔다.
마지막 장을 덮으며 비로소 깨달았다. 오롯이 나 자신으로
살아가겠다는 결심이 때로는 누군가의 찬란한 내일이 되어줄
수도 있다는 사실을.

— 박상영(소설가, 『대도시의 사랑법』 저자)

작가 노트

이 회고록에 지어낸 인물은 등장하지 않는다.
나와 등장인물들의 사생활을 보호하기 위해
나는 필명으로 이 책을 쓴다. 또, 캐스, 애나, 세라,
리베카, 질리언, 게이브리얼, 다니, 넬슨 박사,
그리고 모든 환자의 이름은 그들의 사생활을
보호하기 위해 바꾸었다. 기억은 결코 완벽하지
않으며, 다른 사람들은 다르게 기억할 수 있다.
이 책은 나의 기억을 담았다.

비타 색빌웨스트의 책 제목인 『이정표 없는 바다No Signposts in the Sea』는 「타이틀 나인Title IX」이 제정되기 전인 1970년 초 나의 의학 공부와 수련 경험을 그대로 담고 있다. 「타이틀 나인」은 교육에서의 성차별을 금지하는 법이다. 솔트레이크시티에서 의대생 100명 중 여학생은 다섯 명이 전부였고, 보스턴에서 인턴 과정을 수련할 때는 내가 유일한 여성이었다. 내 야망을 긍정해 주거나 격려해 줄 여성 롤모델은 거의 없었고, 있다 해도 찾을 수 없었다.

의학 수련이라는 거친 바다에 내던져져, 만성적인 피로와 감정 고갈을 겪으면서, 나는 남성 동료들이 아내나 여자친구에게서 얻는 것과 같은 돌봄과 지지를 내게 주는 안정적인 연애를 갈망했다.

나는 여자를 사랑했지만, 내가 아는 관계 모델이라고는 이성애 규범적 관계가 전부였다. 1970년대 보스턴에서 여성운동을 접하면서 여성의 에로티시즘을 긍정해야 한다고 배웠지만, 욕망을 넘은 지속적인 관계의 본보기는 찾을 수 없었다. 여성에 대한 사랑을 드러내는 일은 의사가 되고자 하는 야망을 위협하기도 했다.

이 책은 내가 이정표 없는 바다를 헤쳐나갔던 이야기, 폭풍에 휩쓸려 만신창이가 되면서도 결코 부서지지 않았던 그 이야기를 담고 있다.

차례

1부 애리조나에 하나뿐인 레즈비언
The Only Lesbian in Arizona

1부 애리조나에 하나뿐인 레즈비언
The Only Lesbian in Arizona

"진정한 자기 자신이 된다는 것은
살면서 누릴 수 있는 특권이다."

—카를 구스타프 융

1

1960년대에 레즈비언으로 산다는 것은 정신질환으로 취급받았고, 어떤 이들에게는 그 자체로 사형선고였다. 1964년 3월 13일, 뉴욕 퀸스에서 여자친구와 함께 살던 여성 키티 제노비스는 귀가하던 길에 아파트 단지에서 한 남자의 칼에 난자당해 죽었다. 수십 년 뒤 사회는 이 살인에 혐오 범죄라는 이름을 붙였지만, 그 시절에는 아니었다.

내가 여자한테 끌린다는 걸 알게 된 건 초등학생 때였다. 처음에는 같은 반 조지나와 베키에게, 그다음에는 영화배우 엘리자베스 테일러, 그리고 우리 학교 치오노 선생님에게 끌렸다.

어느 해 여름, 동네 아이들과 레드로버* 놀이를 했다. 나는 청바지와 빨간 티셔츠 차림으로 줄 한가운데 서 있었

---

* Red Rover. 두 편이 각각 손을 잡고 줄을 서서, 이름을 불린 사람이 달려와 상대편의 줄을 몸으로 뚫는 놀이.

고, 웬만한 남자아이들보다 키가 컸다. 우리는 우리 편 쪽으로 오라고 베키를 불러댔다. "레드로버! 레드로버! 베키를 보내라!"

긴 갈색 머리에 여름 뙤약볕에 그을린 피부, 파란 눈의 베키가 나에게 곧장 달려들었다. 나는 다른 친구들을 놓아버리고는 베키를 끌어안고 말았다. 우리는 그렇게 잔디 위로 쓰러졌고, 내 납작한 가슴이 베티의 가슴에 맞닿자, 그 애의 심장이 내 심장과 나란히 뛰었다. 우리 입술이 닿을락 말락 하는 가운데 그 애의 푸른 눈을 들여다보자 짜릿한 기분이 온몸에 퍼지면서 얼굴이 확 달아올랐다.

어린 시절 나는 남자아이들과 어울려 놀았다. 폐가를 탐험하고, 요새를 만들고, 나무를 탔다. 다른 아이들처럼 나 역시 피닉스의 뜨거운 여름에는 웃통을 벗고 놀았지만 결국 엄마의 친구가 윗옷을 입으라고 창피를 줬다. 할리우드 로맨스 영화를 볼 때면 남자 주인공 입장에 공감했고, 영화 〈작은 아씨들〉에 조 역할로 나온 캐서린 햅번을 사랑하게 됐다.

그러나 엄마는 나를 예쁜 여자아이로 키우겠다 선언했고, 그 노력을 그치지 않았다. 나는 커다란 갈색 눈에 속눈썹이 길었고, 적갈색 곱슬머리는 멋대로 구불거렸으며, 피부는 잘생긴 아빠를 닮아 희고 고왔다. 학교에서 내가 안경을 써야 한다고 통보했을 때 엄마는 울었다. 내가 다른 여자아이들과 다르다는 건 엄마도 일찍부터 알았을 것이다. 나는 침실 벽에 비틀스나 롤링스톤스 포스터를 붙이지 않았고, 드레스보다 청바지를 좋아했다. 그러나 엄마는 울고불고하며 싫어하는 내게 억지로 드레스를 입혔고, 집 밖에 내보내기 전에 내 옷차림을 점검했다.

엄마는 178센티미터의 위풍당당한 키를 가진 여성으로, 늘 큰 키를 의식하면서도 언제나 유행하는 옷을 입었다. 여자는 아름답고, 잘 차려입고, 무엇보다도 살찌면 안 된다는 이상을 내게 강요했다. 열한 살이 된 내가 또래보다 훌쩍 키가 커버리자, 엄마는 나를 샌프란시스코에 있는 내과로 데려갔고, 의사는 내게 성장을 멈추는 고농도 에스트로겐을 처방했다. 며칠이나 구토가 그치지 않았다. 그런데도 내 몸은 반항이라도 하듯 6피트를 꽉 채워 183센티미터까지 자라났다. 엄마의 기대를 충족한 건 다섯 살 어린 여동생 테리였다. 테리는 말을 잘 들었고, 드레스나 훌라 스커트를 좋아했고, 다른 여자 아이들과 자기 방에서 인형 놀이를 하면 그만이었다.

1965년 가을, 갓 운전면허를 딴 가장 친한 친구 에일린이 차를 몰고 우리 집에 찾아왔다. 우리는 초등학교 동창이었지만, 그 애는 다른 고등학교에 입학한 뒤부터 인기 많은 파티 걸이 됐다. 그때부터 예전만큼 자주 같이 놀지는 않았다. 열다섯 살의 나는 웬만한 남자아이들보다 키가 컸지만, 그 무렵에는 가슴과 엉덩이가 생겼다. 예전에 비하면 친구가 별로 없었고, 움직임이 둔했고, 안경잡이 공붓벌레였다.

에일린과 나는 문 닫힌 내 방 침대에 함께 앉았다. 늦은 오후의 햇빛이 그 애의 금빛 머리카락에 반사되어 반짝였고, 그 애의 샴푸 향기가 느껴질 만큼 우리는 가까이 앉아 있었다. 에일린의 회청색 눈이 신이 나서 춤을 추는 것 같았다. "역사 수업에, 다른 고등학교에서 전학 온 어떤 남자애를 만났어. 약간 반항적인 느낌이야." 그 애는 초조한 미소를 띤 채 털어놓았다.

"걔 좋아해?" 맥락이 뭐건 간에, 연애 이야기를 듣고 싶었던 나는 열심히 물었다. 하지만 에일린이 남자들에게 그토록 관심이 많다는 사실은 실망스러웠다.

초등학생 시절부터 나는 에일린한테 끌렸다. 우리는 규칙을 위반하고, 선생님이 몸을 숙이면 큼직한 엉덩이의 너비를 재고, 선생님 책상 서랍에 가재를 집어넣는 장난꾸러기 무리의 공동 대장이었다. 다른 여자애들이 짝사랑하는 남자애들 이야기를 쏟아 내면 나는 귀만 기울였다. 어렸을 때도 내가 여자들에게 끌린다는 사실을 말하면 안 된다는 걸 잘 알았기에.

그날 에일린은 쉬는 시간에 계단참에서 남자친구와 몰래 키스한 이야기를 해주었다. 그 애와 몰래 키스하는 상상이 내 머릿속에서 자꾸만 펼쳐졌다.

그때 엄마가 문을 벌컥 열고 들어오더니 에일린에게 고함을 지르기 시작했다. "내 딸한테 레즈비언이 나오는 이 불결한 물건을 준 게 너니?" 그러면서 엄마는 노발대발해 일그러진 얼굴로 오른손에 든 문제의 잡지를 들어

보였다.

《더 래더The Ladder》 1956년 3월 호였다. 내가 속옷 서랍에 숨겨둔 것이었다. 분노와 부끄러움 때문에 심장이 터질 것 같았다.

눈을 휘둥그레 뜨고 엄마를 쳐다보던 에일린의 얼굴이 점점 더 빨개졌다. 나는 숨이 멎는 것 같았고, 머릿속에서 피가 휘도는 소리가 들렸다. 입을 벌렸지만 아무 말도 나오지 않는 채로, 나는 마비된 사람처럼 꼼짝도 하지 않고 서 있었다.

에일린은 겁에 질려 충격을 받은 듯 벌떡 일어섰다. "아니요…. 어… 무슨 말씀인지 모르겠어요." 그 애는 말을 더듬더니 몸을 홱 돌려 엄마를 지나쳐 복도로, 곧바로 문밖으로 달려 나갔다. 몇 초 뒤, 그 애가 차를 몰고 떠나며 끼익 하는 타이어 소리가 들렸다.

"어떻게 된 거냐?" 엄마가 엄한 눈길로 나를 노려보며 다그쳤다.

다리가 후들후들 떨렸지만, 간신히 다시 말할 힘을 되찾고 나서도, 잡지가 내 것이라고 털어놓을 수는 없었다. 고작 잡지 때문에 이렇게 역겨워하시는데, 딸이 동성애자라는 걸 알면 대체 뭐라고 생각하실까? 그래서 나는 고함쳤다. "대체 제 속옷 서랍은 왜 열어본 건데요?"

엄마의 입매가 마음에 안 든다는 듯 일직선을 그렸다. 대답도, 더 이상의 질문도 없었다. 엄마는 홱 돌아서더니 그대로 잡지를 길가 연석 근처의 대형 쓰레기통에 집어 던졌다.

에일린과 엄마의 얼굴에 떠오른 표정을 본 뒤로, 나는 레즈비언이 되는 것이야말로 내가 될 수 있는 최악의 모습이라는 결론을 냈다.

그 뒤로 다시는 에일린을 볼 수 없었다.

엄마가 내 서랍에서 《더 래더》를 발견하기 몇 주 전, 내 방 침대에 누워 생물학 공부를 하고 있을 때였다. 복도 저편에서 엄마가 아빠에게 레즈비언이 무슨 뜻인지 설명하는 소리가 들렸다.

"여자가 여자를 사랑하면 그게 레즈비언이야." 엄마의 목소리에서 경멸이 뚝뚝 떨어졌다.

나도 모르게 고개를 홱 치켜들었고, 가슴이 조여왔다. 내 이야기일까? 내가 레즈비언인 거야? 그래서 학교 여자애들을 짝사랑하는 걸까? 마치 아주 나쁜 일처럼 들렸다.

엄마가 목소리를 낮추는 바람에 이야기의 나머지는 들리지 않았다.

그 주 주말, 버스를 타고 피닉스 공립도서관에 갔다. 혼자 동성애에 관한 책들을 찾았다. 그다음에는 구석에 숨어서 도서관에서 찾은 책들을 모조리 읽었다.

책에 따르면 동성애란 어린 시절 정상적인 심리 발달을 가로막는 장해를 겪어 발생하는 정신질환이었다. 치료가 소용없을 때가 많고, 동성애자들은 불행한 삶을 살아간다고 했다. 관계를 유지할 수도, 직업을 이어갈 수도 없다고.

다른 여자애들을 사랑하는 게 병이라고? 난 불행해질 수밖에 없는 거야? 어깨가 축 처졌다. 낙담한 나머지 더는 읽을 수가 없었다.

하지만 다른 여자애들을 사랑하는 걸 정신병이라고 곧이곧대로 받아들이고 싶지 않았다. 엄마는 내가 아빠의 만성 우울증을 물려받아 정신병에 취약할지도 모른다고 걱정했고, 내가 마음을 다쳐 우는 모습을 볼 때마다 내가 너무 민감하다고 했다. 어린 시절 나는 강박적인 세균 공포증이 있어서 한없이 씻었다. 자라면서 그런 증상은 나아졌지만, 나도 아빠처럼 우울증에 시달리게 될지도 모른다는 걱정이 떠나지는 않았다.

도서관에서 찾은 책 중 한 권에 레즈비언 단체 '빌리티스의 딸들Daughters of Bilitis'에 관한 내용이 등장했다. 1950년대에 사교 모임으로 시작해 이후 정치 집단이 된 단체였다. 이 단체의 본부는 샌프란시스코에 있었다. 그날 나는 집에 오자마자 샌프란시스코 전화국에 전화를 걸어서 그곳의 전화번호를 알아냈다. 나와 같은 감정을 느끼는 여자들을 알고 싶었다. 복도에 있는 유선전화로 그곳에 전화 걸 용기가 생길 때까지, 며칠이나 주머니에 전화번호를 넣고 다녔다. 내가 전화하면 어떻게 될까? 전화를 안 하면 내가 레즈비언인지 아닌지 어떻게 알아내지?

내가 애리조나에 하나뿐인 레즈비언일지도 모른다고 생각하자 뱃속이 단단히 조이는 느낌이 들었다. 베키 같은 여자애들 앞에서 내게 밀려오는 감정에 대해 말할 수 있는 상대가 간절히 필요했다.

엄마가 전화요금 고지서에서 통화 내역을 확인할 수 없도록 수신자 부담 전화를 걸었다. 신호가 가는 동안, 엄마의 차가 진입로로 들어오지 않는지, 복도를 걷는 아빠의 발소리가 들리지 않는지 귀를 쫑긋 세웠다.

"여보세요." 걸걸한 여자 목소리가 전화를 받았다.

교환원이 장거리 전화를 수신자 부담으로 받겠느냐고 묻는 소리가 들렸다.

"네." 여자는 또다시 걸걸한 목소리로 대답했다.

손바닥에 땀이 배어나고 심장이 쿵쿵 뛰었다. 여자의 목소리가 너무 거칠어서, 하마터면 전화를 끊을 뻔했다.

나는 떨리는 목소리로 말을 쏟아 냈다. "안녕하세요. 저는 열다섯 살인데, 여자를 좋아하는 다른 여자들을 만나고 싶어요. 제가 어떻게 하면 되는지, 어디를 가야 하는지, 누구와 대화하면 되는지 알려주실래요?" 나는 들이마신 숨을 참고, 창밖을 보며 엄마의 차가 아직 오지 않았다는 걸 확인했다.

"음, 애야, 정말 힘든 상황이겠구나." 걸걸하던 목소리가 부드러워졌다. "보통 여자들은 바에서 만나는데, 넌 미성년자잖니. 너처럼 어린 친구들이 서로 만날 수 있는 단체나 장소는 아직 없단다. 성인이 될 때까지 기다리는 수밖에 없겠구나."

숨을 내뱉자, 어깨가 아래로 축 늘어졌다. "그러면 그때까지 제가 읽을 수 있는 책이나 잡지가 있을까요?"

"당연하지, 우리가 만드는 잡지 《더 래더》를 보내줄게. 발송인 주소 없이, 무늬 없는 갈색 봉투에 넣어서 보낸단다."

나는 제발 한 권 보내달라고 부탁했다.

며칠 동안이나 엄마가 퇴근하기 전에 우편물을 빼돌렸다. 부모님에게 절대 들켜서는 안 된다는 생각에 매번 쿵쿵 뛰는 심장을 안고 우편함으로 달려갔다. 무늬 없는 갈색 봉투가 도착하자, 나는 집 안으로 뛰어가서 봉투를 찢어 열고 잡지를 훑어보았다. 표지에는 누군가의 손을 향해 뻗은 또 하나의 손이 그려져 있었다. 잡지에는 레즈비언을 다룬 단편소설과 낭만적인 시가 실려 있었다. 레즈비언들은 이성애자로 패싱될 수 있도록 전형적인 여자 옷을 입어야 한다는 주장을 담은 기사도 있었다. 여성 중 10퍼센트가 레즈비언 또는 양성애자라는 사실을 알게 되었다. 그 사람들은 어디 있지? 다들 샌프란시스코에 사는 게 틀림없어.

나는 《더 래더》를 속옷 서랍에 숨겼다.

그때는 샌프란시스코에 가서 나 같은 여자들을 만나야겠다고 생각했다. 그러나 그것은 《더 래더》를 찾아낸 엄마가 에일린을 몰아붙이기 전이었다(그리고 내가 두 사람의 얼굴에 떠오른 표정을 보기도 전이었다).

2

고등학생 때는 젊음이 넘치는 내 몸에 매력을 느끼는 남자들이 생긴다는 걸 깨달았지만, 그럼에도 애써 그들의 관심을 피했다. 집에 문제가 많던 내게 학교는 탈출구였다. 나는 몇 안 되는 여자친구들과 함께 공부에만 집중했고, 연애에는 완전히 관심을 끊었다. 그러다가 그때까지 내가 거부해 왔던 진실을 직면하게 한 누군가를 만났다.

졸업반이 되자 수업이 지루했는데 마침 피닉스 커뮤니티칼리지에서 수업을 들을 기회가 생겼고, 나는 그 기회를 놓치지 않았다. 그러려면 고등학교도 전학해야 했기에 몇 안 되는 친구들도 사라졌다.

어느 날, 학생회관에서 엄마가 데리러 오기를 기다리던 내 눈에 짙은 색 피부에 키가 훤칠한 히스패닉계 남자가 보였다. 나보다 몇 살 많아 보이고, 표정이 풍부한 갈색 눈, 긴 속눈썹, 갈색 피부와 대조되는 새하얀 이를 가진 남자였다. 그가 내 눈길을 알아차리고는 내가 앉아 있던 테이블로 다가왔다.

"자리 비어 있어?" 그가 물었다.

나는 고개를 들었지만 그의 눈을 마주 보지는 않은 채 대답했다. "네." 나는 그가 의자를 가져가려고 온 줄 알았다. 그런데 그는 그 대신 물 흐르는 듯한 동작으로 자리에 앉았다. 그는 테이블에 양 팔꿈치를 올리더니, 꿈지럭대는 나를 한참이나 말없이 바라보았다. 잘 다린 검은 슬랙스 차림에, 단추를 몇 개 푼 빳빳한 흰 셔츠가 널찍한 어깨 때문에 팽팽했다.

"무슨 수업 들어?" 남자가 물었다.

"컴퓨터 프로그래밍 입문이요." 나는 그렇게 대답한 뒤에 입을 닫았다. 어떻게 이야기를 이어가야 할지 몰라서였다. 나는 고개를 숙인 채 테이블에 놓여 있던 노트만 정돈했다.

"나도 그 수업 들었는데. 도움이 필요하면 알려줘." 그러면서 그는 내게 웃어 보였다.

나에게는 도움이 필요 없었다. 사실, 공부는 척척 해나가고 있었다. 그러나 수학과 물리학을 공부하며 물리학자가 되고 싶다는 그의 이야기를 듣고 있자니 그날 하루가 즐거워졌다. 그와 대화 나누는 게 재미있어서 시간이 지날수록 나도 마음이 열렸고, 내 대답 역시 단답에서 조금 더 나아갔다.

1시간 정도 대화를 나눈 뒤에 내가 말했다. "이제 갈
게요. 엄마가 데리러 와서요."

"정문까지 데려다줄게." 그가 함께 자리에서 일어
났다.

그가 내게 관심이 있다는 건 알 수 있었지만, 내가 뭘
원하는지는 확실치 않았다. "괜찮아요. 고마워요. 그럼 다
음에 또 봐요!"

"내 이름은 에르네스토야. 너는?"

"퍼트리샤." 그 말을 남긴 뒤, 엄마에게 히스패닉계
남자와 함께 있는 모습을 들키지 않으려고 얼른 달려갔다.
엄마는 늘 자신에게 인종적 편견이 없다고 생각했지만, 내
생각은 달랐다.

첫 만남 이후로 캠퍼스에서 에르네스토를 여러 번 만
났다. 그는 스물한 살이었고, 시내에 있는 고급 호텔에서
웨이터로 일하며 학비를 벌어 대학에 다니고 있었다. 일을
하면서 그렇게 어려운 과학 공부를 한다니, 나로서는 상상
할 수조차 없었다.

우리가 만난 지 몇 주 지난 어느 날, 에르네스토는 자
기가 읽고 있는 SF 소설 이야기를 들려주었다. 평행우주로
간 사람들이 그곳에서 우리가 상상할 수 있는 미래를 살고
있는, 자신들과 완전히 똑같이 생긴 복제인간들을 만나는
내용이었다.

"평행우주에 가는 법을 알아내겠어." 에르네스토가

말했다. "어쩌면 그중 하나는 이곳, 바로 우리 곁에 있는 건지도 몰라. 다만 우리가 아직 인식할 수 없는, 다른 차원의 시공간에 존재하는 거지." 그러면서 그는 상상에 흠뻑 젖어 먼 곳을 바라보았다.

에르네스토는 조금 특이하지만 쾌활하고, 잘생겼고, 매력적이라고, 또 그의 갈색 피부가 아름답다고 나는 생각했다. 그는 나를 보고 웃으면서 내가 마치 그늘에서만 피지만 사랑스러운, 희귀하고 섬세한 꽃 같다고 말하곤 했고, 그러면 나는 얼굴을 붉혔다.

얼마 지나지 않아 에르네스토는 자동차 극장에 가자고 청해 왔다.

가는 게 좋을 것 같아. 나는 생각했다. 내게 연애 감정이 생기는지 확인해 보자. 에르네스토와 데이트하려면 우선 엄마에게 그를 소개해야 했다.

에르네스토는 약속 시간에 맞춰 우리 집에 도착했다. 평소처럼 깔끔한 옷차림에, 펼친 손바닥 위에 루바브 파이 하나를 든 채였다. 내가 엄마가 루바브를 좋아한다고 미리 귀띔해 둔 덕분이었다. 엄마는 깜짝 놀라 미소 지었다.

내가 엄마가 가꾼 정원을 자랑스러워한다고 미리 말해두었기에, 출발하기 전 에르네스토는 엄마에게 뒷마당의 사랑스러운 장미 덩굴을 보고 싶다고 했다. 부엌 창문으로 내다보니, 둘은 웃으며 대화를 나누고 있었다. 엄마가 에르네스토에게 친절한 모습을 보니 마음이 놓였다.

우리가 보러 간 영화는 〈졸업〉이었다. 로빈슨 부인이라는 인물은 정말 마음에 안 들었지만, 나는 앤 밴크로프트를 〈미라클 워커〉에서 본 뒤로 줄곧 섹시하다고 생각해왔었다. 밴크로프트가 침대에 있는 모습을 봐서인지, 아니면 에르네스토의 부드러운 입술, 매끈한 피부, 수염이라고는 없는 얼굴 때문인지(아니면 영화를 보는 내내 끈질기게 나에게 키스해서인지) 그의 손이 내 몸을 더듬고 창문에 김이 서리자, 머리가 어찔하고 숨이 막혔다.

키스는 좋았지만, 더 멀리 가고 싶지는 않았던 나는 그의 손을 붙잡아 못 움직이게 했다. 영화가 끝나자, 근처에 있던 차들이 시동을 켜고 하나둘씩 떠나기 시작했다. 에르네스토가 한숨을 쉬더니 시동을 걸었다.

그가 말없이 우리 집을 향해 운전하는 동안 나는 그날의 경험을 곰곰이 생각했다. 에르네스토가 내게 키스할 때 무언가를 느꼈다. 그러면 결국 난 레즈비언이 아닌 것 같기도 했다.

자동차 극장에 다녀오고 적어도 몇 주간 나는 에르네스토에게 선을 그었다. 평행우주라든지 시공을 뒤튼다거나 하는 이야기를 나누었지만, 키스나 가벼운 애무 이상으로는 아무것도 하지 못하게 했다. 내가 말할 차례가 되었을 때, 나는 나중에 동물학자가 되어 전 세계를 돌아다니며 자연 서식지에 사는 동물들을 연구하고 싶다고 했다.

"그러면 컴퓨터 프로그래밍과 회계 수업은 뭐 때문에

듣는 거야?"

"혹시라도 회사에 다니면서 돈을 벌어야 할까 봐." 나는 그렇게 말한 뒤 이렇게 덧붙였다. "결혼하지 않을 수도 있으니까."

"넌 진짜 특이한 여자다." 그가 말했다.

나는 '특이한 여자' 취급을 받고 싶지 않았다. 독립적으로 살아가고 싶다는 게, 우리 엄마처럼 사랑 없는 결혼은 안 하고 싶다는 게 왜 특이한 일인 걸까?

크리스마스가 다가오고 있었고, 또다시 극심한 우울증으로 쇠약해진 아빠는 로스앤젤레스 근처 재향군인병원에 입원한 상태였다. 공군 소령 출신 퇴역군인이었기 때문이다. 엄마는 크리스마스에 다 함께 로스앤젤레스로 가자고 했다. 아빠를 우울한 병원에서 외출시켜 온 가족이 저녁을 먹자는 것이었다.

에르네스토에게 이 계획을 이야기하자, 그는 자신도 같이 로스앤젤레스에 가도 되느냐고 물었다. 그의 가족이 그곳에 살아서였다. 나는 그 계획에 조바심이 났지만, 그래도 엄마에게 물어보겠다고 했다. 엄마는 에르네스토가 같이 가도 좋다고 허락했다.

엄마와 에르네스토가 앞자리에서 대화하는 동안, 나는 동생과 뒷좌석에 앉아서 창밖을 지나가는 사막 풍경을 바라보았다. 아빠, 에르네스토, 그의 가족을 생각했고, 에르네스토와 내가 단둘이서 시간을 보낼 수 있을지, 그리고 내가 그러길 원하는지를 생각해 보았다.

가는 길에 에르네스토는 내게 자기 가족들과 며칠 더 보내다가 버스를 타고 피닉스로 돌아가는 건 어떠냐고 제안했다. 나는 목덜미를 문질렀다. 대체 무슨 생각인 걸까? 그러나 우리 가족과는 너무 다른 '평범한' 대가족과 크리스마스를 보낸다니, 재미있을 것 같기도 했다. 그래서 나는 좋다고 했다. 엄마도 허락했다.

에르네스토 가족이 사는 집은 다섯 남매가 모여 시끌벅적했다. 거실 한구석에는 예수 탄생 장면을 재연한 미니어처와 거대한 크리스마스트리가 놓여 있었다. 에르네스토의 아버지는 키가 크고, 잘생겼고, 수염이 없는 것까지 에르네스토와 똑같았다. 어머니는 키가 작고 통통했고, 앞치마 아래 배가 불룩 나와 있었다. 영어는 거의 못 했지만, 내게 자꾸만 웃어 보이며 저녁을 먹고 가라고 했다.

그러나 내 관심을 온통 사로잡은 건 에르네스토의 여동생 마리아였다. 아담하고 날씬한 몸에 검은 머리를 길게 늘어뜨렸고, 눈꺼풀이 아래로 내려와 그윽해 보이는 검은 눈에, 에르네스토와 마찬가지로 속눈썹이 길었다. 저녁 식탁에서 내 옆자리에 앉은 마리아를 쳐다보지 않기가 쉽지 않았다. 마리아는 나를 향해 따뜻하게 웃어주었고, 우리는 마치 몇 년째 알고 지낸 사이처럼 대화가 잘 통했다. 마리아가 손을 뻗어 내 팔에 올리자, 몸속 깊은 곳에서 두근거림이 느껴졌다. 나는 포크를 입으로 가져가려다 머뭇거렸다.

"어서 먹어요. 너무 말랐어요." 마리아가 말했다.

그 말에 하마터면 먹던 음식이 목에 걸릴 뻔했다.

그날 저녁에는 엄마 그리고 테리와 모텔에서 잤지만, 다음 날 두 사람은 집으로 가면서 나를 에르네스토의 집에 내려주었다.

초록 옥수수 타말로 이른 저녁을 먹고, 에르네스토와 그라나다 공원을 산책하다가 커다란 떡갈나무 아래 벤치에서 손을 잡고 키스한 뒤 우리는 집으로 돌아왔다.

"잠은 마리아와 함께 자." 에르네스토가 말했다.

심장이 튀어나오는 것 같았다.

마리아의 방은 아주 작아서, 침대, 서랍장, 의자 하나로도 꽉 찼다. 잠옷으로 갈아입는 것조차 한 사람씩 해야 했다. 마리아는 옷을 벗는 내내 수다를 떨었고, 벌거벗은 몸을 가리려는 시도조차 하지 않았다. 나는 의자에 앉은 채 그녀의 둥글고 풍만한 가슴, 티 없이 매끈한 피부, 여성스러운 굴곡을 쳐다보지 않으려 애썼다. 내게서 고작 몇 인치 떨어진 자리에 그녀가 서 있다는 사실만으로 심장이 내달렸다. 그녀를 만지면 어떤 기분이 들지 궁금했지만, 마리아가 머리 위로 실크 잠옷을 미끄러뜨려 입는 동안 그 생각을 억눌렀다.

나는 마리아를 등지고 옷을 갈아입은 다음, 침대 옆 자리에 누웠다. 잠시 대화를 나누다가 마리아는 곯아떨어졌지만, 나는 말똥말똥한 정신으로 서로 몸이 닿지 않도록 마리아를 등진 채 왼쪽으로 누웠다. 침대에 닿은 심장이 쿵쿵 뛰었다.

열두 살 때, 나보다 훨씬 나이가 많은 사촌 언니와 한 침대에서 잔 적이 있었다. 언니는 머리도 눈도 까맣고, 뼈대가 여렸으며, 웃으면 입가에 보조개가 잡혔다. 언니가 잠든 사이 나는 한쪽 팔로 턱을 괸 채 그 사랑스러운 얼굴을 바라보며 여태까지 내가 본 생명체 중 가장 아름답다고 생각했었다. 마리아를 만나기 전까지는.

마리아가 때때로 뒤척일 때마다 머리카락이 내 어깨를 스쳤다. 그러다가 마리아가 잠결에 돌아누우며 나를 마주 보았다. 내가 등을 돌리고 눕자, 피부에 닿는 마리아의 숨결이 느껴졌다. 심장이 빠르게 뛰고, 숨이 가빠왔고, 잠드는 건 이제 불가능했다. 만약 마리아의 가슴이 내 팔에 닿을 정도로 가까이 다가가면 어떻게 될지 궁금했다. 나는 눈을 감고 돌아누워, 마리아를 내 품에 끌어안는다면, 그녀의 머리카락에 얼굴을 묻는다면, 그녀에게 키스한다면 어떤 기분이 들지 상상했다.

내 심장 뛰는 소리가 귓가에 느껴져서 더는 가만히 누워 있을 수가 없었다. 벌떡 일어난 나는 어두운 복도를 비틀비틀 걸어 욕실로 들어갔다.

불안한 이유는 그뿐만이 아니었다. 그날 저녁 공원에서 에르네스토와 나는 그의 가족에게 버스가 일찍 출발한다고 말하고 몇 시간 동안 모텔 방을 잡겠다는 계획을 세웠다. 몇 주간 진한 애무를 나누었지만, 다음 단계에 대해서 나는 여전히 양가적인 감정이 들어 불안했다. 벌써 남자친구와 섹스를 해본 친구들도 여럿 있었고, 이 기회를 통해 내가 레즈비언이 아니라는 걸 나 자신에게 증명할 수도 있을 터였다. 에르네스토에게 좋다고 말하면서도 몸이 뻣뻣하게 굳었고, 머릿속은 빙빙 돌았다. 에르네스토는 전화로 예약을 마쳤다. 그때부터는 에르네스토가 피임 도구를 준비했는지 궁금했다. 임신할까 봐, 그러다 만약 그런 일이 생긴다면 분명 책임지겠다고 할 에르네스토와 결혼하게 될까 봐 겁이 났다.

그날 밤은 끝이 없는 것처럼 느껴졌다. 동이 트자, 마리아와 나는 이번에도 차례로 옷을 갈아입었다. 푹 자고 일어난 마리아는 내게 잘 잤느냐고 물었다. 나는 지치고 불안해서 토할 것 같다고 털어놓는 대신 잘 잤다고만 했다.

"얼굴이 좀 창백해 보여." 마리아가 말했다.

그러나 마리아의 사랑스러운 갈색 피부에 비하면 난 늘 창백해 보일 터였다.

"괜찮아." 나는 그렇게 거짓말하고는 에르네스토가 우리 둘을 위해 가져다준 커피를 받아 들었다. 에르네스토는 기운차고 밝았다. 잘 자고 일어난 것 같았다.

서둘러 아침 식사를 했는데, 나는 음식을 거의 건드리지 않다시피 했다. 에르네스토의 부모, 형제와 긴 작별 인사를 나눈 뒤 우리는 작은 가방을 챙겨 집 밖으로 걸어 나왔고, 피닉스로 돌아가는 장거리 버스가 있는 곳까지 우리를 데려다줄 시내버스를 타러 가는 척했다.

침묵을 깬 건 에르네스토였다. "괜찮아?"

"응." 나는 건성으로 대답했다. 나는 내가 섹스를 원하기를 바랐다. 정상적인 사람이 되고 싶었다. 그러나 입안이 바싹 마르고, 손바닥엔 땀이 배어났다. 마리아 옆에 누웠을 때 느꼈던 감정이 머릿속을 떠나지 않았다.

우리가 빌린 모텔 방은 퀸사이즈 침대 하나로 거의 꽉 차는 곳이었다. 에르네스토가 내 옷을 벗기기 시작하자, 온몸이 긴장되어서 숨을 깊이 들이쉴 수조차 없었다.

"피임은 준비했어?" 나는 그의 배회하는 손을 붙잡아 그의 옆구리로 가져가면서 물었다.

"응." 그가 주머니에서 콘돔을 꺼냈다. "하지만 우선 이거 없이 널 느끼고 싶어."

모든 걸 끝내는 데는 그 말 한마디면 충분했다. 나는 겁에 질렸다. 에르네스토를 믿을 수 없었다. 임신, 아기, 미사에 가는 미래가 머릿속을 어지럽혔다.

"에르네스토, 나 확신이 없어." 그렇게 말하는 내 목소리에 공황이 묻어났다.

에르네스토는 입을 떡 벌린 채, 눈썹을 찌푸리고 나를 쳐다보았다. 잠깐이지만 나는 그가 나를 힘으로 억누르고 억지로 계획을 따르게 만들지도 모른다고 생각했다. 그러나 다음 순간 그의 표정이 풀렸다. "알았어. 일단 잠시 누워 있자. 눈 감고 쉬어. 옷 입어도 좋고."

우리는 침대에 나란히 누웠고, 나는 눈을 감았다. 하지만 잠시 후, 에르네스토가 내 몸 위로 올라와 키스하기 시작했다. 나는 양팔로 그의 가슴을 밀어내며 고개를 돌렸다. "에르네스토, 하지 마. 안 돼."

그의 상처받은 눈빛이 금세 분노로 바뀌었다. 에르네스토는 내 몸에서 내려오더니 일어나 방 안을 성큼성큼 돌아다녔다. 그러더니 내게 쏘아붙였다. "넌 특이한 정도가 아니야. 제정신이 아닌 거지. 이럴 거면 뭣 하러 여기까지 따라왔어?"

"널 정말 좋아하니까. 넌 잘생겼고, 똑똑하고, 너랑 같이 있는 게 좋으니까. 나도 너와 이런 사이가 될 수 있을 줄 알았는데, 그럴 수가 없어. 왜인지는 모르겠어." 하지만 물론, 나는 그 이유를 알았다. 마리아 옆에 누워 있을 때 느낀 감정 때문이었다. 내가 알고 있지만 거부하려 애썼던, 나에 관한 사실을 다시금 끄집어냈기 때문이었다.

에르네스토가 걸음을 멈추고 분노로 시뻘겋게 달아올라 일그러진 얼굴로 나를 잠시 쳐다보았다. 그다음에는 자기 물건을 챙기더니 나를 그대로 두고 방 바깥으로, 거리로 나가버렸다.

버스표를 그가 갖고 있었기에 나는 서둘러 따라나섰다. 에르네스토는 굳은 얼굴로 내게 아무 말도 하지 않았다. 피닉스행 버스를 탔을 때 그는 나와 같이 앉고 싶지 않은 듯, 다른 사람이 앉아 있는 자리 옆에 딱 하나 남은 자리를 골라 앉았다.

나는 통로 건너편 자리에 앉아 그에게 눈물을 보이지 않으려고 차창 밖을 바라보았다.

그 뒤로 에르네스토는 내게 말 걸지 않았다. 몇 달 뒤, 그가 어떤 여자를 임신시켜서 결혼했다는 소문을 대학 캠퍼스에서 전해 들었다. 그 여자가 내가 아니라 다행이었다.

3

남자를 좋아할 수 없다는 것만으로, 그리고 사회가 틀렸다고 말하는 감정, 즉 여자를 좋아하는 마음이 든다는 것만으로 걱정이 됐다. 그러나 오래지 않아 상황은 더 나빠졌다.

에르네스토와 헤어진 지 몇 주 뒤였던 어느 오후, 피닉스 대학교 캠퍼스 근처 공원 벤치에 앉아 있는데, 은발 섞인 금발에 수염은 깔끔하게 면도한 중년 남자 하나가 내게 다가오더니 앉아도 되느냐고 물었다.

나는 "네" 하고 가장자리로 옮겨 앉았다.

그 남자가 보통 남자들처럼 다리를 쩍 벌리고 앉자, 바지 벨트 위로 축 처진 배가 튀어나온 모양새가 보였다. 그가 연못을 바라보며 자꾸만 큼큼 헛기침을 하는 바람에, 몽상에 빠져 있던 나를 자꾸만 깨어나게 했다. 사각턱에 매부리코인 옆얼굴이 눈에 들어왔는데, 내 쪽으로 고개를 돌리자 처진 눈꺼풀이 파란 눈을 약간 가리고 있는 것도 보였다.

"담배 피워도 상관없지?" 그가 그렇게 물으며 손으로만 담배를 한 개비 꺼냈다.

"네." 나는 그가 자리를 떠나길 바라는 마음으로 마치 추운 사람처럼 팔을 문지르며 꿈지럭거렸다.

"이 아름다운 오후에 여기서 뭐 하는 거니?"

1월치고는 따뜻하고 화창한 날이기는 했다. 붉은깃찌르레기가 연못가 길게 자란 수풀 속에서 '오-카-리' 하고 특징적인 울음을 울고 있었다.

"엄마가 퇴근하고 데리러 올 때까지 기다리는 거예요." 그 남자가 알 바는 아니지만 나는 그렇게 대답하고, 오리들이 게으르게 헤엄치는 연못으로 눈을 돌렸다.

"엄마가 어디서 일하는데?" 그가 물었다.

"피닉스 유니온 고등학교요." 나는 책과 노트를 챙겨 품에 꽉 안았다.

"정말이니?" 그 말에 남자가 입술을 비틀며 미소를 짓자, 순식간에 열 살은 젊어 보였다. "나도 거기서 기술을 가르쳐. 내 이름은 척이다."

그 남자의 이름 따위 아무래도 상관없었다. 더는 그 남자의 말을 받아주고 싶지 않았던 나는 자리에서 일어나 엄마를 만나러 가겠다고 하면서 다시 학교 쪽으로 갔다.

그 뒤로 몇 주 동안 엔칸토 공원에 갈 때면 그곳에서

그를 마주치는 일이 잦았다. 근처에는 늘 스쿨버스가 서 있었는데, 어느 날 그가 그 버스에서 내리는 걸 보고, 나는 버스 주인이 척이라는 걸 알았다.

버스에서 사는 걸까?

버스를 쳐다보는 내 시선을 눈치챈 그가 물었다. "들어가서 구경해 볼래?"

"좋아요." 나는 가출해서 우리 집 개와 함께 자동차를 타고 전국을 돌아다니고 싶다는 꿈을 늘 품고 있었다.

"들어가 보렴." 그는 미소를 짓더니 안으로 들어가는 나를 따라 계단을 올랐다.

나는 계단을 올라가 가만히 서서 안을 둘러보았다. 버스 내부 한쪽에는 소파가 있었고, 반대편에는 개수대, 스토브, 접이식 테이블이 있었다. 벽장과 작은 화장실도 있었다. 맨 안쪽에 퀸사이즈 침대가 놓여 있었다. 천장에 뚫어둔 구멍으로 빛이 들어왔다.

"여기 사나 봐요!" 내가 외쳤다.

"그래. 필요한 건 다 있지. 한곳에 사흘 이상 주차하면 안 돼서 여기저기 돌아다녀."

바깥 풍경이 계속 바뀐다니, 정말 완벽하다는 생각이 들었다.

척은 접이식 테이블을 펼쳐서 보여주었다. 개수대에는 배수 장치를 설치했고, 학교의 기술실에서 수납장을 만들어 왔다고 했다. 그러다가 그의 몸이 내 팔에 스치는 바람에, 나는 그가 내게 지나치게 가까이 다가와 서 있다

는 사실을 알았다. 그의 입에서 풍기는 담배 냄새를 맡을
수 있을 정도로 가깝다는 생각이 들자, 목 뒤의 털이 주뼛
곤두섰다.

나는 몸을 휙 돌려 그에게서 빠져나와 문을 향해 달려
갔다.

척이 나를 따라왔다.

"야, 아무 짓도 안 할 거야. 겁먹지 마." 그러면서 그
는 빠른 걸음으로 내 곁에서 걸었다. 나를 빠져나가지 못
하게 할 셈이었다.

"도서관에서 책을 찾아야 해요." 나는 그에게서 벗어
나려고 핑계를 댔다.

"그래, 그럼 이번 주에 또 보자." 이번에도 그는 특유
의 비틀린 미소를 짓더니 돌아섰다.

도서관 쪽으로 걷는데, 과학대학 건물에서 나오는 에
르네스토가 보였다. 인사하려고 팔을 들었지만, 그는 고개
를 숙인 채 성큼성큼 주차장을 향했다. 내 어깨가 축 처졌
다. 에르네스토와 친구일 때가 그리웠다.

나는 그 뒤로도 공원을 찾았다. 연못가 버드나무 그
늘에 앉아 있으면 고요해서 좋았다. 또 수업이 끝난 뒤 캠
퍼스를 돌아다니고 있으면 에르네스토와 마주칠 텐데, 그
때마다 그에게 외면당하는 일은 피하고 싶었다. 척은 매번
버스 안에 있다가 내가 나타나면 다가와 말을 걸었다.

곧 나는 그가 마흔두 살이고, 펜실베이니아 출신이며,

나만 한 딸이 있다는 사실을 알게 되었다. 그는 그 애, 그리고 애초에 결혼한 사이도 아니었던 그 애 엄마를 버렸다고 했다. 키가 너무 크고, 가족도 평범하지 않고, 여자를 좋아하는 감정, 즉 자연의 섭리를 거스른다고들 하는 감정을 품는 나는 아웃사이더가 된 기분을 느낄 때가 많았다. 그런데 결혼을 안 했고, 버스에 사는 척 역시 아웃사이더였으니, 나와 영혼이 통하는지도 몰랐다. 그의 생활 방식이며 거칠 것 없는 자유가 흥미로웠다.

시간이 갈수록 점점 그가 옆에 있어도 편해졌다. 엄마는 고등학교 행정실에서 일한다고, 엄마와 사이가 나쁘다고 그에게 털어놓았다. 집을 떠나 여행하고 싶다고도 했다. 내가 척에게 말하지 않은 건, 엄마가 내 현실과 감정을 늘 무시한 나머지 나는 오래전부터 감정을 억눌렀고 엄마와는 개인적인 이야기를 나누지 않게 되었다는 사실이었다.

"아빠는?" 그가 담배를 말면서 물었다. 내가 얼굴을 찌푸리자, 그는 담배를 집어넣었다.

"아빠는 거의 항상 우울해요. 예전에는 저와 친했어요. 어릴 때는 사막에 데려가서 말을 태워주기도 했어요. 같이 그랜드 캐니언에 간 적도 있었죠. 아빠는 숙소에 있던 그랜드 피아노를 연주했어요. 아빠가 피아노 치는 모습은 처음 봤는데, 정말 아름다웠어요." 아빠의 손이 건반 위에서 춤추던 모습을 떠올리며 나는 한숨을 쉬었다.

"다음 날 우리는 어느 농장에 갔어요. 거기서 말도 탔고, 풀밭에서 카우보이 흉내를 내며 젖소들을 따라 뛰어다니기도 했어요. 아빠는 나 때문에 젖소한테서 우유가 아닌 버터밀크가 나오겠다고 농담했죠. 아빠는 청바지를 입게 해 주었고, 엄마가 못 하게 하는 것들을 다 허락해 줬어요." 문득 서글퍼진 나는 먼 곳으로 시선을 돌렸다.

"아빠가 언제부터 아프셨는데?" 그가 물었다.

"아빠는 원래도 우울하다가 괜찮다가 했던 것 같아요. 제가 아홉 살 때쯤 약을 먹기 시작했는데, 그때부터 몸이 뻣뻣해지고 피곤해했어요. 얼굴이 절로 찡그려지고, 종일 침대에 누워 있게 됐죠. 이제는 아빠와 뭔가 같이 하는 일은 없어요. 아빠가 병원을 들락날락하는데, 대체로 입원해 있거든요."

우리는 잠시 말없이 앉아 있었다. 척은 생각에 잠긴 표정으로 손가락 사이에서 불 붙이지 않은 담배 한 개비를 굴려댔다. 그러더니 한 팔로 내 어깨를 감쌌다.

내가 긴장해 굳어버리자, 그가 팔을 내렸다.

"딸이 태어났을 때, 정관수술을 해서 이젠 아이를 가질 수가 없다." 그가 말했다.

나는 고개를 돌려 그를 빤히 쳐다보았다. 대체 이딴 소리를 왜 하는 거지? 배 나온 중년의 몸, 담뱃진으로 물든 손가락을 보면 혐오스러워서 얼굴이 찌푸려졌지만, 그래도 얼굴을 자세히 보면 젊을 때는 잘생겼던 흔적이 있었다. 머릿속이 혼란스러웠다. 척과 섹스하면 임신할 위험은 없을 터였다. 정말 사람들 말대로인지, 시험 삼아 그와 섹스해 보는 건 어떨까 하는 생각이 들었다. 어쩌면 임신 걱정 없이 그 행위를 하는 것만으로도 내가 마법처럼 바뀔지도 몰랐다. 내 나이 또래의 남자들에게 욕망을 느낄 수 있는 스위치가 켜지는 것처럼.

그 뒤로도 나는 몇 주간 그의 버스에 도저히 따라 탈 수가 없었다. 그는 자주 공원에 나타났고, 아이스박스를 열어 내가 제일 좋아하는 마운틴듀를 꺼내 주거나, 연못가 버드나무 그늘에 놓인 벤치에 나란히 앉아 방랑 생활 이야기를 들려주었다.

어느 날 오후, 그가 몸을 돌려 나를 똑바로 쳐다보았다. "넌 너무 사랑스러워. 어떤 남자라도 널 가진다면 짜릿할걸."

나는 손마디가 하얗게 될 정도로 힘주어 벤치 가장자리를 꽉 잡았다. 때가 온 거였다. "가지세요." 내가 속삭였다.

며칠 뒤, 우리는 그의 버스에서 섹스했다. 척의 몸짓은 느리고 부드러웠다. 하지만 내가 기대했던 변화는 일어나지 않았다. 그 뒤로도 몇 번 더 해봤지만, 내가 그에게서 어떤 성적 흥분도 느끼지 못했기 때문에 성관계는 고통스럽기만 했다. 그저 천장을 바라보며 누워 있기만 했고, 그러다 보면 나 자신이 점점 더 싫어졌다. 척은 나에게 쾌감을 선사하려고 온갖 노력을 했지만 소용없었다. 그 행위의 필수 요소인 욕망이 빠져 있었기 때문이다.

　내가 저녁마다 몇 시간씩 모습을 드러내지 않자, 엄마도 뭔가 부도덕한 일이 벌어지고 있음을 감지했다.

　"어디 갔었니?" 어느 봄날 저녁, 집으로 들어오는 나를 보고 엄마가 따져 물었다.

　"친구랑 놀았어요." 나는 그렇게 대답한 뒤 서둘러 내 방으로 가서 문을 쾅 닫았다.

　피닉스 유니온 고등학교에서 일하는 마흔두 살 남자와 그가 살고 있는 버스에서 섹스한다고는 죽어도 말할 수 없었다.

　아빠는 우울한 나머지 나에게 무관심했지만, 엄마는 내 뒤를 캘 만큼은 나를 걱정했다. 맵시 있는 늘씬한 다리, 백옥 같은 피부, 돌리 파튼을 연상시키는 가슴을 가진 엄마 역시 살면서 성희롱을 많이 겪었다. 그렇기에 같은 일이 딸에게 일어나게 둘 리가 없었다.

　2월의 어느 싸늘한 저녁, 척이 우리 집에서 몇 블록 떨어진 곳에 버스를 세워두었고, 나는 그를 만나러 몰래 집을 빠져나왔다. 앞으로는 섹스하고 싶지 않다고 막 이야기하려는 참이었다. 내가 막 용기를 끌어모은 순간, 엄마가 차를 몰고 버스 뒤로 다가와 경적을 올려댔다. 가슴이 조여들고, 숨이 막히고, 귀가 쟁쟁 울리는 걸 느끼며 나는 얼른 침대 쪽으로 다가갔다. 척은 벌떡 일어나 운전석에 앉아 시동을 걸고 그 자리를 빠져나왔다. 엄마는 계속 경적을 올리며 쫓아왔다.

나는 덜덜 떨면서 뒷유리의 커튼을 걷고 바깥을 내다보았다. 수치심과 부끄러움으로 죽을 것 같다고 생각했지만, 우리가 속도를 높여 노란불을 지나치자마자 신호등이 엄마 차 앞에서 빨간불로 바뀌었다. 엄마는 브레이크를 밟았고, 우리는 도망쳤다.

1시간 뒤 슬그머니 집에 돌아가자 엄마는 졸도할 지경으로 화를 내며 나더러 창녀라고 고함을 질러댔다. 나는 가만히 서서 머리카락이 눈을 가릴 정도로 고개를 숙인 채 손만 쳐다보았고, 아무런 변명도 하고 싶지 않아 그 수치심을 묵묵히 받아들였다. 고개를 들자 엄마의 얼굴이 금방 터질 것처럼 시뻘겋게 달아올라 있었다. 엄마를 그토록 슬프게 한 게 미안한 마음에 눈을 질끈 감아버렸다.

퇴원해 집에 와 있던 아빠는 이런 일이 벌어지고 있다는 것에는 아무런 신경도 쓰지 않고 방에서 나오지 않았다.

고작 열두 살이던 동생이 물었다. "무슨 일이에요?"

"시끄러워. 닥쳐!" 엄마가 쏘아붙이자 테리는 방으로 돌아갔다.

다음 날, 엄마는 지역 경찰서장을 찾아가 피닉스 유니온 고등학교 기술 선생인 척이 미성년자인 당신 딸을 성추행했다며 신고했다. 나는 아무 일도 일어나지 않을 거라 생각했지만, 놀랍게도 학교 측은 척을 해고했다.

그 뒤로 몇 주간, 나는 화가 나서 엄마를 무뚝뚝하게

대했고, 말도 걸지 않았다. 눈도 마주치지 않았다. 나이 많은 남자와 잠을 잤다는 것 때문이 아니라, 그와 섹스한 뒤에도 여자들에게 끌리는 마음이 사라지지 않아서였다.

엄마가 척의 버스를 쫓아온 지 3주 뒤, 나는 열여덟 살이 되었다. 미성년자를 벗어난 나는 봄이 되자마자 부모님 집을 나와, 피닉스 시내의 아파트에서 척과 함께 살기 시작했다. 비록 잘못은 있었지만, 나는 그가 내 동지라고 생각했기 때문이다.

엄마는 당신이 나를 잃었다고 생각했다.

나는 한 달간 엄마와 연락을 끊었다. 식사 준비는 척이 했고, 아직 새로운 일자리를 구하지 못했는데도 척이 생활비를 전부 냈다. 섹스는 거의 하지 않았다. 한번은 섹스가 끝난 뒤 그가 나를 슬픈 눈으로 바라보더니 말했다. "넌 내가 들어가는 걸 싫어하는 것 같아." 그가 한 말 중에서 이토록 통찰력 있는 말은 처음이었다.

사생활에서는 이토록 괴로웠지만, 그래도 공부에 있어서만은 여전히 자신감을 가지고 목표를 좇았다. 우등으로 고등학교를 졸업했고, 가을부터 내가 다니게 된 애리조나 주립대학교에서는 넉넉한 장학금은 물론 생활비까지 주었다. 어린 시절부터 연마한, 사생활과 할 일을 분리하는 능력이 나를 구해준 거나 다름없었다.

내가 대학에 진학한 다음에도 자신과 함께할 거라고 생각했던 척은 캠퍼스 근처에 방을 얻고 내가 기숙사로 짐을 옮기는 것까지 도와주었다.

"수업 듣느라 바빠서 앞으로 못 만날 것 같아요." 대학에서의 건강한 생활에 수치스러운 과거를 끌고 온다는 생각만으로도 절로 얼굴이 찌푸려졌던 나는 그렇게 말했다. 이런 늙은 남자와 섹스했다는 걸 아무에게도 알리고 싶지 않았다.

특히 새로운 친구들에게는.

4

이사가 끝날 무렵, 캠퍼스에서 가장 높은 건물 10층에 있는 내 방으로 짐이 담긴 상자를 옮기다가, 태어나서 본 사람 중 가장 아름다운 여자를 만났다. 올리브색 피부, 황갈색 눈, 흐르는 듯한 적갈색 머리카락, 그리고 소피아 로런과 꼭 닮은 미소를 지닌 미인이었다. 허리에 상자를 짊어지고 있던 나는 걸음을 멈추고는 넋을 놓은 채 그녀를 바라보았다.

"안녕. 난 아말이야. 도와줄까?" 아말이 말했다.

"어… 아니, 음… 응." 나는 말을 더듬었지만, 곧 머리가 팽팽 돌아가기 시작했다. 그래서 그냥 이렇게 말했다. "응, 너무 좋아. 고마워." 아말이 내게서 상자를 건네받는 사이, 나는 목선이 깊이 파인 블라우스를 내려다보았고, 곧 그녀의 황갈색 눈과 마주했다. 온몸이 윙윙 울리는 것 같았다. 아말은 나를 도와 로비에 있던 박스를 두어 개 더 옮겨주었다.

짐 옮기기가 다 끝나자 아말이 말했다. "같이 내 차에 가서 조인트* 한 대 피울래?"

척과 마주칠지도 모른다는 생각에 잠시 망설였지만, 지금쯤이면 그도 돌아갔을 것 같아 나는 알겠다고 했다.

아말의 차는 최신형 흰색 링컨 콘티넨털로, 모든 게 고급스럽고 최상급이었다. 나는 아말이 부자일지 궁금했다.

"어서 타. 피부 다 타겠다." 아말이 말했다.

차에 타자, 아말은 내게 조인트를 물려준 다음 상체를 숙여 불을 붙여주었다. 그녀의 얼굴이 내 얼굴에 바짝 다가오면서, 긴 머리가 내 팔을 스쳤다. 조인트를 빨아들이던 내가 캑캑거리자, 아말이 고개를 젖히며 씩 웃는 바람에 반짝이는 고른 치아가 드러났다. 아말이 내 손에서 조인트를 도로 가져가면서 우리의 손이 살짝 닿는 순간 심장이 쿵쾅쿵쾅 뛰었다. 그러더니 아말이 그 육감적인 입술에 조인트를 물고 익숙한 듯 한껏 들이마셨다.

시리아에서 온 아말은 베두인족으로, 그 애의 부모는 너무 가난한데 자식이 너무 많았다. 아말은 여덟 살 때, 텍사스주 엘파소에서 수입 업체를 운영하는 아이 없는 부자 삼촌 부부에게 입양되었다고 했다. 그 집을 나오고 싶어서 대학에 오기는 했지만, 무슨 공부를 할지는 아직 생각해 보지 않았다고 했다.

---

* joint. 궐련 형태로 만 마리화나.

"남자친구 있어?" 나는 그렇게 물으면서, 제발 없기를 하느님께 빌었다.

"응, 이름은 마크야."

풍선에서 바람이 빠져나가듯 내 희망도 짜부라졌다. 당연히 있겠지. 남자들도 아말을 보면 나와 똑같은 감정을 느낄 테니까. 아말을 바라보고, 또 눈을 마주치고 있자니 취한 것 같았는데 마리화나 기운 때문만은 아니었다.

"신입생 홍보 주간에 소로리티*에 가입하려고 하는데, 너도 할래?" 그러면서 아말이 내게 눈부신 미소를 던졌다. 나는 소로리티에는 관심도 없었고, 이성애자인 척하고 싶은 마음도 없었지만, 나는 이미 아말의 노예 신세였다. "좋아." 그러면서 드레스를 입고 차를 홀짝이며 '정상'인 척하면서 과연 살아남을 수 있을까 생각했다.

"최고다!" 아말이 그렇게 외치며 내 팔에 손을 올리자, 찌릿한 전류가 온몸을 타고 흘렀다. "우리가 친해질 거, 바로 알았어."

나는 아말을 따라 면접을 봤고, 차를 마셨고, 그 밖에도 여러 소로리티에서 지원자들이 서로 잘 맞는지 알아보기 위해 만들어 둔 온갖 절차를 다 거쳤다. 그러다 보니 유대인 소로리티에서 만난 여자들이 마음에 들었다(그들도 나를 마음에 들어 했는데, 아마도 내가 학업에 진지하게 임한

---

* sorority. 미국 대학의 여학생 친목 클럽.

다는 점 때문이었던 것 같다). 하지만 나는 유대인이 아니었기에, 그곳에도 내게 맞는 자리는 없었다.

그런 행사들에 다녀온 뒤에는 아말의 차 안에 함께 앉아 조인트를 피우고, 그날 만난 사람들 이야기를 나누며, 우리 둘 다 아웃사이더임을 알기에 그들을 비웃었다. 우리의 가입을 허락한 소로리티가 한 군데도 없어서, 내가 평범한 여성들의 자매애에는 속할 수 없다는 걸 한 번 더 확인했다. 하지만 그건 아말도 마찬가지였기에 나는 괜찮았다.

그해 가을, 척이 내 기숙사 주변을 맴돌며 강의를 듣고 돌아오는 나를 기다렸다. 나는 그와 함께 있는 모습을 아말에게 보이느니 죽는 게 낫다고 생각하며 그를 피해 뒷문으로 다녔다. 그러던 어느 날 오후, 기숙사 뒷문으로 슬쩍 들어오는 모습을 척에게 들킨 나는 남들의 눈에 띌 위험을 감수하느니 몇 블록 떨어진 곳에 세워둔 그의 차로 따라 들어가는 쪽을 택했다.

그는 한참이나 앞유리 너머를 바라보다가, 슬픔이 가득 담긴 푸른 눈으로 나를 보며 물었다. "이젠 날 사랑하지 않는 거야?"

"사랑한 적 없어요." 나는 얼른 그 자리를 떠나고 싶어 안절부절못했다.

그는 한참 침묵한 끝에 입을 열었다. "저녁을 같이 먹자. 네가 좋아하는 스파게티 만들어 줄게."

나는 곁눈질로 그를 보고는 한숨을 쉬었다. 그는 가족과 떨어져서 칙칙한 작은 방에 홀로 지내며 정착하지 못한 채 혼자 지냈다. 피닉스 학교재단이 다시는 그를 고용하지 못하게 만든 건 엄마였다.

나는 저녁 식사 제안에 응했다.

그날 밤, 척은 딸 이야기를 들려주었다. 갓난아이일 때 그가 버린 딸 말이다. 열여덟 살이 된 딸은 아빠의 행방을 찾아냈다. 그때 척은 뗏목을 만들어 타고 미시시피강을 따라 미네소타에서 멕시코만까지 갈 계획을 세웠다. 딸이 끈질기게 따라다니는 바람에, 결국 척은 딸에게도 같이 가자고 했다. 꼭 『허클베리 핀』을 연상시키는 일이어서, 나는 그가 딸을 다시 만나 참 잘됐다고 생각했다.

척은 기억을 떠올리며 미소를 지었다. "우린 가까워졌어. 밤이면 그 애가 몸을 녹이려고 내 침낭 안으로 기어들었지. 오래지 않아 우리는 연인이 되었다."

그 말을 듣는 순간 입안에 들어 있던 스파게티로 목이 막힐 뻔했다. 딸이랑 섹스했다는 소리야?

나는 공포에 질린 눈으로 그를 쳐다보았다.

척은 내 반응은 까맣게 모른 채로 두 사람이 깊은 사랑에 빠졌기에 딸이 그의 아기를 갖고 싶어 했다는 이야기를 들려주었다. 그는 정관수술을 되돌릴 수 있는지 병원에서 상담까지 받았다고 했다.

나는 식탁에서 벌떡 일어나 바깥으로 달려 나갔다. 구역질이 나서 먹은 걸 다 토해버렸다. 그다음에는 현기증에 시달리며 비틀비틀 집까지 걸어갔다. 가던 길에 끔찍한 생각이 떠오르는 바람에 걸음을 멈추고, 배를 움켜쥔 채 몸을 반으로 접을 기세로 숙였다. 내가 지금까지 자기 딸이랑 섹스한 늙은 남자랑 잤구나.

가만히 서서 차가운 밤공기를 들이마시는 내내 수치심이 온몸을 휘감았다.

도저히 숨을 고를 수가 없어서, 한참이나 바깥을 돌아다니며 불 켜진 아말의 기숙사 방 창문을 올려다보았다. 아말에게는 절대 말할 수 없었다. 내게는 아무에게도 말할 수 없는 이야기가 많았다. 그래서 다른 여학생들과는 더 멀어졌다.

다음 날 아침, 잠을 설치고 일어난 나는 얼른 척을 떼어 내고 아말과 마크 커플이랑 더블데이트를 할 수 있는 멀쩡한 남자친구를 만나야겠다는 생각뿐이었다.

빅터(30대 초반 싱글인 기술자로, 저녁때만 되면 식사도 할 겸 여대생들에게 작업을 걸기도 할 겸 기숙사 카페테리아를 얼쩡거리던 남자)는 몇 주 뒤 느닷없이 등장했다. 아말과 내가 함께 앉아 있던 테이블에 그가 앉으면서 우리는 처음 만났다. 빅터는 키가 컸고, 그을린 듯한 피부에, 윗부분을 길게 기른 검은 머리카락이 눈을 덮을락 말락 하게 내려와 있었다. 그는 고작 꼬마일 때 자유를 찾아 쏟아지는 총격을 이리저리 피하며 헝가리 국경을 넘었다. 매끄럽고 세련된 인상의 그는 유럽풍 우아한 옷차림을 즐겼고,

나한테 관심을 보였다. 척은 사라져 주지 않았다. 빅터와 사귀기 시작한 지 얼마 되지 않았을 때, 우리는 척이 타고 있는 차 근처를 지나갔다. 나는 눈을 피했지만, 그래도 그가 나를 보고 있다는 건 알 수 있었다.

머칠 뒤, 척이 캠퍼스에서 나를 쫓아왔다.

"그 남자 누구야?" 그가 물었다.

나는 목소리를 낮췄다. "빅터라고 하는데, 침대에서 끝내줘요. 그 남자랑 결혼해서 아기도 많이 낳으려고요."

당연히 거짓말이었지만, 척의 슬픈 눈을 보자 내가 그에게 상처를 주었다는 걸 알 수 있었다. 그 뒤로 다시는 척을 볼 수 없었다.

5

그해 가을부터 겨울까지, 아말이 링컨 콘티넨털 안에서 마리화나를 피우고 싶어 하면, 나는 따라갔다. 바에 가서 새벽 3시까지 춤을 추고 싶어 하면, 나는 다음 날 아침 8시 수업이 있어서 일찍 일어나야 하더라도 따라갔다. 〈본 투 비 와일드Born to Be Wild〉를 최고 음량으로 틀고 립싱크를 하며 사막을 향해 차를 몰고 싶어 하면, 나는 그 애가 나를 친구로 택했다는 사실에 황홀해하며 함께 노래했다. 아말은 밤낮을 가리지 않고 내 방에 들렀고, 그러면 나는 하던 일을 곧바로 그만두었다. 함께 침대에 누운 채로 그 애의 입에서 나오는 이야기를, 고민을, 꿈을 들으면서 그 애를 만지고 싶다고 생각했다.

기숙사 방에 혼자 있을 때면 나는 바버라 스트라이샌드의 레코드를 들었다. 〈와인은 어떤 맛인가요?How Does the Wine Taste?〉. 손끝에 닿을락 말락 하는 곳, 아주 조금만 뻗으면 닿을 수 있을 만한 곳에 절대 건드려서는 안 되는 것이 너무 많이 보였다. 이 열매는 어떤 맛일까? 사랑스러울까? 약간 무서울까? 나도 궁금했다.

그렇게 아름다운 아말이 어째서 마크를 선택한 건지 도저히 이해할 수가 없었다. 잘생기지도 않은 그 남자는 아말에게 마리화나라든지 술, LSD를 자꾸만 권했고, 내가 있는 자리에서 그 애를 개 같은 년이라고 부른 적도 있었다. 그를 때려눕히고 싶은 마음에 팔 근육이 가만히 있지 않을 정도였다. 하지만 마크를 그렇게 싫어하면서도, 나는 아말과 함께 있기 위해 그와, 또 빅터와 시간을 보냈다. 담배 연기가 자욱한 바에서 마크가 고주망태로 취하고, 아말과 나는 이야기를 나누고, 그 와중에 빅터는 새로운 여자한테 작업을 걸어보려고 이리저리 둘러보는 때가 한두 번이 아니었다. 그러나 신경 쓰이지 않았다. 아말을 나 혼자 독점할 수 있다는 게 기뻤다.

우리 넷은 그렇게 몇 달이나 어울렸다.

1월의 어느 저녁, 아말의 기숙사 방에 있는데 마크가 기숙사 사감의 눈을 피해 방에 들어왔다. 그러더니 취한 채 요란하게 떠들며 내 눈앞에서 아말에게 키스했다. 나는 황급히 일어나 내 방으로 돌아가겠다고 했다. 그 얼마 전에 아말은 다음 날 아침 내가 일을 보고 올 수 있게 차를 빌려주겠다는 약속을 했었다. 아말이 내게 차 키를 건네려는데, 마크가 낚아챘다.

"와서 직접 가져가." 그가 히죽 웃으며 차 키를 아말의 가슴골에 집어넣었다.

아말은 수치스러운 표정이었다. 나는 피가 확 몰리며 얼굴이 뜨거워졌고, 마크를 두들겨 패든지 그의 눈을 파내든지 해버리고 싶은 심정이었다. "됐어." 나는 그렇게 말한 뒤 홱 몸을 돌려 자리를 떠났다.

얼마 지나지 않아, 아말은 모텔 방을 빌렸으니 자기, 그리고 마크와 함께 메스칼린을 복용하자고 했다. 나는 환각제를 경험해 볼 마음은 추호도 없었지만, 아말이 나와 함께하길 원했고, 나는 그 애와 함께 있고 싶었다. 우리 셋은 퀸사이즈 침대 옆 협탁에 놓인 흐릿한 조명 속에 나란히 앉아 메스칼린 버튼*을 입에 넣었다. 1시간이 흘러도 아무 느낌이 없어서, 가짜 약이 분명하다고 생각했다.

그때 마크가 내 눈앞에서 아말을 거칠게 움켜쥐고는 다른 침대에 눕히더니, 블라우스 버튼을 끄르고, 그 애의 가슴을 애무하기 시작했다. 그 뒤에는 고개를 들고 내게 나도 합류하라는 듯 음흉하게 씩 웃어 보였다. 나는 가슴 앞에 팔짱을 단단히 낀 채 가만히 앉아 있었지만, 나도 모르게 주먹을 움켜쥐었다. 이마에 송글송글 땀이 배어났다. 아말은 미안한 표정으로 나를 쳐다보았다.

더는 지켜볼 수 없었다. 나는 벌떡 일어나 욕실로 성큼성큼 걸어 들어가서는 안에서 문을 잠가버렸다. 침대 위에 아말과 함께 있는 게 나였다면 하고 생각하면서, 잠긴

---

* mescaline button. 환각 성분인 메스칼린을 함유한 페요테선인장을 단추 모양으로 말린 것.

욕실 안에서 끔찍한 하룻밤을 보냈다. 날이 밝자마자 나는 곯아떨어진 두 사람에게는 아무 말도 남기지 않고 그곳을 떠났다.

마크가 어딘가 다른 곳에서 약에 취할 때가 많았기에, 아말과 내가 단둘이 보낼 시간이 많았다. 어느 날 저녁, 기숙사 방 내 침대에 나란히 누워 있다가, 아말은 내가 너무 존경스럽다고, 강하고, 현명하고, 몸매도 완벽하다고 말했다. 그 말을 믿을 수는 없었지만, 그 애 입에서 나온 말이니 믿고 싶었다. 나는 돌아누워 그 애의 눈을 바라보았고, 욕망으로 떨리는 그 애의 눈이 나를 원하는 것이기를 바랐다. 그러나 그 순간은 지나가 버렸고, 나는 우리의 우정을 잃게 될까 두려워 아무것도 하지 않았다.

여전히 정상이고 싶었던 나는 빅터와 섹스했다. 척과는 달리 그는 어두운 몸을 지닌 잘생긴 남자로, 몸은 늘씬한 근육질이었다. 남자치고는 감각적이어서 뜨거운 물로 오래 샤워하는 것과 푹신한 타월, 밀도 높은 고급 침구, 실크 셔츠, 긴 전희를 즐겼다. 내가 이성애자였더라면 꽤 흥분했을 만한 특징이었다.

그러나 나는 이성애자가 아니었고, 여태 줄곧 내가 이성애자임을 증명하려 애썼음에도, 이제는 확실히 알 수 있었다. 내가 원하는 건 아말이었다.

1969년 3월, 내 열아홉 번째 생일에 나는 내 인생을

날려버렸다. 빅터는 생일을 맞아 호화로운 식당에 가자고
했다. 나는 몸매가 돋보이는 드레스에 하이힐로 차려입었
다. 저녁 식사를 하는 내내 빅터는 줄곧 사근사근하게 굴
며 수업 이야기, 이런저런 주제에 대한 내 생각을 물었고,
나더러 똑똑하다고 했다. 온갖 비싼 메뉴를 주문했고, 내
게 익숙하지 않은 와인을 자꾸 마시게 했으며, 식탁 아래
로 내 다리에 손을 얹었다.

식사가 끝난 뒤, 그의 집 문으로 들어오자마자 그는
내게 덤벼들었다. 취했던 나는 그를 떨쳐 내지 않았다. 흥
분해 있었던 그는 침실까지 가기도 전에 내 안에 들어왔
다. 콘돔 없이.

임신했다는 무시무시한 사실을 깨달은 건 몇 주 뒤였
다. 주기가 몹시 규칙적이던 월경이 찾아오지 않아 생일
까지 날짜를 거꾸로 세어본 나는 몸을 푹 수그리고 흐느꼈
다. 피임 없이 한 건 딱 한 번인데 임신했다고?

솔직하게 털어놓을 수 있는 상대는 아말뿐이었다. 아
말은 기숙사 침대에 누운 채 우는 나를 가슴에 꼭 끌어안
고 머리를 쓰다듬어 주었다.

그렇게 그 애한테 안겨 있자니 영원히 그대로 있고 싶
었지만, 내가 임신했다는 사실은 변하지 않았다.

"걱정하지 마. 우린 잘 해결할 수 있을 거야." 아말이
나를 꼭 안아주었다.

그 주에 기말시험이 있었다. 나는 간신히 한 주를 버

텄고, 평균 A학점을 유지했다.

기숙사 주차장에 세워둔 빅터의 차 안에서 눈물을 허벅지 위로 뚝뚝 떨구며 임신했다고 말했을 때, 그는 나만큼 놀라지도, 겁내지도 않았다. 사실, 전혀 속상해하지 않는 것 같았다. 다음 날 빅터가 친한 여성의학과 의사와 진료를 잡아주었고, 그곳에서 나는 임신 사실을 확인했다.

임신한 걸 오래 비밀로 감출 수는 없었다. 학기가 끝나고 여름방학이 되자마자 나는 집으로 돌아갔다. 나는 부엌 식탁에 앉아 냅킨을 쥐어짜다시피 비틀어 대며 아빠와 동생이 자리를 떠날 때까지 기다렸다. 엄마가 식탁을 치우려고 자리에서 일어났다.

나는 마음을 가라앉히려 심호흡을 했지만, 벌써 울음이 터져 나오기 시작했다. 도저히 이 이야기를 원만하게 전달할 방법이 없었던 나는 이렇게 내뱉었다. "엄마, 나 임신했어요."

그러자 엄마는 접시를 떨어뜨릴 기세로 휙 뒤돌아보았다. "아, 퍼트리샤. 어떻게 그런 멍청한 짓을!"

나는 입을 다물고 고개를 푹 숙인 채 눈물을 뚝뚝 흘리며 냅킨만 쥐어짰다. 난 내 인생을 망쳐버렸어.

이틀 뒤, 엄마와 함께 여성의학과에 갔다. 대기실에서 빅터가 엄마를 보며 이렇게 말했다. "그냥 잘라버리는 게 나을 것 같다는 생각을 가끔 합니다."

엄마는 웃었지만, 공포에 사로잡혀 있던 나는 웃을 수 없었다. 또, 의사가 임신 사실을 확인해 주었을 땐, 내가 그의 것을 잘라버리고 싶다는 마음까지 들었다. 게다가 그가 자기와 아는 의사를 골랐고, 그 의사는 빅터의 정자 수가 너무 적어서 임신이 불가능하다고 말했기 때문이었다. 빅터는 내가 임신한 아기가 자기 애가 아니라고 우겼다.

내 임신은 완전한 재앙이자 위기 신호였다. 나는 임신했을 뿐 아니라, 레즈비언이었고, 아말을 사랑했다.

엘페소에 있는 아말의 양부모님 집에 초대받은 나는 그곳에서 몇 주를 그 애와 함께 보냈다. 아말의 방은 짙은 색 마호가니 가구와 큼직한 페르시아제 러그로 장식한 널찍한 방이었는데, 록스타 사진이나 포스터 같은 개인 물건은 거의 없었다. 그 애와 부모님의 관계처럼, 그 방 역시 황량했다. 아말은 부모와 거의 말을 섞지 않았고, 우리는 그 애의 방에서 지냈다.

우리는 불편한 앤티크 소파에 나란히 앉았다. 아말이 조인트를 한 모금 빨고 나서 한쪽으로 연기를 뱉어 낸 뒤 나를 바라보았다. "그냥 아기를 낳는 건 어떨까? 아기는 아마 똑똑할 거야. 나도 아기 키우는 걸 도울게." 거기까지 말한 그 애는 조인트를 한 모금 더 들이마신 다음에 느릿느릿 연기를 내뿜었다. "아니면 빅터랑 결혼할 거야?"

"그럴 리가 없잖아!" 의도한 것보다 더 날카로운 목소리가 나왔다.

나는 빅터를 사랑하지 않았다. 다시는 만나고 싶지도 않았다. 남편으로서도, 아버지로서도 그는 최악일 게 틀림없었다. 그는 자기밖에 모르는 바람둥이였다. 그가 뭘 원하는지 알 수도 없었고 알고 싶지도 않았다. 아기를 같이 키우자는 아말의 말은 진심일까? 우울을 뚫고 짜릿한 설렘이 찾아왔다.

그러나 곧 설렘이 가시고 현실이 다가왔다. 아말이 도와준다고 해도, 아기는 내가 줄 수 있는 것 이상을 필요로 할 터였다. 대학교를 자퇴해야 하겠지. 동물학자가 되어 세계를 돌아다니며 동물을 연구할 수도 없겠지. 내 배는 에르네스토의 엄마처럼 부풀어 오를 것이다. 튼살 자국도 생길 것이다. 아기를 낳다가 죽을 수도 있었다. 아말은 부유한 부모님의 지원을 받았지만, 나는 돈이 없었고 부모님 역시 근근이 생계를 유지했다.

무거운 마음이 나를 온통 짓누르는 바람에 나는 우울의 바닷속 더 깊이 가라앉았다. "난 못 할 것 같아."

"그러면 도살자가 아닌 의사를 찾아야겠네." 그러면서 아말이 담배를 한 모금 더 빨아들였다.

나는 그때까지 들은 뒷골목에서 이루어지는 불법 임신중지 이야기들을 떠올려 보았다. 여자들이 출혈로 죽거나, 지독한 감염에 시달리며 죽는 이야기들을 생각하자 속이 꽉 조여드는 느낌이 들었다.

"어서 해야 할 거 같아." 아말은 걱정스러운 표정이었다. "나는 아는 의사가 없어."

시간은 빠르게 흘렀고, 임신 10주가 가까웠는데도 여전히 임신한 것 같은 기분은 들지 않았다. 아말이 오로지 나한테만 집중하고 있는 건 너무 좋았지만, 조만간 내 미래는 산산히 부서질 게 틀림없었다. 나는 그 애의 집을 떠나 혼자 피닉스로 돌아갔다.

일반 의사나 가족계획 클리닉을 찾아갈 수는 없었다. 1969년 당시 임신중지는 불법이었다. 나는 이 일에 내 목숨이 달렸다고 생각했지만, 남들은 그렇게 생각하지 않을 수도 있었다. 내가 길에서 피를 줄줄 흘리게 내버려두지 않을 만한 의사를 어떻게 찾지? 나는 지인에게 연락해 불법 임신중지 수술을 해줄 수 있는 실력 있는 의사를 아는지 물어보았다. 지인이 아는 의사는 없었지만, 지인이 연결해 준 다른 친구가 내게 멕시코 노갈레스의 의사 이름을 알려주며 그에게 연락해 주겠다고 했다.

그날 저녁, 아빠와 동생이 식탁에서 일어난 뒤에도 엄마와 나는 그 자리에 앉아 있었다. 시곗바늘이 째깍째깍 움직이는 소리만 빼면 귀가 먹먹해질 정도의 침묵이 이어졌다. 엄마가 내 임신 사실을 아는 것만으로도 이미 최악인데, 거기다가 내가 레즈비언이 분명하다는 말까지 할 수는 없었다.

"엄마, 수술해 줄 의사를 찾았는데, 멕시코에 있대요. 친구가 연락해 줬는데, 이번 주말에 제가 거기로 가야 할 것 같아요. 비용은 400달러래요." 나는 자리에 앉은 채 내 몸을 팔로 감싸안고 앞뒤로 움직였다. 당시 400달러란 내

수중에는 없는 어마어마한 금액이었다. 아기 아빠가 아니라고 여전히 우기고 있는 빅터 역시 비용을 내주겠다는 말은 없었다.

엄마가 크게 숨을 내쉬더니 테이블 너머로 손을 뻗어 내 손을 잡았다.

"의사를 찾아서 정말 다행이다. 돈은 어떻게든 마련해 보자꾸나. 내가 같이 가줄게."

안도의 눈물이 차올랐다. 이 위험천만한 시련을 홀로 마주하지 않아도 된다는 사실에.

그 주 토요일 밤, 엄마와 내가 멕시코 쪽 노갈레스의 정해진 장소에 도착하자 운전기사가 우리를 태우고 구불구불한 뒷길이며 표지판도 없는 골목을 30분 달렸다. 그곳의 집들은 나무와 진흙으로 짓고 평평한 지붕을 댄 단층 건물로, 집 앞에 버려진 차가 서 있는 경우도 종종 있었다. 남자들 한 무리가 도로로 쏟아져 나왔고, 그들을 지나쳐 가는 우리를 향해 스페인어로 고함을 지르는 이들도 있었다.

그곳이 노갈레스의 어느 지역인지는 전혀 알 수 없었다. 엄마 손을 붙잡은 내 손은 두 사람 치의 공포로 땀투성이였다. 심장이 쿵쿵 뛰고, 입안이 바싹 말랐다. 내 손을 꽉 잡고 옆에 앉아 있는 엄마가 느낄 두려움은 상상하기조차 힘들었다. 엄마의 핸드백 안에는 소액권으로 400달러가 들어 있었다.

종교 생활을 그만둔 지 오래였지만 그 순간만큼은 기도했다. 하느님, 제발 저를 죽게 내버려두지 마세요. 제가 살기 위해 이 태아를 없애는 걸 용서해 주세요.

작은 흙벽돌 집에 도착했다. 문을 두드리기도 전에 문이 열리며 흰 앞치마를 두르고 군데군데 센 머리를 뒤통수에 틀어 올린 멕시코 여자가 나오더니 우리를 데리고 복도를 지나 작은 방으로 들어갔다. 천장에서 늘어진 알전구 하나가 달린 방이었다. 깨끗한 시트로 덮인 테이블 하나가 방을 가득 메우다시피 했다. 여자는 엄마에게 바깥에서 기다리라고 했다.

나는 벌벌 떨며 옷을 벗고 테이블 가장자리에 앉았다. 팔을 문지르며 주변을 둘러보았다. 잘 살균된 게 맞을까? 감염되는 건 아니겠지?

방으로 돌아온 여자가 나더러 테이블 위에 누워 나무로 얼기설기 만든 검진대에 다리를 올리라고 영어와 스페인어를 섞어 말했다. 그러면서 내 몸에 시트를 덮고는 어깨를 토닥였다. 여자는 곧 떠났고, 나는 심장이 쿵쿵 뛰는 걸 느끼며 천장을 올려다보았다. 이 장면이 내가 살아서 보는 마지막 장면일지도 모른다고 생각하면서.

수술용 마스크를 낀 의사가 방 안에 들어왔을 때 나는 깜짝 놀라 펄쩍 뛰었다. 의사는 아무 말 없이, 내가 질문을 하거나 마음을 바꿀 시간도 주지 않고, 내게 검은 고무 마스크를 씌워 코와 입을 덮었고, 나는 그대로 의식을 잃었다.

정신을 차리자, 엄마가 내 손을 잡은 채 부드럽고 사랑스러운 눈길로 나를 내려다보고 있었다.

나 안 죽었구나! 이제 임신도 끝이야!

마취제에서 갓 깨어 흐릿한 정신으로 나는 엄마에게 중얼거렸다.

"정말 좋은 사람이네요." 의식을 잃기 전에 얼굴도 제대로 보지 못한 그 의사를 가리키는 말이었다. 수술이 끝난 뒤에는 의사를 아예 보지도 못했다. 나는 묻고 싶은 게 많았다. 태아의 크기는 얼마만 했을까? 성별은 무엇이었을까? 아무도 말해주지 않아서, 나도 모르는 게 최선이라고 생각하기로 했다.

내가 자리에서 일어설 수 있게 되자마자, 이제는 피로 범벅이 된 앞치마를 한 여자가 나오더니 택시가 대기하고 있는 밤거리로 우리를 내보냈다.

그렇게 엄마와 나는 새벽같이 미국 국경을 넘어 애리조나주 쪽 노갈레스로 이동했다. 배가 고팠고, 배가 아팠고, 살아 있어서 좋았다. 우리는 팬케이크를 파는 식당에 들러 이른 아침을 먹었다. 멕시코 의사를 만날 수 있게 해준 여성들의 인맥과 내내 곁을 지켜준 엄마를 향한 고마운 마음이 차올랐다. 언젠가 임신중지를 후회하리라는 생각이라든지, 언젠가는 아이를 키울 수 있을 만큼 정서적으로도, 금전적으로도 준비된 여성이 될지 모른다는 생각은 조금도 들지 않았다.

다시 피닉스로 향하는 동안 소노라사막 위로 떠오른
해가 사구아로선인장의 어깨에 빛을 던졌다. 팔을 번쩍 들
어 올린 선인장들, 그중에는 비비 꼬인 모양을 한 것들도
있었다. 차창 밖을 바라보며 나는 내 미래를 생각했다. 이
성애자인 척하는 건 나한테 아무 소용도 없었다. 여전히
내가 애리조나에 하나뿐인 레즈비언이라고 생각했던 나
는 샌프란시코로 가겠다고 마음먹었다. 와인이 어떤 맛인
지 알고 싶었다.

6

　"잘 살아 있고 무사해." 임신중지 수술이 끝난 뒤, 엘 페소에 있는 아말에게 전화해서 그렇게 말했다. 내가 레즈비언이라고 말해야 하나? 처음부터 너를 사랑했다고도? 그러나 그런 말들은 목에 걸린 듯 나오지 않았다. 그런 위험을 감수할 수는 없었다. 나는 엄마가 듣지 못하게 목소리를 낮췄다.

　"올여름엔 샌프란시스코에서 지낼 거야. 더 오래 있을 수도 있어. 어쩌면 가을학기에 애리조나 주립대학교로 돌아가지 않을지도 몰라."

　"음… 보고 싶을 거야." 그 애가 대답했다.

　엄마의 도움을 받아 임신중지 수술을 받았지만, 나는 여전히 허우적거리고 있었다. 다른 여자들에게 끌린다는 사실을 아무에게도 말할 수 없었고, 내 감정을 실행에 옮긴다면 닥쳐올 암울한 미래는 그 당시 문학작품들이 이미 예언해 주었다. 나의 성향에도 불구하고, 또 엄마가 적절한 외양을 갖추어야 한다고 늘 이야기했기 때문에, 나는 그 시절 평범한 여자들 같은 외모와 옷차림을 하고 있었다. 부치 레즈비언의 건들거리는 여유라든지, 머리 모양이라든지, 남성적인 복장이나 태도 같은 건 하나도 갖추지 못했다. 비록 내적으로는 그런 기분을 느낄 때도 있었지만 말이다. 애리조나에 다른 레즈비언이 있는지도 알 수 없었지만, 있다 한들 그들이 나를 같은 부류로 알아보지 못했을 것이다.

어디에도 속하지 못한다는 기분, 남성에게 응당 생겨야 할 감정을 갖지 못하고, 여성에게 올바르지 못한 감정을 갖는다는 사실 때문에 고통받던 나는 삶을 어떻게 살아야 할지 알 수 없었다.

임신중지는 내게 찾아온 경고 신호였다. 내가 아닌 내 모습을 흉내 내다가 하마터면 죽을 뻔했다. 아무리 사람들이 레즈비언이 뒤틀리고 역겹다고 했어도, 책에서 동성애자들은 불행하고 외롭게 산다고 했어도, 집을 떠나 혼자 낯선 도시로 가야 한다 했어도, 그렇게 살아야 했다. 그건 생활 방식을 선택하는 문제가 아니었다. 나는 내가 태어날 때부터 살기로 정해진 그 삶을 살기로 택한 것이었다.

나는 우리 가족과 친한 어르신에게서 돈을 꾸었고, 엄마에게는 버클리에 사는 엄마의 사촌인 펄리의 집에 간다고 한 뒤에 샌프란시스코행 비행기표를 예약했다.

펄리는 선원들이 묵는 하숙집 주인이었다. 요리 솜씨가 기가 막혔고, 그 때문에 그 집에 살고 싶기는 했지만, 나에게는 나만의 집이 필요했다. 무엇보다 다른 레즈비언을 만나야 했으니까. 오래지 않아 나는 버클리에 아파트를 구했다. 샌프란시스코는 너무 비쌌으니까. 그곳은 더블베드, 낡아빠진 서랍장과 금이 간 거울, 골목 맞은편 벽돌담을 마주 보는 하나뿐인 창문이 있는 원룸 아파트였다. 잠깐 머무르는 곳이었고, 내가 꾸어 온 돈으로 빌릴 수 있는 곳이었다.

얼마 없는 짐을 그곳으로 옮기고 전화를 설치한 뒤, 나는 버스를 타고 샌프란시스코로 가서 곧장 《더 래더》에 나온 레즈비언 바인 모즈를 찾았다.

오후 느지막한 시간에 어둑어둑한 조명이 밝혀진 바 안으로 들어가 맥주 한 잔을 주문했다. 청바지를 입고 덕 테일 머리를 한 뚱뚱한 여자가 어슬렁어슬렁 다가와 내 팔에 손을 얹었다.

"신분증 보여줄래?" 듣기 좋게 허스키한 목소리였다.

"지갑을 집에 두고 왔어요." 내가 어물어물 말했다.

그러자 여자는 히죽 웃으며 엄지로 문 쪽을 가리켰다. "나가주지 않으면 우리가 주류 취급 면허를 뺏겨."

여자를 만나려면 전략을 바꾸는 수밖에 없었다. 버클리로 돌아가는 버스 안에서 나는 대안을 생각해 냈다. 버클리 지역의 반문화 신문인 《버클리 바브_{Berkeley Barb}》에 개인 광고를 내는 계획이었다.

　다음 날 오후, 나는 신문사를 찾아가 광고 지면을 샀다. 내가 낸 광고는 대충 이런 내용이었다. "열아홉 살 매력적인 여성이 로맨스와 우정을 나눌 비슷한 이를 찾습니다. 미친 사람과 남자 사절." 전화번호는 실었지만 주소는 쓰지 않았다.

　신문사에서 나온 나는 북소리를 따라 텔레그래프 애비뉴를 걸었다. 가게 안에서 인센스 향이 새어 나왔고, 다양한 인종의 사람들이 무지개색 헐렁한 셔츠에 벨보텀스 바지, 샌들 차림으로 거리를 돌아다녔다.

　나는 평소에도 북을 비롯한 타악기를 좋아했는데, 그날 드레드록이나 아프로 머리를 한 흑인 남자 무리가 UC 버클리에서 아프리카 북을 연주했고 백인 남자 두 명도 옆에서 봉고를 연주하고 있었다. 구경꾼도 모여 있었다. 나는 리듬에 맞춰 몸을 흔들었다. 드러난 팔이 여름철 산들바람에 따뜻하게 달궈졌다. 정말 좋은 생각을 해냈다는 사실이 만족스러웠던 나는 오래지 않아 아름다운 여자들의 전화가 쏟아지기를 바라며 미소를 지었다.

　북 치는 사람들을 둘러싸고 둥글게 모여 있던 인파 속에서 건너편에 서 있던 어느 젊은 흑인이 나를 바라보았다. 딱 붙는 찢어진 청바지에 노란색과 오렌지색의 소매 없는 조끼를 입고, 머리를 아주 짧게 깎은 채 음악에 맞춰 몸을 흔들고 있었다. 그 사람이 나를 보고 미소를 지었고, 나는 상대가 여자라는 사실을 짐작했다. 나도 미소를 보냈다.

그 사람이 내가 있는 쪽으로 다가와서 내 옆에 서더니 북소리에 맞춰 아주 미묘한 자이브 동작으로 춤을 추기 시작했다. 짜릿한 흥분감이 온몸을 훑고 지나갔다. 나한테 끼 부리는 건가? 나는 내 자리에 서서 나만의 춤을 추며 수줍은 듯 그 사람을 슬쩍 쳐다보았다. 가슴에 작은 굴곡이 보였다. 여자가 확실했다.

잠시 후, 그 사람이 나를 보며 씩 웃었다. "북을 좋아하나 봐?"

나한테 끼 부리는 거 맞잖아! 잠시 말문이 막혔다.

"으흠." 간신히 그렇게 대답한 나는 더 열정적으로 춤을 추기 시작했다.

그렇게 몇 마디 주고받다가 상대가 말했다. "뭐 좀 먹으러 갈래?"

나는 그러자고 했고, 우리는 함께 텔레그래프 애비뉴를 걸었다. 북소리와 인센스 향도 우리를 따라왔다.

우리는 버거 가게의 야외 자리, 발이 바닥에 닿지 않는 높은 스툴에 앉아 콜라를 마시고 프렌치프라이를 나누어 먹었다. 상대의 이름은 키샤였다. 스무 살이었고, 가족과 함께 살고 있고, 오빠가 하는 인쇄소에서 파트타임으로 일했다. 음악을 좋아했고, 색소폰을 연주했고, 여성으로만 이루어진 밴드에 들어가고 싶어 했다. 다정하게 웃으면 짙은 색 피부 덕분에 돋보이는 하얀 이는 마치 반짝반짝 빛나는 것 같았다. 키샤가 청바지 밑단을 걷어 올려 발목에 찬 나이프를 보여주었다.

나는 헉하고 놀라 움츠러들었다. 위험한 사람 아니야?

키샤는 내 팔에 한 손을 대고 상체를 가까이 가져왔다. "날 지키기 위해서야. 무서워하지 마." 그녀의 손이 닿았던 피부가 기분 좋게 짜릿해졌다.

곧 해가 졌고, 이제 무엇을 해야 할지 나는 알 수 없었다. 우리 집에 초대해야 했을까? 나는 키샤가 내게 위험한 사람이 아니라고 결론 내렸다.

나는 깊은 숨을 들이마쉬고, 다시 내쉬었다. "우리 집 와볼래?"

"그렇게 물어보길 바랐어." 키샤는 미소를 지었다.

키샤는 초조한 기대감으로 땀이 배어난 내 손을 잡았고, 우리는 몇 블록 떨어진 우리 집으로 갔다. 나, 여자와 키스하는 걸까?

문을 열고, 집 안으로 들어갔다. 키샤가 잠시 집 안을 둘러보았다. "우와, 근사하다. 여기 혼자 살아?"

나는 그 집이 전혀 근사하지 않다고 생각했지만, 내가 무슨 말을 하기도 전에 키샤는 나를 끌어안고 입을 맞추며 단단한 몸을 내 몸에 힘주어 마주 댔다. 그녀는 나보다 6인치 정도 작았기에, 고개를 뒤로 젖히고 까치발을 들었다. 입술이 도톰하고, 부드럽고, 약간 갈라져 있었다. 나는 짧게 깎은 그녀의 머리를 손으로 쓸어보면서 깨끗한 진흙 같은 텔컴파우더 냄새를 들이마셨다.

열기가 몰려와 피부가 따끔따끔했다. 다음에 무엇을 해야 하는지 알 수 없었다.

“여자랑 키스해 본 적 없어?” 키샤가 나를 올려다보며 미소 지었다.

“네가 처음이야.”

그러자 키샤가 나를 침대에 눕히더니 내 셔츠 단추를 끄르기 시작했다.

모든 게 너무나 처음이라, 심장이 마구 뛰었다. 키샤가 내 옷을 벗기고 거친 손으로 내 몸을 나른하게 쓰다듬는 걸 보니, 그녀는 예전에도 여자를 만난 적 있는 게 분명했다. 한참이 지나자 나도 긴장이 풀렸고, 미친 듯이 뛰던 심장박동도 제자리를 찾았다. 마치 벌거벗고 바깥을 뛰어다니며 따뜻한 비를 맞는 기분이었다. 나는 생각을 그만뒀고, 내 몸은 그녀의 손길에 과거에는 금지되었던 방식으로 반응했다.

그러나 키샤가 옷을 벗고 잔근육이 잡힌 단단한 몸을 내 몸에 밀어붙이는 순간, 나는 움츠러들었다. 꼭 남자의 몸 같아서였다. 키샤가 그 이상은 밀어붙이지 않았다. 그녀가 그 힘센 손으로 나를 어루만지고, 부드러운 입술로 내게 입 맞추는 가운데 우리는 나란히 누워 그날 밤을 보냈다. 부치 같은 외양과는 달리 키샤는 나를 위로하는 것처럼 상냥했다.

그러다 어느 순간 나는 스르르 잠들었고, 키샤는 일어나 아침 일찍 떠났다. 내가 여전히 잠에 취한 채로 다시 만나자는 이야기를 중얼거리기는 했지만, 그렇다고 약속을 잡지는 않았다.

어쨌든, 우와! 여자랑 키스했다! 아직 광고가 신문에 실리기도 전이었는데 말이다.

내 광고 작전은 시작부터 삐거덕거렸다. 처음 만난 여자는 중서부 출신에 짙은 색 눈을 가진 미인이었다. 아직 여자와 키스해 본 적 없지만, 호기심을 느낀다고 했다.

몇 번 만난 뒤, 우리는 내 침대에 누워 이야기를 나누었다. 내가 몸을 돌리고 고개를 숙여 그녀에게 키스하자, 그녀가 내 머리를 움켜쥐고 잡아당겨 열정적으로 키스했다. 그 키스는 몇 분이나 이어졌다. 그러더니 그녀가 나를 밀어내고는 흐느끼기 시작했다.

"왜 우는 거야?" 나는 치밀어 오르는 감정을 꿀꺽 삼키며 생각했다. 내가 뭘 잘못한 걸까? 분명 상대가 열정적으로 반응했는데.

그녀가 나를 등지고 돌아누웠다. "영영 할 수 없을 줄 알았어. 이젠 어떻게 살아야 하지?" 그러더니 하염없이 울었다.

맙소사. 그녀 또한 레즈비언은 역겨운 존재라는 거짓말을 믿으며 살아왔던 게 틀림없었다.

나는 다가가 한 팔로 그녀를 감쌌다. "괜찮아. 그냥 키스한 것뿐이잖아. 목숨이 오가는 일도 아닌걸." 그러면서 나는 또 한 번 키스할 수 있었으면 했다.

그러나 그녀는 내 팔을 떨쳐 내더니 일어나 앉았다. 감히 건드릴 수조차 없었다.

"넌 괜찮겠지. 하지만 우리 가족은 신앙심이 강해. 날 죽이려 들 거야."

그녀의 뺨을 타고 눈물이 줄줄 흘러내렸다. 나는 뭐라도 위로의 말을 찾으려 애썼다.

"그래도 네 가족은 여기 없잖아." 그러면서 나는 초조하게 목덜미를 문질러 댔다.

"내 머릿속에는 있어." 그 말을 남긴 뒤 그녀는 침대에서 내려가더니 핸드백을 챙겨 허둥지둥 떠나버렸고, 나는 침대에 혼자 앉아 무릎을 세워 턱 밑에 댄 채로 생각에 잠겼다.

세상에는 가족과 사회의 인정을 받지 못하는 것보다 더 나쁜 일도 있어. 내 모습을 부정하는 것.

그다음은 연갈색 머리를 허리까지 기른 20대 후반의 여자였다. 몸에 딱 붙는 힙허거 바지를 입고 있었는데 여성적인 곡선을 지닌 엉덩이, 허벅지, 그리고 가냘픈 허리가 부각되었다. 브라를 하지 않아서, 헐렁하게 나풀거리는 블라우스 속 크고 부드러운 가슴이 자유롭게 나부꼈다. 그리고 키스 실력이 엄청났다.

우리는 키스하고 서로 어루만지는 것 이상으로 나아가지 않았지만, 그녀와의 사이에도 문제가 있었다. 그녀는 내가 너무 어린 건 아닌지, 가벼운 마음인 건 아닌지, 곧 떠날 건 아닌지 고민하느라 점점 더 불안해하며 망설였고, 키스하던 도중에 날 밀쳐버렸다. 나는 이제 시작이었는데 말이다. 게다가 너무 감정 과잉에다 나를 헷갈리게 하는 바람에 결국 더는 만나지 않게 되었다.

처음 몇 번의 만남에 실망한 나는 초라한 방 안에 서서 뚱한 얼굴을 금이 간 거울에 비추어 보았다. 나에게는 직업도 없고, 돈도 떨어져 갔다. 젊고, 건강하고, 나를 매력적이라고 생각하는 여자들도 있었다. 드디어 여자(정확히는 여러 여자)와 키스했는데, 왜 행복하지 않았을까?

전화벨이 울렸다. 수전이라는 여자였다. 너무 평범한 목소리라 기분이 산뜻했다. 첫마디가 이랬다. "신문에 이런 광고를 싣는 젊은 여자가 어떤 여자인지 알아야 할 것 같았어요."

전화 통화는 1시간도 넘게 이어졌다. 수전이 동성애자인지 이성애자인지 모르는 채였는데도, 계속 이야기하고 싶었다.

수전과의 통화는 매일의 습관이 되었다. 수전은 야행성이었다. 밤늦게 외출하고 집에 돌아온 뒤에도 수전은 대체로 깨어 있었고, 통화할 준비가 되어 있었다.

그렇게 몇 주간 통화한 끝에, 동네에 있는 팬케이크 식당에서 만나기로 했다. "난 조금 과체중인데." 수전은 내가 실망할지도 모른다는 듯이 그렇게 말했다.

20대 후반인 수전은 길고 윤기 나는 검은 머리, 가식을 꿰뚫는 지적인 갈색 눈을 지닌 사람이었다. 몸매가 드러나지 않는 헐렁한 드레스에 샌들 차림이었다. 목 깊은 곳부터 울려 퍼지는 전염성 있는 웃음 덕분에 내가 만난 여자들 이야기를 재미있어한다는 걸 알 수 있었다. 수전은 자신이 레즈비언이라는 말을 하지 않았고, 그저 친구로 지내고 싶어 하는 것처럼 보였다. 나는 상관없었다. 그녀는 내 진정한 모습을 보고 이해하는 것 같다는 느낌이 들었고, 내가 혼자가 아닌 것 같다고 느끼게 해 주었다. 내게는 그런 감정이 섹스보다 중요했다.

그해 6월에 접어들며 돈이 다 떨어지는 바람에 백과사전 판매직 일자리를 찾았다. 내가 수줍음이 많고 말이 없다고 생각한 고용주들은 내 판매 실적이 낮을 것이라고 예상했다.

일을 시작하고 둘째 주, 판매사원들은 밴에 올라 몇백 마일 떨어진 캘리포니아 버뱅크로 향했다. 우리는 버뱅크의 어느 교외 동네에 내려 집집마다 방문 판매를 시작했다. 아무도 우리가 어디 있는지 모르는 상황에서 남의 집에 혼자 들어가는 건 위험했다. 어떤 젊은 남자가 물건 너머로 몸을 뻗어 나한테 키스하기도 했다. 어쨌거나 그 남자도 백과사전을 사긴 했다.

그 출장에서 나는 최고 판매 실적을 달성했다. 내가 상대한 고객 중에는 외로운 사람들이 있었는데, 그들의 이야기에 흥미를 보이며 차분히 귀를 기울여 준 덕분이었다. 더 나은 집을 얻을 정도의 돈이 모이자마자 나는 일을 그만두었다.

버클리의 새집은 삼나무 외장재를 쓴 다층 주택이었는데, 컬리지 애비뉴와 헤이스트 스트리트가 교차하는 곳에 있었다. 그 전까지 나는 어느 가족이 살던 단독주택을 다세대용 아파트로 잘게 쪼갠 건물 1층의 방 하나를 썼다. 새집에서 한 블록만 더 가면 피플스 파크가 나왔다. 불과 몇 달 전까지 버려진 공터였던 곳이지만, 히피와 급진주의자를 비롯한 거리의 사람들이 잔디를 깔고, 꽃이며 관목, 나무를 심었다. 그들은 구불구불한 오솔길과 원형극장을 만들어 놓고, 그곳이 민중의 공원이라고 선언했다. 공원 점거를 둘러싸고 당시 주지사였던 로널드 레이건이 보낸 경찰, 주 방위군과 그들 사이에 격렬한 충돌이 벌어졌었다. 하지만 내가 새집으로 이사한 8월에는 잠잠해졌고, 나는 그곳을 좋아하게 되었다.

일주일 뒤, 나는 수천 명의 사람들과 함께 하레 크리슈나 만트라에 맞춰 노래하고 몸을 흔들며 텔레그래프 애비뉴를 행진했고, 모두가 피플스 파크에서 만났다. 우리는 오렌지색 승복을 입고 삭발한 승려들이 플라스틱 쓰레기통에서 퍼 담아 주는 인도식 비슈마티 밥을 먹었다. 꼭 내가 더 거대한 무언가의 일부가 된 기분이었다.

한 달 뒤, 주디스라는 여자가 광고를 보고 연락했다. 주디스는 연상으로(이번에도 20대 후반이었다), 막 개업한 족부 전문의였다. 진지하며 성취도 거둔 사람이었지만, 친하게 지내는 '토실토실한 토끼들'이라는 별명의 레즈비언 커플 이야기를 들려주며 나를 웃기기도 했다.

우리는 자동차 극장에 갔고, 나는 주디스의 손을 잡았다. 외과 전문의의 각지고 강인한 손은 에로틱한 기운을 풍겼다. 주디스의 옆자리에서 그녀가 내게 키스했으면 좋겠다고 생각하면서도, 동부에 여자친구가 있다는 말을 들었기 때문에 감히 먼저 다가갈 수가 없었다. 주디스는 여자친구 이야기를 많이 했다. 하지만 따지고 보면, 내 광고를 보고 먼저 연락한 건 그녀였다.

주디스는 스카치 위스키를 마셨다. 나는 술을 많이 마시지 않았고, (아말과 함께 마리화나를 조금 피운 걸 논외로 하면) 약물은 사용하지 않았지만, 주디스와 함께 있을 때면 그녀가 제일 좋아하는 매캘런 위스키를 한잔하고는 했다. 만난 지 몇 주가 지난 어느 날 밤, 우리는 주디스의 집 거실 바닥에 앉아 술을 마시며 사진 앨범을 보고 있었다. 주디스가 몸을 뻗어 내게 다가와 길고 열정적인 키스를 했다. 나도 숨 가쁘게 그녀에게 입을 맞췄다.

“이러면 안 되지만, 너를 보면 흥분돼.” 주디스가 허스키한 목소리로 그렇게 말하면서 내 블라우스 단추를 끄르며 내 목에 입 맞췄다. 나는 등을 뒤로 휘면서 기분 좋게 작은 소리를 냈다. 그러자 주디스는 더 달아올랐다.

방 안이 빙빙 돌았고, 술과 열정이 빚어낸 연금술로 머릿속이 아찔해졌다. 스카치 위스키에 익숙지 않았기에, 술기운이 나를 대담해지게 했다. 맨살에 그녀의 손길이 닿자, 온 몸으로 그녀를 느끼고 싶었다.

다리를 더듬어 내려가던 내 손에 무언가 플라스틱처럼 딱딱한 것이 닿는 바람에 나는 숨을 참았다. 처음에는 혼란스러웠지만, 그것이 여태 바지 속에 숨겨져 있어서 보이지 않았던, 주디스의 무릎 아래부터 연결된 의족이라는 사실을 알 수 있었다.

주디스가 뒤로 물러나 내 반응을 기다렸다.

"이제야 왜 족부 전문의가 됐는지 알겠네." 그렇게 말하면서 나는 이 말로 주디스가 의기소침해지지 않기를, 계속 나를 흥분시켜 주기를 바랐다.

"맞아." 주디스는 그 이상의 설명은 생략한 채 다시금 온몸으로 나를 덮쳐 왔다.

그녀가 나를 침대로 끌어당겼을 무렵에는 술에 취한 상태가 아니었으면 좋았을 거라는 생각이 들었다. 그녀가 내 몸에 올라탄 채 아름다운 손으로 나를 어루만졌고, 나는 가쁜 숨을 몰아쉬며 간절하게 매달렸다. 그러면서도 또렷한 정신으로 이 순간을 즐길 수 있었더라면 하는 아쉬움이 들었다.

이른 새벽, 나는 주디스의 침대 옆에 쌓인 의학 저널들을 보다가 한 권을 뽑아 넘겨가며 보았다. 광택 나는 종이에 인쇄된 해부도를 손으로 쓸어보면서 말했다. "난 과학과 의학을 정말 좋아해."

내가 좋아하는 건 주디스일지도 몰랐다. 하지만 그때, 주디스에게는 여자친구가 있다는 사실이 떠올랐다.

스카치 위스키 기운이 가시고 주디스가 내 옆에서 잠든 사이, 나는 동물학자가 아니라 주디스처럼 의사가 되는 건 어떨까 생각해 보았다. 인자하고 말씨가 느렸던 우리 할아버지가 식당 종업원 일을 하며 의대를 졸업했다는 이야기를 여러 번 들은 적 있었다. 할아버지는 말을 타고 워싱턴의 와이누치강 상류로 올라가 분만을 돕거나 나무에서 떨어진 벌목꾼의 으스러진 몸을 처치했고, 환자들의 사랑을 받았다. 대공황기에는 무료로 치료해 주거나 치료비 대신 닭 한 마리 또는 텃밭에서 기른 채소 한 바구니를 받기도 했다. 할아버지처럼 다른 사람들을 돕는다면 얼마나 보람 있을까 싶었다.

손끝으로 주디스의 광대뼈 윤곽을 따라 긋자, 그녀가 잠에서 깬 듯 뭐라고 웅얼거리더니 나를 품에 안았다.

몇 주 뒤, 돈이 또 떨어졌다. 나는 임시직이라는 걸 알면서도 대형 통신사에 지원했다. 면접에서는 내 스펙이 과도하다더니 인사담당자는 나를 장거리 전화교환원으로 채용했다.

지긋지긋하기 짝이 없는 일을 그나마 견디고자 나는 회사 정책 위반인 걸 알면서도 베트남에 파병된 군인들의 전화 통화를 엿들었다. 감독관에게 들켜 해고되기까지는 오래 걸리지 않았다.

그날 밤, 나는 수전에게 전화해서 팬케이크 식당에서 만나자고 했다. 자정 가까운 시각이었는데도 수전은 나와

주었다. 음식을 주문하고 한 입 먹자마자 나는 포크를 내려놓고 말했다. "몇 주 전에 광고 보고 연락했다던 여자 기억나지? 내 기준엔 좀 별로였다는 여자 말이야."

"사실 잘 기억 안 나." 수전이 스웨디시 팬케이크를 크게 한 입 베어 물며 대답했다. "너무 많아서 하나하나 구분할 수가 있어야지."

나는 수전의 대답을 무시하고 말을 이었다. "오늘 새벽 2시에 그 여자가 환각제 뒤끝이 안 좋았는지 제정신이 아닌 상태로 우리 집에 찾아와서 횡설수설했어."

"어떻게 했어?"

"집에 들이지는 않았는데, 오하이오에 산다는 부모님 전화번호는 알아냈어. 그 사람들한테 전화해서 딸을 데려가라고 했지."

우리는 잠시 동안 말없이 팬케이크를 먹었다. 어쩐지 그 사건이 해고당한 것보다 더 언짢았다. 나는 목적 없이 삶을 표류하고 있었다. 나는 우리 집에 찾아왔던 그 여자만큼이나 막막한 상태인 걸까? 대학의 체계적인 환경이, 목표를 갖고 무언가를 배우고 잘해내던 기쁨이 그리웠다. 주디스의 침대에서 보낸 그날 밤 이후, 의사가 될 수도 있다는 가능성이 머릿속을 떠나지 않았다.

수전은 마치 내 마음을 읽기라도 한 것처럼 포크를 내려놓더니 내 눈을 똑바로 보았다. "퍼트리샤, 네 인생 이대로 둘 거야? 이렇게 시간을 흘려보내면서 네 지적 능력도, 생물학자라는 꿈을 이룰 기회도 다 허비할 생각이야?"

"사실 외할아버지처럼 의사가 되고 싶기도 해." 나는 엄마가 들려준 이야기, 엄마가 할아버지를 향해 품는 존경심과 사랑을 떠올리며 미소 지었다. 그러고는 덧붙였다. "또, 주디스도 의사야."

수전이 나를 똑바로 마주 보았다. "통신사에서 일하면서 의사가 될 순 없어."

나는 웃음을 터뜨렸다. "회사에서는 오늘 잘렸어. 아마 학교로 돌아가는 게 나을 것 같아."

바로 다음 날, 새로운 결심과 수전의 응원에 힘입어 애리조나 주립대학교에 전화한 나는 남은 절반의 장학금과 지원금을 받아 1월부터 다시 학교에 다닐 수 있느냐고 물었다. 전부 A학점인 성적 덕분에 허가가 났다. 그렇게 나는 지난 몇 달 동안 가장 가벼운 마음으로 집으로 돌아가는 비행기에 올랐다.

피닉스로 돌아간 나는 엄마에게 레즈비언이라는 사실을 밝히는 대신, 친구인 마거릿의 집에서 지내는 편을 택했다.

사흘 뒤, 나는 마거릿의 침대에서 울고 있었다. 수전이 전화번호를 바꾼 것이다. 나와의 연락을 이렇게 끊어버리다니, 믿기지가 않았다. 나는 수전의 주소는 물론, 수전의 성도 몰랐다. 여태까지 내가 제자리에서 버틸 수 있었던 건 매일 수전과 통화하며 나누었던 대화 덕분이었다. 나는 그녀를 믿었다. 다시는 수전을 만날 수도, 대화할 수도 없을까 봐 겁이 났다.

마거릿은 처음에는 안타까워하며 이야기를 들어주었지만, 잠시 후 날카로운 눈빛으로 나를 쏘아보았다. "샌프란시스코에 있는 동안 남자 좀 만났어?"

아차. "응, 몇 명 만났지." 나는 눈물을 흘리면서도 마거릿의 시선을 피하며 코를 풀었다. 이쯤 되면 애리조나에 레즈비언은 나뿐인 게 확실한 것 같았다.

다음 날, 나는 엄마에게 전화했다. 샌프란시스코에서 돌아온 내가 집으로 오지 않자, 당황하고 속상해진 엄마는 이유를 설명해 보라고 했다. 이제 엄마가 품은 최악의 두려움을 확인시킬 때가 온 거였다.

나는 예전에 엄마와 함께 좋은 시간을 보냈던 탄산음료 가게에서 만나자고 했다. 불안해서 가슴이 조여드는 바람에, 심호흡을 몇 번이나 하고 입을 열었다. "엄마, 나 레즈비언이에요. 샌프란시스코에는 나 같은 여자들을 찾으려고 간 거였어요." 그다음에는 빨대로 루트비어와 녹은 아이스크림을 쭉쭉 빨아 마시면서, 미친 듯이 뛰는 심장을 안고 하늘이 무너지기를 기다렸다.

엄마가 마시던 음료를 천천히 내려놓더니 나를 빤히 보았다. 입을 열었다가, 다시 닫고는 시선을 돌렸다. 그러더니 우리 쪽을 보는 손님이 없는지 주위를 두리번거리고, 눈을 감았다. 엄마의 관자놀이에서 맥박이 뛰는 걸 알 수 있었다. 엄마는 양손을 꽉 붙잡은 채 무릎 위에 올려두었다. 고혈압인 엄마가 뇌졸중이라도 일으키지 않을지 걱정이 되는 바람에, 그 순간만큼은 엄마가 원한 그 모습이 나였으면 하고 생각했다.

엄마가 눈을 뜨더니 내 눈을 마주 보았다. "그래. 오래전부터 알고 있었다."

7

　1970년대 의료계는 남성 중심적 위계로 움직였으며, 기득권 진입의 기회 역시 남성들이 단단히 틀어쥐고 있었다. 그럼에도 오랜 세월 공고하게 유지된 남성만의 사회에서 일하고, 때로는 적극적으로 저항할 방법들은 존재했다. 나는 도전해 볼 만하다는 생각이 들었다. 어차피 그때까지 줄곧 사회가 기대하는 것들을 하지 않고, 그런 방식으로 존재하지 않으며 살아왔으니까. 그럼 도전해도 좋지 않을까? 의사가 될 수 있지 않을까? 레즈비언으로 커밍아웃한 것을 계기로 내게는 필요한 만큼의 자신감이 생겼다.

　마크를 만난 건 19970년 1월, 샌프란시스코에서 돌아온 뒤 애리조나 주립대학교 봄학기에 등록하려고 줄 서 있던 때였다. 마크는 키가 크고, 거무스름한 피부를 가진 잘생긴 남자로, 양 끝이 위로 올라간 콧수염을 기른 시카고

출신의 정치학 전공생이었다. 30분이 지났는데도 한없이 길게 늘어선 줄은 거의 움직일 기미가 없었다. 마크는 그 시간 동안 내게 질문을 던졌고, 이미 내가 의대 진학을 준비 중이라는 것도, 버클리에서 지내느라 첫 학기를 휴학했다는 것도 알고 있었다.

"어느 기숙사야?" 그가 물었다.

"아직 살 곳을 못 구했어." 내가 솔직히 말했다. 신입생 때 살았던 고층 건물 기숙사에는 딱히 끌리지 않았고 돈도 거의 없었다.

"에이스라는 친구랑 같이 캠퍼스 근처에 집을 빌렸는데, 룸메이트를 구하고 있거든." 그가 이어서 말했다. "집세도 싸."

흥미가 생겼다. 그런데 나한테 작업 거는 걸까?

"난 레즈비언이야." 내가 말했다.

그 말에 마크는 딱히 놀란 것 같지도 않았다. 사실 더 흥미가 생긴 것 같기도 했다. "상관없어. 와서 한번 볼래? 방도 따로 쓸 수 있어."

나는 엄마 차를 몰고 템피에 있는 단층 랜치하우스로 가서 내게 빌려줄 수 있다는 큼직한 침실을 살펴보았다. 사흘 뒤에 나는 책상, 접이식 매트리스, 널빤지와 시멘트 벽돌로 대강 만든 책꽂이를 챙겨 그 집으로 이사했다. 현명한 선택 같았다. 엄마도 이번만큼은 내가 다시 학교로 돌아가 의대 진학을 준비하고, 남자애들을 친구로 사귀었다는 사실에 기뻐했다. 물론 나는 마크나 에이스와 어느 정도 거리를 두었지만 말이다. 식사는 캠퍼스에서 할 때가 많았고, 방문에는 자물쇠를 달았으며, 물리학, 화학, 동물학 공부에만 집중했다.

여자들과 함께 지낼 때가 그리웠다. 샌프란시스코로 간 후로 아말과 연락이 끊겼다. 피닉스로 돌아간 뒤 아말의 부모님에게 연락해 봤지만, 그 애는 학교를 자퇴하고 아무짝에도 쓸모없는 그 남자친구와 함께 샌프란시스코로 떠나면서 주소도 알리지 않았다고 했다. 몇 달간 아무 연락도 없었다고 했다. 그 소식에 아말의 미래가 걱정되어 오싹한 기분이 들었다.

시간이 흐르고, 학교에 좋은 친구가 한 명 생겼다. 그리스계 미국인으로 열심히 공부하는 학생이자 이성애자인 게이브리얼이었다. 또 가끔 방 밖으로 나가 게이브리얼 외의 다른 룸메이트들과도 대화하곤 했다. 마크와 에이스는 내가 피플스 파크에서 참여한 대규모 집회라든지 텔레그래프 애비뉴에서 했던 하레 크리슈나 행진을 궁금해했다. 학업에 집중하기에도 바빴기에 원하는 모든 걸 가질 수는 없었지만, 외롭지는 않았다. 그러나 학기 말에 마크가 셋이서 함께 피닉스에서 샌프란시스코까지 히치하이킹 여행을 떠나자고 제안했을 때, 나는 적극 찬성했다.

베이 에어리어까지 차를 얻어 타는 건 우리 생각보다 더 어려운 일이었다. 희망을 품고 엄지를 허공에 들어 올린 채 10번 주간 고속도로 도로변에 서 있어도 차들은 멈추지 않고 쌩하니 지나갔다. 물론 에이스에게는 검은 턱수염이 무성했고 마크는 웃통을 벗은 채 벨트에 나이프가 든 칼집을 차고 있었으니 놀랄 일은 아니었다. 나는 알록달록한 타이다이 티셔츠에 벨보텀스 청바지, 널찍한 챙이 달린 밀짚모자 차림이었다. 기온은 화씨 110도*였다. 땀에 절고 더운 나머지 짜증이 난 마크가 말했다. "퍼트리샤, 네가 차를 멈춰 세워. 에이스와 나는 멈추는 차가 있을 때까지 주유소 쪽에서 기다릴게."

우리는 점점 간절해지고 있었기에, 나는 내가 미끼 노릇을 하든 말든 개의치 않았다. "마크, 칼이나 숨겨." 내가 말했다.

오래지 않아 소용돌이치는 듯한 밝은색으로 칠해진 폭스바겐 밴이 멈추더니 그 속을 반쯤 메우고 있던 히피들이 우리를 태워주었다. 환영 삼아 우리에게 조인트와 초콜릿 칩 쿠키를 나눠 주기도 했다. 그 뒤에는 픽업트럭 짐칸에도, 장거리 트럭에도 탔다.

오클랜드에 도착한 뒤에는 룸메이트들과 헤어졌다. 나에게는 할 일이 있었으니까. 여자를 만나는 일이었다.

주디스에게 전화했지만, 동부에 살던 여자친구가 그녀를 다시 낚아채러 온 뒤였다. 수전과도 연락이 되지 않

---

* 섭씨 약 43.3도.

앉기에 그곳에서 나는 혼자였다. 그래서 다시 버클리에 있는 사촌 펄리의 하숙집에서 묵기로 했다.

도착하자마자 히피 차림으로 모즈를 찾아갔다. 키가 커서 내게 맞는 옷이 없었기에 직접 만든 것이었다. 윗옷은 알록달록한 페이즐리 무늬가 들어간 레이온 소재로, 벌룬 슬리브가 달리고 허리를 띠로 묶는 화려한 해적풍 블라우스였다. 여기에 마찬가지로 광택 나는 소재의 일렉트릭 블루 색상 벨보텀스 바지를 입으니 약에 취한 사람도 다시 한번 환각에 빠뜨릴 만큼 강렬한 히피 스타일이 되었다.

미성년자라고 쫓겨날세라, 얼른 바에 다가가 나와는 대조를 이루는 검은 슬랙스와 크림색 실크 블라우스를 입은 늘씬하고 매력적인 아시아인 여성 옆에 섰다. 그녀가 스툴을 내 쪽으로 틀어 나를 바라보았다. 요란한 옷으로 치장한 키가 6피트인 나를. 어떤 여자들에게는 내 큰 키가 매력으로 작용한다는 걸 알고부터 더는 부끄러워하지 않게 된 나는 그녀의 앞에 당당히 섰다.

"여기선 처음 보는 얼굴 같은데." 그녀가 말했다. "봤다면 기억했을 거야."

"이제 막 이 동네에 왔거든. 그런데 언제라도 쫓겨날지도 몰라."

다음 순간, 머리를 슬릭백 스타일로 넘긴 터프하게 생긴 다이크가 나타나 내게 신분증을 보여달라고 했다.

내가 쫓겨날 때 내 옆에 있던 여자(이름이 세실리아라고 했다)도 나를 따라 밖으로 나왔다.

"산책할래? 커피 마실까?" 세실리아가 물었다.

운도 좋지! 당연히 나는 좋다고 했다. 카페로 걸어가 바닷바람에 머리카락이 살랑살랑 날리는 바깥 자리에 앉는 내내 짜릿한 흥분감이 내 몸을 타고 물결쳤다.

바깥은 아직 밝아서, 이제야 세실리아가 내 눈에 선명히 들어왔다. 나보다 키는 8인치 작고, 길고 검은 머리가 한쪽 눈을 덮는, 도톰하고 육감적인 입술을 가진 여자였다. 겉보기엔 내 또래 같았기에, 그녀가 서른 살이라고 나이를 밝혔을 때 깜짝 놀랐다.

세실리아는 지적이고 눈썰미가 좋았으며, 장난기 있고 어딘가 날 선 농담을 좋아하는 성격이었다. 어떤 여자와 지독한 이별을 겪은 뒤 더는 일을 할 수 없어서 부모와 함께 살며 경제적으로 의존하고 있었다. 그 일 이후 세실리아의 언니가 부모와 함께 살기를 권했고, 부모는 학교로 돌아가는 조건으로 다시 그 집에서 살게 해 주었다. 세실리아는 영혼을 고갈시키는 종류의 파트타임 일을 하고 있었지만, 얼마 전부터 샌프란시스코 주립대학에서 수업을 듣기 시작했다. 드보르작의 오페라 〈루살카〉에 나오는 〈달에게 바치는 노래〉를 좋아한다고 말할 때 그녀의 검은 눈이 생기를 띠며 빛났다.

몇 시간이 지나고, 커피를 다 마시고도 한참 뒤에야 나는 기회를 잡았다. "우리 집에 갈래? 음, 따지고 보면 '집'은 아니기는 해. 선원들이 묵는 하숙집인데, 친척이 주인이라 나는 거기서 지내고 있어." 나답지 않게 서두른다는 건 알았지만, 샌프란시스코에서 보낼 수 있는 시간에는 한계가 있었고, 세실리아에게 강한 흥미를 느꼈다.

"좋아." 그녀가 대답했다. "그런데 가는 길에 뭔가 먹을 것 좀 사 가자."

성공했다는 생각에 기분이 좋아진 나는 씩 웃었지만, 다음 순간 걱정이 찾아왔다.

"그런데 문제가 하나 있어. 난 부엌에 놓인 간이침대에서 자. 방이 다 찼거든."

그러자 세실리아가 웃음을 터뜨렸다. "색다르겠네."

버스를 타고 하숙집에 도착했을 때는 이미 늦은 시간이었다. 부엌에는 아무도 없었다. 나는 벽장을 열고 침대를 꺼내 펼쳤다. 캔버스와 알루미늄으로 만든 허술한 물건이었고, 내 키에 비해 짧아서 누우면 두 발이 허공에 떴다. 술 취한 선원이 한밤중에 계단을 올라와 부엌을 지나갈 가능성도 있었다.

우리는 침대 가장자리에 걸터앉아 대화를 나누었고, 세실리아가 내 쪽으로 바짝 다가왔다. 내가 그녀의 검은 눈을 바라보는 사이, 그녀가 한 손으로 내 얼굴을 감쌌다. 그가 턱을 치켜들고 입술을 벌리는 순간 나는 속으로 덜덜 떨었다. 세실리아와 키스하는 순간 나는 우중충한 간이침대며 술 취한 선원 같은 건 싹 잊어버리고 말았다…. 세상에 존재하는 것은 내 입술에 닿은 그녀의 입술, 그리고 내 몸을 감싼 그녀의 두 팔의 감촉뿐이었다.

세실리아가 떠나기 전에 새벽의 회색빛이 부엌으로 스며들기 시작했다.

첫날 밤 이후, 우리는 2주 동안 함께 샌프란시스코를 탐험하고, 유니언 스퀘어에서 꽃을 사고, 프레시디오 국립 공원이나 그녀의 부모님이 없을 때 집에서 몰래 키스했다. 세실리아는 나보다 나이가 많았고, 아는 것도 경험도 더 많았다.

그녀의 부모님이 집을 비운 어느 날, 우리는 거실 바닥에 가부좌를 하고 앉아 서로를 애무했다. 세실리아의 키스가 끈적해지자 숨이 가빠오고, 온몸이 찌릿찌릿했다. 그 순간 현관문의 자물쇠가 열리는 소리가 들렸다. 세실리아의 몸이 순식간에 긴장했고, 우리는 황급히 떨어졌고, 점점 커지던 내 욕망도 종지부를 찍었다. 이대로 멈추기 싫었던 나는 세실리아를 일으켜 세웠고, 우리는 계단을 올라 세실리아의 방으로 들어갔다. 그녀가 방문을 잠근 뒤 내 옷을 벗기고 침대에 눕혔다.

너무도 쉽게, 완전히 맨 정신인 상태로, 나는 단 몇 분 만에 절정에 이르렀다. 그때까지의 성적 경험에서는 느껴 본 적 없었던 압도적이면서도 황홀한 해방감이 온몸을 휩 쌌다.

여운이 가시지 않았던 그날 저녁, 세실리아가 사준 저녁 식사는 녹인 버터 소스를 얹어 요리한 랍스터 꼬리 였다. 처음 맛본 그 맛에 반한 나는 그날의 랍스터 껍질을 몇 년 동안 간직했다. 우리는 문학, 시, 음악 이야기를 했다. 명랑하고 재치 있으며 엉뚱한 유머 감각을 가진 세실리아는 내가 새로운 음식, 새로운 생각, 새로운 성적 쾌락에 입맛을 다신다며 놀렸다. 내가 그녀에게 끌린 건 순전한 육체적 욕망 때문만은 아니었다. 그 2주 동안 나는 딤섬의 맛, 치자의 향, 그리고 세실리아를 사랑하게 되었다.

8

　세실리아에게 힘겹게 작별을 고한 나는 피닉스로 돌아가 여름학기를 들었다. 생화학 과목 수강을 더는 미룰 수 없어서 두 학기분의 학점을 그해 여름방학에 이수할 생각이었다. 쉽지 않은 도전이었다. 생화학을 가르치는 교수는 가혹하고 까다로운 것으로 악명 높았다. 이 강의에서 의대 준비 과정을 버틸 수 없는 학생들이 잡초처럼 솎아져 나간다는 이야기도 돌았다.

　샌프란시스코를 떠난 뒤 세실리아는 내게 장미 열두 송이와 카드, 그리고 주나 반스의 시 〈세레나데〉를 보냈다. 나는 미소를 지으며 멀리 떨어진 뒤에도 우리의 로맨스가 이어질 수 있기를 바랐다.

　〈세레나데〉는 세실리아가 내게 편지로 보낸 수많은 시 중 하나일 뿐이었다. 세실리아는 그것이 나를 위한 순수예술 교육의 일부라고 말했다. 그해 7월, 생화학 교과서를 보다가 고개를 들어 창밖을 바라보며 우리가 함께한 지난 2주를 떠올리며 몽상과 추억에 잠기는 일이 잦았다.

사막의 맹렬한 한여름에 세실리아가 나를 보러 와서 바닥에 펼친 좁다란 접이식 매트리스에서 함께 잤다. 사흘째 날, 나는 수업이 끝난 뒤 자전거를 타고 집에 돌아갔다. 지치고 땀에 전 채 도착한 나는 샤워하고 옷을 갈아입은 뒤 시험공부를 해야 한다는 부담감을 느끼며 매트리스 위에 털썩 주저앉았다. 창밖에서 에어컨 실외기가 거세게 돌기 시작했고, 세실리아는 내 무릎을 베고 누웠다. 나는 노트를 샅샅이 읽으면서 자유로운 한 손으로는 세실리아의 긴 검은 머리카락을 쓸어내렸고, 그러면서 아주 깊은 만족감을 느꼈다. 이게 바로 삶이지. 나는 목표를 위해 노력하고, 내 곁에는 나를 지지하는 여자가 있는 것. 페미니즘 문학을 읽었지만, 내가 모범으로 삼을 만한 관계는 전통적인 이성애 규범적 관계뿐이었다. 그 틀 속에서는 내가 가장이고 세실리아가 나를 내조하는 '아내'였다.

며칠 뒤, 수업을 마치고 집에 돌아오니 뒷문 포치 쪽에서 여러 사람의 목소리와 웃음소리가 들렸다. 세실리아가 그때까지 본 적 없는 짧은 원피스를 입은 채로 가부좌로 앉아 마크 그리고 에이스와 함께 아이스티를 마시고 있는 모습이 보였다. 내 여자친구랑 뭐 하는 건데? 미니스커트는 왜 입은 거야?

질투가 부글부글 끓어올랐다. 남자 룸메이트들이 내 여자를 건드리는 꼴을 가만히 두고 볼 생각은 없었다. "뭐 하는 거야?"

"저녁 먹으러 갈까 했지." 세실리아가 대답했다.

나는 세실리아를 데리고 내 방으로 들어가 문을 닫았다. 얼굴은 벌겋게 달아올랐고, 머릿속은 뒤죽박죽이었다. 세실리아가 까치발을 들고 내게 키스하면서 손으로 내 어깨를, 내 치마 속을 더듬는 순간 다른 모든 생각은 사라져 버렸다. 나는 세실리아 뒤로 손을 뻗어 방문을 잠갔다. 저녁을 먹으러 가는 일 따위는 까맣게 잊어버렸다.

생화학 첫 학기는 혹독했고, B+가 평균 A학점인 내 성적표를 더럽히고 말았다. 다시는 그런 일이 일어나지 않도록, 나는 세실리아의 방문 일정을 미뤘고, 저녁마다 마크나 에이스와 함께 쉬는 일도 그만둔 채 두 배로 열심히 공부했다.

그 결과 A학점으로 생화학 과목을 이수했다.

처음에는 편안한 동지애로 시작했던 나와 두 룸메이트 사이에 긴장이 자리 잡기 시작했다. 나는 로빈 모건이 편집한 앤솔러지인 『자매애는 강력하다Sisterhood is Powerful』 그리고 케이트 밀럿의 『성 정치학Sexual Politics』을 반이나 읽은 뒤였다. 어렵잖게 권력과 기회를 거머쥐는 남성들의 특권에 대해 내가 오래전부터 품어왔던 분노에 페미니즘 이론이 틀을 만들어 주었다. 이제 내 눈에 룸메이트들은 여성 억압자였기에 그들이 나더러 설거지하라며 개수대에 더러운 그릇을 내버려두면 짜증이 치솟았다. 그래서 나도 반항하는 마음으로 내 그릇을 아무렇게나 내버려두었다. 집안일을 외면할 구실로 여자 룸메이트를 들인 거라면, 잘 못 고른 거였다. 나는 요리를 거의 하지 않았고, 캠퍼스에서 식사를 하거나 즉석조리 식품을 오븐에 데워 먹었다. 너무 바빠서 정기적으로 청소를 도울 수 없다고도 말했다. 나는 의대 진학을 준비 중이었고, 그들에겐 자유 시간이 훨씬 더 많아 보였으니까.

우리 사이는 점점 금이 갔다. 가을이 되자, 둘은 나더러 그 집에서 나가달라고 했다.

나는 캠퍼스에 있는 가장 오래된 여학생 기숙사에 들어갔고, 룸메이트를 만들고 싶지 않았기에 한때 건물 관리인들의 물품 보관실이었던 곳을 내 방으로 쓸 기회가 생겼을 때 놓치지 않았다. 그곳은 길고 좁은 형태로 희미한 표백제 냄새가 풍겼다. 한쪽 끝에는 중정을 내려다보는 창문이 있었다. 창문 앞에 책상을 놓자, 등 뒤에 트윈베드 하나 들어갈 공간밖에는 남지 않았다. 세실리아가 보낸 버지니아 울프의 책 제목처럼, 내게는 자기만의 방이 있었다. 고독을 즐기고 있자니 지난 몇 달간 쌓인 긴장이 몸에서 빠져나갔다. 창문을 활짝 열고 사막에 내린 비 냄새를 한껏 들이마셨다.

전액 장학금을 받았는데도 생활비가 부족해서 기숙

사 식당을 자유롭게 이용할 수 있는 식권은 못 샀다. 엄마가 일주일에 두 번씩 피닉스 북부에서 30마일을 운전해서 집에서 만든 저녁 거리를 가져다주었다. 차라리 식비를 대주는 게 저렴했을 테니, 엄마가 굳이 그렇게 한 건 내가 보고 싶어서, 또 내가 다시 대학으로 돌아간 게 마음에 들어서인 게 분명했다.

생화학이라는 시련을 이겨낸 나는 정치에 눈을 떴다. 물리학과 식물학에 흠뻑 빠져 있지 않을 때면 애리조나에서 구할 수 있는 페미니즘을 다루거나 진보적인 책은 모조리 읽었다. 베트남전쟁의 무용함과 국가 지도자들의 표리부동에 분노한 나는 다른 학생들과 함께 팔에 검은 완장을 차고 ROTC 건물을 점거했다가 캠퍼스 경찰에게 끌려 나가기도 했다.

어느 날 오후에는 도서관에서 다른 학생과 전쟁 이야기로 논쟁을 벌이다가 사서에게 퇴장을 요구받기도 했다. 엄마와도 비슷한 다툼이 벌어졌다. 엄마는 차에서 반쯤 몸을 내민 상태로 내게 베트남전쟁은 공산주의의 확산을 막기 위해 꼭 필요한 일이었다고 했다.

"여성과 아이로 이루어진 아무것도 모르는 동네 사람들한테 네이팜탄을 떨어뜨리고 고엽제로 환경을 망치는 일이 말이죠?" 나는 차에서 내리며 그렇게 외치고는 문을 쾅 닫았다.

바쁜 삶 속에서도 세실리아가 그리웠다. 편지는 계속 주고받았지만 장거리 통화는 비싸서 자주 할 수 없었다. 그해 가을에 세실리아가 찾아왔고, 우리는 내가 사는 물품 보관실의 트윈베드에서 사랑을 나누었다. 다음 날, 욕망 때문에 뻣뻣해진 우리는 캠퍼스의 과학관 앞뜰에서 키스했다. 키스가 점점 달아오르자 지나가던 차가 유턴해 우리에게 헤드라이트를 쏘며 다시 돌아왔다. 1970년대 애리조나에서 여자들이 공공장소에서 키스하는 일은 없었으니까.

"여자애들 둘이서 뭐 하는 거야?"

걸걸한 목소리에 나는 깜짝 놀랐다. 우리는 자리에서 일어섰다. 캠퍼스 경찰 두 명이 내 앞으로 다가왔을 때, 나는 양손을 겨드랑이에 끼운 채 턱을 치켜들고 둘 중 나이 많은 쪽을 똑바로 쏘아보았다.

나이 많은 경찰이 나를 한쪽으로 데려갔고, 풋내기로 보이는 젊은 경찰은 근처 나무에 구부정하니 등을 기댄 채 세실리아와 이야기를 나누었다. 손에 축축하게 땀이 배어났지만, 나는 눈을 피하지 않았다. 경찰이 내게 몇 가지 질문을 던졌고, 나는 솔직하게 대답했다. 그는 내내 뭐라고 수첩에 써 내려갔다. 경찰은 나를 빤히 보더니 자기 턱을 쓰다듬다가 얼굴을 찌푸렸다. "대체 무슨 생각인 거야? 너처럼 진지한 학생이 말이다. 이런 짓을 계속하다가는 진짜 큰일이 벌어질 거다."

세실리아와 나는 충격 속에서도 도전적인 기세를 잃지 않고 손을 잡은 채 그 자리를 떠났다. 나는 내 사랑을

숨기고 싶지 않았고, 내가 병들었다고도, 미쳤다고도, 레
즈비언은 불행하게 살 수밖에 없다고도 믿지 않았다. 내가
읽던 페미니즘 도서들은 무엇이든 가능하다고 확언했다.
여성들은 착취적이지도 억압적이지도 않은 관계를 누리
는 대안적 방법들을 찾아가고 있었다. 우리의 잠재력을 남
김없이 표출할 수 있는 방법들이었다. 그때는 그 생각들이
내가 의사가 되기 위한 길고 험한 오르막을 오르며 내가
남몰래 품은 갈망과 불일치한다는 사실을 깨닫지 못했다.
나는 나를 내조할 '아내', 그리고 남성들이 누리는 것과 똑
같은 특권을 갖고 싶었다.

학기 말, 학교 행정실로부터 자격 규정이 바뀌어 내가
더는 장학금을 받지 못하게 됐다는 연락을 받았다. 엄마는
경악했다.

"100퍼센트 장애인인 참전 용사의 딸이 평균 A학점
을 놓치지 않는데, 장학금 기준에 안 맞는다는 게 말이 되
는 소리니?" 엄마가 불평했다.

"저도 모르겠어요. 하지만 의대 진학 준비와 일을 병
행하면서 A학점을 받을 수는 없어요. 차라리 의대에 일찍
지원하는 게 좋겠어요."

"대학을 졸업하지 않으면 합격하기 어려울 텐데, 그
래도 응원한다." 엄마는 말했다.

6개월간 학업을 중단하고 샌프란시스코에서 지냈기
에, 나는 이제 막 3학년을 시작하는 시기였다. 그럼에도
나는 의대 입학시험에 응시했고 최고 점수를 받았다. 지원

서에는 이렇게 썼다. "저는 사람들이 겪는 무작위하고 불필요한 불의를 덜어주고 싶습니다. 그 불의가 신체의 기능 장애에서 온 것이건, 사회적 환경에서 온 것이건 말입니다. 저는 결혼하거나 아이를 가질 계획이 없습니다." 나는 입학 결정권을 가진 남성들이 이런 이야기를 마음에 들어 하리라고 생각했다. 내가 얼마나 진심인지는 알 수 없을 테지만.

며칠 뒤, 나는 내가 의대에 지원했다는 소식을 알리려 샌프란시스코에 있는 주디스에게 전화했다. 주디스와의 만남 역시 내가 의사의 꿈을 꾸게 한 여러 계기 중 하나였기 때문이다. 없는 전화번호라는 걸 아는 순간, 몸이 차디차게 식는 기분이 들었다. 그래서 주디스가 '토실토실한 토끼들'이라고 부르던 레즈비언 커플에게 연락해 그녀의 행방을 물었다.

"이런 소식을 전해서 정말 안타깝구나, 주디스는 죽었어."

다이앤의 그 말이 마치 배에 주먹을 내리꽂는 것처럼 느껴져서, 나는 쓰러지지 않으려고 조리대를 붙잡았다. "무슨 일이 일어난 거에요?"

"여자친구와 저녁 식사 후에 보트를 타러 나갔어. 둘 다 너무 취해 있어서 가지 말라고 내가 말렸어. 다음 날 아침, 골든게이트브리지 아래에서 보트와 두 사람의 시신이 발견됐어."

머릿속이 울리는 바람에 적절한 말을 도저히 찾을 수

가 없었다. "죄송해요. 끊어야겠어요." 나는 간신히 그렇게 말한 뒤 전화를 끊었고, 그 뒤에는 도저히 집중할 수가 없어서 방 안을 비틀거리며 돌아다녔다.

그 뒤로 몇 달 동안 나는 주디스를 생각했다. 우리가 함께한 짧은 시간, 우리가 나눈 이야기, 그녀가 주었던 영감. 가까운 사람이 죽은 건 처음이었다. 그 일은 내게 앞으로 나아가야겠다는 절박한 마음을 불러일으켰다.

봄이 오고, 세실리아가 또 한 번 찾아왔다. 사막에는 꽃이 만개했다. 오코티요나무는 채찍을 닮은 가지에 진홍색 꽃을 흩뿌리듯 피웠고, 술통선인장에는 자홍색 꽃들이 솟아났다. 우리는 그럴 가능성이 거의 없는데도 불구하고 내가 UC 샌프란시스코에 입학해서 그곳으로 이사하는 이야기를 나누었다. 내 응원 덕분에 세실리아 역시 학업에 더 진지해지며 UC 버클리에서 영어영문학 석사 과정에 진학해 언어학을 공부하겠다는 목표가 생겼다.

그런 꿈이 마치 손만 뻗으면 닿을 것처럼 반짝이고 있었지만, 엄마는 내게 레즈비언 연인이 생겨서 직업적 목표에 영향을 받는 현실을 달가워하지 않았다. 엄마는 마지못해 봄방학에 며칠간 세실리아와 함께 엄마 집에 머무르게 허락해 주었다. 여동생까지 함께 우리 넷은 차를 몰고 버드밸리의 밍거스산 기슭의 유령도시 제롬을 탐험했다.

처음에는 망설이던 엄마도 나들이가 끝날 무렵에는 세실리아와 샌프란시스코에서 무엇을 하고 무엇을 구경하면 좋은지 편하게 대화하게 되었다.

나들이가 끝난 뒤 캠퍼스로 돌아간 세실리아와 나는 중앙광장 분수 가장자리에 앉았다. 봄방학이라 가끔 교수나 관리인이 오가는 것 외에 캠퍼스 안은 텅 비어 있었고, 큰꼬리검은찌르레기사촌이 머리 위를 날며 이따금 울어대는 소리 말고는 고요했다.

"10년 뒤, 우리 삶이 어떻게 흘러가건 여기서 만나자." 세실리아가 내게 가까이 다가와 손을 잡으며 말했다.

"좋아." 나는 우리가 그때에도 여전히 함께일 거라고 확신했다.

그러나 미래란 계획대로 흘러가지 않는 법이다. 5월, 유타 대학교에서 내 삶을 바꿀 편지가 한 통 왔다.

운 좋게도 1971년은 유타 대학교가 처음이자 마지막으로 유망한 학생들을 선발해 학사학위 없이도 의대에 입학할 수 있는 실험적인 프로그램을 시행한 해였다. 합격통지서를 받은 나는 레코드플레이어로 로드 스튜어트의 〈매기 메이Maggie May〉를 최고 음량으로 틀어놓고 방 안에서 춤을 췄다. 그다음에는 다시 정신을 차리고는 엄격한 모르몬교 문화의 심장인 솔트레이크시티에서 레즈비언으로 살아가는 삶이 어떤 모습일지 생각했다.

세실리아에게 이 소식을 전하자 그리 기뻐하지 않았다. "그럼 우리가 언젠가 같이 살 가능성은 더 줄어들었네." 세실리아가 깊은 한숨을 내쉬며 그렇게 말하자, 그 비관적 전망에 내 황홀했던 기분도 잠시 가라앉았다.

젊고 낙관적이었던 나는 계속 연락하고, 서로를 자주 찾아갈 거라고 장담했다. 인턴과 레지던트 과정은 샌프란시스코의 병원들에 지원하겠다고 했다. 그러나 그건 내가 그해 여름의 과학 인턴십, 그리고 4년간의 의대 생활을 마친 뒤의 일이었다.

의대 입학을 앞둔 여름방학, 나는 미국과 캐나다 전역에서 온 영리한 미래의 과학자 10여 명과 함께 UC 리버사이드의 남녀공용 기숙사에서 지냈다. 연구 인턴십 감독관은 내게 식물학 실험실에서 해조류의 대사작용을 연구하는 자리를 배정했다. 내 1순위 선택지는 아니었다.

자유시간에는 페미니즘 도서를 읽었다. 정치활동가이자 철학자, 그리고 학자인 앤절라 데이비스는 내 영웅이었다. 《더 퓨리스The Furies》, 《오프 아워 백스Off Our Backs》에 실린 글들에서 레즈비언 분리주의자들은 남성 특권과 완전히 단절한 여성에게만 공감해야 한다고 주장했다. 이성애로부터 여전히 이익을 얻고, 특권과 안전을 보장받는 이들은 어느 정도 레즈비언 자매들을 배신하는 것이라고 말이다. 그런데 나는 이제 미국에서 가장 보수적인 도시에서 거의 남성들로만 이루어진 의대생들과 함께 지내게 되었다.

페미니스트로서의 내 고뇌가 정점에 다다른 건 같은 과학 인턴 중 하나였던 조지를 만난 뒤였다. 몸집이 거대했던 그는(키만 큰 게 아니라 뚱뚱하기도 했다) 맥길 대학교에서 온 생화학 전공 대학원생이었다. 쾌활하고 카리스마를 갖춘 성격이었던 탓에 다른 남성 인턴들은 마치 제자처럼 그를 졸졸 따라다녔다. 그는 나에게도 자신이 얼마나 영리하게 연구 문제를 해결했는지를 시시콜콜 이야기하며 지성을 과시했다. 내가 그리 감명받지 않자, 그때부터는 나를 깎아내리는 말들을 하기 시작했다. 예를 들면, "여자도 비판적이고 과학적인 사고를 할 수 있나?" 따위. 내가 그를 무시하고 혼자 떠들게 내버려두자 그는 공격적으로 변했다.

그곳에 간 지 몇 주가 지났을 때, 조지가 나를 기숙사 방에 불렀다. 그는 '제자' 여섯 명과 맥주를 마시고 있었다. 내가 저녁 식사 자리에서 여성과 남성은 따로 살아야 한다고 말했던 것을 두고, 그 이유를 자신에게 설명해 달라고 했다. 나는 어떤 여성들은 남성에게 의지하지 않는 여성만의 문화를 만들고자 한다고 말했다. 동부와 서부 해안 지역에서는 이미 시작된 문화라고 말했다.

조지는 불쾌해했고, 방 안의 분위기가 팽팽하게 긴장되었다.

"저녁으로 방울양배추를 먹은 이유가 뭐야?" 조지가 내게 비웃음을 던졌다. "네 가슴이랑 크기가 비슷한데 역겹지 않았어?"

그 말에 다른 남자들이 킥킥 웃었다. 턱에 힘이 들어가고 얼굴에 열이 올랐다. 나는 자리에서 벌떡 일어났다.

"남성우월주의자 같으니!" 나는 그렇게 외친 뒤 발을 쿵쿵 구르며 그 방을 나가버렸다.

그 뒤로는 식사도 혼자 했고, 남자들과 거리를 두었다.

인턴십이 끝나자마자 세실리아가 낡은 폭스바겐을 몰고 와 나를 샌프란시스코로 데려갔다. 우리는 소살리토의 야외 카페에서 점심을 먹거나 골든게이트브리지 근처 바닷가를 산책하며 지냈다.

세실리아와 즐거운 시간을 보내는 와중에도 솔트레이크시티에서 살아야 할 미래에 대한 걱정이 머릿속을 떠나지 않았다. 의대에서 남자들의 괴롭힘을 어떻게 버틸까? 리버사이드에서 보낸 지난여름처럼 조지 같은 머저리 마초들은 무시하고 혼자 지내며 학업에만 집중해야 할까? 아니면 전형적으로 공격적이고 고압적인 여성이 되어야 할까? 늘 강한 성취욕을 발휘하고, 늘 결정적인 한마디를 남기고, 재치 있는 말대꾸로 남자들에게 한 방 먹이는? (마치 엄마가 들려주던 이야기 속 담배를 피우고 늘 총을 소지하던 할머니처럼.) 내가 의대에서 내 자리를 찾을 수 있을까? 내게 동지가 하나라도 생길까?

어쩌면 의대에서의 생활은 어린 시절 남자아이들과 레드로버 놀이를 할 때와 비슷할지도 모른다. 그저 고개를 숙이고, 반대쪽 선을 통과할 때까지 온 힘을 다해 내달려야 한다는 점에서.

“우리는 타인을 통해 자신이 된다.”

—레프 비고츠키

9

1971년에는 의대 입학생의 성별 비율이 엄격하게 정해져 있었다. 유타 대학교 의대 신입생 100명 중 여학생은 단 다섯 명이었다.

입학을 앞둔 여름에 집을 구하다 보니 모르몬교가 아닌 학생은 나를 제외하면 여학생 한 명이 전부라는 걸 알게 됐다. 앨리스라는 그 학생도, 나도 유타주에 집이 없었으므로 우리는 직접 만나보지도 않고 의대에서 몇백 야드 거리에 있는 메디컬타워스의 12층 아파트에 함께 살기로 했다.

같이 살기로 한 아파트에 도착하자 앨리스는 이미 짐을 풀어놓고 있었다. 그녀가 거실에 걸어놓은 니들포인트 자수(웃어요, 하느님은 당신을 사랑하십니다)를 보고 당황한 나는 얼른 그보다 훨씬 더 큰 앤절라 데이비스(풍성한 아프로 머리를 하고 허공에 주먹을 흔들고 있었다) 포스터를 꺼내 반대편 벽에 붙였다. 그 뒤에는 나를 애리조나에서 그곳까지 태워다 준 부모님과 저녁을 먹으러 나갔다.

여성이고, 모르몬교를 믿지 않으며, 결혼하지 않았고, 레즈비언인 데다가, 동기들보다 나이까지 어린 나는 온갖 방면에서 아웃사이더인 셈이었다. 불안해서 음식이 잘 들어가지 않았다.

엄마가 걱정스럽다는 듯한 표정으로 나를 바라보았다. "괜찮니?"

"괜찮아요." 괜찮은 척했지만, 부모님이 떠나자마자 외톨이가 된 기분이 들 게 뻔했다.

해부학 수업에서 교수는 우리가 앞으로 9개월 동안 다룰 해부용 시신을 보여주었다.

지하에 있는 해부학 교실에서는 코를 찌르는 포름알데히드 냄새가 풍겨서 콧속이 따끔하고 속이 울렁거렸다. 흰색 보디 백에 들어간 스무 구의 시신이 큼직한 금속 테이블 위에 누워 있었다. 시신들이 한때는 우리와 마찬가지로 삶이, 사랑이, 가족이 있는 사람들이었다는 생각에 가슴이 뻐근해졌다. 그러나 상념에 잠길 시간은 얼마 없었다. 교수가 학생 다섯 명마다 시신을 한 구씩 배정한 뒤, 보디 백 지퍼를 동시에 내리게 했다.

심장이 쿵쿵 뛰었다. 죽은 사람을 보는 건 태어나서 처음이었다.

우리 조의 남학생이 보디 백을 열자, 밀랍처럼 하얗게 질린 53세 여성의 얼굴이 나타났다. 손바닥에 배어나는 땀을 실험 가운에 문질러 닦으며 그 얼굴을 내려다보자니, 현기증이 나서 테이블에 몸을 기대야 했다. 결국 목마르다는 둥 중얼중얼 변명하고 교실 바깥으로 뛰쳐나갔다.

복도로 나온 나는 현기증이 가실 때까지 식수대에 고개를 처박고 물을 마시는 척했다.

그때 들려온 해부학 교수의 목소리에 나는 놀라 펄쩍 뛰었다.

"괜찮니?"

"네, 괜찮아요."

힘겹게 교실로 돌아간 나는 조원들과 함께 첫 절개에 참여했다. 남학생이 메스를 들고 유방 사이 가슴팍 한가운데를 내리그었고, 피는 한 방울도 나오지 않았다. 나는 깊고 고르게 숨을 쉬려고 애썼다.

보디 백에서 꺼낸 시신을 사람이 아닌 사물로 바라보려고 무진 애를 썼지만, 관점을 완벽하게 바꾸는 건 불가능했다. 중간중간 교실 안을 둘러볼 때마다 시신들이 살아나는 것만 같았다. 고개를 세차게 저어 이미지를 없애려 애써야 했다. 그날, 그리고 그 후로 몇 달 동안, 내 실험 가운은 물론 해부학 교과서와 노트에서도 포름알데히드 냄새가 가시지 않았다.

알리스에게 해부학 강의에서 느낀 감정을 털어놓지는 않았다. 그 애는 늘 얼굴을 찌푸린 심각한 표정이었다. 나를 마음에 들어 하지 않는 게 느껴졌다. 간혹 말을 걸 때마다 눈을 굴리거나 비웃는 것처럼 코웃음을 쳤다. 우리는 애초부터 별로 친해지지 못했다. 나는 외로움을 잊으려고 공부에 더욱더 매진했다.

룸메이트가 된 지 오래되지 않았을 때, 나는 알리스에게 종교란 남성 권력에 힘을 실어주려 고안된 허구에 불과하다는 내 견해를 밝혔다. 그러자 알리스가 발끈했다. 다음 날 아침, 시리얼을 먹는 동안 그 애는 말 한마디 없이 혐오스럽다는 표정으로 나를 쳐다보더니, 먼저 성큼성큼 수업을 들으러 가버렸다.

세실리아와 통화하며 그 이야기를 털어놓자, 그녀는 이렇게 경고했다.

"다른 사람한테도 감정이 있다는 걸 너는 때로 잊어버려. 아무리 의도가 순수해도, 네가 하는 말이나 행동이 남의 기분을 상하게 할 수 있지. 그런데 상대가 방어적으로 반응하면 넌 당황하더라."

그런가? 나는 직설적이고, 솔직하고, 자기주장이 강했다. 남학생만 우글우글한 강의실에서는 꼭 필요한 자질이었지만, 집에서 룸메이트와 잘 지내는 데는 그리 도움이 되지 않았다.

몇 달 뒤, 해부학 강의가 끝난 뒤 알리스와 함께 집에 가는데, 모르몬교인 다른 학생 여럿이 우리에게 합류했다. 아내들이 말끔하게 빨아주고 다려준 그들의 실험 가운을 보고 있자니, 더럽고 구겨진 데다가 포름알데히드 악취가 풍기는 내 가운이 자꾸 신경 쓰였다. 나는 누구에게랄 것도 없이 반쯤 농담으로 중얼거렸다. "나도 아내가 있었으면 좋겠네."

그러자 알리스가 큰 소리로 이렇게 대꾸했다. "샌프란시스코에 있는 그 여자는 어쩌고?"

안 돼! 때는 1971년, 게다가 그곳은 유타주였다. 알리스가 내 일거수일투족을 주시하고 있을 줄은 미처 몰랐다. 무슨 속셈이지 싶었다. 우리 둘 다 경쟁심이 강했다. 내가 레즈비언이라는 걸 교수들이 알면, 의대 생활은 앞으로 더 고단해지겠지.

얼굴이 뜨겁게 달아올랐지만, 나는 아무 말도 하지 않은 채 그저 너저분한 실험 가운을 꽁꽁 여미고 말없이 걸었다. 알리스의 얼굴에 희미한 비웃음이 떠오르는 게 보였다.

그날 오전, 나는 더 잘 지낼 수 있는 동시에 비밀을 더 잘 지켜줄 새 룸메이트를 구하겠다고 마음먹었다. 얼마 전 알게 된 데이비드는 모르몬교가 아닌 단 열 명의 동기 중 하나로, 나와는 강의 사이 쉬는 시간에 편하게 대화를 나누는 사이였다. 키는 작지만 다부진 체격, 옅고 추레한 턱수염, 헝클어진 머리에 깊은 바리톤 음색의 목소리를 지녔고, 하버드 학부에서 경제학을 전공했다고 했다.

처음에는 몰랐지만, 강의 전 함께 복도를 걷던 중 그의 사소한 몸짓을 알아차렸을 때는 혹시 데이비드가 게이가 아닐까 생각했다.

다음 날 오후, 나는 메디컬타워스로 가는 데이비드를 쫓아가 물었다.

“데이비드, 생각해 봤는데… 너 룸메이트랑 별로 안 친하지 않아? 나랑 룸메이트 하는 거 어때?”

데이비드가 눈을 휘둥그레 뜨더니, 고개를 한쪽으로 기울이고 나를 올려다보았다. 그러더니 헛기침하고는 형클어진 머리를 손으로 가다듬었다.

“친구 이상의 선은 절대 안 넘으면서 말이야.” 내가 그를 안심시켰다.

“그래, 논의해 보자.” 그는 여전히 의심스럽다는 눈빛이었다.

그날, 우리는 함께 저녁을 먹었다. 나는 긴장한 채 말없이 그의 대답을 기다렸다.

애피타이저가 나오기도 전에 데이비드는 룸메이트가 되자는 내 제안에 응했다.

대담한 행보가 아닐 수 없었다. 남들 눈에 우리는 연인 사이로 보일 게 뻔했다. 유타주에서는 혼전 동거라는 죄를 저지르는 불명예스러운 커플 취급을 받을 터였다. 하지만 적어도 레즈비언이라는 이유로 매장당할 위험에서는 벗어날 수 있었다.

우리는 메디컬타워스 남쪽 동 20층에서 함께 살게 됐다. 두 개 동으로 이루어진 메디컬타워스는 솔트레이크시티 동쪽 변두리의 워새치산맥 기슭의 언덕마루에 있었는데, 강의실과 메디컬센터에 도보로 갈 수 있는 가까운 거리였다. 우리는 각자 방을 하나씩 썼다. 솔트레이크시티 서쪽을 내려다보는 전망이 좋았는데, 특히 야경이 대단히 근사했다. 모르몬교 사원의 첨탑, 단정한 격자형으로 자리한 건물들이 모두 내려다보였다. 거실 창밖으로는 남쪽 워새치산맥 풍광이 펼쳐졌다.

가구랄 것이 거의 없는 우리 집에 있는 거라고는 낡아빠진 소파, 레코드플레이어, 시멘트 벽돌과 널빤지로 만든 테이블 위에 길게 한 줄로 세워둔 레코드가 다였다. 내 방에는 트윈사이즈 매트리스, 책상, 시멘트 벽돌과 널빤지로 만든 책꽂이가 있었다. 데이비드의 방에는 프레임을 갖춘 제대로 된 침대가 있었다.

같이 산 지 한 달이 지났을 때, 나는 데이비드에게 내가 레즈비언인 걸 털어놓기로 했다. 그동안 몰래 샌프란시스코에 전화를 걸어댔고, 조만간 세실리아가 방문할 계획이었다. 그녀와 트윈베드를 함께 쓴다는 사실을 숨길 방법이 없을 것 같았다.

"세실리아와 내가 연인 사이라는 걸 너한테 밝힐 때가 된 것 같아." 함께 거실 바닥에 앉아 모닝커피를 마시다가 내가 털어놓았다. 데이비드가 입을 떡 벌리고 나를 쳐다보아서 내가 더 놀라고 말았다. 그가 그 사실을 몰랐으며 의심하지도 않았다니, 믿기지 않았다.

"넌 레즈비언처럼 안 보이는데!"

부치로 보이지 않는다는 뜻일까? 나는 청바지를 입더라도 상의는 여성스러운 블라우스를 입었고, 립스틱을 바르고 귀걸이를 했다. 중요한 날에는 드레스도 입었다. 결국 나는 우리 엄마 딸이었으니까.

"언제부터 레즈비언이었는데?" 데이비드가 물었다.

"평생. 이성애자가 되어보려고 무진 애를 쓰기는 했지만."

데이비드가 말없이 나를 쳐다보자, 혹시 그가 불편해하는 걸까 하는 걱정이 들어서 나는 숨을 참았다. 하지만 그는 곧 씩 웃었다. "그래, 한밤중에 통화하는 이유를 이제야 알겠네."

나는 참았던 숨을 내쉰 뒤 다시 소파에 등을 기댔다. 솔트레이크시티에 진정한 내 모습을 아는 사람이 적어도 한 명은 생겼다.

데이비드가 동거인 역할을 하면서 알리바이가 되어주기는 했지만, 나는 여자와 함께 살며 사랑과 지지를 주고받길 꿈꿨다. 언젠가 세실리아와 가족을 꾸리고 싶기는 했지만, 실제로 그렇게 살았던 레즈비언을 본 적은 없었다. 1967년에 나온 영화 〈더 폭스The Fox〉처럼, 여성과 여성의 사랑을 그리는 영화는 전부 비극적인 결말로 끝났다. 〈더 폭스〉에서는 둘 중 하나가 쓰러진 나무에 깔려 죽는다. 영화 〈순응자The Conformist〉에서 눈 덮인 숲속을 달리는 여자를 남자들이 짐승을 사냥하듯 쫓아가는 장면이 뇌리에 남아 몇 달간 잊히지 않았다. 레즈비언을 그린 영화 중 행복한 결말로 끝나는 건 하나도 없었다.

세실리아와 나는 두 달에 한 번꼴로 만났고, 편지를 주고받았고, 최소한 2주에 한 번 통화했다. 의대에서의 첫 한 해가 끝날 무렵, 세실리아가 유타주로 찾아왔다.

바닥에 놓인 트윈베드에서 하룻밤을 꼬박 새우다시피 한 뒤, 리틀코튼우드 캐니언에 있는 예쁜 등산로인 호스테일 폴스로 하이킹하러 갔다. 데이비드도 따라왔다.

시작점부터 4분의 1마일 지점까지는 울퉁불퉁한 흙길이었지만, 곧 소나무와 사시나무가 숲을 이루었고, 나무 사이로 스민 햇빛이 어룽어룽한 빛을 던졌다. 1마일가량 걷자 작은 들판이 나왔는데, 세실리아가 보이지 않았다.

왔던 길을 달려 돌아가니 거친 숨을 몰아쉬며 오르막을 오르는 세실리아가 보였다.

"어디 있었던 거야?" 그렇게 묻자마자 세실리아의 표정을 본 나는 방금 한 말을 후회했다.

"두 사람을 따라잡으려고 무진 애를 쓰고 있었지. 다리가 어찌나 긴지."

"미안해." 나는 그녀에게 손을 내밀었다.

하이킹 코스는 무자비한 오르막으로 이어졌지만, 나는 세실리아 곁을 떠나지 않았다.

잠시 후, 세실리아는 한 학년에 다섯 명뿐인 여학생으로 지내는 게 어떠냐고 물었다. "생각만큼 힘들어?"

"음, 해부학 첫 수업에서 하시모토 교수가 《플레이보

이»에 나온 여자 가슴 사진을 슬라이드로 보여줬어. 남학생들은 재미있다고 웃었지만, 나는 불편했어."

"별로였어?" 세실리아가 놀리는 투로 되물었다.

"그런 맥락에서는 별로였지."

계속 걸어가는 동안 처음 의대에 입학했을 때, 그곳이 나와 어울리지 않는다고 두려워했던 게 떠올랐다. 모르몬교 남학생들은 대부분 나보다 나이가 많은 기혼자였고, 의대에 입학하기 전 2년간 선교 활동을 다녀왔다. 이미 자녀가 있어서 캠퍼스와 떨어진 곳에서 사는 학생들도 많았다. 공통점이 없는 건 모르몬교 여학생 세 명과도 마찬가지였다. 앨리스 대신 데이비드와 룸메이트가 되고, 함께 식사하고 공부할 수 있는, 기혼자도 아니고 모르몬교도 아닌 친구가 생긴 뒤에야 나의 외로움은 비로소 가라앉았다. 서로의 배경이 어떻건 간에, 우리 둘은 목적의식으로 무장한 채 계단식인 A 강의실의 딱딱한 의자에 앉아, 몇 년 뒤에는 대부분 기억나지 않을 지식을 함께 머릿속에 채워 넣고 있었다. 심지어 앨리스와도 전보다는 가까워졌고, 강의실에서 대화를 주고받게 된 남학생들도 몇 명 생겼다. 그날 나무 사이로 어룽어룽 새어 들어오는 햇빛을 올려다보면서, 그리고 신선한 산 공기를 한껏 들이마시면서 나는 행복하다고 느꼈다.

시험을 앞둔 마지막 주에는 집중이 잘되지 않았다. 세실리아가 나를 학교까지 데려다주고, 소파 양 끝을 차지한 채 가운데에서 서로 다리를 엮은 자세로 공부하고, 밤이면 한 침대에서 잠들 수 있어서 짜릿했다. 우리 둘 다 전형적인 여성복을 입었고, 남들 앞에서는 애정 표현을 하지 않았다. 우리가 사랑하는 사이인 걸 아는 건 오직 데이비드, 어쩌면 알리스까지가 전부였다.

우리 둘은 의대 도서관 외딴 구석 책상에 마주 앉았다. 신경해부학 공부에 집중하려 애썼지만, 자꾸만 세실리아와 보낸 전날 밤의 기억들이 머릿속을 어지럽혔다.

나는 교과서를 읽었다. "척수의 천골구역은 척수원뿔에 위치한다." 내 젖꼭지를 애무하는 그녀의 혀.

"절전신경섬유는 복측 신경근 내에서 마미馬尾를 따라 내려간다." 내 두 손에 들어온 그녀의 골반.

"골반 천골공을 빠져나온 신경섬유들은 골반내장신경으로 분리된다." 굽이치는 우리의 몸, 그녀 안에서 축축해진 내 손가락.

나는 몸을 뻗어 책상 맞은편에 앉은 그녀를 바라보았다. 흘러내린 길고 검은 머리카락으로 얼굴 절반이 덮인 채, 눈을 내리깔고 책을 읽는 모습. 그녀가 내 몸을 타고 내려올 때 내 가슴에 쏟아지던 머리카락.

세실리아가 시선을 들더니, 내 표정에서 무언가를 읽어냈는지 미소를 지었다.

이제 신경해부학적 문제가 생긴 건 나였다. 골반이 욱신거리는 것 같았다. 세실리아가 다시 책으로 눈길을 돌리자 나는 안절부절못하고 다리를 꼬았지만, 욱신거리는 감각은 더욱더 심해졌다. 나는 책을 꽉 움켜쥐고 힘겹게 읽어나갔다.

"교감신경계와 부교감신경계의 절후신경섬유는 신경효과기 접합부를 형성한다."

다시 고개를 들자 세실리아는 얼핏 미소 짓는 표정으로 입술을 벌린 채 나를 뚫어지게 바라보고 있었다. 두 눈이 마주쳤다. 새까맣고, 부드럽고, 사랑스러운 눈. 나는 양쪽 허벅지에 힘을 주어 꽉 오므린 뒤 절정을 느꼈다.

세실리아는 데이비드가 집 안 어디서나 모습을 드러내는 데다가 우리가 외출할 때 자꾸만 따라온다며 불편해했다. 둘만의 시간이 드물었다. 기말시험을 전부 마친 뒤, 우리는 단둘이 차를 몰고 밀크리크 캐니언을 올라서 끝내주는 팬케이크를 파는 레스토랑인 로그헤이븐에 갔다. 그 뒤에는 하이킹을 즐겼다. 걷다가 해가 지는 바람에 험준한 산길을 서둘러 내려갔다. 그녀의 짧은 다리에 맞추려고 나는 보폭을 좁혔고, 시내를 건널 때는 업어주었다.

그날 우리는 미래에 관해 이야기했다. 세실리아는 의사가 되겠다는 나의 자기결정력과 끈질긴 의지를 높이 샀다. 그러면서도 자신은 여전히 학업에서 뚜렷한 목표를 세우는 일에도, 이를 위해 스스로를 독려하는 데에도 어려움을 겪고 있었다. 대학원 진학을 UC 버클리로 할지, UC 로스앤젤레스로 할지 아직 정해지지 않았지만, 그럼에도 학계로 나아가겠다는 의지는 확고했다.

세실리아로서는 솔트레이크시티처럼 보수적인 지역으로 오는 건 상상할 수조차 없었다. 우리 둘 다 서해안 어딘가에서 직업을 얻고 안정적인 가정생활을 누리고 싶었다. 그게 내 꿈이었다. 책에서 읽고, 문화적으로 흡수한 끔찍한 예측이 틀렸다는 걸 나 자신에게, 또 엄마에게 증명하고 싶었다. 여성들의 연인 관계는 반드시 실패하고 만다는 예측 말이다.

하지만 세실리아가 캘리포니아로 돌아가 대학원에서 언어학을 공부하기로 한 게 나로서는 그리 열렬히 반가워할 만한 일이 아니었다. 언어학이라고? 나한테는 심오하되 따분한 학문일 뿐이었다. 그래도 그건 세실리아의 삶이었다. 내가 아닌 그녀의 선택이었고, 나는 그녀가 행복하기만을 바랐다.

세실리아는 내가 언어에 관심이 없는 건 사회의 지배 계층에 속해 있어서라고 했다. 그러나 내가 그 결정을 달가워하지 않았던 진짜 이유는 대학원 공부 때문에 그녀의 시간과 에너지가 동날 뿐 아니라 내게서 멀어지기 때문이었다. 나는 세실리아가 내 곁에 있기를, 내 일을 지지해 주기를, 솔트레이크시티에서 학업을 끝낸 뒤 내가 어디로 가건 그곳에 함께 가주기를 바랐다. 우리 각자가 품은 야심이 갈등을 일으킬까 봐, 내조하는 아내를 원하는 내 속마음과 양립할 수 없을까 봐 걱정이 되었다. 내 페미니즘은 내 욕망과 일치하지 않았다.

10

아이러니한 건, 의대에 다니던 시절 내가 이상적으로 생각하던 상호 평등하고 서로를 지지하는 관계를 데이비드와의 플라토닉한 관계 속에서 누렸다는 사실이다. 평일에 나는 냉동식품을 오븐에 데워 저녁 식사를 때웠던 반면, 데이비드는 즐겁게 우리 두 사람 몫의 음식을 요리했다. 우리는 주말이면 몇 시간에 걸쳐 내리 공부하고, 하이킹하러 가기 전까지 함께 요리했다. 나는 데이비드에게 프랑스어로 소고기라는 뜻인 '뵈프'라는 별명을 붙였는데, 장난삼아 한쪽 팔을 주먹으로 쳤다가 그의 몸이 단단한 근육질이라는 사실을 알게 되어서였다. 다리털이 많은 그를 놀리며 가리고 다니라고 했고, 그러면 그는 "털은 아름답거든?" 하고 쏘아붙이고는 빨간 줄무늬 반바지 차림으로 거실을 성큼성큼 돌아다녔다.

그는 복수하듯 내게 '파트루스크'라는 별명을 붙여주

었다. 러시아 발레 작품 〈페트루슈카Patruschka〉를 자기식으로 변형한 것으로, 그저 어감이 마음에 들어서라고 했다. 우리가 사는 이성애자 백인 남성의 세계에서 데이비드와의 우정은 완충재가 되어주었고, 세실리아가 내 곁에 없는 나날들을 좀 더 버틸 만하게 해 주었다.

2학년이던 어느 날 아침, 우리는 거실 바닥에 앉아 엘튼 존의 〈베니 앤드 더 제츠Bennie and the Jets〉를 들었다. 음악이 끝나자 그가 앉아서 자기 양손을 내려다보다가, 고개를 들고는 이렇게 물었다.

"살아 있다는 게 얼마나 경이로운 일인지 생각해 본 적 있어?" 고개를 한쪽으로 기울인 그가 파란색 눈을 반짝였다.

나는 생각에 잠긴 채 그를 한참 쳐다보았다.

"때로 나는 내가 나라는 사실, 그리고 살아 있다는 사실이 감사해 어쩔 줄 모르겠어!"

데이비드의 강렬한 감정에, 나도 이 감사로 가득한 순간에 함께하고 싶은 기분이 들었다. 질병과 죽음을 생각하며 꼬박 한 해를 보낸 뒤였으니까 특히 더 그랬다. 훗날, 그가 큰 병에 시달릴 때 나는 이 순간을 되새기게 된다.

3학년이 되어서도 우리의 삶은 여전히 교차했다. 내과 과장이 직접 우리 둘을 내과 심화 트랙에 선발했다. 유타 대학교 의대 내과는 명망 높았기에 가장 똑똑한 학생들 대부분이 내과에서의 레지던트 훈련을 희망했다. 선발된

게 영광스러운 한편, 부담되기도 했다. 내가 전공으로 내과를 선택할 거라는 기대를 받게 되어서였다.

심화 트랙에는 필수 요건으로 참여해야 하는 연구 프로젝트가 있었다. 데이비드와 나는 같은 프로젝트를 택했다. 동물 연구가 유행이었는데, 우리는 새끼 거미원숭이 연구에 참여했다. 약물 투여에 따른 거미원숭이의 신장 기능 변화를 연구하는 과제였다. 이를 위해 원숭이의 음경에 카테터를 넣어 정맥주사줄을 삽입해야 했다.

"네가 해." 데이비드는 콧등을 찡그리며 눈을 질끈 감았다. 나는 손이 떨려서 카테터를 집어넣기까지 너무 오래 걸렸다. 원숭이가 몸을 꿈틀거리며 낑낑거리자, 나도 원숭이의 고통과 두려움이 느껴져 얼굴을 일그러뜨렸다. 원숭이를 움직이지 못하게 붙잡고, 비명을 무시한 채로 정맥주사줄을 연결하는 일이 끝났을 때 나는 눈물을 흘리고 있었다.

"과학이라는 이름으로 동물을 괴롭히는 일을 다시는 하지 않을 거야." 나는 나와 똑같이 괴로운 표정을 한 데이비드에게 말했다. 모든 남성이 동물의 고통에 무심한 건 아니었다.

그 뒤에는 레스토랑에 가서 그 후로도 여러 차례 보상 차원에서 먹게 될 프라임 립으로 저녁 식사를 즐겼다.

와인을 마시다가 데이비드가 물었다. "동물에게도 영혼이 있을까?"

"당연하지." 그때까지도 기분이 나아지지 않았던 내

가 대답했다.

세실리아와 나는 둘만 있을 공간을 좀처럼 찾을 수가 없었다. 3학년 가을 샌프란시스코에 갔을 때는 세실리아가 옛 여자친구인 제니퍼에게 머물 곳을 부탁했다. 어느 날 저녁, 세실리아는 감사의 표시로 제니퍼와 그의 연인 제인에게 퐁듀를 만들어 대접했다. 시멘트 벽돌에 합판을 올려 만든 테이블 앞에 방석을 깔고 다 함께 둘러앉은 채로 세실리아와 제인은 밤늦은 시간까지 계속 대화를 나누었다. 나와 제니퍼는 말없이 와인만 잔뜩 마셨다.

둘만의 시간은 드물고 귀했다. 점점 초조해졌지만, 세실리아의 관심이 이쪽으로 오지 않아 제니퍼도 나도 소외된 이 대화를 어서 끝내달라는 신호를 보낼 방법이 없었다. 목뒤가 뻐근해져 오는 바람에 나는 몸을 꿈지럭거렸다. 제니퍼와 잡담이라도 나누고 싶었지만, 제니퍼 역시 지금 벌어지는 상황에 기분이 언짢은 듯했다.

더는 참을 수가 없었다. 나는 세실리아의 무릎 너머로 손을 내밀어 물이 꽉 찬 물잔을 집어 든 다음, 세실리아의 가랑이 위에 물을 조르륵 쏟아부었다.

세실리아가 눈을 휘둥그레 뜨고 나를 쳐다보았다. "무슨 짓이야?"

내가 부적절한 행동을 하고 있다는 걸 알았지만, 그 순간에는 충동이 제대로 된 판단력을 이겼다.

세실리아는 화를 내기보다는 놀랐고, 나중에 나는 모

두에게 사과했다. 그러나 그 뒤로 제니퍼가 우리를 초대하는 일은 다시는 일어나지 않았다.

그해 가을, 정신과 순환실습을 할 차례가 되었을 때 우리는 정신과 교수인 나일라 콜 박사의 강의를 들었고, 임상실습을 치렀다. 콜 박사는 근육질 체격에 짧게 깎은 은발, 가혹해 보이는 각진 얼굴을 가진 여성이었다. 꼭 뱀파이어 같았다. 콜 박사는 사람을 기죽게 만드는 사람이었지만, 그럼에도 나는 다른 학생들보다 더 열심히 환자를 관찰한 바를 보고했다. 실습 기간이 끝날 무렵 교수가 평가를 위해 나를 연구실로 불렀다.

"너는 스스로를 어떻게 평가하니?"

"잘하고 있다고 생각합니다." 내 성과를 평가절하하는 법이 없던 내가 대답했다.

"넌 왜 그렇게 경쟁심이 넘칠까?" 교수의 눈이 내 눈을 꿰뚫어 보는 것 같았다.

어깨에 힘이 들어갔다. "그렇지 않다면 어떻게 의대에 입학했겠어요?"

부치 같은 외양을 생각하면 놀랍게도, 교수는 내게 이렇게 말했다.

"태도를 좀 더 부드럽게 해야 해. 그렇게 공격적이고 경쟁적으로 굴면 안 돼. 여성에게는 어울리지 않을 테니까. 사람들이 너를 마음에 안 들어 할 거다."

나머지 말은 들리지 않았다. 나는 턱에 힘을 주고 소

지품을 챙겨 그대로 연구실을 나가버렸다. 같은 특성이라도, 남성이 가지고 있었더라면 존중했을 게 뻔했다. 왜 내가 성공하게 도와주는 대신 이런 기분 나쁜 조언을 하는 거지? 나보다 스무 살쯤 많은 콜 교수는 자신의 한창때에는 더욱 기승을 부렸을 여성혐오와 동성애혐오를 내면화한 모양이었다.

"그 사람, 동성애혐오자라서 자기 두려움을 너한테 투사하는 거야."

내가 그 이야기를 들려주자 데이비드는 이렇게 말했다.

그가 내게 공감하자, 나는 데이비드의 성향을 묻고 싶은 유혹에 사로잡혔다. "넌 남자에게 끌린 적 없어?" 내가 캐물었다. 그가 같은 학년의 잘생긴 남학생 중 한 명을 갈망하는 것이 분명한 눈빛으로 바라보는 걸 눈치채서였다.

"남자들한테 성적인 감정을 느낀 적 있어." 그는 시선을 피하고 그렇게 말한 뒤 헛기침했다. "10대 시절에 남자인 친구들과 엎치락뒤치락하다 보면 흥분되더라. 그래도 그런 감정을 실행에 옮긴 적은 없어." 그는 손톱을 만지작거리며 말했다. 그가 초조해할 때마다 하는 버릇이었다.

일단 나는 그 이야기를 거기서 그만두기로 했다. 하지만 적당한 때가 되면 데이비드가 자신의 성적 감정을 받아들이고 실행하게 내가 도울 수 있었으면 좋겠다고 생각했다.

일주일에 두 번 하는 전화 통화에서 엄마는 아빠의 행

동이 변했다고 말했다. 온종일 침대에 누워 있는 대신 일찍 일어나 테니스를 치기 시작했다고. 거의 매일 버스를 타고 도서관에 가서 책을 잔뜩 빌려 오지만, 오랫동안 가만히 앉아 있을 수는 없기 때문에 읽지는 않는다고 했다. 아주 오랜만에 엄마를 데리고 춤을 추러 가기도 했단다. 엄마가 수화기를 아빠한테 넘겨주자, 아빠는 농담을 하며 웃었고, 나는 짜릿한 희망에 사로잡혔다.

아빠가 드디어 만성 우울증에서 벗어나고 있는 걸까? 이제 50대 후반인 아빠가 어린 시절 내가 보았던 아빠의 모습으로 돌아올지도 모른다는 생각이 들었다. 적어도 다음번 우울 에피소드가 찾아올 때까지만이라도.

2주 뒤, 누군가 내 방 문을 두드렸다. 문을 열자 아빠가 함박웃음을 지으며 서 있었다. 슈트케이스 대신 허리에 작은 힙색 하나만 두르고 있었다.

"아빠, 온다는 얘기는 못 들었는데. 들어오세요. 아빠가 여기 온 거 엄마도 알아요?"

"혼자 버스를 타고 루크 공군기지까지 가서 대기하다가 빈자리를 잡아 비행기를 타고 왔단다." 아빠는 힐 공군기지에서부터 남의 차를 얻어 타고 솔트레이크시티까지 와서, 대부분 오르막인 길을 4마일 가까이 걸어 우리 집까지 왔다고 했다. 나는 눈을 휘둥그레 뜬 채 아빠의 말을 들었다. 아빠는 쉬지 않고 말을 쏟아 냈고, 이제 의사도, 치료도 다 끝났다고 우겼다. 지난번 입원 생활에서는 룸메이트가 성매매 여성을 불러와서 밤새도록 섹스하는 바람에 잠을 한숨도 못 자는 날이 많았다고도 설명했다.

"잠깐만요, 아빠. 숨 좀 돌려요. 엄마한테 전화해야겠어요." 놀라움이 금세 불안으로 변했다. 아빠가 정상 상태로 돌아온 게 아니었다.

전화를 받은 엄마는 울음을 터뜨렸다. "네 아빠 때문에 미치겠구나. 밤새도록 잠도 안 자고, 택시를 타고 온 동네를 돌아다니고, 춤추러 다니고, 모르는 여자들이 자꾸만 집으로 전화를 걸어대. 네 아빠가 우리 저축을 모조리 축내면 어쩌지? 게다가 자꾸 흥분하고 화도 내. 재향군인병원에 연락도 해봤는데, 아무것도 안 해주더라. 엄마는 너무 겁이 난다."

정신과 실습을 막 끝낸 뒤였던 나는 아빠의 만성 우울증이 걷잡을 수 없는 조증 상태로 치달았고, 아빠의 머릿속이 흥분성 신경전달물질로 꽉 찼다는 사실을 알았다. 처음 있는 일이었다.

피닉스 재향군인병원의 담당의와 처음 통화했을 때, 의사는 내 조증 진단을 반박했다. "갑자기 조증을 겪기에는 너무 나이가 들었습니다."

미국에서 양극성장애 치료를 위한 리튬 사용이 승인된 지 얼마 되지 않은 시점이었다. 나는 아빠의 행동을 상세히 설명하며 당장 리튬을 처방해 달라고 요청했다.

교수 중 한 사람(뱀파이어는 아니었다)의 도움을 받아 아빠에게 진정제를 투여하고 피닉스행 비행기에 태웠다. 피닉스 재향군인병원에서는 담당 의사도 내 말에 수긍하고 아빠에게 리튬을 처방했다.

그때부터 우리의 역할이 뒤바뀌어 내가 부모님의 의료적 보호자를 도맡기 시작했다. 아빠의 갑작스러운 조증 발병에 당황하기는 했지만, 어린 시절 부모님의 곤란한 상황의 희생자가 되었던 것과는 달리 아빠의 병을 다스리고, 부모님을 도울 수 있어서 다행이었다. 아빠의 병을 내가 고칠 수는 없지만, 더는 그 병의 여파로 흔들리는 무력한 방관자는 아니었다.

11

그해 크리스마스 며칠 전에 세실리아는 대학원 1학년에 재학 중이던 UC 버클리 근처의 큰 주택에 방 하나를 빌렸다. 두 달만에 세실리아를 찾아간 나는 욕망과 기대로 가득 차 있었다. 불을 끄고 침대에 누워 벌거벗은 채 사랑을 나누고 있는데, 내 뒤에서 무언가가 움직이는 걸 본 세실리아가 화들짝 놀라 비명을 질렀다.

돌아누우니 라디오 시계의 불빛이 칼날에 반사되고 있었다. 걸걸한 남자 목소리가 들렸다. "약 없어?"

세실리아가 다시 비명을 질렀지만, 나는 낮고 차분하게 대답했다.

"복도에 다른 사람들도 있어." 일어나 앉으려 했지만, 남자가 칼을 내 목에 가져다 댔다. 나는 떨리는 목소리를 애써 가라앉혔다. "금방이라도 우리 목소리를 듣고 달려올걸. 우리한테는 약 같은 거 없어."

그러자 남자가 칼을 치웠다. 가로등 불빛 속에서, 트윈베드에 벌거벗은 채 누워 있는 우리 둘의 모습이 보인 모양이었다. "연인 사이인가 보군…. 멋진 누님들이네. 끝내준다." 그러면서 그는 뒤로 물러났다.

그러더니 순식간에 열린 창문을 뛰어넘어 밤거리로 사라져 버렸다.

그 남자가 떠나자마자 나는 창문을 꽉 닫고 침대에 앉아 벌벌 떨었다. 세실리아가 날 끌어안았다.

"네가 우리 둘을 살렸어." 그녀가 말했다.

나도 한 팔로 세실리아를 감쌌다. "우리가 같이, 안전하게 살 곳을 찾을 수 있으면 좋으련만."

"처진 가슴 한쪽이 다른 가슴에게 뭐라고 했게?" 3학년 때, 강의 시간에 수술과 교수가 이렇게 운을 뗐다. "빨리 탱탱해지거나 지지받지 않으면 사람들이 우리가 불알인 줄 알겠어."

교수들이 강의 분위기를 누그러뜨리겠다며 던지고는 하던 성차별적인 음담패설은 내게 하나도 재미있지 않을 때가 많았다. 나는 그런 일로 낙심하지 않기로 했다.

내 배움을 지지하는 교수들이 많았지만, 늘 그렇지는 않았다. 이듬해 1월, 나는 3학년이었고 수술 실습 때 학생들은 환자에게 삽관하거나 수술 보조를 할 수 있는 기회가 주어졌다. 나는 할 수 없었다. 모두 남성이던 외과 교수들은 내게 몇 시간 동안 견인기를 붙잡고 있으라고 시켰고,

남학생들이 상처를 봉합하는 동안 나는 아무것도 볼 수 없었다. 내가 질문해도 교수들이 무시할 때가 많아서 나는 분노로 부들부들 떨었다.

산과에서도 비슷했다. 그해 봄, 대학병원 여성의학과 주임교수인 G 박사는 나를 모르몬교 계열의 병원에 배정했다. 그곳은 심지어 산과에도 여성 의사가 없었다.

24시간 근무하고 24시간의 휴무를 얻으며 일주일을 보냈는데도, 내가 받은 과제는 출산 후 태반을 대야에 받는 것뿐이었다. 태아의 위치를 잡거나 아이가 나올 공간을 만들 수 있게 질 주위 조직을 절개하거나 출산 후 절개부를 봉합해 볼 기회는 없었다. 수술 실습 때와 마찬가지로, 그곳에서도 그들은 여성은 분만이나 상처 봉합을 맡길 만큼 믿을 수 없다는 메시지를 보냈다. 호모사피엔스가 탄생한 이래 여성들은 줄곧 서로의 출산을 도왔는데도.

첫 주가 끝날 무렵에는 마스크 속으로 분노에 찬 뜨거운 눈물방울이 굴러들어 왔다. 나는 분만실을 빠져나와 태반이 든 대야를 개수대에 쾅 소리를 내며 내려놓은 뒤 마스크를 잡아 뜯듯 벗고 의사 휴게실로 쾅쾅 발소리를 울리며 걸어갔다.

"여기서 제가 배우는 게 하나도 없어요." 방금 환자의 출산을 도운 의사에게 말했다. 그는 그저 나를 바라보며 어깨만 으쓱하더니, 의자를 빙글 돌려 내게서 등을 돌렸다. 나도 홱 돌아서서 수술복을 벗어 던지고는 다시는 돌아오지 않을 기세로 그 병원을 떠났다.

내가 대학병원으로 돌아가자, G 박사는 생각에 잠긴 표정으로 내 이야기를 귀 기울여 들었다. 모르몬교의 땅에서 사는 유대인으로서 G 박사 역시 차별을 겪은 적이 있었을 것이다. 또 그는 내가 학년에서도 최고 성적에 가까운 뛰어난 학생이라는 사실도 알았다.

"남은 기간 동안 산과 실습은 나와 함께 하도록 하지." G 박사가 제안했다.

그 뒤로 산과에서 보내는 3주 동안, 나는 여성이 여성 의사와 특별한 유대감을 느낀다는 사실을 알게 되었다. 내가 처음으로 담당한 환자 중 한 명은 모르몬교 여성인 모리슨 씨로, 이미 다섯 아이를 출산했기에 여섯째를 임신했지만 더 이상의 출산을 경험하고 싶지 않아 했다. 40대 초반에 과체중인 모리슨 씨의 자궁에는 골프공만 한 크기의 근종이 두 개나 있었다. 의사들은 근종 제거를 위해 자궁 절제술을 시행하는 경우가 많았고, G 박사 역시 환자가 적어도 임신 7주라는 사실을 알면서도 의학적으로 필수적인 자궁 절제술을 예약해 둔 상태였다. 모리슨 씨는 남편에게는 임신 사실을 이야기하지 않았다. 1973년, 로 대 웨이드 판결로 임신중지가 합법화된 직후였지만 유타에서는 변화의 속도가 빠르지 않았다.

수술 보조를 맡은 나는 수술 전 모리스 씨의 복부를 검진했다. 환자는 눈물을 흘리며 고개를 돌렸다. 나는 검사를 중단하고 그의 손을 잡았다.

"힘드시죠, 모리슨 씨. 이해합니다. 저도 임신중지 경험이 있어요. 저 또한 그 사실이 괴로웠지만, 만약 원치 않는 아이를 낳았다면 훨씬 더 괴로웠을 거예요. 분명 제 인생이 망가졌을 테니까요. 당신의 몸이지, 남편의 몸이 아니잖아요. 결정은 모리슨 씨가 하시는 겁니다."

그러자 모리슨 씨는 나를 돌아보며 간신히 고개를 끄덕였다.

이번에는 G 박사가 내게 견인기를 드는 것보다 큰 임무를 맡겼다. 단계 하나하나마다 무엇을 하는지 설명해 주었고, 상처를 봉합하는 법도 알려주었다.

수술 후 상태를 점검하러 내가 병실에 들어가자, 모리슨 씨가 내게 미소 지었다.

나는 그녀의 손을 잡았다. "전부 잘됐어요. 자신을 위해 올바른 선택을 하신 겁니다."

모리슨 씨가 내 눈을 바라보며 마주 잡은 손에 힘을 주었다.

몇 주 뒤, 내가 심장학 순환실습을 위해 대학병원에 도착했을 때, 학장의 행정조교가 복도에서 나를 불러 세우더니 말했다.

"누가 전해달라는 물건이 있어요."

나는 그를 따라 행정조교실로 들어갔다. 책상 위에 높이가 1피트나 되는 종이공에 인형이 놓여 있었다. 흰 가운을 입고, 목에는 청진기를 건 여성 모양 인형이 손에 든 검은 가방에는 금색으로 이렇게 쓰여 있었다. "의학박사 퍼

트리샤 그레이홀." 모리슨 씨가 남긴 쪽지에는 "고맙습니
다"라고 쓰여 있었다.

나는 여전히 세실리아와 함께 살 수도 있다는 꿈을 버
리지 않았고, 내가 3학년이던 봄학기에 세실리아는 UC 로
스앤젤레스로 편입했다. 내가 처음 로스앤젤레스를 찾았
을 때, 우리는 함께 그 도시를 탐색했다. 세실리아는 내가
졸업한 뒤에 그곳에서 인턴 생활을 하도록 나를 설득하고
싶어 했다.

그해 봄과 여름, 세실리아가 보낸 편지에는 확고한 사
랑이 담겨 있었지만, 동시에 자신이 대학원 과정을 끝낼
수 없을지도 모른다는 불안감, 학계에서의 미래에 대한 불
확실성도 가득했다. 나는 세실리아가 점점 더 행복하지 않
다고 느끼는 것을 크게 신경 쓰지 않았고, 그것이 우리의
미래 계획에 어떤 영향을 줄지도 몰랐다. 우리 둘 모두에
게 안타까운 사실이었다. 나는 곧 샌프란시코에서 하게 될
서브인턴 과정이, 졸업 후 그곳에서 인턴 과정을 이수하는
데 도움이 되기를 바랐다.

샌프란시스코 종합병원에서의 서브인턴 과정은 무섭
고 힘들었다. 내가 완전한 의사의 책임을 떠맡을 때도 있
었다. 한번은 땀을 뻘뻘 흘리며 가슴 통증과 현기증을 호
소하는 한 비만 남성이 앰뷸런스에 실려 도착했다. 지도해
줄 의사도 없이 혼자 응급실을 지키고 있을 때였다. 심전
도 검사 결과 위험한 심근경색 증세가 드러났다. 불안해서

손이 덜덜 떨리는데도 정맥주사줄을 연결한 뒤 심장 내 혈관을 희석할 약물을 투여했다. 4년 차 레지던트가 나타나 심장마비를 겪은 환자이니 수술해야 한다고 말하기까지 너무나 오랜 시간이 걸렸다.

일주일 뒤, 스트레스로 인한 감기가 흉부까지 퍼졌다. 발작적인 기침을 하면서도 일을 해야 했던 나는 간신히 하루하루를 버텼다. 세실리아 역시도 자기 문제로 힘들어했다. 여름 내내 부모님과 함께 지내는 건 긴장감이 곤두서는 상황이었고, 가을에는 UC 로스앤젤레스에서 부담이 큰 대학원 과정을 들을 예정이었다.

그 지독한 여름, 세실리아는 바에서 낸시라는 여자를 만났다고 말했다. 퍼시픽 메디컬센터에서 인턴 과정 막바지에 있는 의대생이라고 했다. 내가 인턴 과정을 어디서 할 것인가 하는 문제에 온통 몰두해 있던 와중에, 그 낸시라는 여자는 바에 갈 시간도 있었던 모양이었다.

서브인턴 과정에서 좋은 인상을 남기고 싶어서 각별히 더 열심히 임했다. UC 샌프란시스코에서 나를 내과 인턴으로 받아줄 것 같았다. 퍼시픽 메디컬센터에서 인턴 과정을 수련하는 것도 고려해 봐야겠다는 생각이 들었다. 그곳에서는 스트레스가 덜하고, 세실리아와 보낼 시간도 많을 것 같았다.

서브인턴 과정이 끝날 무렵 솔트레이크시티로 돌아간 뒤에야 낸시라는 여자와 전화 통화를 해볼 수 있었다.

나는 인턴 경험에 관한 질문을 한참이나 던져댔다. 낸시의
대답은 짧고 간결했다.

　나는 한숨을 쉬며 이렇게 말했다. "졸업하면 로스앤
젤레스에서 인턴 생활을 하는 게 나을 것 같다는 생각도
들어요. 그러면 세실리아와 같이 살 수 있을 테니까."

　"아, 안 그러는 게 나을걸." 낸시의 목소리는 냉랭했다.

　"왜요?" 당황한 내가 물었다.

　"세실리아는 나와 연인 사이니까." 낸시는 사실을 그
대로 전달할 뿐이라는 듯 덤덤하게 말했다. 가슴을 주먹으
로 맞은 것처럼 숨이 턱 막혀왔다. 잘못 들은 거 아니지? 전
화를 끊고 난 뒤 나는 꼼짝하지 못하고 앉아 몇 분이나 내
방 벽만 쳐다보았다. 방 안이 빙빙 돌았다. 발밑의 땅이 흔
들리는 기분이었다. 세실리아와 나는 서로에게만 충실하기로
했는데. 어떻게 이럴 수가 있어? 그것도 의사랑? 어둑어둑해
지는 방 안에 앉아 그런 의문을 머릿속으로 자꾸만 굴려보
고 있던 나는 평소 내가 언짢은 소식을 들었을 때 하는 일
을 했다. 곧장 행동에 나섰던 것이다.

　1시간도 채 지나기 전에, 나는 로스앤젤레스로 가는
비행편을 예약했다.

　세실리아의 집에 도착하자, 그녀는 기별도 없이 찾아
온 나를 그리 반기는 기색이 아니었다. 나는 곧장 본론으
로 들어갔다. "낸시랑 연인 사이야?" 그러자 세실리아는
자기 몸을 감싸안듯 가슴 앞으로 팔짱을 낀 채 대답했다.

"맞아." 기어드는 목소리였다. "아무 의욕이 없었고, 불행하다는 느낌이 들었어. 너에게 상처를 주려던 건 아니었어. 그냥 그렇게 됐어."

가슴이 꽉 조여들었다. 배신이란 그냥 그렇게 되는 것이 아니야.

집 안을 둘러보니, 트윈베드와 책상이 있지만 의자는 없는 게 눈에 들어왔다. 책은 방구석에 쌓여 있고, 침대 위에는 열린 슈트케이스가 놓여 있었다. 제대로 정착한 것조차 아니었다.

몸에 열이 올라오고 초조해지고 속이 뒤틀렸다. 움직여야 했다. 이런 일이 일어나다니, 믿을 수가 없었다. 우리에게는 계획이 있었잖아. 나는 캘리포니아에서 인턴 생활을 하고 싶었다. 세실리아가 대학원 과정을 마치면 샌프란시스코에서 같이 살고 싶었다.

"한잔하자." 내가 말하자, 세실리아가 나를 따라 나왔다. 우리는 한동안 아무런 말 없이 선셋 불러바드까지 걸어가서 내부가 크롬으로 장식된 어둑어둑한 바에 들어갔다. 계단을 내려가 등받이가 높고 푹신한 가죽 쿠션이 있는 짙은 나무 의자에 앉은 우리는 화이트와인을 주문했다. 나는 첫 잔을 빠르게 해치우고 또 한 잔을 주문했다.

나는 왜 낸시와 그렇게 되었는지 자꾸만 물었다. 세실리아는 모르겠다고 했다. 자기 삶이 통제불능 상태로 느껴졌고, 불행했다는 말이 전부였다.

그 변명을 도저히 이해할 수 없었다. 그때 세실리아의

휑한 방에 가구가 거의 없던 게 떠올랐다. "이 의자 하나 가질래?"

세실리아는 아무 말도 하지 않았다. 나는 그녀가 점점 더 불안한 눈으로 나를 지켜보는 가운데 자리에서 일어나 의자를 번쩍 들었다. 그리고 마치 세상에서 가장 일상적인 일을 하는 것처럼 의자를 들고 계단을 올라갔다. 아무도 내게 뭐라고 하지 않았기에, 나는 그대로 문 밖으로 나가서 선셋 불러바드를 걸었다. 오래지 않아 세실리아가 나를 따라왔다. 그녀가 술값을 냈는지조차 나는 모른다.

"뭐 하는 거야?"

"네 책상에 의자가 없길래."

내가 자기를 얼마나 살뜰히 보살필지, 세실리아는 모르는 걸까? 나를 선택해야지, 당연히.

다시 세실리아의 집으로 돌아가 의자를 내려놓자 책상이 더 작아 보였다. 우리는 트윈베드에 누웠고, 세실리아가 나를 꼭 안았다. 내 볼을 타고 흘러내린 눈물이 그녀의 검은 머리카락 속에 스며들었다. 우리는 그대로 말없이 서로를 안고 있었다.

그때 문을 두드리는 소리가 들렸다.

우리 둘 다 침대에서 벌떡 일어났고, 세실리아가 문을 열었다.

샌프란시스코에서 세실리아를 찾아온 낸시가 문 앞에 서 있었다.

가슴이 조여들어 숨을 쉴 수가 없었다. 집중도 되지

않아 벽에 기대야 했다. 세실리아가 어떻게 할까? 이제 그녀가 선택해야 했다.

세실리아가 말하고 있었지만, 나는 그 말을 알아들을 수조차 없을 만큼 멍한 상태였다. 그저 낸시를 데리고 모텔에 간다는 말만 들렸다. 나를 그곳에 두고.

그러더니 그녀는 떠나버렸다.

나는 완전히 기운을 잃고 침대에 주저앉았다. 욕조에서 물이 빠져나가는 것처럼 에너지가 사그라졌다.

엄마 말이 맞았어. 나 같은 사람은 정상적이고 행복한 삶을 살아갈 수 없어. 서로에게 헌신하는 관계를 맺고 싶다는 내 오랜 꿈은 산산조각이 나고 말았다. 내가 여자를 사랑하기 때문에, 나는 평생 배신과 불행에 시달릴 운명이었다.

12

불신보다 더 외로운 고독은 없다. 세실리아의 배신으로 만신창이가 된 내게는 다시금 사랑에 빠지는 것보다 차라리 여러 가능성을 열어두고 애정을 여러 군데로 분산하는 쪽이 안전해 보였다. 1970년대의 자유분방한 성혁명 덕분에 그러기가 더 수월해지기도 했다.

1974년 가을, 실연의 슬픔에 흠뻑 젖어 솔트레이크시티로 돌아간 나는 데이비드에게 위로받고 싶었다. 그러나 그는 나를 위로해 주는 대신 이렇게 말했다. "타이밍이 나쁜 건 알지만, 같은 병원에서 인턴 생활을 하려고 일부러 애쓰지는 않는 게 좋겠다."

데이비드까지 잃어선 안 돼. 데이비드는 샌프란시스코의 병원에서 인턴 생활을 하고 싶어 했지만, 나는 가급적 내 슬픔의 근원에서 최대한 멀어지고 싶었다. 하도 울어서 머리가 아프고 눈은 퉁퉁 부은 채로, 나는 그저 이렇게만 대답했다. "나중에 이야기하자."

우리가 인턴으로 지원하고 싶은 병원들을 우선순위대로 적어 제출하면, 수련 병원에서도 저마다 선호하는 인턴들을 목록에 올리는 식으로 매칭이 이루어졌다. 데이비드와 나는 내과에서 인턴 및 레지던트 과정을 하기로 선택했다. 의학계에서 전국적으로 명성이 높던 내과 과장이 우리 둘 모두에게 극찬을 담은 추천서를 써주었다. 의대 마지막 해인 내년 3월부터 우리는 각자 선택받은 병원에서 수련을 이어갈 예정이었다.

데이비드와 나는 그해 가을 보스턴에서 선택실습을 이수할 계획이었다. 우리는 보스턴의 인턴십 프로그램을 동일한 우선순위로 제출했지만, 데이비드는 샌프란시스코 종합병원을 1순위로 올렸다. 우리는 각자의 선택을 제출했고, 며칠 뒤 보스턴으로 갔다.

내가 커밍아웃했던 1969년 여름에 샌프란시스코에서 만났던 어떤 여자에게 보스턴에 사는 친구가 있었다. 지낼 곳을 찾을 때까지 우리는 그 친구의 집에서 묵게 되었다. 그녀가 공항으로 마중 나왔다. 정서적으로 취약한 와중이었지만, 그녀가 매력적이라는 생각을 하지 않을 수 없었다. 검은 모자를 비스듬히 쓰고, 길고 우아한 목에 빨간 스카프를 걸친 모습이 충격적일 만큼 섹시했다.

케임브리지에 있는 그녀의 아파트에 도착해서 보니 침대 하나, 소파 하나, 작은 주방 말고는 아무것도 없는 원룸이어서 당황했다. 그녀가 침대를 가리키며 말했다. "넌 나랑 같이 자고, 남자애는 소파에서 자면 돼."

달리 갈 곳도 없었던 우리에게 선택권은 없었다.

그토록 매력적인 그녀인데도, 나는 눕자마자 깊이 잠들어 버렸고, 다음 날 아침 눈을 뜨자 그녀가 먼저 일어나 옷을 갖춰 입은 채였다. "추워서 널 안으려고 했는데, 네가 계속 빠져나가더라." 그녀가 말했다.

진짜? 나는 까맣게 몰랐다.

흰색 팬티만 입은 데이비드가 비척비척 일어나자, 그녀는 마음에 안 든다는 듯 그를 살펴보다가 이렇게 말했다. "넌 여기 있어도 되지만, 남자애는 안 되겠다."

나는 데이비드가 재빨리 옷을 입고 슈트케이스를 집어 밖으로 나가는 모습을 아무 말 없이 지켜보았다. 내게는 두 가지 선택지가 있었다. 그곳에 남아 눈앞의 아름다운 여성에게 구애하거나, 어른이 된 뒤에 만난 최고의 친구를 따라가거나.

나는 데이비드를 뒤따라 달렸다.

"잠깐만, 나 짐 좀 챙길게. 나도 너랑 같이 갈래."

이틀 뒤에 순환실습을 시작하니, 서둘러 머물 곳을 찾아야 했다. 그 덕분에 세실리아와의 이별을 끝없이 곱씹지는 않을 수 있었다. 데이비드와 나는 싸구려 모텔 방에서 몇 시간이나 지역 신문을 살펴보았다.

소머빌에 우리 예산에 맞는 가구 딸린 방이 있었다.

문제는 침대가 하나뿐이라는 사실이었다. 예전에 살던 사람들이 남겼을 각질, 집먼지진드기, 해충을 상상한 나는 침대에 매트리스 커버를 여러 겹으로 씌워야 한다고 주장했다. 하지만 우리한테는 매트리스 커버가 없었다. 이불도, 담요도, 수건도, 그런 것들을 살 돈도.

모텔의 청소용품 보관함이 열려 있었다. 우리는 그 안에서 필요한 물건을 챙겼다. 그 집을 떠날 때 꼭 되돌려주자고 서로에게 맹세했다.

우리의 첫 번째 선택실습은 뉴잉글랜드 메디컬센터에서 전설적인 감염병 전문의 루이스 와인스타인과 함께하는 감염내과 실습이었다. 그의 강의는 강렬하고도 영감을 주는 임상 사례들로 가득했다. 우리 중 한 사람이 최근의 사례를 발표하면 와인스타인은 그 질병의 역사, 진단, 치료를 60분에서 90분간 강의한 다음 담배에 불을 붙여 한 모금 깊이 빨아들였다. 폭넓은 임상 경험을 가진 그는 헤모필루스 수막염이나 그람 음성균 심내막염 같은 질병들의 기억할 만한 사례를 회상하며 임상적 통찰과 주의점을 이야기해 주었다. 데이비드와 나는 항생제가 도입되기 이전과 이후에 감염병 환자를 치료하던 이야기에 넋을 잃고 귀를 기울였다. 당대의 앤서니 파우치였던 그의 이야기는 내과를 택한 내 선택이 옳았음을 확인시켜 주었다.

어쩌면 감염병을 세부전공으로 삼게 될지도 모르겠다는 생각이 들었다.

낮에는 선택실습 덕분에 활력을 얻었고, 당직에서도 벗어났기에 나는 저녁이면 보스턴 시내 브로드 스트리트에 있는 술집인 세인츠로 가서 바를 차지한 여자들 사이에 끼어 앉았다. 등받이가 높은 부스 좌석, 널찍한 당구장, 댄스플로어까지 갖춘 그곳은 낮에는 남성도 입장할 수 있었지만, 저녁에는 여성 전용이었다. 밤마다 붐비는 그곳은 누구에게나 평등한 공간이었다. 의사나 변호사 같은 전문직이 행상인, 정치 활동가, 마리화나를 피우거나 모터사이클을 타는 사람들과 어울렸다. 유명한 페미니스트 작가들도 그곳을 찾았는데, 케이트 밀럿도 그중 하나였다.

코요테를 만난 건 처음 세인츠를 찾았을 때였다. 그녀는 내 바로 옆에 서서 당구 순서가 오기를 기다리는 중이었다. 그녀가 나를 거칠게 밀치더니, 이렇게 말했다. "아, 내가 팔을 쳤나?"

목소리가 크고 떠들썩한 코요테는 어깨까지 오는 금발에 강렬한 파란 눈이었고, 심한 보스턴 억양을 썼다. 그녀가 뿜어내는 억센 운동에너지 덕분에 약에 취한 사람인 줄 알았다. 나는 다른 곳으로 자리를 옮겼지만, 그녀가 나를 따라왔다. 그렇게 우리는 대화를 나누기 시작했다. 서른두 살의 무직에다 만나는 사람도 없던 코요테는 케임브리지에서 어찌저찌 버티면서 여성들의 노래, 행진, 강의로부터 영감을 수집하고, 자본주의, 남성 사회, 시스템에 맹렬히 저항하며 내키는 대로 살아가는 중이었다. 그러다 그날 밤, 냉소로 무장한, 푸르디푸른 눈, 그리고 짙은 보스턴 억양을 지닌 그녀가 내 앞에 나타났던 것이다. 그녀에게 강렬한 흥미가 일었다.

그녀의 이름은 매리언이었지만, 나는 자유분방한 에너지를 가진 그녀에게 코요테라는 별명을 지어주었다. 바 앞에서 그녀가 내게 몸을 바짝 가져오자 짜릿한 감각이 느껴졌다. 하지만 적극적으로 다가가기는 망설여졌다. 약간 불안정해 보이는 사람이었기 때문이다.

그날 밤, 나 혼자(그럴 줄 알았다) 술집을 나와서 케임브리지로 돌아가는데 지하철 안에서 코요테의 모습보다 목소리가 먼저 다가왔다. 그녀는 큰 소리로 젊은 남자를 야단치는 중이었다. "쓰레기 주워. 여기가 네 엄마 집인 줄 알아?"

나는 그녀와 눈을 마주치고 싶지 않아 창밖으로 고개를 돌렸지만, 우리 둘 다 하버드 스퀘어에서 내렸을 때 더는 피할 도리가 없을 것 같았다.

코요테는 나를 집까지 데려다주겠다고 했다. 나는 좋다고 했지만, 그녀를 집 안에 들이지는 않았다.

오래지 않아, 코요테는 때때로 우리 집 앞에 나타나고는 했다. 혹시 나를 스토킹하는 건 아닐까 생각했다. 한번은 내게 장갑이 없는 걸 눈치채고는 하버드 협동조합에서 훔친 고급 가죽장갑을 들고 나타나기도 했다.

"도로 가져가." 내가 말했다.

코요테는 이 장갑을 훔치는 게 얼마나 힘들었는지 아

느냐며 장갑을 돌려받지 않았다.

나는 얼굴을 찌푸린 채 그녀에게 장갑을 건넸다.

여성 공동체가 가진 매력 덕분에 나는 자꾸만 세인츠로 발길을 옮겼다. 그해 가을 어느 저녁, 세인츠의 인파 속에 있을 때 내 곁에 그곳과는 어울리지 않는, 너무나 아름다운 여자가 서 있었다.

그녀는 전형적인 레즈비언 차림새(청바지, 체크무늬 셔츠, 프라이 부츠)와는 거리가 먼, 실크 스카프에 캐시미어 차림이라서 교외의 가정주부라고 해도 이상하지 않아 보였다. 큰 키, 회색이 몇 가닥 섞인 길고 검은 머리, 도드라진 광대뼈, 웃을 때마다 가장자리에 주름이 잡히는 사랑스러운 회청색 눈. 흥미롭군.

자꾸만 곁눈질하며 한동안 그녀를 쳐다보는데, 그녀가 내게 말을 걸었다. 놀랄 만큼 친근하고 편안한 말투였다.

"여기가 여성 전용 술집인 거 알아요?" 내가 물었다.

"당연하죠. 안 그러면 왜 왔겠어요?"

"레즈비언처럼 보이지 않는데요." 나는 그렇게 말한 뒤, 고정관념을 드러냈다는 사실에 순간적으로 움찔했다.

"당신도 마찬가진데요." 여자는 그렇게 받아치더니, 놀랍도록 아름다운 청회색 눈으로 나를 한참이나 바라보았다. 나는 눈을 피할 수밖에 없었다. 그날 나는 의대에서 곧바로 그곳에 갔던 터라 여전히 일할 때 입는 옷차림이었다. 잘 다린 남색 슬랙스, 목 부분이 트인 흰색 면 블라우스, 그리고 몸에 딱 맞는 남색 롤드칼라 재킷.

그녀의 이름은 캐스였다. 나를 혼란스럽게 하는 그 눈빛으로 나를 가만히 바라보며, 딱 맞는 단어를 찾는 듯 머뭇거리며 울림이 큰 낮은 목소리로 말했다. 누가 먼저 다가왔는지, 다 그날 밤 일어난 일인지는 잘 모르겠다. 내가 아는 건 얼마 지나지 않아 우리가 연인이 되었다는 것뿐.

캐스는 서른세 살로, 딸이 둘 있고 남편과는 이혼한 상태였다. 큰딸 리베카는 자기 아빠와 살았고, 여덟 살인 작은딸 세라는 캐스와 함께 뉴햄프셔 피터버러에 살았다. 캐스는 10대 후반에 여자와 사귄 적이 있었다. 그럼에도 남자와 결혼한 건 '정상'으로 살아야 한다는 압박이 너무 심했기 때문이다.

캐스가 다시 여자를 만나기를 선택했다는(그중에서도 나를 택했다는) 사실이 짜릿했지만, 내가 데이비드와 한 방을 쓰고 있던 탓에 보스턴에는 우리 둘이 함께 있을 공간이 없었다. 캐스의 집에는 딸 세라가 있었는데도 나는 주말마다 버스를 타고 피터버러로 향했다. 버스 창밖으로 보이는 금빛과 붉은빛 단풍, 마을마다 솟아 있는 교회의 흰색 첨탑, 오래되고 위풍당당한 다층 주택 등 남서부와는 너무도 다른 풍경이 감탄을 자아냈다. 서부에 비하면 이동 거리는 짧았다. 역사가 구석구석 스며 있는 지역이었다.

데이비드는 나와 캐스의 만남에 흥미를 보였다. 내가

여자를 만나는 방법도 궁금해했다.

"그냥 흥미로워 보이는 사람을 골라서 다가가 말 걸면 되지." 나는 그렇게 설명하고는 게이 바를 찾아가 시도해 보라고 했다.

일부러 쉬운 일처럼 한 말이었다. 나 또한 그런 상황에서 자연스레 말 걸기는 쉽지 않았지만, 데이비드에게 용기를 주고 싶었다.

그런데 데이비드는 어딘가 헷갈렸던 모양인지, 길에서 있던 경찰관들한테 가서 이렇게 물었단다. "안녕하십니까. 저기, 보스턴에 남성 동성애자들이 가는 술집들이 어디 있는지 알려주시겠어요?"

내가 권한 건 그런 게 아니었는데.

데이비드가 전하길, 경찰관들은 당황하면서도 게이 바 이름을 알려주었다. 그는 그렇게 알게 된 게이 바 한 군데에 가기는 했지만, 누굴 집으로 데려오지는 않았다.

데이비드의 로맨스가 더디게 전개되고 있었던(또는 아무런 발전도 없었던) 반면, 내 연애는 탈 없이 흘러갔다. 주말에 뉴햄프셔에 도착하면 캐스가 버스정류장으로 나를 데리러 왔다. 세라가 친구 집에 가 있는 동안이면 우리는 핸콕 인에 들러 타닥타닥 타는 모닥불 앞에서 핫 버터드 럼을 마셨다. 운이 좋다면 세라보다 먼저 집에 도착해 소파에서 애무를 나누었고, 그러면서 계단을 올라오는 세라의 발소리가 들리지 않을까 줄곧 귀를 쫑긋 세웠다. 금지된 일을 한다는 짜릿함은 있었지만 그래도 답답했다.

집에 온 세라는 엄마가 온 관심을 자신에게 쏟기를 요구했다. 헌신적인 엄마로서 캐스는 절대 목소리를 높이는 법 없었고, 세라의 숙제를 도와주었고, 아이 몫의 자잘한 집안일을 정해주었고, 모두를 위한 저녁 식사를 만들었다. 대화 주제는 모두 세라 중심이었다. 학교생활, 친구들과의 관계 등등.

밤이 오면 나는 세라가 어서 잠들어 캐스를 독점할 시간이 오기만을 기다리느라 안달이 났다. 기다림에는 그만한 가치가 따랐다. 여태 캐스 같은 사람을 만난 적은 처음이었다. 강인하고 여성스러운 신체를 가진 아름다운 여성이어서뿐 아니라, 침대에서의 기술 역시 짜릿했다. 아직 내가 선호하는 것과 욕망하는 것을 분간하지 못했던 스물네 살에, 나는 캐스와 함께 온갖 것을 경험할 수 있었다.

보스턴에서 지낼 때는 내 곁을 맴도는 코요테와 씨름해야 했다. 코요테는 주거 환경도 불안정했다. 아파트인지 주택인지에 레즈비언 페미니스트들, 그리고 그들의 아이들, 개들, 고양이들과 함께 살고 있었기에 늘 새집을 찾아다니는 것 같았다. 케임브리지의 월세를 한없이 높여놓은 바람에 직업 없이 복지 수당으로 살아가는 페미니스트들이 제대로 된 곳에서 살 수 없게 되었다며 코요테는 자본주의자 돼지들을 비난했다.

케임브리지 여성센터는 코요테를 그곳에 붙들어 두

는 닻이자, 매일 샘솟는 영감을 얻는 곳이었다. 1971년 3월 세계여성의날 행사에서는 대규모 여성 집단이 여성 전용 공간의 필요성을 알리고자 제대로 쓰이지 않고 있는 하버드대 소유의 건물을 점거했다. 여성들은 침낭과 식량을 가져와 그 안에 캠프를 차렸다. 그들은 체포당하기 직전 그곳을 벗어났다. 수전 리먼이 그 건물을 매입하는 데 필요한 5,000달러의 착수금을 기부했다.

플레전트스트리트 46번지 케임브리지 여성센터 거실에서 목요일 밤마다 열리는 여성해방 모임에 나를 처음 데려간 것도 코요테였다. 피부색도, 나이도, 아프로 머리에서부터 삭발, 기다란 히피 스타일, 전형적인 스타일까지 머리 모양도 다양한 여성들이 의자와 소파에 앉거나 바닥에 가부좌하고 앉았다. 그들이 남성 억압을 이겨내자거나, 페미니스트만의 문화를 만들어야 한다거나, 미국 헌법의 평등권 수정안이 비준되기 위한 노력이 필요하다고 말할 때면 집단이 뿜어내는 에너지에 내 정신도 고양되었다.

며칠 뒤, 집에서 다음 날 아침 회진에 대비해 감염병에 관한 논문을 검토하는데 코요테가 나타났다.

"하버드 스퀘어에 있는 커피하우스에서 홀리 니어가 노래한대. 같이 갈래?" 그녀가 물었다.

"아니, 난 이 논문 읽어야 해."

훗날 후회할 테지만, 그날 저녁만큼은 커피하우스라는 내밀한 곳에서 페미니스트계의 아이콘을 만난다는 마법 같은 기회에도 마음이 흔들리지 않았다.

그 시절 페미니즘 운동이 뿜어내던 에너지만큼은 내게도 여전히 영향을 미친다. 처음『자매애는 강력하다』를 읽었을 때 이후로 많은 게 달라졌다. 임신중지는 합법화되었고, 여성해방 단체들이 의식 고양 모임을 열었으며, 《마드모아젤Mademoiselle》 같은 주류 출판물에도 수전 브라운밀러 같은 작가들의 글이 실렸다. 여성들은 성해방을 외쳤고, 독점적 관계는 시대에 뒤처졌다는 취급을 받았다.

의학 공부, 그리고 세실리아와의 장거리 연애에 몰두하고 있던 나는 그런 활동 대부분을 흘려보냈지만, 보스턴에 존재하는 것만으로도 나 역시 부지불식간에 성혁명에 휩쓸리고 있었다.

13

정치에 관해 열변을 토하고 있지 않을 때면, 코요테는 점점 더 나와 내밀한 단계까지 가까워졌다. 그녀는 내가 주말마다 캐스를 만나도 개의치 않고, 틈틈이 연인 노릇을 해주며 내 본능적인 욕망을 자극했다. 내가 캐스에게 독점적 연인 관계를 맹세한 건 아니었기에, 나는 가벼운 섹스라고 여기며 자유를 누렸다.

코요테는 이런 말로 나를 안심시켜 주었다. "내가 널 연인이라고 불러도, 그 표현을 너무 심각하게 받아들이지 마. 사실 난 너를 내가 공감할 수 있는 여성이라고 부르고 싶어. '내 연인'이라니, 너무 진부하고 흔해빠진 말이잖아. 우리는 포도를 든 성모들이야. 육체적 쾌락을 추구하는."

좋다. 한번 해보자.

어느 주말 오후에 우리가 뜨거운 섹스를 즐기고 있는데, 뉴햄프셔에서 출발한 캐스가 일찍 도착했다. 코요테는 아무 말 없이 벌떡 일어나 뒤쪽 창문을 통해 도망쳤다. 나는 찌릿한 죄책감을 억누르며 문을 열고 캐스를 맞이했다.

그다음 주에도 코요테는 꿋꿋하게 다시 나타났다.

캐스에게는 코요테 이야기를 꺼내지 않았다. 캐스라면 코요테라는 사람은 물론 그 사람과 섹스하는 나조차도 인정하지 않으리라 생각했으니까. 코요테와 나의 치정 관계는 부적절할지 몰라도, 캐스에게 온 마음을 다 바치는 것보다는 안전하게 느껴졌다. 보스턴에서의 경험은 내 지성과 리비도를 모두 완전히 사로잡았고, 세실리아의 배신이 남긴 아픔도 어느 정도 누그러졌다. 그러나 완전히 사라진 건 아니었다. 여전히 상대를 믿기가 어려웠다.

그해 가을에도 나는 계속 보스턴에 남아 방사선학 선택실습을 시작했다. 그때까지 방사선사진을 해석하는 법을 몰랐으니, 그 과목이 도움이 될 것 같았다. 그러나 소용돌이치는 성적 에너지 때문에 실습에 집중하기가 어려웠다. 강사가 방사선사진을 3차원으로 읽어내는 법을 설명하기 위해 판독실의 불을 끄기만 해도 성적인 망상에 빠져들 정도였다.

그러나 삶이 온통 의학과 섹스뿐이었던 건 아니다. 첫눈이 내리고 겨울이 되자, 캐스는 나더러 크로스컨트리 스키를 배워보라고 권했다. 함께 스키용품 가게에 가서 얼마 없는 돈을 쏟아부어 윤을 낸 아름다운 목제 스키 한 쌍을 샀다. 캐스는 운동 신경도, 체력도 뛰어났다. 나는 둘 다 아니었지만, 캐스가 내게 스키에 왁스를 바르는 법, 스키 부츠 신는 법부터 넘어지지 않고 일어서는 법, 나아가 트랙을 따라 미끄러지는 법까지 가르쳐 주었다. 작은 언덕이 나타날 때마다 나는 넘어졌고, 우리는 서로에게 눈덩이를 던져대며 너무 긴 스키에 얽매여 꼼짝달싹 못 하는 가엾은 내 신세를 보고 웃었다.

캐스는 내가 못하는 것 몇 가지(요리, 옷 쇼핑, 기계와 관련된 모든 일)를 더 알아냈고, 그런 영역의 기술을 가르쳐 주려고 애썼다. 그런 지식 없이도 잘 살아왔는데 말이다. 나는 살림이라든지 삐걱거리는 문의 경첩을 고치는 일은 캐스가 하도록 내버려두는 쪽이 좋았다. 전부 그녀가 전문가처럼 잘하는 일이었으니. 내가 원하는 건 의학적 지식과 기술을 습득하는 데 집중하고, 뉴잉글랜드를 탐험하고, 그녀와 함께 있는 것이 전부였다.

캐스는 아름답고 여성적이었지만 인습에 따르지 않는 면도 있었다. 그해 겨울 내가 찍은 사진 속에서 그녀는 난간에 기대선 채 연기 때문에 눈을 찡그리고 시가를 피우고 있었다. 캐스는 나를 매료시켰고, 우리의 로맨스는 뜨겁게 타올랐지만, 우리 관계에 그 순간을 넘어선 미래는 보이지 않았다.

한 침대를 나누어 쓰는 것에 질렸던 데이비드와 나는 더 나은 거처를 찾아냈다. 감염내과 선택실습에서 만난 어느 의대생의 집이었다. 부모와 따로 살고 있었던 그 학생이 다른 학생들을 대상으로 자기 집 방들에 세를 놓고 있었던 것이다. 케임브리지의 하버드 스퀘어 근처의 널찍하고 볕이 잘 드는 다층 주택에서 세입자들은 각자 방을 따로 쓸 수 있었다.

내게 사생활이랄 게 생기면서 캐스도 세라가 아빠 집에 가 있을 때면 나를 찾아올 수 있게 되었다. 데이비드, 캐스와 나는 햇살이 내리쬐는 포치에 앉아 북적거리는 도로의 소음을 들으며 이야기를 나누었다. 데이비드는 캐스를 마음에 들어 했다. "마음씨 착하고 멋진 사람이니까." 둘이 너무 잘 지내는 바람에 때로 질투심에 가슴이 답답해졌다. 캐스가 나보다 데이비드를 더 좋아하는 게 아닐까 하는 생각이 들었다. 하지만 곧 그녀가 나를 내 방으로 유혹했고, 침대에서는 그런 생각들이 싹 사라져 버렸다.

자유롭고 거칠 것 없었던 보스턴 생활은 해방감을 주었다. 어느 주말, 캐스와 나는 이성애자 의대생으로 가득한 그 집 욕실에서 함께 샤워했다. 우리가 몸을 타월로 감싼 채 복도를 뛰어가는 사이 데이비드가 망을 봐주었다. 내가 하버드 스퀘어 한복판에서 캐스의 손을 잡을 때도 있었다. 때로는 입술에 키스하기도 했다.

그러나 보스턴을 제외한 미국 대부분의 지역에서 동성애자임을 드러내는 건 여전히 위험했다. 11월 초, 차를 몰고 피터버러로 향하던 길에 우리는 서로를 만지고 싶은 충동을 도저히 참을 수 없었다. 결국 캐스는 운전대 잡는

것보다 더 나은 일에 손을 쓰기로 마음먹고 길가에 차를
세웠다.

애무가 진해지면서 옷도 벗어 던지려던 찰나, 암행 순
찰차가 우리 차 뒤에 섰다. 내가 황급히 셔츠 단추를 채우
는 사이 경찰관이 어슬렁어슬렁 다가오더니 손전등으로
차 안을 비췄다. 캐스가 차창을 내렸다.

"아무 문제 없으시지요, 선생님?" 경찰관이 캐스에게
물었다.

"네, 경찰관님. 아무 문제 없어요. 이 친구가 의사라
서, 제 유방에 생긴 혹을 검진해 주고 있었어요."

나는 남성적 권위를 경계하며 그가 공격성을 보이지
는 않는지 침묵 속에 지켜보았다.

경찰관은 실실 웃으며 캐스에게 운전면허증과 자동
차등록증을 내놓으라고 했다. 캐스가 몸을 뻗어 한 손으로
글로브박스에 들어 있던 서류들을 꺼내는 동시에 다른 손
으로는 흐트러진 브라와 블라우스 매무새를 가다듬었다.

경찰관은 영원처럼 느껴질 만큼 한참이나 서류를 들
여다보았다. 그러더니 또 한 번 우리에게 손전등 불빛을
비추며 블라우스를 여미고 있는 캐스를 음흉한 시선으로
내려다보았다. 근육에 힘이 들어가고 심장이 내달렸다. 내
사고는 곧 본능적 영역으로 추락했다. 경찰관이 캐스더러
차에서 내리라고 할지도 모른다는 생각에 두 주먹을 꽉 움
켜쥐었다. 만약 캐스를 건드리기라도 한다면, 어떤 대가를
치른다 해도 폭발해 버리고 말 터였다. 경찰관을 공격한

죄, 또는 보수적인 뉴햄프셔의 공공장소에서 동성애 행위를 한 죄로 체포될지도 몰랐다.

둘 다 내 의사로서의 경력을 가로막기에는 충분했다.

고문에 가깝게 느껴지는 긴 시간 끝에, 경찰관은 캐스에게 서류를 돌려주더니 큭큭 웃었다. "다음에도 사랑을 나누고 싶으면 방을 잡으시죠."

우리는 충격에 아무 말도 못한 채 그가 어슬렁어슬렁 자기 차로 돌아가는 모습을 지켜보았다. 나는 참던 숨을 토해 냈고, 우리는 경찰차가 떠날 때까지 말없는 안도감에 사로잡혀 가만히 앉아 있었다.

"임기응변 좋았어, 캐스." 고속도로로 돌아오면서 내가 말했다.

그날 나는 한순간에 내 인생이 바뀔 수 있음을 깨달았다. 그 경찰관이 우리에게 경범죄를 물었다면 이혼소송이 계류 중인 캐스가 두 딸의 양육권을 잃을 수도 있었다. 배지를 단 남자 하나의 변덕 때문에 말이다. 우리는 백인이었고, 나는 곧 의사가 될 터였지만(여러 방면에서 특권을 가지고 있었지만) 우리의 사랑 때문에 우리는 취약했다.

데이비드와 내가 의대 4학년을 마치기 위해 솔트레이크시티로 돌아가야 하는 때가 너무 빠르게 찾아왔다. 캐스와 나는 최대한 자주 편지를 쓰고 통화했지만, 그녀는 이혼소송에 매달려 있었고, 구직도 해야 했다. 전화로 듣는 캐스의 목소리는 스트레스가 묻어 있을 때도, 멀게 느껴질 때도 많았다.

코요테는 내가 자신을 잊게 내버려두지 않고 수많은 편지를 보냈다.

그녀는 엄청난 눈보라가 몰아치는데도 굴하지 않고 히치하이킹해서 1975년 프로빈스타운에서 열린 게이 컨퍼런스에 참여했다. 복장 규정, 바 입장료, 동성애자 대상 행사의 높은 티켓 가격 등으로 나타나는 동성애자 커뮤니티 내부의 차별을 토론하는 자리였다. 그곳에서 코요테는 엄청난 유명인사들을 만났는데, 그중 한 명은 1975년 1월 매사추세츠주에서 당선되며 최초의 커밍아웃한 동성애자 여성 하원의원이 된 일레인 노블이었다. 코요테는 컨퍼런스에서 "그 드높으신 존재 앞에 내가 꿇어 엎드려야 만족했을" 어느 흑인 여성으로부터 인종주의자라는 비난을 들었지만, "자매들이 그저 눈부셨을 뿐"인 곳으로 춤을 추러 가서 기분이 풀렸다고 했다.

코요테가 보낸 편지를 읽으며 나는 동부와 서부 해안을 휩쓴 페미니즘 물결이 솔트레이크시티까지도 흘러오기를 바라며 미소 지었다.

늘 그랬듯 코요테는 살 집을 좀처럼 찾지 못했다. 대인관계의 어려움 탓이었는데, 그녀의 표현을 빌리자면 이런 이유였다. "난 본능적으로 반응하기 때문에 다른 사람들에게 나에 관해 설명하는 게 익숙하지 않아. 날아다니는 새의 행동을 논리적이고 계산적인 인간에게 어떻게 설명하겠어?"

하지만 결국 코요테는 퇴거를 피하고 월세를 내기 위해 기타와 자전거, 하모니카를 파는 수밖에 없었다. 그녀의 룸메이트는 "자신의 페미니스트 심장이 내리는 명령과 유대인 지갑이 딸랑거리는 소리를 듣고" 코요테가 그곳에 머물 수 있게 해 주었다.

코요테는 이렇게 썼다. "네가 보스턴에 와서 나랑 같이 살면 좋겠다. 그러니까, 우리 집에서 지내라는 소리야."

그런 일이 일어날 가능성은 전혀 없었다. 나는 코요테의 충동적이고 걷잡을 수 없는 본성과 드문드문 터져 나오는 통찰력에 끌렸지만, 그녀의 혼란스러운 삶에 함께하는 건 도저히 상상할 수 없었다. 그런 삶은 버클리에 두고 떠나왔으니까.

14

과거의 나는 헌신적이며 독점적인 관계를 누리며 정착하고 싶었지만, 알고 보니 나는 독점적 관계를 그리 원하는 사람이 아니었다. 어쩌면 나는 낙엽처럼 바람에 흔들리는 폴리아모리를 원하는 건지도 몰랐다. 적어도 동서부 해안 지역에서는 폴리아모리가 시대에 더 어울리는 것 같았다. 성인이 된 이후의 내 인간관계 중 안정적인 가정생활과 가장 가까운 것은 가장 친한 게이 룸메이트이자 친구, 그리고 동료인 데이비드와의 관계였다.

캐스와도 좋은 관계를 만들어 갈 수 있을지 모르지만 그녀는 아직 이혼의 아픔에 시달리고 있었고, 학교로 돌아갔으며, 뉴햄프셔에서 딸 둘을 기르고 있었다. 내가 그걸 다 떠맡을 수 있을까? 나는 그럴 수 없을 거라고 생각했다. 여성들로 가득한 드넓은 세계가 눈앞에 펼쳐지던 스물네 살 나이에는 특히 더. 내게 필요한 것이 아니라 내가 원하는 것이 무엇인지 어떻게 하면 알 수 있을까? 대부분의 사람이 본능적으로 애착 관계를 추구하지만, 그 애착이 내 삶에서 어떻게 실현될지는 여전히 불확실했다.

그해 12월, 데이비드와 나는 병원에서 내과 심화 트랙을 이수하고, 함께 공부하고 요리하고, 주말에는 동료들과 어울리는 일상에 적응했다. 5개월만 더 있으면 의학박사 학위와 함께 미래의 의사들에게 선물을 안겨주는 제약회사들로부터 청진판이 3개 달린 청진기와 내 이름이 각인된 검은 가방을 받을 터였다. 이제 마지막 단계였다. 심화 트랙의 순환실습에서는 대부분 야간 당직이 없었다. 우리는 푹 쉬었고, 눈이 녹으면 산으로 하이킹을 갔고, 저녁으로 레스토랑에서 프라임 립을 사 먹었다.

책을 읽을 시간도 있었다. 제인 룰의 『사막 같은 심장 Desert of the Heart』, 『당신을 위한 게 아니야 This is Not for You』, 『계절을 거슬러 Against the Season』, 그리고 『레즈비언 이미지 Lesbian Images』를 읽었다. 20대 초반에 읽은 페미니스트 정치학 서적보다 문학, 그중에서도 소설이 나를 더 사로잡았다. 나는 분노하고 싶지 않았다. 사랑에 빠지고 싶었다.

이듬해 3월, 데이비드와 나는 인턴 선정 결과를 초조하게 기다렸다. 세실리아가 배신한 뒤 나는 우선순위를 샌프란시스코에서 보스턴으로 바꾸었다. 우리, 그리고 98명의 다른 의대생은 A 강의실에 앉아 숨을 참다가, 동시에 각자의 봉투를 열고 결과를 서로에게 보여주었다.

결과를 본 나는 헉하고 숨을 토해 내고, 기쁨의 함성을 질렀다. "우리 둘 다 보스턴 대학교 병원에 배정됐어!" 나는 데이비드를 끌어안으려고 몸을 돌렸다. 그런데 데이비드의 표정은 기쁨보다 실망감에 가까웠다.

"같은 병원이라서 좋다." 그가 나를 안아주었지만, 어쩌면 자신이 위로받고 싶어서 그랬는지도 몰랐다. "난 그냥 샌프란시스코로 배정받고 싶었어."

실망한 것도 이해할 만했다. 데이비드가 커밍아웃한 건 불과 몇 달 전의 일이었고, 샌프란시스코야말로 게이 남성들의 메카였으니까.

곧 보스턴으로 떠날 예정이었지만, 아직 우리에게는 솔트레이크시티에서 마쳐야 할 심화 트랙의 순환실습이 남아 있었다. 4월에는 홀리크로스 병원으로 호흡기 과목 실습을 나갔다. 흉부내과 전문의 테드 넬슨 박사의 연구실은 병원 1층이었다.

베이지색 연구실 안에서 넬슨 박사가 폐에서 나는 소리에 관해 지루한 독백을 늘어놓는 내내, 나는 구부정히 선 채 발을 꼼지락거리며 졸지 않으려고 안간힘을 썼다. 그동안 내과 심화 트랙에 매진해 온 데다가, 졸업 전 마지막 순환실습이었으니까.

내가 졸음에 굴복하기 직전에 연구실 문이 노크도 없이 불쑥 열리더니 호흡치료실의 실장인 디가 들어왔다. 디는 키가 작고, 날씬하고, 세련된 옷차림새를 한 여자로,

30대 초반으로 보였다. 한 올도 흐트러짐 없이 단정한 머리, 완벽한 메이크업, 위엄 넘치는 태도, 그리고 지적으로 보이는 갈색 눈의 소유자였다. 여성스러운 외모와는 달리, 자신감 가득한 부치 에너지가 넘쳤다. 곧장 잠이 깼다. 부치와 펨의 유혹적인 혼합에 흥미가 일었다.

"조던 씨의 혈액 가스 검사 결과가 나왔는데, 호흡량이 불충분합니다. 오늘 인공호흡기를 뗀다는 지시를 변경하셔야 합니다." 디는 상사에게 그렇게 지시하며 책상 위로 환자의 차트를 내밀었다.

와, 배짱도 좋다.

그러나 넬슨 박사는 개의치 않는 듯 고개를 끄덕이더니 디가 작성한 치료지시서에 사인했다. 그러더니 그녀에게 나를 소개했다.

"디, 이쪽은 퍼트리샤 그레이홀이야. 의대 4학년생이고, 앞으로 6주간 우리와 함께 일할 거다."

디가 나를 빠르게 훑어보았고, 나는 내가 입은 코듀로이 진, 다림질하지 않은 셔츠, 하이킹 부츠, 구겨진 흰 가운을 의식했다. 관심 가는 여자를 만날 줄 알았더라면 아침에 더 신경 써서 입었을 텐데.

"안녕하세요." 그렇게 말하는데 얼굴로 열기가 몰렸다.

넬슨 박사가 내 쪽으로 손짓했다. "디, 오늘 오후 동안 퍼트리샤한테 폐기능검사실을 보여주고 이곳에서 하는 일을 설명해 주겠나?"

그다음에는 나와 밤을 보내는 거지. 나는 그렇게 생각했다가 얼른 정신을 차렸다.

　순식간에 기운이 솟은 나는 자리에서 벌떡 일어나 연구실을 나서는 디를 따라갔다.

　그 뒤로 몇 주간, 나는 온갖 핑계를 대며 폐기능검사실을 찾아가거나, 산소호흡기를 단 환자들을 회진하는 디를 따라다녔다. 넬슨 박사도 나를 디에게 넘긴 게 편한 모양이었다.

　나는 디를 통해 호흡생리학에 관한 크나큰 지식을 얻었다. 그 시절에는 흉부외과 의사 중에서도 산소호흡기를 단 환자를 모니터한다든지 혈액 가스를 비롯한 폐기능 수치를 해석하는 법을 모르는 이들이 있었다. 넬슨 박사를 비롯한 의사가 환자 치료를 위태롭게 한다는 생각이 들면 디는 개입했고, 치료법을 제안했으며, 그들에게 맞섰다. 경외심이 절로 솟아났다.

　4월의 어느 아침, 심혈관외과 의사 메이즈 박사가 수술 후 회복실에 들어가 환자가 단 산소호흡기의 여러 다이얼을 돌린 뒤 나갔다. 디와 내가 알람을 듣고 회복실로 돌아가자, 환자가 침대에서 몸부림치고 있었다. 메이즈 박사는 이미 중환자실을 떠난 뒤였다.

　디가 얼굴을 찌푸렸다. "동요하는 것도 당연해. 메이즈가 압력을 90까지 올려놨잖아!" 디는 다이얼을 다시 조정해 적합한 설정으로 돌려놓았다. 나는 강아지처럼 그녀를 졸졸 따라다녔고, 의료계의 위계 속에서 상급자들에게 당당하게 맞서는 배짱을 동경했다. 종종 점심을 같이 먹을 때도 있었다. 그녀의 사생활을 알고 싶어 안달이 났다. 선택실습을 시작한 지 2주 뒤, 나는 캐묻기로 마음먹었다.

"휴일에는 뭐 하세요?" 나는 우리 둘 사이에 놓여 있는 식탁 위의 소금 통을 한없이 빙글빙글 돌리며 그렇게 물었다.

"우리 집 스노모빌을 타고 언덕을 오르락내리락하거나, 우리 집 캠핑카를 타고 여행하거나, 개들이랑 놀지." 그녀가 대답했다.

"결혼하셨어요?" 디가 '우리'라고 말한다는 사실을 알아차린 내가 물었다.

"아니, 하지만 브렌다랑 한집에 같이 살아." 디가 날카로운 말투로 대답하더니 자리에서 일어나 쟁반을 들었다. "이제 올라가서 레빈 씨 상태를 확인할까?"

함께 회진을 도는 동안, 나는 방금 들은 말을 곱씹어보았다. 확실한 답은 없었다. 여자랑 같이 산다니, 무슨 뜻일까? 디도 나한테 관심이 있을까? 관심이 생길 수도 있을까?

같은 주 금요일, 주말을 앞두고 퇴근하는데 계단에서 나와 반대 방향으로 내려가던 디를 우연히 만났다.

"저 퇴근해요." 내가 말했다.

디가 걸음을 멈추고 나를 올려다보았다. "이번 주에 뭐 재미있는 일이라도 하니?"

"함께 황홀한 시간을 보낼 사람을 찾아봐야죠." 나는 과감한 답을 내놓았지만, 동시에 얼굴을 찡그리며 주머니에 양손을 집어넣었다. 사실이 아니잖아. 내가 왜 그랬지?

디가 씩 웃더니 말했다. "너라면 금방 찾을걸."

그녀가 나를 지나쳐 계단을 올라가고, 내가 주차장에 도착해 1968년식 포드 머스탱에 올라타 시동을 걸고, 라디오에서 조니 미첼의 〈헬프 미Help Me〉가 큰 소리로 울려 퍼지는 가운데 과속으로 언덕을 올라 메디컬타워스의 아파트로 돌아가는 내내 뱃속이 간질간질했다.

다음번 함께 커피를 마실 때, 나는 깊은숨을 들이쉬고, 내뱉은 다음, 디의 눈을 똑바로 바라보았다.

"혹시 모르실까 봐 말씀드리는 건데, 전 레즈비언이에요."

1975년, 그것도 보수적인 솔트레이크시티에서는 대담한 선언이었다. 그 말만으로도 디가 불쾌해하거나, 나를 상부에 보고하거나, 최악의 경우 지루하기 그지없는 넬슨 박사에게 나를 돌려보낼 수도 있었다. 그러나 나는 디 역시 동성애자일 수도 있다는 내 직관을 믿는 수밖에 없었다.

디는 미소를 지었다. "당연히 알지. 처음 만난 날부터 알았어."

"상관없어요?" 그렇게 물으면서, 나는 디도 자기 자신에 대해 뭐라도 말해주기를 바랐다.

"전혀 신경 안 써. 나도 마찬가지거든."

빙고! 기쁨으로 심장이 두근거렸다. 그래도 긴장을 늦춰서는 안 됐다. 브렌다와 산다고 했으니까.

"그럼, 왜 데이비드와 같이 사는 거야?" 디는 그렇게 물으며 한쪽 눈썹을 치켜올렸다.

"아, 데이비드는 게이예요. 아직은 딱히 행동에 나선 적 없지만요." 나는 그녀를 안심시키기 위해 그렇게 말했다가, 내가 그를 아웃팅했다는 사실을 깨닫고 얼굴을 찌푸렸다. 하지만 졸업까지 고작 한 달 남았고, 분명 디는 데이비드의 비밀을 지켜줄 것 같았다.

디가 손목시계를 보더니 회진에 늦었다고 외쳤다. 우리는 일어나 커피 잔을 식기반납대에 두었다. 나는 먹다 남은 도넛을 쓰레기통에 집어 던졌다. 이제 우리 둘 사이는 어떻게 될까?

그 뒤로 몇 주 동안 나는 디와 회진을 돌 생각에 들떠서 아침마다 침대에서 벌떡 일어났다. 그 무렵 넬슨 박사를 만날 일은 거의 없었지만, 디가 계속 그에게 내 진도를 보고하고 있었다. 그사이 나는 이미 넬슨 박사가 과잉 처방을 내린다는 사실을 알 수 있을 만큼의 의학 지식을 갖추었다. 그는 심지어 장루주머니를 달고 있는 환자에게 설사약을 처방한 적도 있었다. 그가 큰 의료사고를 일으키지 못하도록 디가 막고 있었고, 나는 적은 보수를 받는 여성 직원들이 떠받쳐 주고 문제를 일으키지 않도록 막아주는 남성 의사들이 얼마나 많을까 생각하며 분개했다.

내가 동성애자라는 사실을 털어놓자, 디는 그 주 금요일 퇴근 후 시내의 게이 바에 함께 가자고 했다. 그 바가 우범지대에 있다고 해서 조심스럽기는 했지만, 디와 같이 있고 싶은 마음에 그러자고 했다.

우선 집에 가서 옷부터 갈아입었다. 보스턴에서 평소 바에 갈 때 입던 복장을 차려입었다. 청바지, 체크무늬 셔츠, 데님 재킷, 하이킹 부츠. 그리고 우범지대로 가는 만큼 추가로 작은 부엌칼을 칼집에 넣어 양말 속에 집어넣었다. 몇 년 전 버클리에서 키샤가 그랬던 것처럼.

바에 간 나는 디의 관심을 즐기며 그녀의 이야기에 귀를 기울였다. 디는 다른 여자들이며 병원 안의 소문을 떠들어 댔지만, 브렌다 이야기는 거의 하지 않았다. 나는 디에게만 집중한 나머지 다른 여자들은 안중에도 없었다. 함께 춤도 췄다. 누가 리드해야 할지 결정하기 어려워서 그냥 프리스타일로 춤췄다.

떠날 시간이 가까워졌을 때, 나는 바짓단을 걷어 양말 속 칼을 보여주었다.

디가 놀라 숨을 들이마셨다. "대체 이런 건 왜?"

"위험한 동네니까요." 내가 진지하게 말했다.

그러자 디가 웃으며 한 손으로 내 얼굴을 건드렸고, 그 순간 온몸에 전율이 퍼졌다. "귀여워라. 너 밖은 잘 안 돌아다니나 보다."

그다음 주에도 우리는 병원 밖에서 계속 만났다. 어

느 날 저녁, 퇴근 후 디가 우리 집에 들러 차를 마셨다. 그
때 디의 입술에 1형 헤르페스 수포가 있는 게 보였다. 얼
마 전 헤르페스 뇌염으로 죽어가는 환자를 처치한 적 있었
기에, 헤르페스 바이러스에 노출될지도 모른다는 사실에
거부감이 일었다. 그녀가 차를 다 마시자마자 나는 조리대
뒤로 가서 그녀가 사용한 도자기 컵을 치워버렸다. 그 모
습을 본 디가 눈을 휘둥그레 떴다.

"차 한 잔 더 줄래?" 디가 나를 놀렸다.

얼굴이 뜨겁게 달아올랐다. 그녀는 내가 품은 의대생
특유의 편집증이 극에 달했다고 생각한 게 분명했고, 그건
사실이었다. 디가 기분 나빠하지 않기만을 바랐다.

그 주에 디는 자신의 가정생활에 대해 좀 더 이야기해
주었다. 브렌다와 마당에서 일한다거나, 가족을 방문하는
일들. 나는 그녀에게 보스턴에서 캐스와 보낸 시간을 이야
기해 주었다.

그러다가 회진을 돌 때, 한 병실에 들어가기 직전 디
가 말했다. "누군가와 같이 살면서 늘 다른 사람을 생각하
는 건 참 힘들지."

와우! 나는 연애 상대가 아닌 여자와 함께 살아본 적이
없었기에, 함께 살면서 다른 사람을 생각하는 게 어떤 기
분인지 알 수 없었다. 혹시 그 다른 사람이 나일까? 나는 침
묵했지만, 몸속에 전기가 흐르는 기분이었다.

디는 돌아서서 환자에게 말을 걸었다. "터너 씨, 안녕
하세요."

다음 날, 디의 연구실에서 디가 데이비드는 왜 만나는
상대가 없느냐고 물었다.

"기회가 없어서일까요? 아웃팅이 두려워서? 잘 모르
겠어요." 나는 모른다고 솔직히 인정했다.

"그럼, 우리가 데이비드에게 기회를 만들어 주는 건
어떨까? 우리 직원 릭이 게이인데 잘생겼고, 만나는 사람
도 없어. 데이비드한테 소개해 주면 되겠어." 그 말을 남기
고 디가 일어나더니 문 쪽으로 다가갔다.

"좋아요." 디와 시간을 보낼 수 있는 기회였다. 데이비
드가 선뜻 응하면 좋으련만.

데이비드가 제안을 수락해 우리 계획은 금요일 밤에
실현되었다. 디는 흰색 240Z 스포츠카를 몰고, 릭은 자기
차를 몰고 우리 집에 도착했다. 넷이서 거실에 둘러앉아
잠시 대화를 나누었다. 의자가 모자랐기 때문에 나는 바닥
에 가부좌하고 앉았고, 데이비드와 릭은 낡은 중고 소파의
양쪽 끝에 앉았으며, 디는 근처에 서 있었다.

"두 사람, 긴장 좀 풀리게 스카치 위스키라도 사 와야
겠어." 디가 내 귓가에 대고 속삭였다.

"좋아요." 나는 그렇게 대답한 뒤 한 번의 날랜 동작
으로 일어선 다음, 주머니에서 체리 맛 캔디를 꺼내 입안
에 넣었다.

"디의 차를 제가 운전해도 돼요?"

"당연하지." 디는 그렇게 대답하고 욕실로 들어갔다.

잠시 후, 욕실에서 나온 그녀가 내 손을 잡더니 내 방으로 들어왔다. 그곳에서 그녀는 고개를 한쪽으로 기울이더니 속삭였다. "키스해도 돼? 방금 이를 닦았고, 칫솔은 브라 안에 숨겼는데."

나는 망설임 없이 얼굴을 가져가 그녀에게 키스했다. 체리 맛 캔디의 맛이 너무 강했다. 나는 손에 캔디를 뱉어 바닥에 버렸다. 그다음에는 더 이상 시간을 낭비하고 싶지 않아 더 진하게 키스했다.

디가 물러나더니 미소를 지었다. "와, 마음 바뀌기 전에 스카치 위스키 사러 가자."

주에서 운영하는 주류 판매점의 폐점 시간이 가까워 오고 있었기에, 우리는 디의 240Z를 몰고 서둘러 가서 조니워커 레드 한 병을 샀다. 차 안으로 돌아갔을 때, 디가 말했다. "오늘 밤만은 멋대로 굴고 싶어."

무슨 뜻일까? 그녀와 같이 있다는 사실만으로도 전율이 일었다. 오늘 밤은 데이비드와 릭을 위한 밤인 만큼, 우리 둘을 위한 밤이기도 했다. 나는 집까지 빙 둘러 가자고 제안했다. "잠깐 레드뷰트 캐니언에 들렀다 가요."

그곳까지는 너무 오래 걸릴 것 같아서, 우리는 가던 중 외딴곳에 차를 세웠다. 근처에 두엄 더미가 쌓여 있어서 탁 트인 시골 공기 속에서도 악취가 풍겼다. 그래도 디는 단념하지 않았다. 그녀가 나를 보며 미소 짓더니, 옷이 담긴 가방을 꺼냈다. 우리는 차에서 내렸고, 그녀는 차 뒤에 몸을 숨긴 채 개버딘 슬랙스를 벗고 청바지로 갈아입었다. 그 뒤 우리는 함께 통나무에 앉았다. 세찬 바람이 불어 추웠지만, 나는 조니워커 병을 열었고, 우리는 병을 주거니 받거니 하며 몇 모금 들이켰다. 그녀가 담배에 불을 붙이고, 담배를 쥔 손을 멀찍이 떨어뜨렸다. 내가 담배 연기를 도저히 못 견디겠다고 말한 적이 있어서였다. 위스키를 조금 더 마신 뒤, 나는 보스턴에서 했던 모험 이야기를 들려주었다. 그녀는 조용히 귀를 기울였다. 그러다 어깨에 가벼운 무게가 얹히는 게 느껴졌다. 오른쪽을 보니 어깨 위 놓인 그녀의 손과, 손가락 사이에 끼운 담배 끝이 빛나는 모습이 보였다.

"돌아서." 그녀가 명령하더니 내게 키스하려 얼굴을 가까이 가져왔다. 당황한 내가 너무 오래 머뭇거린 모양이었다. 디가 힘주어 턱을 다물더니 벌떡 일어났다. "좋아. 그럼 네가 리드해."

나는 몸을 떨었다. 추워서였을까, 흥분해서였을까, 아니면 둘 다였을까. 나는 불쑥 일어나 그녀의 양 어깨를 붙들었다. "일단 여길 떠나요. 당신한테 키스하고 싶지만, 너무 추워요."

이번에는 디가 운전해 캐니언을 더 올라갔다. 주차하기 전에 히터를 틀 수 있도록. 그사이 우리는 계속 위스키 병을 주고받으며 마셨다. 점점 어지러워졌다.

디가 차를 세우더니, 앉은 채로 고개를 돌려 나를 바라보았다. "내가 원하는 게 뭔지 모르겠어."

무슨 뜻인지, 내게 키스하고 싶은 마음은 여전한지 알

수 없었다. 입안에서 독한 위스키 맛이 느껴졌고, 그 맛이 마음에 드는지는 알 수 없었지만, 덕분에 나는 더욱 대담해졌다. 나는 기어 레버 너머로 몸을 뻗어 처음에는 부드럽게, 그녀가 나를 끌어당긴 다음에는 더 열정적으로 키스했다. 그녀가 앉은 좌석 등받이가 뒤로 젖혀지며 딸깍 소리를 냈다. 우리 둘 다 거친 숨을 몰아쉬었다. 머릿속이 빙빙 돌았다. 흥분과 만취가 뒤섞인 상태였다. 계속하고 싶었지만, 너무 추웠고, 좁아터진 차 안이었던 데다가, 혼자 알아서 하도록 데이비드를 내버려두고 나온 참이었다.

"일단 집으로 돌아가요. 위스키도 거의 다 마셔버린 데다가, 릭과 데이비드가 뭘 했을지는 몰라도 지금쯤이면 다 끝났을걸요."

큰 사고 없이 집으로 돌아왔지만, 문은 잠겨 있었고, 열쇠가 보이지 않았다. 문을 두드리자, 데이비드가 팬티 바람으로 나와 문을 열어주었다. 릭은 이미 가고 없었다.

디가 시비조로 "너무 귀엽다" 하더니 놀리듯 덧붙였다. "릭이랑 바지는 벗었어?"

술에 취할 대로 취한 상황인데도, 데이비드의 눈이 커지고 얼굴이 벌겋게 달아오르는 걸 알 수 있었다. 상황을 수습해야 한다는 생각이 들어, 그녀의 어깨에 한 손을 올렸다. "데이비드는 생각할 시간이 필요할 테니 이만 방으로 보내줘요."

데이비드가 고맙다는 표정으로 나를 보더니 얼른 방

으로 돌아가 문을 닫았다.

"가야겠어." 디가 말했다.

보내고 싶지 않았다. 시작한 일을 끝내고 싶었다. 이 기회가 다시는 오지 않을지도 몰랐다. 나는 그녀를 소파에 밀어 눕히고는 또다시 끈적한 애무를 시작했다.

"옷을 벗고 하면 더 좋을 텐데." 그녀가 말했다.

우리는 내 방으로 갔고, 나는 옷을 완전히 벗었다. 그녀의 브라를 벗기기 시작하는데, 디가 내 손을 붙들어 나를 멈췄다.

"살이 빠진 뒤로 가슴이 줄었어."

그런 자신감 없는 모습이 평소답지 않아서, 문득 다정한 마음이 차올랐다. "전 작은 가슴이 좋아요." 그러면서 나는 계속 그녀의 옷을 벗겼다.

그녀를 바닥에 놓인 매트리스로 이끌었다. 그녀가 내 몸 위에 올라와 벌거벗은 내 몸을 손으로 더듬었다. 그런데 그녀를 원하는 마음이 간절한데도, 머리가 빙빙 돌고 토할 것 같은 기분을 참을 수 없었다.

"어떻게 하면 널 만족시킬 수 있을까?" 그녀가 물었다.

하지만 당장이라도 토하고 싶은 생각뿐이라 그저 끙끙거릴 수밖에 없었다. 아까 느꼈던 욕망도, 이 상황에서 필요한 감수성도 온데간데없이 사라져 버렸다. 나는 일어나 앉았다.

그걸로 끝이었다.

"가야겠어." 디가 다시 한번 말했다. "난 돌아갈 집이 있으니까.”

그렇게 디는 일어나서 트위드 재킷을 입었다. 나는 또다시 밀려오는 구역감과 씨름하며 여전히 침대에 누운 뒤였다. 구역감이 지나가자, 나는 다시 그녀를 매트리스 위로 끌어 내려 못 가도록 뒤에서 끌어안았다. 맨 가슴에 스치는 트위드 재킷의 거친 감촉이 느껴졌다.

“다시는 이렇게 못 할 것 같아요.” 내가 말했다.

“넌 정말 관능적이야.” 그렇게 말하면서 그녀가 내 품을 빠져나왔다.

나는 디와 함께 자리에서 일어난 뒤 벽에 몸을 기댄 채 목욕가운을 걸치고 그녀를 문간으로 배웅했다. 그녀가 일어나 내게 키스하며 몸을 짓누르듯 붙여 왔다.

“가운 입은 모습이 섹시하네.” 디는 내 입에 입술을 댄 채 그렇게 속삭였지만, 곧 떠나버렸다.

나는 비틀비틀 침대로 돌아가 천장을 바라보며 오늘 밤 일어난 일을 떠올려 보려 애썼다.

그러나 눈을 감기도 전에 문 두드리는 소리가 들렸다.

디가 돌아온 것이었다. 그녀는 옷을 벗더니 내 몸에 올라타서는 두 손으로 내 가슴을 더듬고 내 입에 입 맞췄다. 그러나 황홀한 잠깐이 지나자, 또다시 구역감과 두통이 밀려오는 바람에 나는 그녀의 움직임을 저지했다. 디는 내 몸에서 내려오자마자 잠들어 버렸다.

나는 가만히 누운 채로 일어나서 토해야 하는 건지, 아닌지 고민했다.

그러다 보니 1시간이 지나고 새벽 2시가 되어 있었다. 브렌다가 걱정할 것 같아 디를 흔들어 깨웠다.

"디, 이제 가야 해요. 아니면 브렌다에게 전화하든지."

"왜 가야 돼?" 디는 잠에 취한 채 중얼거렸다. "안 갈래. 그냥 여기서 자면 안 돼?"

"최소한 전화는 해야죠." 내가 재촉했다.

디는 느릿느릿 일어나 옷을 입었다. 현관에서 나는 그녀에게 키스한 뒤, 집에 도착하면 전화하라고 했다. 그녀는 알겠다고 했지만, 전화가 온 건 다음 날 아침이었다. 고속도로를 운전하던 중 졸았지만, 타이어가 요철 선에 닿는 순간 흠칫 놀라 정신을 차렸다고 했다. 술이 깨지 않은 그녀를 운전하게 만든 스스로가 언짢아진 나는 고개를 끄덕였다. 무사해서 다행이었다. 브렌다가 어떻게 반응했는지는 묻지 않았고, 그녀도 말하지 않았다.

그날 아침, 환한 빛에 얼굴을 찌푸리고 지끈거리는 머리를 부여잡은 채로 집 안을 돌아다니는 나에게 데이비드가 커피와 달걀프라이를 만들어 주었다. 커피는 마셨지만 달걀은 도저히 들어가지가 않았다. 어제 릭과 무슨 일이 있었느냐고 물었다.

"별일 없었어. 키스했고, 조금 더듬었고, 그러다가 릭은 집에 갔어."

그날 밤은 시작하자마자 끝나버렸고, 술에 잔뜩 취해 있었는데도, 디와 함께한 순간이 속속들이 기억났다. 취하지 않은 상태로 다시 하고 싶었다.

또 데이비드가 언젠가 사랑을 찾을지, 내가 언젠가 헌신적인 관계를 맺을 수 있을지 궁금했다. 그런 관계들이 우리에게 가능하기는 한 걸까?

그다음 주는 내가 홀리크로스 병원에서 보내는 마지막 주였다. 디는 내게 말을 잘 걸지 않았고, 마지못해 말을 걸 때도 간결하고 딱딱한 말투였다. 마음이 무너진 나도 시큰둥하게 대답했다. 그녀에게 강렬한 감정을, 나아가 사랑을 느꼈는데도, 그 사실을 고백하고 싶지 않았다.

며칠이 지나고 디의 마음이 누그러지면서 우리는 다시 대화를 나누었다.

"혼란스럽고, 나 자신이 실망스러워." 점심을 먹다가 디가 말했다.

내가 그렇게 취하지만 않았더라면 좋았을 텐데.

"너한테는 여자친구가 있잖아. 나한테도 파트너가 있고, 함께 꾸린 가정이 있어."

어깨가 축 처졌다. 애초부터 우리 관계에서 영원한 무언가를 얻을 거라고는 생각지 않았다. 나는 끌림, 그리고 욕망의 충족 그 이상은 보지 못했다, 캐스와의 관계에서도 그랬다. 디는… 브렌다와 함께 살면서 어째서 내 침대에 있었던 걸까? 그렇다면 헌신이라는 게 대체 무슨 의미일까?

보스턴에서 여성운동을 접하면서 여성의 에로티시즘을 긍정해야 한다고 배웠지만, 욕망을 넘은 지속적인 관계

의 본보기는 찾을 수 없었다. 어디서부터 시작해야 할지조
차 몰랐다.

디는 힘들어하는 표정이었다. 식탁 너머로 팔을 뻗어
그녀의 손을 잡고 싶었지만, 그 대신 물잔을 쥐었다.

"제 졸업식에 올 거예요? 부모님과 동생에게 디를 소
개하고 싶어요."

그러자 디는 미소 지었다. "당연히 가야지."

나는 엄마에게 전화로 내가 살면서 그린 단 하나뿐인
그림을 졸업식에 가져다 달라고 부탁했다. 작은 사람 형상
위에 더 커다란 인물의 옆얼굴이 우뚝 솟은 듯 그려져 있
고, 커다란 인물의 뇌와 작은 사람이 가느다란 선으로 연
결된 모습을 추상적으로 그려낸 유화였다. 내가 피닉스에
돌아가 수전과 연락이 완전히 끊겼던 시절 그린 그림이었
다. 슬픔으로 휩싸인 채 수전이 내게 어떤 의미였는지 표
현하고 싶었다. 디와 헤어질 때 그녀가 내게 얼마나 중요
한 존재였는지 말이 아닌 다른 방법으로 보여줄 수 있도록
선물할 계획이었다.

졸업식 직전, 우리 모두 전국의 의대 4학년생들과 함
께 의사자격시험에 응시했다. 온통 사생활에 정신이 팔린
와중에도 나는 몇 달간 열심히 공부했다. 응시 결과가 나
오자, 심화 트랙을 이끌던 내과 과장이 내 자리로 와서 어
깨에 손을 얹었다. 평소에는 엄격한 그가 그날만큼은 미소
를 지으며 이렇게 말했다. "축하한다. 자네가 우리 학교 최

고점은 물론 전국에서도 손꼽히는 점수를 받았어."

성적표를 확인해 보자, 내가 최상위권 점수를 받은 건 호흡기내과 점수를 높게 받은 덕분이었다. 전부 디 덕분이었다.

디는 탁월한 사람이었지만, 디만이 예외일 것 같지는 않았다. 그녀는 내게 권위적인 남성들에게 맞서는 롤모델이었다. 디처럼 영리한 여성 중, 여성이라는 이유로 훨씬 더 많은 돈을 버는 의사들을 떠받쳐 주는 보조적인 역할에 머무른 이들은 얼마나 많았을까? 환자를 위해서 의사들보다 더 나은 결정을 내릴 수 있는 디야말로 의학박사라는 직함과 권위를 가져야 마땅했다.

순전한 결의, 약간의 우연, 그리고 사회적 압력에 맞서고자 하는 성향 덕분에, 나는 생각과는 다른 길을 가게 되었다.

15

부모님과 동생이 졸업식에 참석하러 왔을 때, 나는 어서 엄마에게 디를 소개하고 싶었다. 엄마가 가진 이상적인 전문직 여성상에 딱 들어맞는 외모와 태도를 지닌 동시에 레즈비언인 디를 말이다. 아빠와 동생이 템플 스퀘어를 산책하러 간 사이에, 엄마와 나는 솔트레이크시티 전체가 내려다보이는 시내 호텔 꼭대기 층의 고급스러운 라운지인 서틴스 플로어에서 디를 만났다.

예상대로 디는 실크 블라우스, 스카프, 스커트, 팬티스타킹에 하이힐을 신은 완벽한 차림새로 나타났다. 얼굴의 화장도, 드라이한 머리 모양도 완벽했다. 디와 엄마는 사근사근하게 대화를 나누기 시작했고, 곧 사뭇 친해졌다.

우리는 마실 것을 주문했다. 내가 스카치 온더록스를 주문하자 엄마는 한쪽 눈썹을 치켜올렸다. 술을 몇 모금 마신 뒤부터 나는 둘의 대화를 그저 흘려들었다.

엄마는 목선이 늘어진 청록색 드레스, 옷에 잘 어울리는 핸드백, 진주 목걸이 차림이었고, 발이 아픈 것도 아랑곳하지 않고 하이힐을 신었다. 엄마가 내 옷매무새 이야기를 꺼내던 순간, 나는 다시 대화에 집중하기 시작했다.

"디, 정말 취향이 세련된 분이세요. 우리 퍼트리샤도 이제 의사가 될 텐데, 외모에 좀 더 신경 쓰도록 좋은 영향을 주실 수 있을까요?"

디는 미안하다는 표정으로 내게 미소를 보냈다. 나는 앉은 자세를 똑바로 가다듬고, 다음에 이어질 말을 들으려 마음의 준비를 했다.

"여성으로서 옷을 잘 갖춰 입는 것은 제가 전문적인 모습으로 보이는 데 중요해요." 디가 말을 시작하자, 엄마는 그 말이 맞다는 듯 고개를 끄덕였다. "그뿐만 아니라, 전 외모를 꾸미는 게 좋아요. 자신감을 높여주거든요."

엄마는 기회를 놓치지 않았다. "제가 사 온 드레스를 졸업식과 기념 만찬 자리에 입고 나오도록 퍼트리샤를 설득해 줄래요?"

어차피 엄마가 참석하는 이상 내게 옷차림의 선택권은 없었기에, 어서 화제를 바꾸고 싶었다. "설득할 필요 없어요. 입을게요."

나는 남은 술을 다 들이켜고 한 잔을 더 주문했다. 나는 마음에 안 든다는 엄마의 표정을 무시하고 두 번째 잔을 몇 모금 더 들이켰다. 이제 엄마와 디가 오래된 친구라도 되는 양 한패 노릇을 하고 있는 게 마음에 안 들었던 나는 취하도록 술을 마셨다.

1시간 뒤, 디는 개에게 밥을 줄 시간이라 가봐야겠다고 했다. 엄마와 디는 야단스러운 작별 인사를 나누었고, 나는 엄마를 자리에 남겨둔 채 벌떡 일어나 디를 배웅했다.

우리는 얼마 후 도착한 텅 빈 엘리베이터 안으로 들어갔다. 문이 닫히자마자 나는 디를 벽에 밀어붙이고 허겁지겁 달려들어 키스했다. 내가 여전히 그녀를 원한다는 사실을 알리지 않은 채로 이 도시를 떠나고 싶지 않았다. 지난번 어색하게 끝난 일이 나한테는 하룻밤 장난이 아니었다는 사실도.

"무슨 생각이야?" 엘리베이터 문이 열리는 순간 디가 나를 밀쳐 떼어놓았다.

나는 디의 차까지 따라갔다. 운전석 옆까지 다가간 디는 불안한 눈으로 주위를 둘러보다가 "타" 하고 말했다.

당연히 나는 시키는 대로 했다. 양쪽 차 문이 모두 닫히는 순간, 나는 그대로 디에게 달려들었다. 나는 디보다 젊고, 키가 컸고, 더 취한 상태였다. 디는 내 키스를 받아주는 듯싶다가 곧바로 나를 뿌리쳤다. "너는 며칠 뒤면 이 도시를 떠나겠지만, 난 이곳에서 살고 일하는걸. 이렇게는 할 수 없어."

그녀의 말을 알아듣지 못할 정도로 취한 건 아니었기에, 나는 일단 물러났다.

"어머니 기다리시니까 올라가. 물 많이 마시고, 뭐 좀 먹어. 내일 전화할게."

슬픔에 사로잡힌 채로 자리로 돌아가자, 엄마는 포테이토스킨을 주문해 놓고 있었다. 스카치가 담겼던 잔은 종업원이 얼음물이 담긴 잔으로 바꾸어 놓았다. **완벽하군.**

도저히 엄마와 눈을 마주칠 수 없어 물만 홀짝홀짝 마셨다. 잠시 침묵이 흐른 뒤, 나는 심호흡을 하고 마음에 안 든다는 표정을 한 엄마의 얼굴을 마주 보았다.

"퍼트리샤, 스카치를 마시다니 철딱서니 없었다." 엄마가 말했다.

그래, 맞는 말이었다.

졸업식 날이 밝았다. 부엌에서 엄마가 한 팔로 내 몸을 감싸며 말했다. "네가 졸업장을 받고 의학박사가 되는 모습을 보는 것이야말로 내 인생 최고로 자랑스러운 순간일 거다."

그 자랑스러운 순간이 가까워졌을 때, 나는 무대를 가로질러 걸어가 학장에게서 졸업장을 건네받고 그와 악수할 준비를 하려고 귀를 쫑긋 세운 채 내 이름이 불리기를 기다렸다.

학장이 "패트릭 그레이홀" 하고 이름을 잘못 부르더니, 곧바로 다시 고쳐 말했다. "아이고, 이 별것 아닌 일조차 제대로 못 해냈군요."

청중은 웃음을 터뜨렸지만 나는 하나도 재미있지 않았다. 사실은, 졸업장을 받아드는 순간 얼굴이 뜨겁게 달아올랐다. 내 이름을 남자 이름으로 바꿔버린 학장은 그

엄숙하고 자랑스러운 순간을 나와 우리 가족에게서 빼앗고 말았다.

　나중에 엄마는 그 순간이 별것 아니었다는 듯, 중요하지 않았다는 듯 말할 테지만, 나한테는 중요했다.

　졸업식이 끝난 뒤 데이비드, 알리스와 나는 다른 학생들과 함께 학위복 차림으로 돌아다니며 손에 졸업장을 쥔 채 미소 띤 얼굴을 사진으로 남겼다. 그다음에는 엄마가 오늘을 위해 사 온 빨간색과 검정색 드레스로 갈아입고 팬티스타킹, 하이힐, 귀걸이까지 갖췄다. 우리는 각자의 가족과 함께 기념 만찬이 열리는 곳으로 이동했다.

　연회장은 리틀코튼우드 캐니언 초입의 20에이커나 되는 정원과 포도밭에 자리 잡은 식당으로, 금빛 스투코 건물 위에 박공지붕이 올라가 있었다. 서쪽으로 저무는 해가 협곡 양쪽에서 솟아나 동쪽으로 이어지는 워새치산에 따뜻한 빛을 드리웠다. 화려한 꽁지깃을 활짝 펼친 공작들이 땅 위를 돌아다니고, 연못 속 오리는 초승달 모양의 작은 다리 언저리에서 께느른하게 헤엄쳤다. 우리는 사그라지기 직전 마지막 햇빛을 음미하며 진입로를 지나 식당으로 향했다. 부드럽고 따뜻한 바람과 아름다운 협곡 풍경 덕분에 대자연과 이토록 가까운, 이 근사한 도시를 향한 달콤하고도 쓸쓸한 노스탤지어가 깨어났다. 내가 대체로 행복하게 지난 4년을 보낸 이 도시.

　엄마는 부지런을 떨며 모든 걸 완벽에 가깝게 준비해

두었다. 생화 다발로 테이블을 장식하고, 이름이 적힌 카드도 준비했다. 데이비드와 내 접시 옆에는 빨간 리본을 묶은 길쭉한 선물 상자가 하나씩 놓여 있었고, 상자 밑에 있던 한 뭉치 메모지에는 우리 각자의 이름 뒤에 '의학박사'라고 쓰여 있었다. 상자 안에는 역시 이름과 '의학박사'라고 새긴 금빛 크로스 펜이 들어 있었다.

우리가 정말 유용한 선물이라며 감탄하자, 과묵하고 다정한 데이비드의 아버지가 미소를 지어 보였다. 우리 둘 다 이 문구를 그분이 당신 가게에서 직접 인쇄한 것임을 알고 있었다. 데이비드와 엄마는 식탁에서 일어나 은은한 조명을 밝힌 식당 옆 작은 공간에서 식사에 곁들일 와인을 샀다. 모르몬교 지역의 관습이었다.

엄마답게도 메뉴 역시 미리 정해져 있었다. 배 샐러드, 에스카르고, 양갈비, 프랑스식 감자 퓌레, 삶은 구슬양파, 버터를 곁들여 익힌 당근이라는 여러 코스에 와인을 양껏 곁들인 벨기에-프랑스식 식사였다. 데이비드의 집도 우리 집도 그리 넉넉한 형편이 아닌데, 양쪽 부모님이 돈을 너무 많이 들였을까 봐 걱정이 됐다. 그러나 다른 사람들은 아무 걱정도 하지 않는 것 같았고, 엄마와 데이비드의 부모님은 웃는 얼굴로 대화를 나누었다. 아빠는 새로 바꾼 약 기운으로 약간 몽롱할 뿐 안정적인 상태로 혼자만의 생각에 빠져 말없이 식사했다. 아빠가 나를 자랑스러워한다는 건 알 수 있었다.

데이비드의 부모님은 우리가 사귀는 사이라고 생각

하는지, 아니면 데이비드가 자신이 게이라는 사실을 부모님에게 이미 털어놓았을지 궁금했다. 부모님이 뭐라고 생각하건 간에, 데이비드와 나는 성취를 축하하는 평온하고 행복한, 폭풍전야의 짧은 순간을 즐겼다.

밤에는 시내의 댄스 바에 모였다. 데이비드와 내가 조지 매크레이의 〈록 유어 베이비Rock Your Baby〉에 맞춰 범프*를 추는 모습을 엄마가 흐뭇한 표정으로 지켜보았다. 내가 드레스를 입고 멀쩡한 정신으로 남자와 춤을 추며 '정상적으로' 행동하는 모습이 보기 좋은 모양이었다.

데이비드와 내가 솔트레이크시티를 떠나 미국의 반대편에 살게 된 뒤로도, 학교에서는 오랫동안 우리 둘 모두에게 보내야 할 우편물과 뉴스레터, 동창회 공지문을 데이비드에게만 보냈다. 틀을 벗어난 관계를 조금도 상상하지 못하는 그들은 우리가 사실혼 관계의 부부라고 짐작했으리라. 학장이 졸업생 모두가 당연히 남자일 거라고 짐작했던 것처럼.

다음 날 오후, 나는 디와 작별 인사를 하러 혼자 빠져나왔다. 우리는 차를 몰고 근처 협곡으로 가서 그늘이 드리운 미루나무 군락에 차를 세웠다. 마지막으로 만난 날 내가 보인 행동 때문에 아직도 겸연쩍은 기분이 가시지 않

---

* bump. 1970년대 후반에 유행한 춤으로, 파트너가 서로 가볍게 엉덩이를 부딪치는 디스코 댄스.

았다. 나는 등받이를 뒤로 젖힌 채 더는 피할 수 없을 디의 질책을 기다렸다.

디가 팔을 뻗어 내 손을 잡았다. 나는 무슨 말을 해야 할지 말을 고르며 그녀의 손을 빤히 바라보았다.

"호텔에서 폭력적이고 생각 없이 굴어서 미안해요."

디가 한동안 심각한 표정으로 말없이 있었고, 나는 그녀가 더 이상 나를 좋아하지 않는 것 같다는 차디찬 두려움이 가슴을 꿰뚫었다.

"우리 우정은 계속되겠지만, 너답지 않은 무신경한 행동이었어." 그녀가 경고했다.

내가 개였더라면 고개를 떨구고 시선을 돌렸으리라.

그다음 주이자 솔트레이크시티에서 보내는 마지막 주에는 가구를 수거해 갈 고물상을 불렀다. 데이비드는 이미 우리 집에 있던 물건을 전부 챙겨 머스탱에 싣고 국토 반대편으로 떠난 뒤였다. 나는 텅 빈 아파트에 서서 창밖의 도시를 바라보며 이제 이곳을 뒤로하고 떠난다는 노스탤지어에 사로잡혔다. 솔트레이크시티에서 나는 목적 의식과 다양한 사람들에게 둘러싸여 지냈다. 그러나 보스턴에서 곧 시작할 인턴 생활 역시 낙관적으로 바라보고 있었다. 보스턴에 가면 데이비드가 있을 테고, 캐스도 있을 터였다. 어서 만나고 싶었다.

아침 일찍 보스턴행 비행기에 올랐다. 어떤 지옥이 나를 기다리고 있을지 까맣게 모른 채로.

3부　의사
Doctor

3부　의사

Doctor

“병원이 첫째로 갖춰야 할 조건은
병든 이들에게 어떤 해도 끼치지 않아야 한다는 것이다.”
—플로렌스 나이팅게일

16

　보스턴 대학교 병원의 유일한 여성 인턴이었던 나는 갓 스물다섯 살이 되었다. 1975년 7월이었다. 나는 곧바로 스트레스 강도가 높은 관상동맥중환자실에 투입되었다. 함께 그곳에서 근무하게 된 조지는 종종 놀란 사람처럼 보이는 상냥한 남자였다. 우리는 격일로 야간 당직을 맡았다. 일주일 내내 36시간 동안 근무하고 12시간을 쉬는 생활을 6주간 반복했다.

　실습에 들어가고 열흘이 지났을 때 페더먼 씨라는 노년 여성이 좌측 심장의 울혈성 심부전으로 관상동맥중환자실에 들어왔다. 불과 한 달 전에도 심근경색으로 입원했어서 다른 의료진들도 잘 아는 환자였다.

　페더먼 씨는 조지의 담당 환자였지만, 당직 근무 중인 내가 채혈을 하거나 정맥주사줄과 요도관을 확인할 때면 아픈 와중에도 내게 말을 걸고는 했다.

"의사처럼은 안 보이는데." 어느 날, 내가 채혈하는 동안 페더먼 씨가 말했다.

사람들이 의사는 전부 남자라고 생각하는 데 이미 익숙했기에 나는 그저 미소만 지었다.

"남자친구는 있어?" 숱이 줄어든 머리카락은 흐트러져 있었지만, 그녀의 미소는 상대를 무장해제시켰다.

"없어요. 너무 바쁜걸요." 나는 미소를 지으면서도, 이분이 캐스에 관해 알면 얼마나 괘씸해할까 생각해 보았다.

"아기를 못 가질 만큼 늙기 전에 얼른 남편을 찾아. 예쁜 아가씨가 결혼을 해야지."

"전 아기나 결혼은 관심 없어서요."

페더먼 씨는 보수적인 노인이었지만, 나는 그분이 좋았다. 말투에는 건조한 유머가, 눈에는 반짝이는 빛이 담겨 있는 사람이었다. 면회 시간이면 걱정으로 가득한 가족들이 그분을 찾아왔다. 종종 병실에서 웃음소리가 새어 나올 때도 있었는데, 중환자실에서는 흔치 않은 일이었다.

며칠 뒤, 당직일에 만난 페더먼 씨에게 평소의 수다스럽던 모습은 온데간데없었다. 구역감에 시달리느라 저녁 식사도 걸렀다고 했다. 심전도 모니터를 확인하자 비정상적인 추가 박동이 잦게 나타났다. 심장이 효율적으로 뛰고 있지 않다는 뜻이었다. 이 상태가 지속되면 선임 레지던트를 호출해야 했다.

나는 중앙 데스크에 앉아 페더먼 씨의 입원 기록과 초기 투약지시서를 살펴보았다. 구역감을 가라앉히는 약물인 콤파진과 함께 복용해서는 안 되는 약물을 복용하고 있지는 않았기에, 그녀가 토하지 않도록 좌약 형태로 콤파진을 투약했다. 또 한 가지 확인한 사항은 며칠 전 조지가 이뇨제 투약을 중단했다는 사실이었다.

울혈성 심부전은 까다로운 질병이다. 혈액량이 너무 많거나 적으면 약해진 심장 근육이 제대로 작동하지 못해 피가 폐 속으로 되돌아가게 만들어 호흡 곤란을 일으킨다. 이뇨제를 투약하면 적절한 혈액양을 유지하는 데는 도움이 되지만, 심장이 전기신호를 만들고 전달하는 데 중요한 포타슘까지 소변과 함께 빠져나가는 문제가 있다. 그렇기에 포타슘을 보충제 형태로 복약하게 할 때가 많다.

페더먼 씨의 최근 투약 기록을 전부 검토하려 했지만, 새 환자가 들어오는 바람에 중단되었다. 나중에 다시 살펴보기로 했다.

다시 페더먼 씨의 차트로 돌아와 검사 수치를 살펴보는데, 그날 저녁 내가 수행한 검사에서 전해질 수치의 포타슘 수치가 9.4로 나와 있고, 붉은 동그라미로 표시되어 있었다. 9.4라고? 생명을 유지할 수 없는 수치인데?

그 수치가 5.5를 초과하면 심장의 전기 회로와 근육 수축을 방해한다. 오류인 게 틀림없어. 그렇게 결론 내렸다. 페더먼 씨는 앉은 채로 내게 말도 걸지 않았는가.

의대에서 배운 대로라면, 환자의 전반적 상태와 불일치하는 비정상적인 검사 수치를 발견했을 때는 재검사를 해야 했다. 그래서 나는 또 한 번 전해질 검사를 시행하러 페더먼 씨의 병실로 갔지만, 혈관이 잡히지 않았다.

"정말 죄송해요, 페더먼 씨." 나는 그녀의 어깨에 조심스레 손을 놓았다. "지금부터 서혜부 쪽 대퇴정맥에서 피를 뽑을 거예요."

이미 페더먼 씨의 얼굴에는 핏기가 거의 없었다. 채혈 준비를 하는 동안 그녀는 "알았어" 하고 신음하듯 중얼거린 뒤 가만히 누웠다.

심전도 모니터를 확인하자 심박수가 분당 30회까지 떨어져 있었고, 심실복합파가 넓어졌다. 완전방실차단, 즉 장기에 산소를 공급하지 못하는 심각한 전기적 이상이었다. 나는 간호사들에게 선임 레지던트를 호출해 달라고 소리를 질렀다. 그러면서 페더먼 씨가 누운 침대의 머리맡을 평평하게 펴고, 베개를 치우고, 호흡을 확인하고, 경동맥도 짚어보았다.

혈압이 뚝 떨어졌다. 페더먼 씨가 의식을 잃었다. 나는 코드블루를 외쳤다. 관상동맥중환자실, 12번 방이었다.

간호사들이 심장충격기, 정맥주사줄, 심장약, 주사기, 삽관 키트가 실린 크래시 카트를 끌고 병상으로 달려왔다. 스피커로 호출된 선임 레지던트인 샌즈 박사가 관상동맥중환자실을 향해 전속력으로 달려왔다. 그는 숨을 거칠게 몰아쉬며 내게 긴급한 사항들을 물었다.

"울혈성 심부전으로 입원한 82세 여성입니다. 심근경색을 겪었고, 오늘 저녁 조기심실수축이 다수 관찰되었습니다. 구역질을 호소하다가 갑작스레 완전방실차단이 발생했고 의식 반응이 없어졌습니다." 나는 이렇게 보고했다. 비정상적 포타슘 수치는 언급하지 않았다. 다시 혈액을 검사해 확인할 때까지 기다리기로 했다.

나는 프로토콜에 따라 병상 근처에 모여드는 간호사며 레지던트 사이로 들어간 뒤 페더먼 씨의 대퇴혈관에서 전해질 검사와 혈액 가스 검사를 위한 혈액을 채취했다. 응급검사를 위해 간호사를 시켜 연구실로 보낸 뒤, 다시 페더먼 씨에게 돌아갔다.

페더먼 씨는 심정지 상태였다. 모두 뒤로 물러섰고, 우리는 환자의 가슴에 심장충격기 패드를 붙였다. 전기충격이 가해지자 환자의 몸이 불수의적으로 움찔거렸고, 심전도 모니터에 매우 느린 심실박동이 표시되었다.

환자의 자가호흡이 불가능했기에, 샌즈 박사는 삽관 후 윗가슴의 쇄골하정맥을 통해 응급심박조율기를 삽입할 준비를 시작했다. 그가 땀을 흘려대고 욕설을 내뱉으며 시술하는 사이 환자의 가슴과 목에는 피가 흥건해졌다. 나는 샌즈 박사 옆에서 지시를 따르면서 혈액 검사 결과가 나오기를 기다렸다. 주위를 둘러보았다. 온 사방에 관, 뜯어낸 포장재, 장비 등이 널려 있었고, 페더먼 씨의 가슴에서 흘러내린 피가 침대와 내 신발까지 적셨다. 샌즈 박사가 응급심박조율기를 삽입하기도 전, 페더먼 씨는 또다시 심정지 상태에 빠졌다.

"젠장, 환자가 죽어가고 있어. 다들 물러서."

우리는 또 한 번 환자의 심장에 충격을 가했고, 이번에는 심전도 모니터에 나타난 선이 굴곡 없는 수직선을 그릴 뿐이었다. 몇 번 더 시도했지만, 아무 일도 일어나지 않았다.

"됐다. 끝났어." 샌즈 박사가 선언했다. "다들 고생 많았어."

나는 손목시계를 보며 시간을 기록했다.

의료진은 모두 하던 일로 돌아갔고, 나와 샌즈 박사는 결과 보고를 위해 복도로 나갔다. 그때 간호사가 응급 전해질 검사 결과를 들고 다가왔다. 페더먼 씨의 포타슘 수치는 9.8이었다.

샌즈 박사가 나를 바라보았다. "이게 대체 뭐야?"

뱃속이 뒤틀리는 것 같았고, 목소리가 마구 떨렸다. "아까도 9가 넘는 수치였습니다. 재검사하려고 채혈했는데, 그때 방실차단이 발생했습니다."

그러자 샌즈 박사가 분노로 뒤덮여 얼굴을 일그러뜨리며 내게 바싹 다가섰다.

"그런데 나한테 말하지 않았다고?"

입안이 바싹 말랐다. 몸이 덜덜 떨렸다. "수치가 너무 높았습니다. 오류일 거라고 생각했어요."

"네가 죽인 거나 다름없어!" 샌즈 박사가 내게 호통치며 차트를 낚아챘다.

내가 요동치는 심장으로 꼼짝 못 하고 서 있는 가운데, 그는 페더먼 씨의 기록을 휙휙 넘기며 보았다. 한참 만에 고개를 든 그가 말했다. "가! 환자 정리해. 얼른 저리 가!"

내가 남자였어도 이런 식으로 말할 수 있었을까?

나는 페더먼 씨의 병실로 돌아갔다. 다정하던 페더먼 씨는 목에 관이 삽입되고 여전히 정맥주사줄이 연결된 채로 생명 없이 누워 있었고, 심박조율기 키트가 침대 위에 열린 채 놓여 있었다. 목과 가슴에 갓 절개한 상처는 온통 피범벅이었다. 이런 식으로 죽음을 맞이하다니, 너무 지독하다. 목이 메어오면서 눈물이 고였다. 사망진단서를 작성하고, 사랑이 넘치던 그분의 가족에게 이 소식을 알려야 했다.

밀려오는 구역감을 참으며 정맥주사줄과 도뇨관을 떼어 내고, 젖은 수건으로 목과 가슴의 피를 닦아 내고, 시트를 끌어 페더먼 씨를 완전히 덮었다. 나머지는 간호사에게 맡겼다.

정리를 끝내고 나오자 선임 레지던트는 복도에 없었다.

페더먼 씨의 차트를 집어 들고 넘기며 보았다. 투약지시서를 확인하자 아까는 너무 정신없어서 미처 보지 못했던 사항이 눈에 띄었다. 조지가 며칠 전 이뇨제 투약을 중단했으면서, 포타슘 보충제 투약은 중단하지 않았다는 사실이었다. 환자의 신장 기능이 이미 손상된 상태였기에, 조지의 부주의는 포타슘 수치를 갑작스럽게 훌쩍 높이는 결과를 낳았다. 그 때문에 부정맥이 발생했고, 결국은 죽음으로 이어졌다. 내가 페더먼 씨를 죽인 게 아니라는 게 위안이라면 위안이었다. 나는 아무도 오류를 발견하지 못한 불행한 연쇄 속 마지막 한 사람일 뿐이었다. 그리고 오류를 발견했을 땐, 이미 늦었다.

나는 밤새 페더먼 씨를 생각했다. 아무리 생각해도, 일어난 모든 일이 잘못됐다는 생각이 들었다. 우리는 삶의 마지막이 어떤 모습이기를 바라나? 의사로서 우리는 환자에게 어떤 해도 끼치지 않기로 서약했다. 우리가 이 정신없는 시술과 치료로 노인들의 마지막 나날을 나아지게 해 주고 있는 게 맞나? 때로는 이로움보다 오히려 해가 크지 않았나? 할아버지처럼 환자를 보살피고, 환자들로부터 사랑받는 의사가 되기를 꿈꿨지만, 병원에서 해본 진료는 내 꿈과는 딴판이었다. 내가 정말 내과의가 되고 싶기는 한 걸까? 올해를 어떻게 버텨내지? 그리고 그다음에는? 비슷한 날들의 반복일까? 그렇게 생각하자 몸서리가 쳐졌다.

다음 날 아침, 선임 레지던트들 그리고 지도교수들과 회진을 돌며 어제 있었던 일을 보고해야 했다. 조지에게 호통을 치는 사람은 없었다. 조지가 환자를 죽였다고 말하는 사람도 없었다. 조지는 페더먼 씨가 죽는 장면을 지켜볼 필요도 없었다.

이게 무슨 개 같은 사태지? 난 욕을 먹었는데, 조지는 아무 대가도 치르지 않는다고?

나는 페더먼 씨의 차트를 꽉 움켜쥔 채 어지럼증을 느끼며 서 있었다. 모두 자리를 뜬 뒤, 한숨을 쉬며 책상 앞 의자에 풀썩 주저앉았다. 아직 8시간에서 10시간은 더 버텨야 집에 갈 수 있었다.

누적된 피로, 인턴 생활이 주는 압박, 내게 적대적인 이 집단의 파벌 싸움 등을 캐스 같은 사람한테 어떻게 설명할 수 있을까? 미치도록 과중한 인턴 세계 바깥에 있는 사람은 내가 겪는 지옥을 이해 못 한다. 근무 시간은 가혹하고, 수면 시간은 부족하고, 끼니도 운동도 챙기지 못하는 상황에서 환자들이 받아 마땅한 집중과 공감을 우리가 무슨 수로 발휘한단 말인가?

데이비드는 중환자실이라든지 관상동맥중환자실 같은 끓는 기름에 던져지지는 않았지만(환자가 죽었다고 비난받은 적은 없었다), 그 또한 혹독한 인턴 생활을 이어가고 있었다. 둘 다 쇼핑이나 요리를 하는 사치를 부리지 못하는 건 물론이고, 집에 돌아가면 잠들기 바빴다. 나는 근무가 없을 때면 와인을 과음하면서 누가 나를 보살펴 주었으면 했다.

지친 데다가 애정을 갈구하던 나는, 서른다섯 살 나이에 다시 학교에 다니기 위해 고군분투하고, 여러 파트타임 일을 병행하고, 한부모 노릇까지 하며 살아가던 캐스에게 만족스러운 여자친구가 될 수 없었다. 우리한테는 이야기를 나누거나 각자의 세계에서 일어나는 일을 나눌 시간도, 에너지도 없었다. 관계를 진지하게 약속하지도 않았다. 그럼에도 캐스는 우리가 잠자리를 같이한다는 이유로 나와 독점적 관계라고 믿었다. 나는 고단한 나머지 내가 무엇을 원하는지 숙고할 여유도 없었다.

인턴 과정 초기에 내게 12시간의 휴식이 주어졌고, 캐스가 나를 만나러 왔다. 데이비드와 나는 병원에서 두 블록 떨어진 이스트스프링필드 스트리트에 있는 개조한 타운하우스를 빌려 지내고 있었다. 거실엔 벽돌 벽이 그대로 드러나 있었고, 1층에 보라색 카펫이 깔린 큼직한 침실이 두 개 있는 이층집이었다.

캐스와 나는 중국음식을 포장해서 조악한 소나무 식탁에 앉아 먹었다. 그런데 내가 갑자기 말을 멈추고 무의식중에 졸아버린 모양이었다. 캐스가 내 팔에 손을 얹는 바람에 나는 번뜩 정신을 차렸다. "퍼트리샤, 괜찮아?"

"그냥 좀 피곤해서." 그녀가 괜히 찾아왔다고 생각하지 않기를 바랐다. 그러나 두서없는 대화를 잠시 나눈 뒤, 나는 피로에 굴복할 수밖에 없었다. "침대에 누워서 이야기하자."

막상 옷을 벗고 침대에 눕자, 잠깐이지만 욕망이 치밀어 오르는 바람에 나는 캐스를 매트리스 위에 짓누르며 키스했다. 우리가 숨을 고른 뒤, 캐스는 학교 수업이라든지, 저소득층 여성과 아동에게 식료품을 지원하는 WIC 프로그램에서 만나는 고객들이 처한 어려움 등을 이야기하기 시작했다.

나는 꾸벅꾸벅 졸았다.

"내 이야기가 지루하니?" 그렇게 묻는 캐스의 목소리에 화가 살짝 묻어 있었다.

그녀의 질문에 나는 화들짝 정신을 차리고 대답했다. "너와 이야기하고, 사랑을 나누고 싶어. 그런데 도저히 정신이 안 차려져."

피로뿐 아니라, 가슴 지릿한 슬픔이 나를 온통 사로잡고 있었다. 삶의 취약함이, 노화라는 치욕이, 피할 수 없는 죽음이, 그리고 아무짝에도 소용없는 치료로 내가 그들에게 가하는 고통이 슬펐다. 그 절망감이 얼마나 깊은지 어떤 말로도 도저히 표현할 수 없었다. 천장을 보고 누워 흐느끼자 눈물이 뺨을 타고 귀까지 흘러내렸다.

캐스가 나를 돌려눕히고 내가 잠들 때까지 등 뒤에서 끌어안아 주었다. 오전 6시 30분, 또다시 36시간의 근무를 위한 알람이 울렸을 때 캐스가 간신히 나를 깨워주었다.

한 달 뒤, 새벽 3시에 중환자실 간호사가 나를 호출했다. 눈이라도 붙일 수 있을까 해서 막 당직실에 들어온 참이었지만, 그런 행운은 없었다.

"스콧 씨가 인공호흡기에 저항하고 있어요. 올라오셔야겠습니다."

나는 한숨을 쉬었다. "네, 올라가겠습니다."

계단을 올라가 중환자실로 간 나는 형광등 불빛이 쏟아지는 데스크에 앉았다. 맞은편에 있는 스콧 씨 자리에서 인공호흡기가 내는 휙, 퍽, 소리가 규칙적으로 들려왔다.

스콧 씨를 담당하는 젊은 금발 간호사가 내 앞에 서서 나를 내려다보며 얼굴을 찌푸렸다.

"발관해야 해요." 간호사는 자발호흡이 가능하도록 목에 삽관한 튜브를 제거해야 한다고 했다.

"환자를 보기 전 먼저 의료기록과 지시서들을 확인해야 합니다." 나는 그렇게 말하며 잠깐이라도 혼자 있을 수 있게 간호사가 자리를 떠나주기를 바랐다. 지친 데다가 목이 말랐다. 아무것도 먹지도 마시지도 못한 지 몇 시간이나 지난 뒤였다.

간호사는 성가시게 내 곁을 떠나지 않았다. 흐릿한 눈으로 보니 스콧 씨는 심한 만성 폐쇄성 폐질환과 폐렴을 앓는 60대 남성이었다. 산소를 투여받는 상태에서 진행한 혈액 가스 검사 결과도 좋지 않았다. 간호사가 발관을 요청하는 건, 호흡이 인공호흡기와 어긋나는 바람에 알람이 울릴 때마다 자꾸 찾아가야 하는 게 귀찮아서가 아닐까 하는 생각이 들었다.

일어나서 혈액 가스 채취용 주사기를 찾아 카트 속을 뒤졌다. 간호사가 어떤 요구를 하건, 발관은 필요한 경우에 즉시 재삽관을 할 수 있도록 보조 인원이 준비된 상황에서만 시행해야 했다.

환자의 자리로 가보니 스콧 씨가 침대에서 몸부림치고 있었다. 이름을 부르자 눈을 떴지만, 고작 몇 초뿐이었다.

"안녕하세요, 스콧 씨. 저는 그레이홀 박사입니다." 나는 내 소개로 말을 시작했다. "지금 손목 동맥에서 혈액 가스를 뽑을 겁니다."

폐 기능을 측정하기 위한 검사였다. 스콧 씨는 기도

삽관 중이라 검사를 거부할 수 없었다.

우리 둘에게 다행스럽게도 채혈이 쉽게 끝났고, 나는 샘플을 즉시 검사하도록 검사실로 보냈다.

결과를 기다리는 동안 나는 책상 위에 팔꿈치를 대고 고개를 손으로 받친 자세로 눈을 감았다.

또다시 나타난 금발 간호사가 모기라도 되는 듯 주변을 맴돌았다.

"발관하실 건가요?"

"혈액 가스 검사 결과를 기다리는 중입니다." 나는 지쳐서 기운이 하나도 없는 채로 대답했다.

검사 결과가 어떻건, 발관하고 싶지 않았다. 새벽 4시였다. 새로 들어온 환자로 병원의 수용 인원이 꽉 차다시피 했던 데다가, 발관한 뒤 환자가 자발호흡할 수 없을 때 나를 도와줄 경력 많은 레지던트도 그 시간에는 없을 것 같았다. 스콧 씨는 비만에다가 목이 굵었다. 재삽관이 쉽지는 않을 터였다. 게다가 나는 발관해 본 경험이 없었다. 의대생으로서 외과에서 순환실습을 돌 때, 외과 의사들은 남학생들과 달리 내게는 실습 기회를 주지 않았다. 인턴 생활을 하면서 배울 수 있을 거라 생각했지만, 옆에 경력이 많은 의사가 있어야 했다. 나를 다그치면 내가 의학적으로 잘못된 조치를 할 거라고 그 간호사가 생각하는 이유를 알 수 없었다.

혈액 가스 검사가 도착했다. 좋지 않았다. 나는 인공호흡기를 조정한 뒤 몇 분이라도 눈을 붙일 생각으로 당직실까지 비척비척 걸어갔다.

눈을 채 감기도 전에 간호사가 또다시 나를 호출했다. 30분이라도 눈 좀 붙이게 놔두면 안 돼? 나는 중환자실에 전화를 걸었다.

"스콧 씨가 또다시 인공호흡기에 저항하고 있어요."

"정맥주사로 발륨 2밀리그램을 투여하세요." 나는 간호사에게 그렇게 지시하고 수화기를 지나치다 싶을 만큼 세게 내려놓았다.

하지만 곧바로 호출기가 다시 울렸다. 나는 눈을 번쩍 떴다. 젠장!

"올라오실 수 있어요? 환자 상태가 불안정해요. 진정제는 이미 투여했어요."

나는 이를 악물고 계단을 올라갔다. 입장을 고수하고 내 판단을 믿겠다고 마음먹었다.

중환자실에 도착하자마자 금발 간호사가 다가왔다. "지금 당장 발관해야 합니다." 그러고는 조금 더 공격적인 말투로 이렇게 덧붙였다. "직접 하실 수 없다면 남자 의사를 부르세요."

그 말에 나는 이렇게 쏘아붙였다. "보조 의료진 없이 새벽 4시 30분에 발관하지는 않을 겁니다."

"하셔야 해요." 간호사는 주장을 굽히지 않았다.

자기 권한이 아닌 선까지 간섭하는 고압적인 간호사에게 어떻게 말하면 좋았을까? 꺼지라고 말하고 싶었지만, 화를 억누르며 참았다. "안 됩니다." 나는 그렇게 대답한 뒤, 또 다른 호출에 답하려고 수화기를 집어 들며 중환자실을 떠났다.

아래층에서 남성 환자의 음경에 카테터를 장착하고 있을 때(의료진은 인턴이 당연히 전부 남성일 것이라 여겼기에 이런 일을 인턴에게 시켰다), 중환자실에서 또 호출이 왔다. 호출을 무시할 수는 없었다. 다른 환자거나, 다른 문제일 수 있었으니까. 나는 카테터를 장착하다 멈추고 가장 가까이 있는 전화기로 다가갔다. "그레이홀입니다."
이번에도 그 간호사였다. "발관하기 전에는 눈 붙일 생각 마세요."
목 근육이 팽팽하게 당겨져 쓰라렸고, 머리는 지끈거렸다. 그 간호사는 인턴들이 병원의 위계상 자신보다 낮은 지위에 있을 때, 그러니까 우리가 자신한테 권위적으로 굴기 전에 괴롭히려는 생각이었을까? 아니면 목에 삽관된 튜브 때문에 괴로워하는 환자가 자발호흡을 해야 한다고 정말로 믿었던 걸까?
"안 된다니까요." 나는 수화기를 쾅 내려놓았다.
이런 힘겨루기가 간호사의 근무교대 시간인 오전 7시 30분까지 줄곧 이어졌다. 그런데 교대 시간이 지난 뒤에도 그 간호사는 떠나지 않았다. 연속 근무를 했던 걸까? 아니면 벌써 26시간째 병원에 있고, 집에 가기까지 최소 8시간이 남은 나를 괴롭히려고 남은 걸까?
전문의가 회진을 위해 도착했을 때, 나와 간호사 모두

상황을 보고했다. 간호사는 이렇게 말했다. "스콧 씨가 인공호흡기에 저항하고 자발호흡을 하려 했지만, 그레이홀 박사는 발관을 거부했습니다." 그러더니 간호사는 환자 침대 건너편에서 나를 향해 비웃음을 지어 보였다. 나는 두 발에 교대로 체중을 실으며 바닥만 바라보고 있었다. 아침을 걸러 배가 꼬르륵거리는 채로, 내 결정을 뒷받침할 말들을 준비했다.

전문의는 먼저 간호사를, 그다음에는 나를 바라보더니 말했다. "좋아요. 아침까지 기다려야 한다는 그레이홀 박사의 판단은 옳았습니다. 혈액 가스 검사 결과가 좋으면, 회진 후 함께 발관하도록 하지요."

그가 청진기를 귀에 꽂고 몸을 숙여 환자의 가슴을 청진했다. 다른 이들은 모두 스콧 씨를 보고 있었지만, 오로지 그 간호사만 적대적인 눈길로 나를 쳐다보았다. 정당함을 입증받은 나는 간호사를 향해 미소를 지었다. 상대는 칼날처럼 날카로운 눈으로 나를 쏘아보았다.

그해 나는 꼭 바닥에 드러누워 발버둥을 치고 고함을 지르며 분노 발작을 터뜨리는 아이가 된 기분을 느꼈다. 내가 느끼는 두려움, 상처, 분노를 말로 표현할 길 없는 아이. 그 분노는 몇 년간 나를 떠나지 않은 채, 사소해 보이는 자극 앞에서 폭발하고는 했다. 그럼에도 나는 의사인 나를 믿고, 적대적인 업무 환경이 내 자신감을 꺾게 내버려두지 않는 법을 배워가고 있었다.

8시간 뒤, 당직실에서 스크럽을 갈아입고 나온 나는

잠시 벽에 몸을 기댔다. 분노할 기운도 남아 있지 않을 정도로 지쳐서, 눈물만 솟아났다. 견뎌낼 수 있을까 생각하다가 스크럽을 수거함에 던져 넣었다. 그러나 유일한 여성 인턴인 나는 아무에게도 눈물을 보여서는 안 됐다.

그해 10월, 캐스를 만나러 피터버러에 갔다. 그때도 스트레스로 인한 감기에 걸린 나는 두꺼운 책 한 권과 함께 머스탱을 몰고 그곳에 도착했다. 토마스 만의 『마의 산』이었다. 나는 캐스의 침대에 온종일 누운 채 만이 그려낸 스위스의 눈 덮인 결핵 요양소를 헤맸다. 캐스는 꿀과 럼을 넣은 따뜻한 차를 끓여 주는 등 내 몸을 돌보고 나를 간호해 줬다. 아프기는 했어도 만족감과 보살핌으로 가득한 이틀이라는 짧은 시간을 만끽했다.
집에 돌아가자 데이비드는 당직 근무 중이었고 냉장고는 텅 비어 있었다. 우리 둘 다 주말에 집에 있는 일은 드물었지만, 그래도 그럴 때면 보스턴 시내 뉴버리 스트리트에 있는 프랑스 시골풍 식당인 매직 팬에 가서 감칠맛 도는 크레페와 와인을 즐기며 서로를 위로하고는 했다. 그렇게 가끔 문명 세계로 짧은 외출을 즐길 때를 빼면, 우리한테는 신선한 식료품을 사러 갈 시간이 없었고, 우리는 병원에서 끼니를 때우거나 환자가 먹고 남긴 병원식을 대충 먹어치우며 살았다.
잠이 너무 귀해서, 기회만 생기면 전화벨 소리도, 데이비드가 집에 들어오는 소리도 못 듣고 죽은 사람처럼 자고는 했다. 뉴햄프셔에서 돌아온 다음 주, 여전히 감기가 낫지 않았던 나는 또 한 번의 36시간 당직 근무를 마치고 돌아오자마자 저녁 식사도 거르고 곧바로 잠들었다. 다음 날 아침, 꿈 없는 잠에서 간신히 깨어난 뒤 대충 시리얼 한 그릇을 먹고 회진 시간에 맞춰 병원으로 달려가다가, 밤새 불이 나 옆 건물이 전소되었다는 사실을 알게 됐다. 분명 소방차 여러 대가 사이렌을 울려댔을 텐데도 까맣게 모르고 잠을 잔 것이다.

17

내가 의사가 되고 싶었던 이유 중 하나는 누군가의 삶에서 가장 힘들고 내밀한 순간에 옆에 있어줄 수 있다는 점이었다. 자신 또는 사랑하는 이들을 위해 중요한 결정을 내려야 할 때, 살아남고자 버둥거려야 할 때, 아니면 죽어갈 때. 인턴 생활을 하는 동안에도 환자들이 숨김없이 솔직하게 내게 속마음을 털어놓을 때, 그런 순간들이 몇 번 있었다.

종양학과 순환실습 중에 나는 조던 씨라는, 나이 든 여성의 1인실에 들어갔다. 과거에 수십 번 답했던 질문들을 입원 과정에서 또다시 묻는다며 내게 성을 냈던 환자였다. 그건 어쩔 수 없이 해야 하는 절차일 뿐이었고, 조던 씨 역시 그 사실을 알았다. 그녀는 림프절과 간, 비장이 비대해져 더는 통제할 수 없는 상태가 된 만성 림프성 백혈병 환자로서 이미 여러 번 입원한 기록이 있었다.

"아까 짜증을 부려서 미안해요." 조던 씨가 말했다.

나는 조던 씨의 과거 차트를 전부 읽었고, 그분의 아들이 유명 다큐멘터리 감독이라는 사실도 알고 있었다. 조던 씨는 화학치료를 수차례 견뎌냈고, 지금은 백혈병 말기 환자였다. 나는 미소를 지어 보였다. "괜찮아요. 몸도 안 좋으신데 얼마나 지겨우시겠어요."

입원과 함께 필수적으로 해야 하는 신체검사를 위해, 나는 한 팔을 조던 씨의 등 뒤로 집어넣고 조심스레 일으켜 앉힌 뒤 등에 차가운 청진기를 대고 숨소리를 들었다. 다시 조던 씨를 침대에 눕히자, 그녀가 내 눈을 바라보더니 말했다. "있잖아요, 난 죽는 게 안 무서워요."

나는 가만히 생각에 잠겼다. 목숨을 구하기 위한 온갖 검사, 온갖 시술, 상상할 수 있는 모든 의학적 처치를 원하지 않는다면, 어째서 입원한 걸까? 나는 검사를 중단하고 물었다. "왜 대학병원에 오셨어요?"

"아들이 가라고 해서 왔지요. 내가 죽을까 봐 겁을 내니까." 조던 씨는 희미하게 웃더니, 체념한 듯 한숨을 쉬었다.

감염과 맞서 싸울 백혈구가 기능을 거의 잃은 이상, 조던 씨는 고열에 시달릴 가능성이 높았다. 그런 일이 일어나면 내가 달려가 적어도 여섯 번 채혈해서 배양 검사를 하는 수밖에 없었다. 면역체계가 약해져 있으니 그 검사만으로도 해로운 박테리아에 감염될 위험도 있었다.

"방금 하신 말씀대로라면, 연명의료 거부 등록을 원

하세요?”

“아들이랑 이야기해 보겠어요.”

종양학과에서 나는 죽음 직전에 이른 환자를 여러 명 만났다. 그곳은 보스턴의 대학병원이었으므로, 희망이 사라진 상황에서도 주치의와 선임 의료진들은 교육을 위해 우리에게 환자 처치를 강요했다. 병원의 남성 중심적 문화 속에서 남성 동료들은 목의 경정맥에 중심정맥관을 삽입하거나, 물이 찬 복부에서 암세포가 가득한 복수를 빼내거나, 폐와 흉벽 사이의 흉막낭에서 혈성 흉수를 빼내야 할 때 굵은 바늘을 꽂을 기회를 두고 경쟁했다. 우리의 시술이 고통을 덜어줄 때도 있지만, 죽어가는 암환자들에게 오히려 고통을 더하는 경우도 많았다. 나는 마음을 단단히 먹고 시키는 대로 하는 수밖에 없었다. 시술이 끝나면 창고에 들어가서 담요를 주먹으로 치거나 막막한 기분으로 조금 울기도 했다. 그런 침습적 시술이 불필요하거나 부적절하다는 생각이 들면 선임 레지던트들에게 그 정당성을 묻기도 했다.

그날 밤, 조던 씨의 열이 치솟았다. 아들은 연명의료 거부 등록을 반대했기에 최대한의 정밀 검사를 진행하는 수밖에 없었다. 조던 씨는 얼굴이 벌겋게 달아올라서 숨을 헐떡이며 침대에 일어나 앉아 있었다. 청진기로 폐 소리를 들어보니, 물이 가득 차 끓는 소리가 났다.

얼른 비품창고로 달려가서 배양용 병 여섯 개를 들고

돌아왔다.

조던 씨는 이미 내가 무엇을 할지 알고 있었다. "하지 말아요" 하고 그분이 애원했다.

때마침 호출기가 울렸다. 덕분에 단 몇 분이라도 조던 씨를 평화롭게 내버려둘 수 있었다.

선임 레지던트가 간호사실에서 나를 지나쳐 가며 물었다. "조던 씨의 전혈구 검사와 혈액 배양은 마쳤나?"

나는 아니라는 뜻으로 고개를 저은 뒤 병실로 돌아갔지만, 조던 씨를 상대로 그렇게 불편한 처치를 할 마음이 선뜻 들지 않았다.

"조던 씨, 죄송하게도 혈액을 배양해 감염원을 찾으려면 피를 뽑아야 해요."

왼팔을 들어 올려 탄력성 있는 소재의 압박대로 고정한 뒤 더듬어 가며 혈관을 찾는 사이 조던 씨가 얼굴을 찌푸렸다. 혈관이 잡히지 않았다. 압박대 위치를 옮긴 뒤 이번에는 손을 만져보았다. 잡히지 않았다. 반대쪽 팔에서도 역시 혈관을 찾을 수가 없었다. 왼손에 가느다란 푸른 혈관이 보였다. 바늘을 꽂았지만, 혈관이 도망쳐 버렸다.

바늘을 몇 번 더 찔러본 뒤 나는 말했다. "죄송합니다, 조던 씨. 서혜부에서 채혈해야겠어요."

대체 그 모든 게 누구를 위해서일까? 조던 씨는 이제 기운을 잃어 반대하지도 못했고, 주사바늘이 대퇴정맥으로 들어가는 순간 고통스러워하며 얼굴을 일그러뜨렸다. 나는 감기약 시럽병만 한 크기의 병 여섯 개, 튜브 두 개에 가득 차는 양의 피를 뽑았다.

혈액 샘플을 뉴턴 스트리트 길이만큼 뻗어 있는 구름다리 너머 다른 건물에 있는 실험실로 가져가야 했다. 분노 때문에 속이 뒤틀렸다. 배양용 병을 양손에 세 개씩 쥔 채 문을 발로 걷어차자 양쪽 문이 열리며 벽에 쾅쾅 부딪혔다. 왜 이런 짓을 해야 하지? 조던 씨는 치료를 원하지 않았다. 죽는 게 두렵지 않다고 했다. 어차피 그분은 곧 죽음을 맞이할 터였다. 선임 레지던트가 나더러 바늘로 그분을 쿡쿡 찔러대라고 지시하는 건 쉬웠다. 우리가 할 수 있는 모든 것을 했다고 환자의 아들을 안심시키는 것 말고는 어떤 논리적 이점도 없다 하더라도. 그분의 괴로움을 외면하지 못하고 목격해야 하는 건 바로 나였다.

내게 '우리가 할 수 있는 모든 것'이란 조던 씨를 평화롭게 내버려두고, 자연의 섭리대로 흘러가는 동안 그분을 편안하게 해 주는 것이었다.

그다음번에 선임 레지던트가 내게 고열에 시달리는 불치병 환자에게 요추천자와 혈액 배양을 시행하라고 지시했을 때, 나는 다른 환자들을 먼저 치료하며 시간을 질질 끌었다.

다음 날 아침, 회진 중 방광암을 앓는 재니스 도슨이라는 환자를 보았다. 60대 후반의 비혼 여성이었지만, 또래로 보이는 또 다른 여성이 침대 옆에 앉아 손을 잡거나, 식사를 돕거나, 베개를 고쳐 놓아주는 모습이 눈에 띄었다. 그 자리에 머물러서 두 사람과 이야기하고 싶었지만, 그러려 할 때마다 호출기가 울리는 바람에 또 다른 위기를 해결하러 가야 했다.

다시 돌아가자 침대 커버가 벗겨져 있고 청소부가 병실을 청소하는 중이었다. 나는 간호사 데스크로 달려갔다. "재니스 도슨 씨는요?"

"1시간 전에 5층으로 이동했어요." 간호사가 대답했다.

나는 이를 악물었다. 간호사가 왜 내게 알려주지 않았지? 재니스 도슨은 내 담당 환자였다. 그런데 그 환자와 대화하고, 그녀의 이야기를 듣고, 늘 곁에 있는 그 여자와 어떤 사이인지 알아낼 시간이 단 1분도 없었다.

할아버지처럼 나 역시 환자를 사람으로서 알아가고, 공감을 위해 반드시 필요한 유대감을 맺고 싶었지만, 너무 바빠서 그럴 겨를도 없을 때가 많았다.

분노가 내 대응 전략이자 곁을 떠나지 않는 동반자가 되면서, 나는 선임 레지던트들, 그리고 주임 레지던트와 갈등을 겪었다. 내가 유일한 여성 인턴이라는 이유로 남성 동료들보다 더 가혹한 취급을 받는 것이 화가 났다. 특히 상급자가 지시한 무분별한 시술에 내가 의문을 제기하거나 망설일 때 더했다. 종합병원 내과는 스트레스가 심할 수밖에 없다. 환자는 물론 근무 시간 내내 질병과 죽음을 마주하는 간호사, 의료진 모두 각자의 방식으로 고통받기 때문이다. 다른 지역에서 일했던 어느 내과의사가 의학 인턴 과정이 낳는 비인간화 효과를 통렬한 풍자로 풀어낸 『신의 집The House of God』이라는 책을 쓰기도 했지만, 의료 개혁은 그로부터 수십 년 후에나 이루어졌다.

인턴 열세 명 중 혹독한 환경으로 쓰러진 사람이 둘이나 있었다. 한 명은 신경쇠약을 일으켜 정신과 병동에 입원했다. 다른 한 명은 심각한 폐렴에 걸려 입원치료를 받아야 했다. 그들의 빈자리를 메우는 것도 나머지 인원들의 몫이 되었다. 당시 나는 잘하고 싶다거나 배움을 얻고 싶다는 생각도 접었고 목적의식도 잃었다. 그저 살아남고 싶을 뿐이었다.

데이비드는 과로와 수면부족에 시달리면서도 나처럼 갈등을 겪지 않고 인턴 생활을 버텨내는 것처럼 보였다. 짜증이 났다. 그래서 그의 별명을 족제비로 바꿔버렸는데, 못되게 들릴지는 몰라도, 애정을 담아 부르는 별명이었다. 데이비드는 내게 경쟁자가 아닌 동지, 악몽의 바닷속에서 하나뿐인 친구였다. 하지만 데이비드가 잠자코 동조하는 성정인 것에 비해 나는 반항하는 성정을 지녔다. 아마도 어린 시절 엄마의 통제적인 분노에 대응하느라 발달한 특성일지 모르겠다. 하지만 그 성정이 인턴 과정을 거치는 동안 도움이 되지는 않았다.

인턴 초기 몇 달간 내게는 회고할 시간이라고는 없었다. 잠을 자고 제대로 된 음식을 먹는 것 말고 내가 무엇을 원하는지, 무엇을 필요로 하는지 알 기회가 없었다. 그러므로 그해 늦가을 내가 별다른 이유도 없이 의대 4학년 학생과의 관계를 시작한 건 놀랄 일도 아니었다.

뉴욕에서 온 애나는 내가 인턴으로 일하던 내분비대사내과에서 순환실습 중이었다. 러시아 혈통이었고, 병원의 인공 조명 아래에서 본 그녀의 얼굴에 자리한 움푹한 눈, 섬세한 입술, 여드름 흉터가 눈에 띄었다. 인상적인 미인이었지만, 눈빛에 때로 매서운 기운이 감돌았다.

추수감사절 직전 병실 앞을 지나가는데, 애나가 팔에 정맥주사줄을 꽂은 채 침대에 누워 있는 모습이 보였다. 아픈가? 애나가 내게 들어오라는 손짓을 했다.

"돈을 많이 준다기에 임상시험에 참여하기로 했어요." 애나는 말했다. "그런데 사흘이나 말 상대도 없이 누워 있으라잖아요. 와서 잠시 앉아요. 당신에 관한 이야기를 들려주세요."

"지금은 안 돼요." 나는 대답했다. "조금 전 케톤산증 환자가 들어와서, 안정제를 투여해야 하거든요." 나를 보는 애나의 표정을 보고 혹시 레즈비언은 아닐까 생각하게 됐다. 업무 환경이 혹독한 데다 자유 시간이 없고, 일터에서는 벽장 속에 숨을 수밖에 없으니 보스턴에 온 뒤에는 연인으로든 친구로든 다른 레즈비언을 만나는 일이 도저히 불가능했다. "그래도 여기 있으면 나중에 다시 올게요." 나는 그렇게 약속했다.

그 뒤로 사흘간, 짬이 날 때마다 애나가 누워 있는 병실을 찾았다. 뉴욕에서의 어린 시절이라든지 의대 생활, 조리법, 병원 레지던트를 보며 느낀 것 등등 머리에 떠오르는 건 뭐든지 재잘거리는 애나 덕분에 나는 별달리 말을 할 필요도 없었다.

이튿째 되던 날, 병실을 떠나기 직전 애나가 내 눈을 똑바로 마주 보며 말했다. "동성애자인 것 같은데, 맞아요?" 딱 하루 청바지를 입기는 했지만, 내가 흰 가운에 전형적인 병원 복장을 한 이성애자의 옷차림이었음을 고려하면 놀라운 게이더였다. "그래요, 맞아요."

"그럼 우리한테 공통의 비밀이 있는 거네요." 애나가 미소를 지었다.

일터에 자매가 생겼다는 생각에 신이 나 병실을 나서는 내 발걸음이 들썩였다.

애나를 찾아간 지 사흘째 되던 날, 그녀가 회의적인 눈으로 나를 살폈다. "왜 내가 당신을 좋아해야 하죠? 왜 당신과 친해져야 하죠? 당신이 귀엽고 곱슬머리라서? 똑똑해서? 청바지가 잘 어울려서?"

나는 미소를 지으며 어깨만 으쓱했지만, 이렇게 대답할 수도 있었으리라. "외롭고, 스트레스받고, 누군가와 몸을 섞고 싶으니까."

그다음에 찾아온 36시간의 휴식 시간을 내가 그저 새롭다는 이유만으로, 캐스를 만나는 대신 뉴욕에 가는 데 쓰면서 곧바로 사건이 생겼다.

애나도 나도 먹는 것을 즐겼기에, 우리는 뉴욕을 온통 돌아다니며 식사를 즐겼다. 브런치로 소고기와 두부에 브라운 소스를 얹은 국수를 먹었고, 늦은 끼니로는 베트남-푸에르토리코 식당에서 검은콩, 오렌지, 우설, 쌀밥을 먹었다. 그다음에 더 늦은 끼니로는 인도음식을 먹었다. 다음 날에는 아침으로 스페인식 오믈렛을 먹고, 간식으로는 그리스식 기로스를, 점심으로는 푸른 잎 채소와 얌, 돼지족발이 함께 나오는 소울 푸드를 먹었다.

내가 식사하는 동안 애나가 이야기했다. 끝없이 말을 쏟아 냈다. 그날 저녁에 우리는 페미니스트 식당인 마더커리지에 갔다. 수전 브라운밀러, 케이트 밀럿, 질 존스턴 같은 당대의 유명 페미니스트 작가들이 단골로 찾던 식당이었다. 종업원은 와인을 따를 때도 여성에게 먼저 시음하게 했고, 여성에게 좋은 자리를 주었다. 우리는 음식과 함께 그곳에서 파는 고급 와인도 잔뜩 마셨다. 그 주 주말, 우리는 같이 잤다. 그렇다고 불꽃이 튀지는 않았다.

일요일 늦은 밤 보스턴으로 돌아가는 막차를 놓치는 바람에, 월요일 아침 회진 직전에야 간신히 병원에 도착했다. 당직 인턴으로부터 환자 상태를 보고받을 시간이 없었다.

내게 화가 난 사람은 주임 레지던트만은 아니었다.

"어디 갔던 건데?" 주중에 캐스가 전화를 걸어 따져 물었다. "지난 주말에 네가 올 줄 알았는데."

나는 죄책감을 억누를 수 없어 의자에 앉은 채 몸을

푹 수그렸다. "애나와 뉴욕에 갔었어." 그렇게 실토했다.

고통스러운 침묵이 흘렀다. 그러다 캐스가 울고 있다는 사실을 알아차렸다.

변명할 말도 없었다. 미안하다고, 사랑하는 건 너뿐이라고 말했다. 그러나 말보다는 행동이 무거워야 하는 법이었다. 캐스는 내가 쉴 수 있는 그다음 주말에도 나를 만나지 않겠다고 했다.

그 뒤로 몇 달간, 나는 캐스의 마음을 되돌려 보려고 전화도 걸고 편지도 보냈지만, 그녀는 우리 관계를 다시 이어가려 하지 않았다. 캐스가 보고 싶었지만 그녀가 고향을 떠나 보스턴으로 올 리는 없으니, 내가 뉴햄프셔로 이사하는 것까지 고려했다.

"보스턴 대학교 병원에서 끔찍한 나날을 2년이나 더 보낸다고 생각하니 도저히 견딜 수가 없어." 어느 날 밤, 나는 전화로 이렇게 말했다. 애초 목표한 대로 전문의 자격 인증위원회를 통과한 내과 전문의가 되려면 인턴을 끝마치고도 2년간 레지던트 과정을 거쳐야 했다.

"어쩌면 1년 동안 쉬며 뉴햄프셔에서 일반의로 일할지도 몰라."

캐스는 말이 없더니, "그래, 어쩌면"이라며 이도 저도 아닌 대답을 했다.

이제 용서받은 걸까? 나는 그게 궁금했다.

　3월 초 36시간의 휴식을 얻은 주말 저녁, 나는 캐스가 살고 있는 뉴햄프셔 킨의 인근 동네에서 내과의를 구인 중인 개인병원 원장과 만났다. 그 의사의 집에서 저녁으로 맛있는 팟로스트를 먹고, 기나긴 대화를 나눈 끝에 나는 작은 동네 병원에서 일할 준비가 되어 있지 않다는 걸 느꼈다. 그때는 심지어 분만 과정에 대해서도 잘 몰랐다.

　캐스의 집에 도착했을 때는 늦은 시간이어서 그녀는 이미 잠든 뒤였다. 눈 내리는 차디찬 밤이었다. 캐스는 난방비를 아끼려고 히터를 늘 약하게 틀어뒀다. 12월 초 내가 뉴욕에 다녀온 뒤로 우리가 함께 잔 적은 없었기 때문에, 나는 내가 캐스의 침대에 누워도 될지 알 수 없었다. 내가 오는 걸 알면서도 캐스는 소파에 이불을 가져다 놓지 않았다. 긍정적 신호였다. 나는 침대로 올라가 몸을 녹이고자 그녀를 뒤에서 끌어안았다.

　잠에서 깬 캐스가 내 몸에 닿은 엉덩이를 움직였다. 짜릿한 감각이 온몸에 퍼지는 바람에 나는 곧장 그녀를 돌아눕혔다. 욕망의 불꽃이 초대형 화재로 번지며 우리는 정신없이 서로에게 달려들어 그때까지 쌓였던 욕구를 쏟아냈다.

　오르가슴의 여파로 달아오른 채 나는 나른하게 그녀의 옆에 누워서 캐스와 사랑을 나눌 수만 있다면 어디서 무엇을 해도 행복하리란 생각에 잠겼다. 그러나 당연하게도 삶은 그렇게 단순하지 않았다.

　다음 날 아침 눈을 떴을 때, 나는 또다시 애나와의 일을 내가 용서받은 것이 맞는지 생각했다. 캐스의 침대로는 돌아왔지만, 그녀의 삶으로도 돌아온 걸까?

며칠 뒤, 여전히 내과 레지던트로 2년 더 지내지 않을 방법을 고민하던 나는 포르투갈산 싸구려 로제 와인인 마테우스를 한 병 다 들이켠 뒤 하버드 공중보건대학원에 편지를 썼다. 창밖에서 부츠로 눈 밟는 소리를 내며 사람들이 지나갔다. 펜을 이리저리 돌리며 벽을 보면서 내 생각을 어떻게 표현할지 고심했다. 내과에서 죽어가는 환자들의 마지막 몇 달간 딱히 긍정적 효과를 내지 못하는 치료를 이어가는 것에 자원을 투자한 것이 불만족스럽다고 취한 채로 이렇게 휘갈겨 썼다. "저는 암을 비롯한 질병의 환경적 요인을 연구하고 질병의 발생을 예방하고 싶습니다."

그 뒤로 나는 이틀을 들여 편지를 고친 뒤 보냈다.

2주 뒤, 응급실에서 환자를 입원시키고 있는데 호출이 왔다. 하버드 공중보건대학원의 존 피터스 박사의 통화 요청이었다.

"편지가 마음에 들었습니다. 저도 같은 생각입니다." 그가 말했다.

"고맙습니다. 진심이었어요." 그때 호출기가 울렸지만, 무시했다.

"연락한 건, 얼마 전 하버드 보건대학원이 국립보건원의 보조금을 받아 산업의학 프로그램을 새로 개설했기 때문입니다."

그 말에 나는 등줄기를 곧게 펴고 수화기를 귀에 바짝 붙였다. 그렇게 나는 피터스 박사의 목소리에 온 신경을 집중했다.

"전염병학, 독성학, 생물통계학, 암을 비롯한 만성질환 예방에 초점을 두는 프로그램을 계획하고 있습니다. 당신이 찾던 프로그램일 것 같군요."

"완벽해요!" 전날 밤 한숨도 자지 못했는데, 문득 감각이 생생하게 깨어났다. 나한테 자리를 주려는 걸까?

"그럼 산업 및 환경 의학 프로그램의 첫 레지턴트가 되어주시겠습니까? 프로그램과 동시에 보건학 석사 학위도 받을 수 있습니다."

태양이 구름을 뚫고 나와 빛으로 내 세상을 물들이는 것 같았다. 여기가 내 돌파구가 될지도 몰라.

그러다 걱정이 스멀스멀 찾아와 내 열의를 가렸다. "하버드 학비를 감당할 수 있을지 잘 모르겠어요."

"걱정 마세요." 피터스 박사는 친절하고 부드러운 목소리로 말했다. "보조금으로 학비를 면제하고도, 연간 1만 8,000달러의 장학 수당을 지급합니다."

1976년에 1만 8,000달러는 거금이었다. 피터스 박사가 내 앞에 있었다면 나는 곧장 그의 목을 얼싸안고 입을 맞췄을 것이다. 당연히 나는 제안을 받아들였다.

"미국에 산업의학을 처음으로 도입한 사람이 여성인 앨리스 해밀턴이었다는 사실을 알면 흥미로워하실 것 같습니다. 해밀턴은 하버드 교원으로 임용된 첫 여성 내과의 사이기도 합니다."

더 좋았다. 이 제안은 내 삶의 경로를 바꿔놓을 터였다.

앞날을 결정해 둔 뒤에도 인턴 과정을 마칠 때까지 데이비드와 나는 치열한 경쟁을 계속해야 했다.

그러다 재난이 찾아왔다. 2주 전 데이비드의 환자로 입원한 마약중독자가 섬망 상태로 침대에서 뛰쳐나와 정맥주사를 뽑아냈다. 그는 악성 B형 간염으로 인해 간이 혈액에서 뇌에 영향을 미치는 독성을 더는 제거할 수 없는 상태였다. 환자를 다시 침대에 눕히고, 정맥주사줄을 다시 연결하고, 피를 닦는 것은 인턴인 데이비드가 할 일이었다. 예방과 보호 장비가 보편화되기 이전의 일이었다.

7주 뒤, 재향군인병원에서 실습하던 중 데이비드에게서 연락을 받았다. 구역감이 일고, 눈의 흰자위가 노랗게 변했다고 했다. 혈액 검사를 통해 심각한 혈액 응고 인자 결핍이 확인되었는데, 간염 환자에게서 나쁜 예후를 시사하는 징후였다.

"베스이즈리얼 병원에 입원 수속 중이야." 그가 힘없이 떨리는 목소리로 말했다. "와줄 수 있어?"

그날 밤 나는 야간 당직이었다. 함께 근무 중이던 선임 레지던트는 내게 입원 환자를 더 배정했고, 손이 많이 가는 환자들을 맡겼다. 나를 안타까워한 동료 인턴이 대신 근무해 주기로 했다. 나는 내가 담당하던 환자들의 문제를 설명하고, 필요한 조치나 검사를 알려준 다음, 교환원에게 연락해 인계를 마쳤다. 소지품을 챙겨 당직실을 나오려는데, 선임 레지던트가 문간에 버티고 서서 양팔로 문틀을 붙잡고 길을 막았다. "대체 어디 가는 거야?" 그가 고함쳤다.

"친구가 환자한테서 간염이 옮아 심각한 상태예요. 지금 베스이즈리얼 병원으로 가봐야 해요."

"헛소리 마." 그가 입술을 비틀며 비웃음을 흘렸다.

"제 환자들은 에번스 박사에게 인계했고, 입원 기록과 지시도 전부 인계를 마쳤습니다." 그가 문을 막고 움직이지 않는 바람에 가슴이 답답했고 절로 주먹이 쥐어졌다. 데이비드에게 가야 했다. 죽어가고 있을지도 몰랐다. 데이비드한테는 내가 필요했다. 그보다 더 중요한 건 없었다. "비키라고, 이 씨발놈아." 내가 쏘아붙였다.

그러자 선임 레지던트는 비웃음과 함께 옆으로 비켜섰다. "넌 이제 끝장이야."

종이 가운과 장갑을 착용하고 데이비드가 입원한 병실로 들어갔다. 그는 눈이 노랗게 변한 채 쇠약하고 겁에 질린 상태로 가만히 누워 있었다. 그의 손을 잡아줄 수도 없었다. 담당 의사와 이야기하는 내내 불안해서 속이 뒤틀렸다. 의사는 고개를 저으며 "시간이 지나봐야 알겠지요"라고 했다.

그날, 재향군인병원의 선임 레지던트는 내 지시 불이행을 상부에 보고했다. 전부 남성뿐이었던 지도교수들(나와 1년 내내 마찰을 빚은 이들도 있었다)이 회의를 소집해 내게 인턴 수료 학점을 줄지 여부를 결정했다. 나에게는 단 사흘이 남아 있었다.

그 뒤로 며칠간 나는 데이비드 곁을 떠나지 않았고, 그의 건강은 점점 나아졌다. 혈액 응고 인자도 정상 수준으로 돌아왔다. 아직 황달이 사라지지 않았고 쇠약한 상태였지만, 퇴원해 회복을 위해 귀가할 수 있을 정도로는 나아졌다.

그리고 나는 보스턴 대학교 병원에서 1년간 추가로 인턴 과정을 밟아야 할지 아닌지를 알려줄 봉투를 열어보는 일을 미루고 데이비드의 간호에만 집중했다.

일주일 뒤, 을씨년스러울 만큼 황량한 거실 소파에 데이비드와 나란히 앉은 채로, 심호흡을 하고 봉투를 열었다. 편지에는 이렇게 쓰여 있었다. "친애하는 그레이홀 박사에게. 당신의 업무 윤리를 신중히 고려한 끝에…."

병원 측은 결국 내게 학점을 주었다. 그들은 내가 하버드 공중보건대학원에서 레지던트 과정을 밟게 되리라는 것도 알았다. 환자를 치료하는 방법에서 어떤 점들은 바뀌어야 한다는 내 믿음을 맹렬하고 고집스럽게 밀어붙였음에도, 내가 1년 동안 해낸 업무에 대한 평가는 충분히 좋았다. 누군지는 몰라도, 남성들 중 내 편을 들어준 이들도 있었던 것이다. 고마웠다.

어쩌면 시대가 바뀌고 있는지도 몰랐다.

피터스 박사의 연락을 받은 뒤로, 내가 보스턴에 남으

리라는 사실은 분명해졌다. 캐스가 있는 뉴햄프셔로 이사한다는 선택지는 더 이상 없었다. 여름 동안 우리는 점점 더 멀어졌다.

그런 변화가 일어나고 있는 당시에는 그것들이 장기적으로 어떤 의미를 지니는지 알기 어렵다. 특히 젊고, 방향타도 없이 다음번에 밀려오는 파도에 휩쓸리며 살아가는 시절이라면. 캐스와 나는 서로 동떨어진 두 세계에 살았다. 30대 중반의 나이로, 보수적인 뉴햄프셔에 살면서, 일과 학업을 병행하고, 두 딸을 키우는 캐스. 그리고 20대 중반 나이로, 페미니즘의 온상인 진보적인 보스턴에서 남성과 함께 살면서, 여성들과 사귀고, 내 욕망이 시키는 대로 따르면서, 의사가 되기 위한 수련에 힘쓰는 나. 나는 캐스를 실망시킬 수밖에 없는 사람이었다.

그런데도 나는 자꾸만, 계속해서 캐스에게 돌아가고는 했다.

18

그해 여름, 인턴 과정을 마친 데이비드와 나는 기차를 타고 뉴욕으로 가서 게이 프라이드 퍼레이드에 참가했다. 스톤월 항쟁 이후 7년이 흘렀을 때였다. 1969년 그리니치 빌리지에서 경찰이 시내 게이 바를 급습하고, 안에 있던 사람들이 저항하면서 일어난 스톤월 항쟁은 동성애자 인권운동이라는 도화선에 불을 붙였다. 퍼레이드를 찾은 그날, 레인보우 티셔츠와 티아라 차림을 한 우리는 버스 창밖으로 몸을 내밀고, 카메라를 들이대는 관광객들을 향해 의기양양하게 손을 흔들었다. 경쾌하고 즐거운 분위기, 발칙하고 다채로운 의상. 데이비드와 나는 도나 서머의 〈러브 투 러브 유 베이비Love to Love You Baby〉가 쩌렁쩌렁하게 흘러나오는 퍼레이드 차량 앞에서 행진했다. 차량 위에는 거울처럼 반사되는 시퀸 드레스를 입은 드래그 퀸이 잔뜩 타고 있었다. 행진의 흐름에 몸을 맡기고, 자랑스러운 동성애자로서 서로 어깨동무를 한 채 노래를 따라 부르며 웃었다. 군중 속으로 웃는 얼굴들이 보였다. 온갖 나이대의 사람들이 레인보우 깃발을 흔들거나 우리에게 엄지를 들어 보였다. 그때 데이비드가 내 어깨를 꽉 움켜쥐었다.

"이런, 파트루스크, 뉴스 기자가 우리를 촬영하고 있어."

우리의 성적 지향을 병원에 들키면 안 된다는 것에 생각이 미친 나는 움찔했다. 스톤월 항쟁이 벌어진 그해는 내가 샌프란시스코에서 벽장 밖으로 나온 해이기도 했다. 그러나 솔트레이크시티로 온 뒤, 또 고된 인턴 생활을 하는 내내 나는 다시금 벽장 속에 숨어야 했다. 레즈비언은 말할 것도 없고, 의학계에서 여성이라는 소수자로 사는 것만으로도 험난한 나날이었다.

우리의 첫 게이 프라이드 퍼레이드였던 그날 하루만큼은, 우리가 누구인지 온 세상에 자유롭게 선언하고, 다른 동성애자들과 함께 자긍심을 품고 즐길 수 있었다.

숨는 건 이제 질렸어. 나는 카메라 앞으로 한 걸음 나섰다.

데이비드와 나는 독립 200주년 기념일에도 뉴욕에 머물렀다. 데이비드 지인 소유의 허드슨강이 내려다보이는 집 발코니에 앉아 와인을 마셨다. 돛대가 우뚝 솟은 배 열여섯 척과 여성 선원들로만 이루어진 영국 스쿠너선이 강 위를 지나갔다. 그 뒤에는 다섯 개 취주악단이 연주하는 국가에 맞춰 2,000명의 선원이 브로드웨이를 행진해 시청으로 향했다.

따뜻했던 그날, 해가 저물자 폭죽이 배터리 파크와 리버사이드 파크의 하늘을 환히 물들였다. 나는 부모님의 조상들을 생각했다. 그들이 북아메리카에 도착한 건, 미국이 아직 국가가 되기도 전이었다. 농부, 반전주의자, 군인, 의사, 교사, 어머니와 아내. 나는 자긍심을 느꼈다. 내가 동성애자인 것에 대해, 그리고 미국인인 것에 대해.

데이비드와 나는 보스턴에 돌아가 엄마와 테리를 맞이했다. 두 사람은 테리의 1973년식 AMC 호넷을 타고 피닉스에서부터 2,600마일이나 운전해서 온 것이었다. 아빠는 또다시 격정성 우울증으로 병원 신세였다.

60대가 된 엄마가 그곳까지 오는 동안 일주일 꼬박 텐트 야영을 해냈다니 놀라웠다. 두 사람이 오하이오에 밀어닥친 토네이도를 피했다는 이야기를 들었을 땐, 감명 그 이상의 감정을 느끼기도 했다. 하지만 두 사람의 방문 자체는 그리 수월하게 흘러가지 않았다.

엄마, 테리, 데이비드와 나는 보스턴의 해산물 레스토랑에서 점심을 먹었다. 엄마가 인턴 생활을 화제에 올렸다. "네 예상만큼 지독하게 힘들던?"

"훨씬 더요." 나는 병원 측이 인턴과 환자들에게 얼마나 비인간적이었는지 한참을 투덜거렸다. 얼굴이 달아오르고 가슴이 답답해질 지경이었다.

이번에는 엄마가 데이비드한테 물었다. "그 정도로 심하지는 않았지?"

데이비드는 수완 좋은 말솜씨로 적당히 얼버무렸다. 하지만 데이비드의 말은 귀에 들어오지 않았다. 엄마는 내 말을 안 믿는구나. 그런 생각이 들었다. 어린 시절과 마찬가지로 엄마는 내 감정을 무시하고, 그 진실함을 부정했다. 내가 너무 예민하다고, 내가 느끼는 감정이 말도 안 된다고 일축했던 그 시절.

나는 일어서서 자리를 떠나버렸다.

같은 날, 내 감정이 조금 가라앉았고, 우리 넷은 호넷에 올라 하계 올림픽이 열리는 몬트리올로 떠날 준비를 했다. 가는 내내 야영을 할 계획이었다.

여행 첫날 밤, 나는 텐트에서 나오는 엄마의 팔을 붙잡고 도왔다. 같이 화장실까지 가는 내내 울퉁불퉁한 길에 손전등을 비추고 엄마가 넘어지지 않게 내 팔을 내주었다.

"엄마를 이렇게 돌봐주다니 다정하기도 하지." 그러면서 엄마가 내 손을 꼭 잡았다.

나는 어릴 때도 엄마를 돌보려고 애썼다. 우울증에 걸려 아빠 노릇을 못 하는 남편과의 결혼 생활에 붙들렸다고 느끼며 엄마가 울 때면, 어린 나는 엄마의 속마음을 전부 들어주었다. 엄마에게 일자리를 구해서 직접 돈을 벌라고 조언한 것도 나였다. 어른이 된 뒤에도 엄마가 나를 필요로 할 때마다 어디에 있건, 뭘 하고 있건 나는 모든 걸 내동댕이치고 엄마를 찾아갔다.

올림픽과 함께 화려한 구경거리로 가득한 내 여름도

끝났다. 보스턴에 돌아가는 길에 우리는 뉴햄프셔에 들러 캐스와 점심 식사를 했다. 캐스와 단둘이 있고 싶어 안달이 났지만, 엄마의 감시 속에서는 불가능했다. 엄마가 캐스를 어떻게 생각하는지 궁금했다. 캐스는 엄마가 가진 레즈비언 고정관념을 깨는 사람이었으니까.

헤어진 뒤 엄마는 캐스에 대해 아무 말 하지 않았지만, 그렇다고 부정적인 말을 한 것도 아니었다. 엄마에게 침묵은 최고의 칭찬이었다.

데이비드는 여전히 보스턴 대학교 병원에서 고생하고 있었다. 이제는 인턴이 아니라, 2년 차 레지던트였다. 함께 이사할 집을 찾는 건 내 몫이었다. 선택지는 별로 없었다. 결국 내가 고른 집은 오래된 주택을 개조한 아파트의 3층이었다. 방이 두 개 있었지만 데이비드가 하나뿐인 욕실이나 부엌에 가려면 내 방 앞을 지나야 했기에, 내가 손님을 데려왔을 때면 어색하게 마주쳐야 했다. 그곳은 브루클라인이라는 쾌적한 동네였고, 집 맞은편에는 공원이 있었으며 하버드 의대와 보건대학원에 걸어갈 수 있는 거리여서 차가 필요 없었다. 그래서 데이비드가 병원까지 출퇴근할 수 있게 내 포드 머스탱을 그에게 팔았다. 그는 가끔 빌려주겠다고 약속했다.

8월 하순, 나는 케임브리지의 한 여성클리닉에서 일하기 시작했다. 여성을 위한 훌륭한 의학 정보들을 엮은 획기적인 책 『우리 몸, 우리 자신Our Bodies, Ourselves』을 쓴 보스턴여성건강서공동체의 구성원들이 종종 찾아오는 곳이었다. 나는 여성의학 검사를 시행하고, 피임약을 처방하고, 자궁 내 피임 장치를 삽입하는 일을 했다.

내가 일한 지 얼마 지나지 않아 공동체의 한 구성원이 검사실을 찾아와서는 문틀에 기댔다. 어두운색 긴머리가 한쪽 눈을 덮었고, 벨보텀스 청바지는 무릎이 찢어져 있었다. 그 구성원은 내가 환자와 상담해서는 안 된다고 했다. 제대로 된 페미니즘적 관점을 갖추고 훈련받은 여성만이 상담할 자격이 있다고 했다.

"사실 환자와 대화 자체를 하지 않으면 그게 가장 좋고요." 그 사람은 웃음기 한 점 없는 표정으로 그렇게 말했다.

말문이 막혔다. 뭐라고? 난 여성이고, 레즈비언이고, 페미니스트인데, 여성 환자에게 여성의 몸에 관해 말할 자격이 없다는 소리야?

아마 내가 의사이자 가부장적 구조의 일원이라는 점이 그 모든 것보다 중요했던 모양이다. 그날 이후 나는 로봇처럼 영혼 없이 일했다.

여름이 끝나갔다. 전화 속 캐스는 냉정하고 무뚝뚝했다. 우리 관계가 어디쯤인지 도저히 알 수 없었다. 그래서 나는 친구라도 찾고 싶어 레즈비언들을 만나러 떠났다. 우선 케임브리지 여성센터로 갔다. 먼 옛날처럼 느껴지는 예전에 코요테가 자주 찾던 곳이었다. 그 무렵 코요테는 보스턴 지역에서 자취를 감췄고, 그사이 나는 그녀와 완전히 연락이 끊겼다.

센터에서는 의식 고양 모임이 진행되는 중이었다. 여성들이 둥글게 모여 가부좌하고 앉아 있었다. 나는 내가 이 모임에 참여하고 싶은지 확신이 서지 않았기에, 안에 있는 것도 밖에 있는 것도 아닌 상태로 문틀에 기대섰다.

그날의 모임 주제는 자가검진과 동성애자 공동체 안의 아동들이었다. 보스턴여성건강서공동체의 구성원 몇몇도 눈에 띄었다. 젊은 여성이 방금 질경과 거울을 사용해 자신의 질을 살펴보는 방법을 알려준 뒤였다. "여성 의사들을 믿어서는 안 돼요." 그 사람이 모임원들에게 훈계했다. "이들 또한 남성 의사들과 똑같은 가부장적 체계에 속한 사람들이니까요."

나는 속으로 씩씩대면서도 아무 말 하지 않았다.

나중에 긴 금발에 원형 금테 안경을 쓴 여자가 말하길, 스웨덴에서는 이제 여성 연인들끼리 난자와 난자를 수정해 아이를 낳을 수 있게 됐다고 했다. 그 말에 반박하는 사람은 아무도 없었고, 맞는 말이라는 듯 고개를 끄덕이는 사람도 있었다. 도가 지나치다 생각한 나는 남들에게도 들릴 만큼 큰 소리로 코웃음을 쳤다. 과학이 장난인 줄 아나. 난자로 난자를 수정시키는 건 불가능하다는 걸 모르는 걸까?

"절대 사실이 아닙니다!" 나는 그렇게 내뱉었다.

몇몇 여성이 내 쪽으로 고개를 돌리고는 못마땅한 눈길을 던졌다.

사람들이 그 주제로 이야기를 계속하자, 머릿속이 아찔해지면서 나를 둘러싼 벽이 차츰 좁혀져 오는 것 같은 기분이 들었다. 도저히 숨이 제대로 쉬어지지 않아, 문간에 선 채로 몸을 떨었다. 내가 있을 곳이 아니야. 어디에도 내 자리는 없어. 맥박을 재보니 심박수가 120이나 되었다. 공황발작이었다.

심박수를 재는 건 잠깐 마음을 가라앉혀 줄 뿐이었다. 내가 보기엔 응급상황에 제대로 된 처치조차 해줄 수 없을 것 같은 여성들로 가득한 그 방에서 졸도하기라도 할까 봐 두려웠다.

나는 아무 말 없이 밖으로 나왔다. 서늘한 밤공기가 상쾌해서, 시타델 바까지 가는 사이 마음이 차분해졌다. 그곳엔 사람이 별로 없었고, 다시 투게더 바를 찾았지만 그곳 역시 텅텅 비어 있었다. 두 군데에서 모두, 나는 술을 마시지도 누군가와 대화하지도 않았다.

집으로 가는 지하철에 오른 나는 너무나 외로운 기분으로 힘없이 자리에 앉았다.

그다음 주에 나는 여성클리닉 일을 그만뒀다.

캐스는 바쁜 탓에 나를 만날 수 없었고, 실망한 나는 기차를 타고 뉴욕에 애나를 만나러 갔다. 애나는 이제 의학 인턴이었다. 적어도 우리에게 그 점만은 공통점이었다.

애나의 집에 도착했을 때, 그녀는 나와 몇 분간 이야기를 나누더니 곧바로 뒤에서 덤벼들어 나를 물침대에 눕했고, 우리는 저녁 식사 전 섹스했다.

여전히 불꽃은 튀지 않았다.

그날 저녁, 우리는 브로드웨이에 〈자살을 생각한 적 있는 유색인 여성들에게/무지개만으로 충분할 때For Coloured Girls Who Have Considered Suicide/When the Rainbow is Enuf〉라는 연극을 보러 갔다. 시, 노래, 움직임을 통해 유색인 여성 일곱 명의 이야기를 들려주는 연극이었다. 하나같이 자살을 생각한 적 있는 이 여성들은 자신의 삶에 관해 이야기했다. 아무리 상황이 나쁜 방향으로 치달아도, 수도 없이 좌절해도 그들은 강했고, 다시 일어났고, 어둠에 무너지지 않았다. 그 공연에서 영감을 얻은 나는 이성애자로 살아가려고 노력하던 때에, 임신중지를 한 뒤에, 또 인턴 생활 동안에 내가 얼마나 좌절했던가 생각했다. 그럼에도 나는 내 진짜 정체성을 잃지 않았고, 의사가 되었고, 내 가치를 더 잘 알아주는 하버드에서 레지던트 과정에 임하면서 내 가치관을 지켜냈다.

그날 밤 애나와 나는 애나의 친구 둘과 함께 마더커리지에서 식사했다. 애나는 쉬지 않고 떠들어 댔다.

"퍼트리샤는 음식을 좋아해. 온 동네의 식당을 순례했다니까. 내 체중이 늘면 다 퍼트리샤 탓이야. 나도 훌륭한 음식을 좋아해. 병원엔 먹을 만한 게 없거든…. 지난주에 어느 신부가 응급실에 왔는데 다리 궤양에 구더기가 생긴 거야. 그날은 아무것도 못 먹었어…. 퍼트리샤가 만족

할 만큼 긴 블라우스를 찾느라 블루밍데일 백화점에 진열
된 블라우스들을 2시간이나 뒤졌지 뭐야….”

애나가 의식의 흐름에 따라 주절거리는 것을 귓등으
로 흘려들으며 저 그칠 줄 모르는 수다 때문에 언젠가 내
가 미쳐버릴지도 모르겠다고 생각했다.

다음 날 아침, 애나 집 욕조에서 샤워를 하던 내가 바
닥에 물을 튀겼다.

“좀 치우고 다녀, 이 게으름뱅이.” 애나가 그렇게 투
덜거리면서 내 팔을 주먹으로 쳤다. 그것도 아주 세게.

나는 얼어붙은 채로 주먹을 입으로 가져가 울음을 삼켰
고, 눈물을 감추려 고개를 돌렸다. 애나가 자리를 떠난 뒤,
나는 소리 없이 흐느끼며 수건으로 욕실 바닥을 훔쳤다.

집 밖으로 나와 함께 걷는 동안에도 도저히 애나를 마
주 볼 수가 없었다. 가슴을 짓누르는 이 감정을 도저히 말
로 표현할 수 없었다.

“왜 그래, 퍼트리샤? 삐쳤어?” 그러면서 애나가 몸을
내게 치댔다.

그러더니 한숨을 쉬었다. “때려서 미안해. 나도 가끔
바닥에 물을 튀길 때 있어.”

그러나 그런 말로는 충분하지 않았다. 애나 또한 의사
라는 이유로 처음엔 그녀에게 끌렸지만, 그 주말 이후, 나
는 우리의 관계가 끝났다고 느꼈다.

캐스가 그리웠고, 우리가 함께였던 시절이 그리웠다. 우리가 나눈 열정을 다시금 느끼고 싶었다. 가을이 오고, 노란빛과 금빛 단풍이 바닥에 날리는 때가 되자 캐스가 마침내 나를 만나주었다. 나는 보스턴에서 버스를 타고 그림 같은 작은 마을들을 지나 킨으로 향했다.

캐스와 나는 토요일 내내 안부를 나누었다. 저녁 식사를 함께 만들고, 세라의 수학 숙제도 도와주었다. 저녁 내내 캐스에게 눈길을 던졌다. 6개월 전, 우리가 사랑을 나눌 때마다 얼마나 짜릿했던가. 내 몸 위로 드리운 그녀의 부드러운 등의 굴곡, 내 몸을 어루만지던 그녀의 손, 그녀 안에 들어간 내 손가락, 그녀의 열정적인 키스. 그런데 이제 캐스는 노력과 책임으로 이루어진 자신만의 세상에 골몰한 것 같았다. 눈빛이 지쳐 보였고, 소파에서 내 옆에 앉아 한숨을 쉬었다. 나는 잔뜩 뭉친 어깨를 안마해 주면서 한쪽 팔로 그녀를 끌어안았다.

저녁 내내 나는 욕망으로 진동했다. 마침내 그녀가 내 손을 잡고 나를 침실로 이끌자 온몸에 물결치듯 흥분감이 퍼졌다.

함께 침대에 눕자마자 우리는 서로를 부드럽게 애무했다. 몇 년간 축적된 욕망을 곧바로 쏟아 내고 싶지는 않았다. 그러나 점점 열정이 고조되었고, 내가 원하는 걸 캐스가 정확하게 알고 있어서 나는 속수무책으로 내 온몸을 지나가는 오르가슴과 쾌감의 파도에 저항할 수 없었다. 그렇게 거친 감정들을 한 번 분출한 뒤, 우리는 다시 천천히 다음번 쾌락을 즐겼다.

사랑을 나누느라 밤잠을 설친 우리는 다음 날 늦잠을 잤다. 나는 소파에 앉아서 수업 준비를 위해 전염병학 교재를 읽었고, 캐스는 친구들과 놀러 나간다는 세라의 아침 식사를 준비해 주었다. 세라가 떠나자 나는 식탁 의자에 앉은 캐스 뒤로 슬쩍 다가가 뒷목을 잘근잘근 물면서 상의 안에 두 손을 집어넣어 가슴을 움켜쥐었다. 그대로 침실로 직행하는 바람에, 하마터면 보스턴으로 돌아가는 버스를 놓칠 뻔했다.

그러나 우리의 삶은 다시금 멀어졌다. 영원이라든지 독점적인 관계를 약속하지 않았기에, 나는 또다시 캐스에게서 더 멀어지는 길에 오를 것이었다. 그러나 완전히는 아니었다. 완전하게는 절대 아니었다.

19

그해 가을, 나는 또 토요일 밤 세인츠에서 만남 상대를 찾고 있었다. 스물여섯 나이에는 누군가와 잘 풀리지 않으면 다른 사람을 찾으면 된다고 생각하기 쉽다. 소울메이트를 찾을 무한한 가능성이 존재했다. 깊이 연결될 수 있는 특별한 사람이 평생 몇 명 안 된다는 사실을 깨닫는 건 나이가 더 든 뒤의 일이다.

6피트라는 큰 키, 중성적인 옷차림에도 불구하고, 나는 여성적인 외모에 가까웠다. 어린 시절, 엄마는 늘 내가 예쁘다며 마치 그게 세상에서 제일 중요한 일인 듯 말했다. 그래서 나는 내 외모에 대해 과도한 자신감을 갖게 되었다. 누군가 날 알아보고 수작을 걸어오기를 바라며 세인츠를 찾았고, 그런 일이 없으면 기가 죽고 외로워졌다. 누가 나를 평가하고 잡담도 나누어야 하는 바의 분위기 자체를 즐긴 적은 거의 없었다. 직장에서는 '아웃팅'을 당하는 게 걱정이었기에, 상대가 흥미롭고 안전하다는 생각이 들기 전까지는 나에 관해 거의 밝히지 않았다. 내가 끌리는 상대는 세실리아, 캐스, 디처럼 이성애자로 패싱될 수 있는 여성들이었다.

그날 밤, 바에 기대 맥주를 병째로 홀짝이며 주변을 둘러보는데, 저쪽에서 한 여자가 나를 바라보는 게 느껴졌다. 어두운 조명 속 그녀는 평소에 내가 매력적이라고 생각하는 외모에 속하지는 않았다. 뚱뚱하고, 체크무늬 셔츠 밑단을 청바지에 집어넣고, 깐깐해 보이는 안경까지 쓰고 있었다. 걸음걸이는 부치 같았지만, 얼굴에는 내가 매력적이라고 느끼는 점들(풍부한 표정과 지적인 면모)이 엿보였다. 바에 기대서 있던 내가 그녀를 향해 다가가 자기소개를 건넬 만큼.

"한 게임 하려고 하는데, 같이 할래?" 상대가 당구를 즐기는 유형이리라는 것을 파악한 내가 물었다. 내 당구 실력은 형편없었지만.

"좋아." 그녀가 안경테 너머로 나를 바라보며 말했다.

그녀의 이름은 매리언이었고, 내가 친 공이 자꾸만 사이드 포켓으로 굴러떨어지는 사이 그녀는 자신이 영문학과 예술학 석사 학위를 가지고 있다고 말해주었다. 고향인 코네티컷에서 직접 창업한 청소업체를 운영하다가, 보스턴으로 와서 지금은 가톨릭계 고등학교에서 영어를 가르치고 있다고 했다.

한 게임이 끝났고, 내 형편없는 당구 실력에 한마디

엎지 않을 정도로 눈치가 빠른 매리언이 물었다. "그럼, 이 번 주 언제 좀 조용한 곳에서 저녁 먹을래?"

나는 좋다고 했다.

매리언과 나는 케임브리지의 해산물 레스토랑에서 만났다. 높은 스툴에 마주 앉아 새우 껍질을 벗겨 소스에 찍어 먹었다. 바닥에는 톱밥이 깔려 있었고, 우리 사이에 는 와인 한 병이 놓여 있었다. 매리언은 내게 지난여름을 어떻게 보냈느냐고, 만나는 사람은 있느냐고 물었다. 나는 얼마 전 뉴욕과 뉴햄프셔에 다녀온 이야기는 했지만 캐스 와의 황홀한 섹스 이야기는 뺐다.

"동부 해안의 수많은 여성을 보필하느라 몸이 남아나 지 않겠네." 그녀가 내 소스 그릇에 자기 몫의 새우를 찍으 며 말했다.

물을 마시다 사레가 들릴 뻔했지만 기침과 함께 놀라 움을 삼켰다. 아직은 내가 다가가거나 상대가 다가오는 것 을 받아들일 준비가 안 됐지만, 그녀의 직설적인 태도는 마음에 들었다. 매리언이 나를 집 앞까지 차로 데려다주었 을 때, 나는 그녀의 볼에 살짝 입 맞췄다.

"이번 주에 내 남동생들이랑 같이 아침 식사 어때?" 매리언이 물었다.

이번에도 나는 좋다고 했다. 매리언과 같이 있는 게 즐거웠다.

　　1년 중 내가 제일 좋아하는 시기인 10월 중순이었다. 코네티컷에 사는 매리언의 두 남동생이 누나를 찾아왔다. 둘 다 금발에 키가 훤칠하고 불그레한 얼굴을 가진 청년이었다. 우리는 팬케이크 식당의 부스 좌석에 어깨가 닿을 정도로 바짝 모여 앉았고, 두 동생은 음식을 허겁지겁 먹어치웠다. 매리언은 동생들과 신나게 대화를 나누는 내내 내 무릎에 한 손을 올리고 있었기에, 그들과 함께라는 온기로 내 마음이 가득 찼다. 그날 오후, 그들이 나를 집 앞에 내려준 뒤, 나는 계단을 올라 외로운 집(당직인 데이비드가 집에 없었다)으로 돌아가 소파에 힘없이 앉아 창밖을 내다보았다. 벌써 그녀가 그리웠다.

　　어느 날, 태국음식을 포장해 와 먹으면서, 나는 매리언에게 세실리아 이야기를 들려주었다. 그녀와 함께 삶을 꾸리고 싶었다는 이야기, 그녀가 나를 배신했다는 이야기. 매리언은 소파에 앉은 내 어깨에 팔을 두른 채, 생각에 잠긴 표정으로 나를 바라보다가 입을 열었다. "그 사람이랑은 힘들었겠다. 그런데 나는 다르다는 걸 알아주면 좋겠어."

　　매리언은 자신감을 뿜어냈다. 우리가 연인이 되어야 한다고 생각하는 걸까? 나는 망설여졌다. 어쩌면 나한테는 그냥 친구가 필요한 건지도 몰랐다.

　　10월 말이 되자, 매리언은 내가 부업 삼아 야간에 환자 접수를 담당하고 있던 브루클라인 병원에 찾아오곤 했다. 토요일 근무가 있을 때는 그녀가 당직실에 슬쩍 들어와 대기 시간에 나와 수다를 떨기도 했다.

어느 날, 침대에 나란히 앉아 있는 채로 그녀가 내 손을 잡았다.

"처음 만난 그날 밤, 난 너를 한참 쳐다봤어. 윙크했는데도 넌 날 무시하더라. 그래서 네가 먼저 말을 걸었을 땐 놀랐어."

딱히 대답할 말이 없었다. 나는 그녀가 이 이야기를 어디로 끌고 갈지 궁금해 그녀를 마주 보았다.

"너와 함께 보내는 시간이 늘어날수록 네가 점점 더 좋아져. 우리한텐 기대할 일이 너무 많잖아." 매리언이 나를 안심시켰다. 그녀는 단단히 작정한 것 같았고, 나는 겁이 났다.

그해 가을, 캐스는 내게 분명히 선을 그었다. 내가 단 한 사람과의 관계에만 충실하지 않는다면 나와 더 이상 연인 관계로 지내고 싶지 않다고 했다. 캐스를 탓할 수는 없었다. 그때의 나는 아무리 캐스를 사랑해도, 그녀가 원하는 충실하고 안정적인 연인이 될 수 없었다. 상대가 누구라도 마찬가지였다.

11월 초, 매리언이 퇴근 후 우리 집에 들렀다. 저녁 식사 준비를 하려고 냉장고에서 재료를 꺼내던 매리언이 양상추를 내려놓고 고백했다. "퍼트리샤, 내 감정을 더는 억누를 수 없을 것 같아. 너에게 안기는 게 어떤 기분일지 궁금해. 늘 네 생각만 해.”

뭐라 대답해야 할지 알 수 없었다. 매리언과 시간을 보내는 것도, 그녀의 관심도, 동생들과 아침 식사를 하는 동안 내 무릎에 놓였던 그녀의 손도 좋았지만, 내가 그녀에게 바라는 게 친구인지 연인인지는 알 수 없었다. 아직 우리는 키스한 적도 없는 사이였다. 캐스와 함께 삶을 꾸릴 방법이 떠오르지는 않았지만, 캐스에 대한 감정은 여전했다. 그 무렵 우리는 전화 통화를 하는 일도 드물었으며, 통화할 때조차도 캐스는 늘 스트레스에 시달리며 딴생각을 하는 것 같았다.

“조금 더 기다리자.” 나는 잠시 침묵한 끝에 말했다.

그다음 달이 되자, 매리언은 이제 내 일상에서 빼놓을 수 없는 존재가 되었다. 그녀는 내가 요리를 못한다며 요리를 도맡았다. 내가 운동과 호신술 수업을 마치면 케임브리지까지 나를 데리러 왔다. 빨래도 같이 했고, 자잘한 내 일거리도 같이 처리해 주었다.

첫눈이 내린 밤, 그녀는 당직실의 내 침대에 앉아 있었다. 그녀가 내게 몸을 기울였을 때, 나는 처음으로 그녀에게 키스했다. 그녀가 더 진한 키스로 응수해 오더니 나를 침대에 강하게 짓눌렀다.

“으아, 여기선 안 돼.” 내가 말했다.

그러나 그 순간 우리 사이에서 무언가 시작되었고, 오

래지 않아 우리는 섹스하는 사이가 되었다. 그것도, 많이.

매리언에게 그것은 이제 우리가 커플이라는 뜻이었다.

나에게는 여전히 확신이 없었다.

"앞으로도 내가 다른 여자들한테 끌릴지도 몰라." 나는 그녀에게 경고했다.

그래도 매리언은 물러서지 않았다.

추수감사절에도 데이비드는 당직이었다. 그래서 나는 매리언과 함께 코네티컷에 있는 그녀의 본가를 찾았다. 노동조합 조직가인 매리언의 아버지가 내가 종사하는 산업의학에 관심을 보였다. 그가 내게 여러 이야기를 들려주는 것은 물론이고, 내 향후 연구에 대한 추천까지 해주어서 즐거웠다. 매리언의 어머니는 술을 즐기는 전업주부였다.

저녁 식탁에 둘러앉은 매리언의 시끌벅적하고 친밀하며 전통적인 관념 그대로인 가족 덕분에 나는 마음이 따뜻해진 동시에, 그곳에 포함되고 싶다는 갈망을 느꼈다. 그럼에도 여전히 조심스러웠다. 매리언은 가족에게 우리가 친구 이상의 관계라는 사실을 알리지 않았으니까. 그녀의 부모님이 내가 당신들 딸에게 침대에서 무슨 짓을 하는지 알아도 여전히 나를 이렇게 친근하게 대해줄지 궁금했다.

11월 말, 매리언의 아파트 계약이 만료됐다. 나와 많은 시간을 함께 보내고 있었기에 그녀는 자연스레 우리 집으로 들어오게 되었다.

데이비드는 혹시라도 어색한 상황에 자신이 우리 방에 들어오게 될까 봐 걱정했지만, 내과 레지던트 스케줄이 혹독했던 탓에 어차피 집에 있는 법이 거의 없었다. 매리언이 저녁 식사 준비를 도맡으면서 식사의 질이 상승했다. 솔직담백한 매리언을 처음에는 부담스러워했던 데이비드도 점점 그녀에게 익숙해졌다. 내가 공부하는 동안 두 사람이 거실에서 웃는 소리가 들릴 때도 있었다. 그렇게 데이비드도 매리언과 함께 사는 데 동의했다.

당시 나는 외로웠고, 하버드에서 전염병학, 독성학, 생물통계학에 매진하는 내내 매리언이 나를 돌봐주었다. 나는 브루클라인에 있는 병원에서 파트타임으로 일했고, 연극이나 보스턴 교향악단 공연을 찾았고, 의학 서적이 아닌 책을 읽었고, 조깅을 꾸준히 했으며, 연구 프로젝트를 계획했다. 보살핌이 필요했지만 나를 보살펴 줄 사람 하나 없었던 인턴 생활의 트라우마가 여전히 남아 있었기에, 살뜰하게 나를 챙겨주는 매리언이 반가웠다. 처음에는.

매리언이 우리와 함께 산 지 3주가 지난 크리스마스, 그녀와 나는 보스턴에서 기차를 타고 가서 피닉스의 우리 집을 방문했다. 테리는 대학을 졸업하고 초등학교 교사가 되어 있었다. 테리에게는 세실리아와 사귈 때 내가 레즈비언이라는 것을 밝혔었다. 그때 테리는 여자들이 침대에서 뭘 하는지에 관해 몇 가지 물어보더니, 그것 또한 자기가 이해할 수 없는 내 혼란스러운 특성 중 하나라고 받아들였다. 매리언과 테리는 아주 사이가 좋았다. 둘 다 교사였으니 화젯거리도 많았다.

예상한 일이었지만, 엄마는 매리언을 조금도 마음에 들어 하지 않았다.

"생긴 것부터가 레즈비언이네." 우리가 도착하자마자 엄마가 한 말이었다.

엄마는 내가 레즈비언이라는 사실은 받아들였지만, 이성애자로 패싱될 수 없는 여자친구와 함께 세상을 활보하는 것까지는 참아줄 수 없었던 것이다.

괴롭기만 한 고향 방문은 느릿느릿 흘러갔다. 매리언이 샤워하러 들어갈 때마다 엄마는 그녀를 헐뜯어 댔다. "어떻게 저런 여자를 여기 데려와서는 내 목구멍에 쑤셔 넣으려고 할 수가 있니?"

또 한 번은 이렇게 말하기도 했다. "정말 보잘것없는 애잖니." 그러면서 함께 살 정도로 저 여자를 좋아하는 것이야말로 내 문제라고 했다.

매리언에게도 말소리가 들렸을 것 같아서 움찔했다. 엄마는 내가 매리언보다는 나은 사람을 만나길 바랐던 것이지만, 그 바람을 무례하고도 잔인하게 표현했다.

피닉스에서 보스턴으로 열차를 타고 돌아가는 85시간의 여정 내내 매리언은 울었고 나는 달래느라 애를 먹었다.

매리언이 좋았다. 이성애자로 보이려고 애쓰지 않는

점이라든지, 당당한 자신감을 나는 점점 더 우러러보게 됐다. 그러나 아무리 밀어내려 애써도 엄마의 말은 나한테 줄곧 영향을 미쳤다. 나는 매리언에게서 정서적으로 거리를 두게 되었고, 때로는 그녀가 우리 집으로 들어오지 않았으면 좋았을 거라고 생각하기까지 했다.

20

　그 뒤로 몇 달을 보내며 매리언, 데이비드, 그리고 나는 집 안의 리듬에 적응했다. 데이비드와 나는 식사의 질이 좋아진 것도, 요리하지 않아도 되는 것도 좋았다. 처음으로 여자와 함께 사는 건 내게 엄청난 변화였다. 한 침대를 쓰고, 사적인 공간이 전혀 없다는 점에서. 평소 잠귀가 예민한 나는 매리언이 잘 때 잠들어야 했고, 그녀가 학교로 출근할 준비를 하는 시간에 맞춰 내가 바라는 것보다 일찍 일어나야 했다. 너무 많은 상호작용에 익숙하지 않았던 나는 회복할 겨를이 없었다. 게다가 매리언은 엄청나게 많은 섹스를 기대했다. 종종 한밤중에 원할 때도 있었다. 그냥, 감당이 안 됐다.

　하버드 보건대학원에서의 레지던트 생활도, 보건학 석사 학위 취득을 위한 수업도 전부 좋았다. 공부가 주는 도파민을 되찾았고, 지적 자극을 주는 영리한 사람들도 만날 수 있었다. 산업의학 분야 레지던트는 처음이었으니, 프로그램 구성도 자유롭게 할 수 있었다. 교수들은 모두 남성이었지만, 지원을 아끼지 않으며 내가 잘되기를 바라는 것 같았다. 새 친구도 몇 생겼다. 그중 한 명인 크리스는 나보다 몇 살 많은 남부 출신의 생기발랄하고 매력적인 내과 전문의로, 비꼬는 듯한 유머를 잘 구사했다.

하버드 교수들의 지원을 한 몸에 받으면서 인턴 생활의 트라우마도 서서히 치유되기 시작했다. 아침이면 벌떡 일어났고, 얼른 수업에 들어가 동료들과 소통하고 싶었다. 그중에서도 영국 출신의 어느 박사 후 연구원과.

우리는 1976년 가을 전염병학 수업에서 만났다. 내 옆자리에 앉은 그녀의 옆모습이 눈에 들어왔다. 강인한 턱의 윤곽, 적갈색 짧은 머리, 길고 검은 속눈썹, 그리고 입가에 깊이 자리 잡힌, 미소가 남긴 주름.

수업이 끝나면 꼭 말을 걸어야겠다고 마음먹었지만, 그녀가 한발 빨랐다. 그녀는 내 쪽으로 몸을 돌리더니 눈부신 미소를 지었다. "필기를 엄청 꼼꼼하게 하던데, 전향적 관찰연구에 관한 내용 좀 보여줄 수 있어요? 제가 딴생각을 했던 것 같아요." 그녀의 딱딱 끊어지는 권위 있는 영국식 억양 때문에 흥미는 더 솟구쳤다.

누구 생각을 했을까? "당연하죠." 그렇게 대답하며 나는 필기해 둔 내용을 찾아서 알려주었다.

"아, 전 질리언이에요." 그녀가 또다시 눈부신 미소를 지었다. 완벽한 치아가 드러나고, 입가의 주름이 한층 더 깊어졌다.

"저는 퍼트리샤." 나는 그렇게 대답한 뒤, 그 기회를 놓치지 않으려고, 또 그녀의 영국식 억양 때문에, 이렇게 물었다. "차 한잔 어때요?"

"좋아요." 그녀가 대답했다. "난 차보다 커피를 더 선호하지만요."

구내식당을 찾아가는 내내 뱃속이 가볍게 떨리는 기분이 들었다. 분명 경고였을 것이다.

질리언은 서른네 살로, 옥스퍼드 대학교에서 교육받고 하버드 의대의 연구실에서 박사 후 과정을 밟고 있는 세포생물학자였다. 보건대학원 수업을 무료로 들을 수 있었기에 전염병학과 생물통계학을 선택한 것이었다. 지적이고, 웃음이 헤픈 그녀와 잠시 대화한 끝에, 둘 다 자유주의적인 정치관을 갖고 있으며 페미니즘을 공부했다는 걸 확인했다. 그렇다고 그녀가 레즈비언이라는 신호가 드러난 것은 아니었다.

그 뒤로 몇 주간, 수업이 끝난 뒤 질리언과 여러 차례 커피를 마셨고, 나는 점점 그때가 기다려졌다. 혹시라도 질리언이 설명해 달라고 할 때를 대비해 그녀보다 한발 앞서 있고 싶었던 나는 전염병학을 스폰지처럼 빨아들일 기세로 공부했다.

그러나 곧 그게 비현실적인 생각이라는 사실을 알게 됐다. 질리언은 너무 똑똑하고 두뇌 회전도 빨라서 내 도움이 필요하지 않았으니까. 하지만 그녀도 서로가 하는 일, 주말여행, 정치 등을 주제로 나와 대화하는 게 즐거운 듯했다. 그런데도 우리 사이에는 여전히 속마음을 터놓지 않는 냉담한 구석이 존재했다. 나는 그 벽을 뚫고 싶었다.

피닉스에서 돌아온 지 오래지 않아, 나는 매리언이 장을 보러 나간 틈을 타 데이비드에게 질리언 이야기를 털어놓았다. "엄청나게 매력적이고 지적인 건 맞는데, 욕망이 일지는 않아." 그 말은 데이비드만큼 나 자신을 설득시키려는 말이었다.

"진심이야?" 그는 믿기지 않는다는 듯 물었다. "너답지 않잖아, 파트루스크."

온종일 질리언 생각이 머릿속을 떠나지 않았기에, 전염병학 공부에서 얻는 기쁨은 더 커졌다. 매리언과 함께 살면서 다른 여자에게 뿌리칠 수 없는 강한 끌림을 느끼는 것은 위험하다는 사실을 아는데도, 내 마음은 내 말을 듣지 않았다.

전염병학 수업이 종강한 뒤에는 질리언을 자주 볼 수 없을 것 같았던 나는 하버드 학부 수업을 같이 꾸리자는 제안을 내놓았다. 〈여성과 암〉이라는 제목으로 여성 의료에 영향을 미치는 사회정치적 힘을 다루자는 제안이었다. 질리언은 반색하며 좋아했다. 나는 학과장에게 이를 레지던트 훈련 중 일부로 인정해 달라고 요청했다. 학과장은 강의를 저녁에 개인 시간을 활용해 개설한다는 전제로 허락해 주었다. 케임브리지에 있는 하버드 본 캠퍼스의 애덤스하우스에 강의실을 확보할 수 있도록 행운의 여신도 우리의 편을 들어주었다.

강의 전 애덤스하우스의 로어커먼룸을 걸으며 나는 부조로 장식된 천장과 거대한 대리석 벽난로에 감탄했다. 프랭클린 루스벨트, 헨리 키신저, 존 F. 케네디 역시 거닌 적 있었던 공간이었다. 피닉스 대학교와 애리조나 주립대학교에서 시작한 기나긴 여정이 드디어 깊이 있는 학문의 중심에 다다른 기분이었다.

내가 커리큘럼 대부분을 구성했고, 우리는 주로 젊은 여성으로 이루어진 스무 명의 학생을 벽난로 앞 푹신한 의자에 편히 앉혀 놓고 세미나를 진행했다. 토론은 내가 시작했지만, 질리언 차례가 되면 나도 푹신한 가죽 의자에 앉아 그녀의 세련된 영국식 억양, 품위 있는 태도, 멋진 드레스를 감상했다. 턱 보조개, 학생들의 질문에 대답할 때 집중하느라 살짝 기울이는 고개, 숙고 끝에 나온 답변이 인상적이었다.

1977년 2월 하순, 나는 기관지염에 걸려 뜬눈으로 밤을 지새는 동안에도 질리언을 생각했다. 그녀는 결혼하지 않았고, 사귀는 사람도 없었으며, 주말에는 스키나 하이킹을 즐겼다. 친구들을 만나기도 했다. 그녀가 통제할 수 없는 속도로 스키장 슬로프를 질주하는 짜릿함을 이야기해 준 적이 있었다. '통제할 수 없는'이라는 표현에 마음이 설렜다. 처음에는 존경심과 동경으로 바라보던 그녀를 이제는 수업 시간에도, 버스 안에서도, 심지어 매리언과 함께 있을 때도 집착적으로 생각하게 됐다.

3월 초, 영국에 사는 질리언의 친구가 방문했다. 물개를 연구하는 생물학자인 실라 역시 질리언처럼 영국식 억양을 썼다. 매력적이고, 아름다우며, 질리언과는 옥스퍼드 시절부터 아는 사이라고 했다. 셋이 함께 술을 마시러 갔다. 질리언이 화장실에 갔을 때, 실라는 내게 속마음을 털어놓았다. "가끔 내가 질리언을 방해하는 것 같은 기분이야. 나와 함께 있을 때도 필기 노트를 볼 때가 있거든."

놀라운 말이었다. 이 사랑스러운 여자와 소통하는 것보다 연구 노트를 보는 게 더 좋다니? 질리언을 동경하는 실라는 오랫동안 질리언의 믿음직한 친구였다. 질리언의 신중한 성격이 오래된 친구와의 관계에도 작용한다는 점이 정말 신기했다.

일주일 뒤, 우리는 함께 가르치는 강의 시간에 지적으로 자극적인 시간을 보냈다. 평소에는 2시간짜리 수업이었는데, 그날은 토론이 열기를 띤 나머지 1시간이나 늦게 끝났다. 수업이 끝난 뒤 질리언과 나는 하버드 광장 바로 근처 33 던스터 스트리트라는 아늑한 바에 한잔하러 갔다.

진토닉을 마시는 동안 질리언이 평소 유지하던 예의 바른 거리 두기가 사라졌다. 그녀의 얼굴이 점점 더 내 쪽으로 가까워졌다. 나는 내가 어떻게 산업의학 분야를 선택했는지, 고된 인턴 생활이 어떻게 전문의가 되겠다는 선택을 의심하게 했는지 이야기했다. 그녀는 피임약을 먹은 뒤 생리를 하지 않는다는 이야기, 박사 후 과정을 끝낸 뒤에 희망하는 커리어 이야기 등을 했다. 질리언이 남자와 잔다는 사실에 실망했다. 그럼에도 그녀와 가까이 있는 것만으로도 감각이 예민해지고, 맥박이 빨라졌다. 강인하고 진지한 얼굴의 윤곽선, 문득 환해지는 그녀의 미소, 크고 쩌렁쩌렁한 웃음소리.

"학생비자가 거의 끝나 가. 미국에 머무르기 위해 일자리를 찾는 것도, 내가 남들보다 특별히 대단하다고 주장해야 하는 것도 너무 힘드네." 그녀는 한숨을 쉬었다. "과시하는 걸 좋아하는 성격이 아니라서."

"내가 최선을 다해 도울게." 질리언이 앞으로도 미국에 남아서 나와 커피나 술을 함께 마시고, 그래서 그녀를 더 가까이 알게 되는 것 말고는 바랄 게 없었다.

우리는 자정이 넘어서야 차로 돌아갔다. 나는 흠뻑 취한 데다가 아까의 수업, 친밀한 대화, 테이블 맞은편 가까운 곳에 있던 질리언의 얼굴 때문에 여전히 한껏 들뜬 상태였다.

잠들 수 있을 만큼 마음을 진정시키느라 천천히 보스턴으로 돌아갔다.

집에 돌아갔을 때 매리언은 자고 있었지만, 내가 침대에 눕자 눈을 떴다.

"질리언 만났어?"

"수업 끝나고 한잔했어."

"3시간이나?" 매리언은 나를 등지고 돌아누워 버렸다.

몇 시간째 잠들지 못하고 그날 저녁을 떠올렸다. 나중에 잠에서 깬 매리언이 내 쪽으로 돌아눕더니 물었다. "그 여자랑 키스했어?"

"아니, 그럴 리가 없지." 나는 그렇게 대답했다. 하지만, 하고 싶었다.

마침내 잠들었을 때, 나는 질리언과 함께 오래된 시골 영지에 있는 꿈을 꿨다. 질리언은 심장병을 앓고 있었다. 나는 그녀의 왼쪽 가슴 아래에 손을 집어넣어 심장박동을 측정하고, 그다음에는 심장 소리를 들으려고 그녀의 가슴에 귀를 댔다. 그녀는 거부하는 동시에 그러기를 요구했다.

다음 날, 생물통계학 시간에 질리언 옆자리에 앉았다. 숫자로 생물학적 현상을 탐구한다는 명쾌함이 좋았지만, 수업에 집중할 수 없었다. 다리를 꼬았다 풀었다 하며 의자에 앉아 몸을 가만히 두지 못했고, 엉덩이 아래에 손을 깔고 앉기도 했다. 딱 붙는 청바지를 입은 허벅지 곡선을, 선이 뚜렷한 옆모습을 훔쳐보았다. 찌릿찌릿한 흥분감 때문에 생물통계 같은 건 머리에 들어오지도 않았다.

쉬는 시간에 나는 그녀의 가슴에 내 머리를 대었던 부분을 빼고 적당히 희석해서 지난밤의 꿈 이야기를 들려주었다. 그녀는 생각에 잠긴 듯 나를 바라보았지만, 아무 말도 하지 않았다.

생물통계학 실험실에서는 내내 그녀에게 학과장에게 구직 도움을 요청할 때 어떤 말을 해야 할지 조언하며 시간을 보냈다. 그녀가 나와 커피를 마실 시간이 없거나, 다른 사람과 이야기하며 강의실을 나서면 낙심했다. 나와 함께했던 것과 마찬가지로, 그녀가 다른 수업을 맡은 남성 연구원들과 술을 마시러 갔었다는 이야기를 들으면 실망감을 감추려고 입술을 깨물고 시선을 피했다. 함께 있으면 짜릿한 기쁨을 느끼고, 그러지 못할 때는 우울해지는 도돌이표였다. 감정이 커질수록 갈망의 크기를 줄여야 한다는 걸, 그러지 않으면 비참해질 뿐이라는 걸 알면서도.

3월, 내 생일에 질리언이 영국 출신 레즈비언 가수 조앤 아머트레이딩의 앨범 《사랑과 애정Love and Affection》을 선물하며 나더러 "교양 없는 음악 취향을 개선"하라고 말해서 다시금 감정이 들떴다. 아머트레이딩의 유명한 곡에는 사랑에 빠지지는 않았지만, 기꺼이 설득당할 것이라는 가사가 있다. 친구보다는 연인과 함께할 때 더 자유로울 것이라고. 질리언이 내게 조금이라도 마음이 있는지 알 수 있는 힌트를 찾아 헤매던 나는 이것이 내게 간접적으로 전하는 메시지인지 궁금했다.

혼란스러웠던 나는 데이비드에게 연애 상담을 받고 싶었다. 데이비드가 집을 자주 비우던 터라, 우리는 봉투에 쪽지를 넣고 봉해서 서로의 책상에 올려두는 식으로 대화를 이어갔다.

"질리언이 날 헷갈리게 해. 어떻게 반응해야 할지 모르겠어."

내 쪽지에 데이비드는 이런 답장을 했다.

만약 질리언이 매리언 없이 주말에 버몬트 여행을
가자고 하면 어떻게 할래? 네가 따라간다면 넌
그 어떤 관계도 균열로부터 안전하지 않다고 말하는
거나 마찬가지야. 더 좋아하는 사람이 언제든 생길
수 있으니까. 이기적인 일이지. 기회가 많아서 지금은
실감하지 못하겠지만, 신뢰와 안정은 중요한 거야.
난 매리언과의 관계를 개선하는 방향이 아닌 노력은
응원 못 해. 너도 절제하는 법은 알아야지.

데이비드 말이 옳았다. 나는 일에는 절제력을 발휘하지만, 사생활에서는 아니었다. 적어도, 여자 문제에서는. 한때 나는 배려심 있고 잘 챙겨주는 여자를 원하기도 했지만, 한편으로는 커리어를 치열하게 추구하는 여자, 내 눈에 섹시하고 호감 가는 여자를 원했다. 그 모든 특성을 다 가진 한 여자만 만나는 건 불가능하게 느껴졌다.

매리언은 계속 섹스를 원했지만, 나는 점점 흥미가 떨어졌다. 너무 피곤하다거나 스트레스가 심하다며 빌다시피 거절하는 때도 종종 있었다. 내가 멀어지는 걸 눈치챈 매리언은 심술을 부리거나 나를 비난하기 시작했다. 그녀와 함께 사는 게 점점 더 고단해졌다.

4월의 어느 밤, 매리언의 불만이 폭발하고 말았다.

"넌 내가 싫어하는 줄 알면서도 내 접시에 담긴 음식을 먹어. 가끔이라도 샤워한 뒤 욕조를 닦고, 의자에 쌓아둔 옷 무더기를 치울 순 없는 거야?" 그러더니 내 얼굴에 바짝 자기 얼굴을 들이대고 말했다. "너, 점점 **지루해져**. 매일 책 읽고, 공부하고, 통화하는 게 다잖아. 네가 말 안 하는 것도, 나와 대화 안 하는 것도 지긋지긋해."

처음에 우리가 공유했던 긍정적인 감정의 공동 계좌는 최근 몇 달간 잔고가 점점 줄었다. 그리고 이제 동나기 직전이었다. 매리언의 불만에는 잘못된 점이 없었다. 나는 앞으로는 욕조를 잘 닦고 옷가지도 치우겠다고 대답했다. 그러나 우리는 진짜 문제는 입 밖에 내지 않았다. 다른 여자에 대한 내 관심이 점점 커져간다는 사실 말이다.

그다음 주, 질리언과 나는 수업이 끝난 뒤에 또 33 던스터 스트리트를 찾았다. 처음에는 정치와 가족 이야기를 길게 나누었다. 그리고 처음으로 그녀에게 매리언 이야기, 우리가 최근 겪는 긴장된 관계 이야기를 털어놓았다. 갈등의 이유는 감히 말할 수 없었지만.

내가 차 키를 못 찾아서, 질리언이 나를 집까지 데려다주었다. 집에 들어가니 새벽 2시였다.

살금살금 침실로 들어가자 매리언이 조명을 켜고 일

어나 앉았다. "대체 어디 갔다 이제 와?"

"그냥, 수업 끝나고 질리언이랑 술 한잔하면서 이야기 좀 나눴어." 진실이었다. 우리 사이의 일은 전부 내 머릿속과 마음속에서 일어난 것이지 질리언은 아무것도 하지 않았다.

매리언이 나를 쏘아보더니 나한테 이불을 내주지도 않고 돌아누웠다.

다음 날 아침, 생물통계학 수업에서 정신 차리고 무심한 척하기로 했다. 하지만 질리언은 내게 그런 기회를 주지 않았다. 내 옆 빈자리를 무시하고 어떤 남자 옆에 앉더니, 쉬는 시간에도 내내 그와 이야기를 나누었으니까.

그 뒤로 2주 동안 질리언은 계속 나를 멀리 했다. 그녀가 나를 무시할 때마다 가슴이 답답해졌다. 그녀가 더 이상 날 좋아하지 않을 거라는 두려움을 잊으려고 연구실에 가서 프로젝트에 몰두했다. 이 불안감을 친구 크리스와 나누고 싶었지만, 그녀에게는 아직 내가 동성애자인 걸 밝히지 못했다.

그러다가 질리언이 다시 나를 친근하게 대했다. 변화의 이유는 알 수 없었지만, 그 기회를 틈타 그녀에게 우리 집에서 저녁을 먹자고 초대했다. 그날 저녁, 우리 둘의 대화를 관찰하는 매리언을 보면서 내가 질리언에게 끌린다는 게 그녀의 눈에도 뻔히 보이는지 궁금했다.

하지만 매리언의 심기를 거스를 필요가 있을까? 어차피 질리언과의 관계가 발전할 가능성은 없잖아. 난 매리언을 좋아해. 솔직하게 말해야겠어. 나는 그렇게 생각했다.

다음 날, 저녁 식사 시간에 나는 매리언에게 고백했다. "질리언한테 마음이 생겼어. 이런 일은 예전에도 있었고, 지나갈 거야. 어차피 질리언은 이성애자고."

그러나 그 사실을 인정한 것이 매리언과의 관계에는 조금도 득이 되지 않았다. 다음 날 오후, 일기를 쓰는데 퇴근한 매리언이 집 안을 폭풍처럼 들쑤시고 다니며 창문이 전부 닫혀 있다고 신경질을 내며 시끄럽게 열어젖혔다.

"일기에 내 욕 쓰고 있는 거야?" 매리언이 물었다.

내가 쓰는 글과 그녀는 아무 관련도 없다고 대답하기도 전에 그녀가 쏘아붙였다. "상관없거든, 퍼트리샤." 그러더니 그녀는 발을 구르며 나가버렸다.

며칠 뒤, 공부하고 있는데 매리언이 닫아둔 방문을 열고 들어와서는 이렇게 말했다. "집 안이 난장판이야. 집 안 꼬락서니는 나만 신경 써?"

데이비드와 나는 평화를 유지하려고 허둥지둥 집 안을 돌아다니며 소파와 의자에 널브러진 종이와 책을 주워 담았다.

그러나 이런 노력도 매리언의 불편한 심기를 달래주지 못했다. "넌 내 흰 양말도 훔쳐 신고, 네 몫의 빨래도 제대로 안 하잖아."

우리는 이렇게 망가진 분위기를 수습하려고 매리언

을 데리고 외식하러 나갔다. 내가 철저한 단식에 들어간 지 이틀째였다. 단식이 염증을 줄이고 뇌 기능을 향상시킨 다는 글을 읽었기 때문이다. 그때까지 효과는 느끼지 못했다. 데이비드와 매리언이 식사하는 모습을 보니 배가 꼬르륵거리는 게 거의 고문처럼 느껴졌다. 대화는 집중이 잘 안되었고, 부자연스럽게 느껴졌다.

"어젯밤 주키니를 썰면서 그게 너라고 생각했어." 저녁을 먹다 말고 매리언이 말했다.

대답은 하지 않았지만 근육에 절로 힘이 들어갔다.

"넌 진짜 최악이야, 퍼트리샤." 매리언은 그렇게 말하더니 내가 사기로 한 음식을 다시 입에 집어넣기 시작했다.

더는 견딜 수 없었다. 나는 내가 사기로 한 음식 값 절반을 테이블에 던져놓고 식당을 나가버렸다.

혼자 걷다 보니 매리언과 데이비드가 탄 차가 금세 뒤쫓아 왔다. 매리언이 속도를 늦추고 창문을 내리더니 나한테 시비를 걸었다. "꼬마 아가씨, 탈래?"

나는 이를 꽉 다물고 그녀를 무시한 채 계속 걸었다.

집에 도착하자, 매리언이 문을 잠그고 열어주지 않았다. 문을 주먹으로 아무리 두드려도 소용없었다. 얼굴로 피가 확 몰리면서 귀가 울리는 것을 느끼며 계단을 달려 내려갔다. 나는 거리로 뛰어나가 데이비드 방 창문을 향해 고함을 질렀다. 데이비드가 내려와 뭐라고 말했지만, 너무 화가 나서 잘 들리지 않았다. 나는 성난 발걸음으로 길 건

너편에 있는 공원을 향했다. 야구 경기가 진행되고 있었는데, 나는 포수석 뒤에 서서 거친 숨을 몰아쉬며 경기를 지켜보는 척했다.

데이비드가 쫓아왔다. 그는 "파트루스크, 어처구니없는 짓 그만해" 하며 웃었다.

내 감정이 어처구니없다는 거야? 어린 시절 엄마가 그랬던 것처럼 데이비드도 내 경험을 깎아내리고 있었다. 나는 휙 돌아서서 발로 그의 불알을 걷어차 버렸다.

데이비드가 몸을 접다시피 구부리더니, 다시 일어나 나를 붙잡고 콘크리트 바닥에 쓰러뜨렸다. 그다음에는 내 가슴에 올라타고 움직이지 못하게 양팔을 바닥에 내리눌렀다. 내가 그의 얼굴에 침을 뱉자, 그도 내 얼굴에 침을 뱉었다.

손찌검이 오가는 싸움은 처음이었다. 싸우고 싶은 마음이 사그라들며 눈에 눈물이 고였다.

야구 경기가 중단됐다. 공원 관리인이 우리를 내려다보면서 괜찮냐고 물었다.

아니, 안 괜찮았다. 창피해진 우리는 둘 다 자리에서 일어났다.

"집안일로 의견이 안 맞아서요. 이제 괜찮아요." 내가 말했다.

갈비뼈가 멍든 것처럼 아팠다. 상체 근육이 결렸고, 무릎과 손바닥에 긁힌 상처가 났다. 나는 겸연쩍은 표정으로 데이비드를 보며 말했다. "아까는 발로 차서 미안해. 괜찮아? 우리 둘 다 의사라는 걸 알면 이 사람들이 뭐라 생각할까?"

그 말에 데이비드는 잠깐 미소 지었지만, 금세 걱정스러운 표정이 되었다. "대체 왜 이래, 파트루스크? 다시는 굶지 않는 게 좋겠어."

"응, 굶어서 제정신이 아닌 것 같아." 나도 솔직하게 인정했다.

그러나 단식은 문제의 일부일 뿐이었다. 인턴 과정이 남긴 분노가 아직 다 해결되지 않았고, 매리언과의 관계는 답답했고, 그녀에게 상처를 주었다는 죄책감을 느꼈다. 게다가 내가 사랑하는 여자는 이성애자라서 이루어질 수 없는 사이였다. 그것만으로는 모자란지, 나는 캐스와 함께였던 시절도 그리웠다.

집 건물 바깥에 설치된 정원 호스로 몸을 씻어 내고 생각을 정리할 겸 걸었다.

근처 다른 공원에 앉아서 다리를 들었다 내렸다 하며 아이들이 노는 소리를 들었다. 매리언은 내가 질리언과 업무 시간 외의 시간을 보내기를 원치 않는다. 그러나 질리언이 다시 서먹하게 굴며 차가워졌으니 어차피 그런 일은 이제 일어나지 않을 것이다. 그녀는 내게 같이 있을 기회 자체를 주지 않았다. 아마도 내가 자기를 좋아한다는 걸 눈치채서였겠지.

혹시 내가 남자처럼 사고하나? 친밀감을 느끼기 위해 꼭 성적인 접촉이 필요한가? 질리언이 내게서 멀어질수록 그녀를 만지고 싶은 충동이 더 강렬해졌다. 그녀에게 내가 중요하지 않다는 생각이 들면 그녀를 향한 내 욕망은 더 대놓고 성적인 것으로, 심지어 추잡하기까지 한 것으로 변했다.

5월 초, 질리언은 애덤스하우스에서 진행된 우리의 강의 마지막 시간에 늦게 들어와 우비를 벗었다. 바짓자락을 무릎까지 오는 부츠 안에 집어넣고 뻣뻣할 정도로 꼿꼿한 자세를 한 그녀는 마치 사냥을 마치고 돌아온 여왕 같았다. 눈은 새까매 보였고, 머리는 젖어 물이 뚝뚝 떨어졌다. 그녀가 푹신한 의자에 앉아 양팔을 펼쳐 팔걸이에 얹었다. 허벅지의 곡선이 드러났고, 다리를 꼬았던 탓에 부츠 신은 한쪽 발은 허공에 떠 있었다.

욕망 때문에 기진맥진해진 나는 등받이를 붙잡아야 간신히 서 있을 수 있었다. 그러나 집중해야 했다. 해야 할 강의가 있었으니까.

강의가 끝난 뒤 그녀에게 종강 기념으로 33 던스터에 가지 않겠느냐고 했다.

질리언은 대답을 머뭇거렸다. "아니, 실험실로 돌아가야 해서."

나는 그녀와 단둘이 있을 순간만을 기다리며 살았다. 짧은 작별 인사를 나눈 뒤, 실망감을 들키지 않으려 얼른 돌아섰다.

그날 내가 일찌감치 집에 들어가자 매리언은 기뻐했

다. 전날 나는 그녀가 퇴근하기 전 집을 청소했고 심지어 식탁 위에 꽃도 꽂아두었다. 저녁 준비를 돕고, 근처를 어정거리며 그날의 안부를 물었다. 데이비드는 그를 공격한 나를 용서해 주었고, 우리는 다시금 평화로운 공존 상태로 돌아갔다.

학기가 끝나면서 더는 질리언을 꼬박꼬박 만날 일이 없어졌다. 매리언은 종강을 축하하며 질리언을 저녁 식사에 초대하자는 놀라운 제안을 했다. 의도를 알 수 없어 혼란스러웠지만, 나는 질리언에게 연락했다. 그녀는 흔쾌히 수락했다.

질리언은 청바지에 탱크탑을 입은 편한 복장으로 찾아왔다. 대화는 막힘없이 흘렀고, 질리언과 매리언 둘 다 편안해 보였다. 그러나 나는 불편해서 의자에서 꿈지럭거리며 음식을 깨작거렸다. 둘만 남았을 때 질리언에게 하고 싶은 말을 생각하느라 목과 어깨가 굳었다.

그날 밤의 자리가 끝나갈 때, 나는 질리언을 데리고 계단으로 두 층을 내려갔다. 계단참에서 나는 심호흡을 하고 말을 쏟아 냈다. "예전에 네가, 파트너가 있는 사람이 네게 관심을 보이는 걸 불편해한다고 말했던 거 기억하고 있어." 심장이 쿵쿵 뛰었다. 나는 그녀보다 계단 한 칸 높은 곳에 서서 난간을 꽉 붙잡았다. 나를 올려다보는 질리언의 눈에 걱정이 담겨 있었다. 아니, 두려움이었을까?

또 한 번 심호흡한 뒤 숨을 내뱉고 말을 이었다. "이 말을 할지 말지 망설였어. 하지만 내가 너한테 끌린다는 걸 너도 알 거야. 그동안 힘들었어. 더는 모른 척할 수 없어.”

나를 바라보는 질리언의 표정을 읽을 수 없었기에, 혹시 내가 오해한 걸까 생각했다. 어쩌면 그녀는 아무것도 몰랐고, 그래서 지금 겁에 질렸을지도 모른다고.

“이 말을 한다고 해서 무슨 기대를 하는 건 아니야.” 나는 물러섰다. “네가 불편해할 것도 알아. 하지만 여름 내내 못 만날 테니까….”

질리언은 한참이나 가만히 있더니, 내 눈빛을 피하려는 듯 고개를 돌렸다. 소중한 우정을 방금 망쳐버린 걸까? 심장이 미친 듯이 뛰었고, 나는 여전히 계단 한 칸 위에 선 채로 달아나야겠다고 생각했다.

질리언이 나를 바라보았다. “그렇게 말해주다니, 고맙고, 또 대단하다고 생각해. 난 누구를 정말 좋아하게 되어도 절대 고백하지 못하거든.” 그러면서 특유의 환한 미소를 보여주었다. “잘 풀어보자.”

나는 나도 모르게 참던 숨을 내쉬었다. 그 뒤에는 잘 자라고 인사했고, 안도감에 한결 가벼워진 발걸음으로 계단을 다시 올라갔다. 질리언과의 친구 사이가 끝난 것은 아니었다.

감정을 털어놓았으니 그걸로 끝이라고 생각했다. 여름 내내 못 만날 테니 갈망도 사그라들겠지. 질리언은 영국으로, 나는 연구 프로젝트와 실습 과목 이수를 위해 일리노이, 웨스트버지니아, 뉴욕으로 가야 했다.

그러나 내 생각이 틀렸다.

21

질리언에게 고백한 지 일주일쯤 지났을 때, 나는 몇 달 전부터 그리웠던 캐스에게 연락했다. 그리고 다음 날, 매리언과 함께 뉴햄프셔로 향했다. 캐스에게 아직 연애 감정이 남아 있는데도 매리언에게는 이제 그녀와 나는 단지 친구 사이일 뿐이라고 했다. 그 이상의 관계가 될 수 없다는 사실을 받아들여서였다.

뉴햄프셔주 킨에 있는 캐스의 집에 도착하자, 그녀는 친절하고 따뜻하게 우리를 맞이했다. 열 살이 된 세라는 자꾸 엄마에게 매달려 관심을 끌고 싶어 했다.

매리언은 유머와 익살스러운 행동으로 곧 세라의 마음을 사로잡았다. 그녀는 보스턴에 있는 명문 사립학교에 세라가 입학할 수 있게 도와주겠다고 했다. 캐스는 편안해 보였고, 온화한 날씨에 강인하고 모양 좋은 팔다리를 드러내고 다닌 탓에 햇볕에 그을려 있었다. 캐스 옆에 있자니 내 아래에서 쾌락으로 바르르 떠는 그녀를 안았던 기억이 되살아났다. 그런 생각을 억누르려 온 힘을 다했다.

캐스가 청회색 눈으로 내 모습을 살피더니 이렇게 말했다. "인턴 때보다 살이 좀 붙었네. 어울려."

"응, 매리언 덕분에 잘 먹어서." 나는 그렇게 인정하면서 매리언을 향해 미소 지었다.

우리는 함께 저녁을 준비했다. 매리언은 학교에서 있었던 일들을 이야기하며 우리를 즐겁게 해 주었고, 샐러드와 든든한 수프로 저녁을 먹는 내내 대화는 긴장 없이 흘러갔다. 그중 나에게 최고의 보너스는, 연인으로서의 관계가 끝날 때 캐스와 나 사이에 존재했던 반감 없이 그녀와 친구로 지낼 수 있다는 점이었다.

집에 돌아가는 차 안에서는 매리언과 편한 잡담을 나누었다. 여름에 실습과목을 이수하고 연구 프로젝트를 하러 보스턴에 가면 매리언이 그리울 것 같았다. 그런데도 차창 밖으로 지나쳐 가는 작은 마을들, 교차로 화단에 만개해 다채로운 색깔을 터뜨리는 꽃들을 바라보는 내내, 미어질 듯 무거운 마음이 가시지 않았다. 모든 걸 다 가질 수는 없다고 어른답게 받아들이기가 쉽지 않았다. 매리언과 살면서 로맨스와 섹스를 캐스와 나누는 건 선을 넘는 일이었고, 질리언과의 관계는 꿈도 꿀 수 없는 일이었다.

보건학 석사를 수료한 뒤 어떤 미래가 펼쳐질지는 알 수 없었다. 피터스 박사는 내가 앞으로를 준비하며 연구를 마칠 때까지 1년 더 연구실에 남을 수 있게 해 주겠다고 했다. 생리학 석사 학위를 추가로 받으면서 연구비 역시 확보되었다. 나는 그해 여름 미국 의류섬유노동조합에서 일하면서 가공한 면과 페놀수지 분진에 노출되면 폐 기능이 어떻게 저하되는지에 관한 연구를 위해 데이터를 수집할 계획이었다.

노동조합이 나를 일리노이주 헤린에 한 달간 파견했고, 그동안 나는 그 지역 관리자인 폴 리스티보와 긴밀하게 협력했다. 내 또래인 폴은 무척 영리하고 헌신적인 사람이었다. 나는 근처 모텔에서 묵었는데, 공장에서 폴과 긴 시간을 함께 보내며 환경을 측정하고, 노동자를 검진하고, 근무 전후 폐기능 연구를 수행했다. 일하는 시간 외에도 함께 식사하고 서로의 삶에 관한 대화를 나누었다. 폴에게서 일리노이의 노동조합 역사를 담은 『블러디 윌리엄슨Bloody Williamson』이라는 책을 선물로 받은 뒤 나는 노동조합의 투쟁사에 눈을 떴다. 매리언과 질리언이 없는 곳에서 복잡하지 않고 가벼운 우정을 나눌 수 있어 좋았다. 폴은 매력적이고 괜찮은 남자였다. 내가 수년간 만날 여러 괜찮은 남자 중 한 명이었다. 내가 이성애자였다면, 적어도 양성애자였더라면, 그와 사귈 마음을 먹었을지도 모른다. 그러나 너무 늦었다. 이미 와인을 맛본 뒤였으니까.

7월 말부터 8월 대부분은 뉴욕에서 지냈다. 그리니치 빌리지의 엘리베이터 없는 아파트 4층에 단기 임대로 지냈다. 아침마다 워싱턴 스퀘어 근처 오래된 오피스 건물에 있는 의류섬유노동조합 본부로 걸어서 출근한 뒤, 보건안전 부장 에릭 프루먼이 줄 과제를 기다렸다.

과제 중 하나는 웨스트버지니아에 가서 이산화황에 노출된 비스코스 레이온 공장 노동자들을 면담하고 검사하는 것이었다. 조합 측에서는 만성적인 노출이 심장병과 폐병을 유발한다고 추정했다.

주어진 일에 몰입하며 그 생활에 만족했기에, 질리언 생각은 거의 하지 않았다. 우리는 전혀 연락하지 않았다. 나에게는 전화가 없었다. 그녀는 영국에 있었고, 나는 편지 쓸 시간도 없이 바빴다.

그렇게 6주간의 유예 끝에 매리언이 2주간 뉴욕을 찾았다. 우리는 함께 뉴욕을 돌아다니고, 연극을 여러 편 보고, 공원에서 조깅한 뒤, 집에 돌아가 사랑을 나눴다. 나는 덥고 습하고 먼지투성이인 데다가, 사람은 너무 많고, 밤낮 없이 사이렌 소리가 울려 퍼지고, 바퀴벌레도 많은 뉴욕이 싫었다. 보스턴에 돌아갈 8월 말만 기다려졌다. 보스턴에 도착한 나는 비행기에서 내린 뒤 무릎을 꿇고 바닥에 입을 맞추기까지 했다.

며칠 뒤, 영국에 있던 질리언도 박사 후 과정을 마치러 보스턴에 돌아왔다. 그녀는 돌아오자마자 내게 전화해서 같이 저녁을 먹자고 했다. 마음을 접는 중이라고 여겼지만, 나는 열렬히 반색하며 그녀의 초대를 받아들였다.

매리언은 코네티컷의 고향 집에 갔고, 데이비드도 어딘가로 휴가를 떠나 있을 때였다.

질리언이 우리 집까지 나를 데리러 왔다. 문을 열고, 그녀다운 미소를 지으며 서 있는 질리언을 보자마자 뱃속에서 익숙한 떨림이 느껴졌다. 그녀는 따뜻한 날씨에 어울리는 흰색의 튜닉 스타일 드레스와 하늘색 티셔츠로 캐주얼하고 편안한 차림이었다. 나는 그녀와 함께 계단을 내려가 차를 향해 가면서 진정하자고 속으로 생각했다.

이탈리안 레스토랑의 구석진 부스 좌석에서 식사하는 동안, 그녀와 함께 있다는 사실에 들뜬 채 나는 일리노이와 뉴욕에서 보낸 여름 이야기를 해주었다. 음식에는 거의 손도 대지 않다시피 했다.

"노동조합에서 일하다니, 부럽네." 그녀가 말했다.

"영국 여행은 어땠어?" 온몸에 흐르는 짜릿한 감각을 진정시키려고 안전부절못하며 나는 물었다. 그러니까, 그녀에 대한 마음이 전혀 정리되지 않았던 것이다.

"아, 어머니는 평소처럼 까다로우셨지. 집에 돌아와서 좋아." 질리언은 그 기억이 지긋지긋지긋하다는 듯 고개를 내저었다.

나는 그녀를 향해 미소를 지었다. "보스턴을 집이라고 생각하다니, 좋은걸."

질리언이 나를 집까지 차로 데려다주었을 때, 나는 일부러 아무렇지도 않은 척 물었다. "올라가서 한잔할래?"

그녀가 망설여서 나는 거절당할 마음의 준비를 하며 마른침을 삼켰다.

"이삿짐을 싸야 하기는 하는데, 내일 해도 될 것 같아. 좋아. 한잔하자." 그녀가 눈부신 미소를 짓자, 심장이 쾅쾅 뛰었다.

우리는 약간 간격을 두고 소파에 나란히 앉았다. 질리언은 어린 시절과 옥스퍼드에 다니던 시절 이야기를 들려주었다. 나는 아버지의 우울증과 그것이 내 성장 과정에 미친 영향을 이야기했다. 디저트용 포트와인을 마시면서, 나는 봄학기에도 케임브리지에서 함께 강의했으면 좋겠다고 말했다.

질리언이 집으로 돌아가려 할 때, 나는 문간에서 그녀를 붙잡고 끌어안았다. 이성애자 여성들이 포옹을 나누듯 친근한 포옹으로 인사할 생각이었는데, 이번에는 그녀가 나를 끌어당겨 꽉 안았다. "너 정말 좋은 사람이야… 만나서 정말 좋았어."

그러더니 질리언은 나를 놓지 않고 자기 몸을 내 몸에 더 가까이 붙여 왔다. 뭐 하는 거지? 심장이 내달리고 입안이 바싹 말랐다. 내 심장 소리가 들릴까? 그녀의 머리카락이 내 볼을 스쳤고, 그녀를 안은 팔에 힘을 주었다. 질리언은 뭘 원하는 걸까? 무릎이 후들거려서 나는 넘어지지 않으려고 그녀에게 더 기댔고, 그녀는 계속 내 몸에 자기 몸을 붙여 왔다.

그렇게 혼란 속에서 몇 분이 지나간 뒤 내가 먼저 물

러섰다. "심장빈맥증 같은데."

그 순간의 강렬함은 그렇게 깨졌다. 질리언이 웃었다. "의사들은 다 이런 식으로 말한다니까."

나는 그녀의 손을 잡고 침실을 가로질러 환한 조명과 노란 벽이 있는 부엌으로 데려갔다. 물을 한 잔 마셔야 할 것 같았다. 다리가 떨리고, 입안이 텁텁했다. 조리대에 기댄 채, 떨리는 손으로 물을 마셨다. 그다음에는 질리언을 끌어당겨 키스했다.

그녀에게서 이탈리아 요리 맛이 났다. 키스는 계속되었고, 망설이던 마음이 물러가고, 그 자리에 더 깊은 허기가 자리 잡았다. 믿기지가 않아. 그녀의 탄탄한 등을 쓸어내리는 내내, 부엌의 환한 불빛도, 내 골반을 짓누르는 조리대도, 벽에 달린 시계가 똑딱거리는 소리도 거의 느껴지지 않았다.

내가 몸을 거두며 물었다. "기분이 어때?"

"좋기도 하고 아니기도 해."

"왜?"

"넌 매리언과 사귀고, 나는 사귀는 사람이 없으니까. 넌 레즈비언이고, 난 아니니까."

나는 한숨을 쉬었다. 내가 사랑하지 않는 여자와 동거하는 것, 레즈비언이 아닌 여자의 마음을 원하는 것, 미래를 약속할 수 없기에 사랑하는 여자를 밀어내는 것, 전부 똑같은 결과를 불러왔다. 사랑, 위험, 취약성이 다가오지 못하게 막는 결과를.

나는 그녀를 끌어안았다. "지금 이 순간에도 그게 중요해?"

"아무 생각 안 하고 있을 때는 좋아." 그녀가 힘을 풀고 내게 안겼다.

나는 아까보다 더 깊게 키스했다. 혀에 금속 맛이 났지만, 멈추지 않았다. 그녀가 더 많은 걸 원하고 있다는 걸 감지한 내 몸은 욕망으로 진동했지만, 아직 확신이 없었다. "조금 겁이 나." 나는 그녀의 머리카락에 얼굴을 파묻은 채 말했다.

질리언이 나를 밀어내고 내 얼굴을 보았다. "왜?"

"네가 뜻밖에 다가왔으니까. 넌 이성애자잖아. 네가 원하는 게 뭔지 잘 모르겠어."

"모르겠어. 그냥…."

나는 상의 단추를 풀고 그녀의 손을 내 왼쪽 가슴에 올렸다. 그다음에는 그녀의 상의 속에 두 손을 넣고 작고 단단한 가슴을 어루만졌다. 그녀의 젖꼭지가 단단해졌다.

나는 머뭇거리며. 마치 처음인 것처럼 손을 더듬거렸다. 캐스와 했던 일과는 완전히 달랐다. 나는 이 여자를 향해 1년 가까이 집착적인 욕망을 품었다. 그런데 놀랍게도 그녀가 지금 내 품에 있었다. 나는 양손으로 그녀의 얼굴 양쪽을 붙잡고 빤히 들여다보았다. 벌어진 입술, 반쯤 감긴 검은 눈, 뒤로 젖힌 고개, 드러난 목. 너무나 연약하고도 아름다웠다.

질리언이 내 가슴에 고개를 묻었고, 나는 그녀를 안았

다. 여전히 심장이 미친 듯이 뛰었다.

그때 그녀가 고개를 들고 내게 강하게 입을 맞췄다. 우리 둘 다 거친 숨을 몰아쉬고 있었다. 그녀가 내 입술에 입을 맞추고 치맛자락이 팽팽해지도록 다리를 내 허벅지에 감자, 내 등이 뒤로 휘며 부엌 찬장에 닿았다. 와우!

숨이 막혀 고개를 들었다. "질리언…."

내게서 얼굴을 뗀 그녀의 눈에 초점이 없었다.

"누울래?" 내가 물었다.

그러자 질리언은 나를 한참 바라보았다. 긴장으로 몸이 굳었다.

"그래. 내일 짐 싸기 전에 눈 좀 붙여야겠어."

나는 질리언에게 잠옷으로 입을 치마를 건네주고, 옷을 갈아입는 동안 다른 곳을 보았다. 그러자 그녀가 유혹적인 자세로 침대 위에 누웠다.

"이불 속으로 들어가." 그렇게 말하면서도 나는 한참이나 시간을 들여 느릿느릿 옷을 갈아입었다. 머릿속이 엉망으로 뒤섞였고 몸은 뻣뻣했다. 그다음에는 침대에 누워 그녀를 등 뒤에서 끌어안았다.

옆에 누워 있는 것만으로도 몸이 얼어붙는 것 같았다. 기회는 바로 지금이었지만… 섣불리 덤벼들지 않기로 했다.

질리언이 잠든 2시간 내내, 나는 그녀를 안은 채 뜬눈으로 누워 있었다. 질리언이 원하는 게 뭘까? "잘 풀어보자"라더니, 이런 뜻이었나? 질리언의 몸에서 의욕이 느껴지는데도 나는 그 욕망을 따라가지 않았다. 마치 둘 중 갈등하는 사람이 나인 것처럼. 자신은 레즈비언이 아니라는 그녀의 말은 지금 우리에게 일어나는 일이 겉보기와는 다르다는, 미끼를 물었다가는 내가 다칠지도 모른다는 경고 같았다.

다음 날 아침, 나는 그녀에게 커피와 달걀을 준비해 주었다. 질리언은 냉정하고 사무적이었으며, 나는 그녀의 몸에 손대지 않았다. 묻고 싶었다. 무슨 생각이었어? 우린 아직도 친구인 거야? 그러나 묻지 않았다.

질리언이 떠난 뒤 나는 잠시 눈을 붙인 다음, 동요와 혼란 속에서 집 안을 서성거렸다. 그날 오후, 질리언이 전화를 걸어와 나 때문에 잠을 거의 설쳤으니 짐 싸는 걸 도와주러 올 수 있는지 물었다. 내 뇌 깊은 곳에서 아주 가느다란 목소리가 조심하라고 경고했지만, 무시했다. 샌드위치를 싸서 찾아가겠다고 했다.

우리는 주방용품, 책, 레코드를 포장했다. 그다음에는 상자가 널브러진 거실 바닥에 앉아 샌드위치와 와인을 먹으며 이야기를 나누었다.

"20대 시절에 얌전하게 살기는 했지만, 그렇다고 내가 따분한 사람이라고 생각한 적은 없어." 그러더니 질리언이 와인을 한 모금 마셨다.

나는 그녀의 눈을 똑바로 바라보았다. "네가 따분하다니, 그런 생각은 단 한 번도 안 해봤어." 나는 그녀와 가만히 눈을 맞추다가 몸을 뻗어 키스했다. 그녀도 내게 키스했고, 키스는 점점 강렬해졌다.

그러나 질리언의 말은 거기서 끝이 아니었다. "재밌기는 하지만, 그냥 가볍게 하는 거야. 너도 알겠지만 난 이성애자니까. 이건 진정한 내 모습이 아니야. 남자와의 관계만큼 진지하게 생각하지 않아."

정신이 아득해지는 말이었다. 그녀와 키스하는 데 신경이 온통 쏠려 있어 잘 집중할 수가 없었다. 내게는 너무나 진지한 일이었다. 나는 다시 소파에 기댄 채, 쿵쿵 뛰는 심장을 진정시켰다.

"난 원래 사람들과 엮이는 걸 싫어해." 질리언은 말을 계속하며 내 손을 향해 손을 뻗었다. "넌 진지한 사람이지. 너한테 상처 주고 싶지도 않아. 난 널 진심으로 좋아하고, 또 존경해. 이렇게 근사한 우정을 망가뜨리고 싶지 않아."

정지 버튼을 눌러! 내 정신은 열심히 경고했다. 그러나 나는 이 여자를 너무나 원했다. 그녀가 하는 말은 귀에 들어오지도 않았고, 멈출 수도 없었다. 욕망이 현명함을 압도하는 이런 일은 처음도 아니었고, 마지막도 아닐 것이었다.

나는 그녀를 일으킨 뒤 끌어안았다. 질리언이 내 몸에 온몸을 거세게 붙여 온 바람에 그나마 남아 있던 이성도 전부 사라졌다.

"방금 이유를 다 말했잖아, 좋은 생각이 아닌 것 같아." 질리언은 그렇게 중얼거리면서도 나를 밀어내지는 않았다.

"넌 원해. 나한텐 그 이유면 충분해." 나는 그녀의 말이 아닌 몸이 보내는 신호에 응답하며, 오로지 욕망과 바로 그 순간만을 생각하며 대답했다.

내 입술이 그녀의 입술을 찾았고, 내가 끈질겨질수록 그녀가 저항하는 게 느껴졌다. 그러다 질리언이 나를 밀어내고는 내 손을 잡더니 나를 침실로 이끌었다. 둘 다 옷을 벗었다. 그녀의 좁은 골반과 탄탄한 근육질 몸이 눈부셨다. 곧 본능이 이성을 압도했다. 우리는 침대에 누웠고, 나는 그녀의 몸 위로 올라갔다. 그녀의 다리 사이에 손가락을 밀어 넣는 순간, 젖은 그녀가 반응하는 것을 느끼고 숨을 삼켰다. 질리언은 내게 키스하며 두 다리를 내 몸에 감았고, 나는 감각과 촉각이 뒤섞여 흐릿해진 세계 속으로 빠져들었다.

마침내 나는 그녀에게서 몸을 뗀 뒤 힘이 잔뜩 들어간 몸을 굴려 똑바로 누웠다. 아까 질리언이 했던 말이 칼처럼 나를 파고들었다. 내가 가진 가장 좋은 것들, 내 우정, 내 지성, 내 유머, 심지어 내 사랑까지 가져갔으면서, 가벼운 마음이라고? 진짜 감정은 남자를 위해 남겨두고?

나는 침대에서 내려와 서둘러 옷을 입었다. "가야겠어." 그 말을 남긴 뒤, 대답할 기회를 주지 않고 뛰쳐나갔다. 분명 상처만 남을 관계였다. 하지만 멈출 수 없다는 것도 알고 있었다.

다음 날 아침, 도저히 아침 식사가 넘어가지 않아 혼

란스러운 머리로 집 안을 서성거렸다.

기억할 수 없을 만큼 어린 시절부터 나는 내가 레즈비언이라는 것을 알았다. 성적 지향은 스펙트럼이므로 질리언은 이성애자-동성애자라는 스펙트럼 속에서 자신이 상상하는 것보다 더 동성애자 쪽에 가까울 수도 있다는 것도 알았다. 적어도 우리가 나눈 친밀한 순간에 따르면 그런 것 같았다. 어쩌면 그녀도 뿌리 깊은 사회적 압력을 무시하고 내 쪽으로 미끄러져 올 수도 있겠지. 자신을 이성애자나 동성애자라고 이름 붙이지 않고서도.

나는 질리언을 어떻게 해야 할까? 질리언은 나를 어떻게 할까?

그러다가 매리언이 떠올랐다. 내가 그녀를 배신했다는 사실이 떠올랐다. 그렇다. 나는 처음부터 그녀에게 내가 다른 여자한테 끌릴 수도 있다고 말했었다. 그럼에도 나는 그녀를 우리 집에 들였고, 커플로서 지냈다. 예리한 죄책감이 가슴을 꿰뚫었다. 데이비드와 대화를 나누어야 하는 그때, 그는 내 옆에 없었다. 심리상담을 받아봐야 할 것 같았다.

매리언은 코네티컷에서 돌아오는 중이었다. 정오쯤이면 집에 도착할 터였다. 그녀, 그리고 내 죄책감과 함께 집에 갇혀 있고 싶지는 않았다. 그래서 매리언이 도착하자마자 그녀가 짐을 풀 새도 없이 나는 이렇게 말했다. "날씨가 너무 좋다. 캐스랑 세라 보러 뉴햄프셔에 갈까?"

뉴욕에서 둘만의 시간을 만끽한 뒤로 매리언은 기분이 좋았다. 그러자고 했다. 캐스와 짧은 통화를 나눈 뒤 우리는 바로 출발했다.

차 안에 말없이 앉아서 지난 이틀 밤의 일을 떠올리자 성적 에너지가 부글부글 끓었다. 작년 내내 담고 있었던 갈망을 질리언이 전부 풀어 헤쳤기에, 도저히 가만히 앉아 있을 수조차 없었다.

캐스의 집에 도착했을 때, 그녀는 내게 주말까지 머물다 가라고 했다. 그녀가 중간중간 나를 바라보는 게 느껴졌지만, 그럼에도 아무렇지 않게 무심한 태도로 나를 대했다. 예전에 나를 사랑했다 하더라도, 이제는 내가 그녀에게 맞는 파트너가 아니라고 결론 내렸으니까. 나를 향한 사랑과 욕망이 조금이라도 남아 있을까? 캐스를 향한 내 사랑은 한 번도 멈춘 적 없었다.

저녁을 먹는 내내 매리언은 한쪽 팔로 나를 감싸고 캐스 앞에서 내게 입맞춤하는 등 내가 자기 것인 양 굴었다. 캐스에 대한 감정이 여전하다고 매리언에게 말하지는 않았지만, 그럼에도 눈치챈 모양이었다.

저녁을 먹은 뒤에는 부엌 식탁에 앉아 함께 십자말풀이 게임을 했다. 내가 단어를 빨리 완성하지 못하는 바람에, 잠시 대화가 끊겼다.

그때 매리언이 고개를 들어 캐스를 보더니 말했다. "있잖아요, 캐스, 퍼트리샤는 아직 당신에 대한 감정이 남아 있어요."

나는 고개를 들지 않고 게임판만 바라보았다. 얼굴이 뜨끈하게 달아오르는 걸 느꼈다. 캐스를 슬쩍 보니 눈가에 웃는 주름이 잡혀 있었다. 미소를 애써 참으려고 게임판을 바라보는 것 같았다. 매리언 말이 맞았다. 부정할 수 없었다. 매리언이 그 말을 불쑥 해버리는 바람에 그 일의 열기는 빠져나가고 말았다. 적어도 그때만큼은.

"매리언이랑 어딜 같이 갈 수가 없네. 무슨 말을 할지 겁이 나서." 나는 억지웃음을 지었다. 우리는 게임을 이어 갔다.

다음 날 아침, 나는 캐스와 둘만의 시간을 보내려고 일찍 일어났다. 우리는 김이 피어오르는 머그컵을 들고 부엌 식탁에 마주 앉아 나직하게 대화를 나누었다. 아직 질리언과의 일에 대해 마음을 정리하지 않았던 나는 캐스에게 그 일의 축약된 버전을 들려주었다.

처음에는 캐스가 재미있다며 이야기를 부추겼지만, 그러다가 갑자기 일어서서 머그잔에 커피를 다시 채우러 갔다. 다시 식탁으로 돌아와 앉은 캐스가 사랑스러운 청회색 눈으로 나를 가만히 바라보았다.

"선택해야 해. 둘 다 가질 수는 없어."

우리가 연인이었던 시절, 내가 애나도 만나고 있을 때 캐스가 내게 했던 경고였다.

나도 그녀의 눈을 마주 보았다. "나한테 선택지가 있을까? 질리언이 뭘 원하는지도 모르겠고, 지금 이 상황을 내가 통제할 수 있다는 생각은 안 들어.”

“너는 뭘 원하는데?”

나는 캐스에게는 나눌 수 없는 생각으로 복잡해진 머리로 가만히 앉아 커피만 홀짝였다. 매리언의 사랑은 아닐지라도 우정은 원했다. 캐스가 여전히 나를 사랑하고, 나와 자길 원했다. 질리언과의 친밀함의 경계를 넘고, 우리가 어떻게 될지 알아보고 싶었다. 그러면서도 아무도 다치지 않고, 또 내 일과 커리어에 지장이 없기를 바랐다. 나는 모두 다 원했다.

그 시절 내가 불교를 알았더라면, 욕망이야말로 모든 고통의 뿌리임을 알았을 것이다. 또한 앞으로 다가올 고통 역시 한없이 많다는 것도.

22

　다음 날 아침, 매리언이 늦잠을 자는 틈에 나는 그녀
가 내 삶에 얼마나 보탬이 되는지 생각해 보았다. 매리언
은 종이를 사서 작은 테이블에 씌워 새것처럼 만들었고,
식사 준비를 대부분 도맡았으며, 저녁 식탁에는 꽃을 장식
했고, 침대에는 좋은 시트를 씌웠으며, 집을 늘 깔끔하게
유지했다. 그런데 이제 그게 답답했다. 처음에 우리가 나
누었던 서로의 동반자라는 감각은 너덜너덜해졌다. 매리
언은 틈만 나면 나를 사랑한다고, 지금까지의 잠자리 상대
중 최고라고 했다. 그러나 나한테는 그걸로 충분하지 않았
다. 나는 그녀를 사랑하지 않았다.
　얼마 후 매리언이 목욕하러 들어갔을 때, 나는 그런
생각을 품은 채 욕실로 들어갔다. 껴안고 싶을 정도로 동
글동글하게 생긴 그녀가 귀여웠다. 수건으로 젖은 그녀의
몸을 닦아주는데 애정이 파도처럼 밀려오더니, 곧 내가 그

녀에게 충실하지 않았다는 깊은 죄책감이 뒤따랐다. 배신당하는 마음이 어떤지 나도 알았다. 매리언에게 그런 고통을 느끼게 하고 싶지 않았다. 아무리 자제하려 해도 질리언을 향한 내 환상과 감정은 그 자체로 생명력을 갖고 지속되었다. 매리언에게는 부당한 일이었다. 솔직하게 털어놓고, 매리언과의 관계를 끝내야 했다.

일주일 내내 질리언에게 다가가지 않았다. 그러나 더는 참을 수 없어서, 하버드 의대 캠퍼스의 데이나파버관 꼭대기 층에 있는 그녀의 연구실을 찾아갔다.

그곳을 찾은 건 처음이었다. 늦은 시간이었고, 가슴에 방사선 모니터링 배지를 단 질리언은 혼자 있었다. 잘 다림질된 흰 가운을 입은 모습이 진지해 보였다. 내가 안으로 들어가자 질리언의 눈이 커졌다. 그러나 곧 나를 무시하고 노트 패드에 무슨 계산식을 끄적여 댔다.

나는 질리언이 일하는 동안 잠시 꾸물거리다가 입을 열었다. "연구실 구경 좀 시켜줄래?"

"그래." 질리언이 한숨을 쉬었다. "하지만 바빠. 몇 분밖에 시간을 낼 수 없어."

연구실로 들어가자마자 나는 곧장 본론을 끄집어냈다. "가벼운 섹스는 받아들일 수 없어. 여자와의 관계는 강렬하고, 온 존재로 하는 경험이야."

질리언이 나를 바라보더니 표정을 풀며 말했다. "지난번엔 내가 너무 단순하게 말했어. 이 이야기는 다음에 계속하자."

나는 연구실과 유리창 하나로 나누어진 사무실 불을 꺼버리고는 그녀에게 한 발짝 다가갔다. 내가 뭘 하려는 건지 나조차도 분명히 알 수 없었다.

그러자 질리언이 과장된 몸짓으로 다시 불을 켰다. "세상에, 내 일을 방해하는 걸로 모자라서, 이제 내 삶까지 방해하고 싶은 거야?"

그녀가 돌아서서 걸어 나갔다. 나는 밝은 불빛 속에 혼자 서 있었다.

잘못된 수를 뒀네. 그러나 적어도 어떤 영향을 미치긴 한 것 같았다. 어쩌면 그녀의 삶을 방해하는 게 좋은 일일 수도 있었다.

다음 날, 도저히 일에 집중할 수 없어서 집 안을 서성거렸다. 질리언에게 연락하고 싶었지만, 매리언이 집에 있어서 할 수 없었다. 질리언 문제에 있어서 매리언은 늘 초조해했는데, 그럴 만도 했다.

연구 프로젝트의 데이터 분석을 해야 할 시간이 지났지만, 평소와는 다르게 집중이 되지 않았다. 매리언이 장을 보러 나간 뒤, 결국 나는 충동에 굴복하고 질리언에게 연락했다. 무심하고 무관심한 목소리였다. 내가 전화를 끊기 전 집에 돌아온 매리언은 성난 눈으로 나를 바라보더니 거칠게 방을 나가 문을 쾅 닫아버렸다.

전화를 끊은 뒤, 나는 책상에 팔꿈치를 걸치고 고개를

숙여 두 손에 얼굴을 묻은 채 한숨 쉬었다. 매리언에게 끝내 자고 말해야 해.

다음 날, 나는 질리언에게 또다시 전화를 걸었고, 이 번에는 그녀도 조금 더 다정했다. 그날 저녁 영화를 보러 가자는 제안도 받아들였다.

질리언과 단둘이 영화를 보러 간다고 말하자 매리언은 입술을 단단히 오므리더니 가슴 앞에 팔짱을 끼었다. "맘대로 해, 퍼트리샤. 하지만 내가 영영 참아줄 거라고 기대하진 마."

그런 기대는 하지 않았다. 그러나 매리언에게 우리 사이는 끝이라고 말할 여유도, 용기도 아직 없었다.

영화관에서 질리언과 나란히 앉아 〈애니 홀〉을 보는 내내 서로의 허벅지가 닿을락 말락 했고, 그녀를 만졌을 때의 느낌이 자꾸만 생각났다.

보는 둥 마는 둥 영화가 끝난 뒤, 내가 한잔하자고 하자 질리언은 망설였다. 나중에 하자던 그 이야기를 회피하는 걸까?

"좋아. 대신 딱 한 잔만이야."

문을 연 바를 찾기가 쉽지 않았지만, 결국 카페 벤돔이라는 곳에 자리를 잡았다. 진토닉 두 잔을 마신 뒤 시시콜콜한 일들에 관해 이야기를 나누었다. 나는 항공권도 저렴해졌으니 여름에 유럽에 가고 싶다고 이야기했다. 질리언은 그 말을 듣고 반색하며 같이 가자고 제안했다. 아니면 적어도 런던에 사는 여동생 주소를 알려주겠다고.

이야기하다 보니 카페 벤돔의 영업시간이 끝났지만, 아직은 그녀를 보내기 싫었다. 우리 사이에 있었던 일을 이야기해야 했다. 질리언 역시 떠날 마음이 들지 않았는지, 같이 좀 걷자고 했다. 커먼웰스 애비뉴를 걷던 우리는 동쪽으로 가는 길과 서쪽으로 가는 길이 교차하는 지점에 있는 작은 녹지에 놓인 벤치를 찾아 앉았다.

나는 벤치에 앉자마자 질리언을 향해 몸을 돌리고는 곧장 핵심으로 들어갔다. "나한테 왜 그런 거야?"

"너와 함께 있는 게 좋았고, 한동안 못 보다가 네가 돌아오니 반가웠어. 그러다가 네가 날 안아서, 네 뜻때로 반응했을 뿐이야." 그녀는 어깨를 으쓱했다.

"네가 램프 속 지니를 꺼내버렸어. 이제 다시 집어넣을 수 없어."

질리언은 내 시선을 외면한 채 지나가는 차를 바라보았고, 헤드라이트 불빛이 간간히 그녀의 얼굴에 빛을 던졌다. "그 일에 관해 아주 많이 생각했어. 내가 바라는 게 뭔지 혼란스러워." 그녀는 말을 멈추더니 나를 가만히 바라보았다. "난 동성애자가 되고 싶지 않아."

"내가 여자들한테 끌리는 데는 미학적인 이유도 있어." 그렇게 말하면서 나는 질리언도 내게 공감할지 궁금했다. "그냥, 어떤 여자들이 아름다워서 그래."

"나도 아름다운 여자들이 있다고 생각해. 아름다운

남자들도 있고.”

나는 그 말을 한참 생각해 보았다. “그럴 수도 있지. 하지만 나한테는 태양을 바라보면서 그 빛에 가려진 별을 아름답다고 생각하려 애쓰는 거나 마찬가지야.”

질리언이 한쪽 눈썹을 치켜올리더니 미소 지었다. “나는 늘 남자들한테서 정서적이고 육체적인 만족감을 찾으려 애썼어. 하지만 내 연애는 늘 격렬하면서도, 모래 위를 걷는 것 같은 불안정한 나날의 연속이었어. 내가 좋아하는 사람은 나한테 관심이 없더라.”

“말도 안 돼!” 그러나 남자들이 질리언 앞에서 위축되는 모습은 어렵잖게 상상할 수 있었다.

나는 질리언에게 데이비드도 오랫동안 자신을 게이로 정체화하지 않았으며, 스스로를 부정하며 긴 세월을 보냈다고 이야기해 주면서 그녀 역시 공감하기를 바랐다. 또 캐스는 결혼해서 아이도 둘이나 있었다. “누구를 사랑하는가 하는 건 복잡한 문제야. 또 시간이 흐르면서 변하기도 해.” 그러나 나는 곧바로 입술을 깨물었다. 마음이 시키는 일 앞에서 지적인 토론이 무슨 소용이 있을까.

질리언은 잠시 생각에 잠겼다가 입을 열었다. “냉정한 거절로 들리겠지만, 난 너한테 끌리지 않아.”

아프다! 하지만 질리언의 말은 그날 밤 그녀의 반응과 도저히 맞물리지 않았다. 나는 다음 말을 기다리며 무릎 위에 맞잡은 내 손을 말없이 내려다보았다.

“너와 함께 보내는 시간이 정말 좋고, 내가 뭘 원하는

지 여전히 혼란스러워. 또 너와 매리언의 관계를 망가뜨리고 싶지 않아. 특히 내가 너한테 뭘 줄 수 있는지 불확실한 지금은.”

질리언이 줄 수 있는 건 내가 원하는 모든 것일 테지만, 그 말을 입 밖에 내지는 않았다.

말은 이걸로 충분해. 나는 자리에서 일어난 뒤 그녀를 벤치에서 일으켜 끌어안았다. 그녀의 몸이 드러내는 진실을 느끼고 싶었다. 질리언은 나를 실망시키지 않았다. 8월의 그날 밤과 마찬가지로, 질리언은 자신의 몸을 내게 단단히 붙여 왔다.

그러다가 여기가 커먼웰스 애비뉴 한가운데라는 사실을 떠올린 우리는 떨어졌지만, 여전히 팔로 서로의 허리를 감싸고 있었다. 우리는 그렇게 취한 사람처럼 비틀거리며 한참 걸었다. 길을 건너 그녀의 차가 세워진 곳으로 가면서 질리언은 내 허리에 감았던 팔을 풀고 내 손을 잡았다. 차에 타자마자 우리는 키스했고, 곧 질리언이 나를 뿌리쳤다. “너 정말 제정신이 아니구나.”

맞아.

질리언이 나를 브루클라인에 있는 우리 집까지 차로 태워다 준 것은 새벽 3시였다. 차를 세우기도 전부터 매리언이 인도 위를 서성이고 있는 모습이 보였다.

“난 빠질래.” 질리언이 말했다. “어떻게 됐는지 나중에 알려줘. 전화해.”

내가 차에서 내리자 질리언은 노발대발한 매리언 앞에 나를 남겨두고 떠났다.

내가 입을 열기도 전에 매리언이 내 팔을 붙잡고 덤불 속으로 밀어붙였다.

"질리언이랑 그 짓 했어?" 매리언은 얼굴을 흉하게 일그러뜨리고 고함쳤다.

그녀의 천박한 단어 선택과 공격성 앞에서 나는 움츠러들었다. "아니, 그런 거 아니야."

"네가 어디 있는지 몰라서, 무슨 일이라도 있을까 봐 걱정돼서 2시간이나 여기서 기다렸어."

"미안해. 연락했어야 하는데." 나는 덤불에서 나와 옷을 탁탁 털었다.

나는 매리언의 팔을 붙잡았고, 우리는 함께 인도를 걸었다. "뉴욕에서 돌아온 뒤, 질리언이랑 육체적인 관계가 됐어." 나는 사실대로 털어놓았다. "어쩔 수가 없어. 질리언을 사랑해. 그녀는 자기가 이성애자라고 주장하지만."

그런 식으로 매리언과 헤어지려던 건 아니었다. 그녀가 초록색 눈에 고통을 가득 담은 채로 입술을 떨며 나를 바라보자, 죄책감이 온몸을 휩쌌다. 다음 순간, 분노가 상처를 압도하며 그녀의 얼굴이 온통 일그러졌다.

"어떻게 이럴 수가 있어! 지금까지 난 너라는 환상 속에 살았어. 네가 특별한 줄 알았어. 그런데 너도 배신을 일삼는 레즈비언이었어!"

나는 속으로 위축된 채 가만히 서 있었다. 그녀의 비

난이 깨진 유리 파편처럼 나를 꿰뚫었다.

"한 번만 더 질리언을 만나면 너와 헤어질 거야. 안 만나도 어차피 헤어지겠지만."

세실리아가 나를 배신했을 때 느꼈던 고통, 지금 내가 매리언에게 느끼게 만드는 고통 때문에 눈에 눈물이 차올랐다. "매리언, 미안해."

"우리 관계에 내가 쏟았던 노력은 모두 일방적이었어. 코네티컷에 가면서 너랑 헤어지겠다고 마음먹었어. 하지만 그때 내가 네 곁에 머무르는 이유가 떠올랐지. 넌 네가 뭘 원하는지, 어디로 가는지 안다는 점 때문이었어."

일에 있어서는, 그렇지.

더는 매리언을 아프게 하기 싫었다. 하지만 질리언과의 미약하고 정서적으로 상처를 주는 관계에 뛰어들겠다는 마음도 없었다. 그래서 최선을 다해 매리언을 위로하고, 다시는 질리언을 만나지 않겠다고 약속했다. 적어도, 같이 사는 동안에는.

다시는 술을 마시지 않겠다고 다짐하면서도 그 갈망에 저항할 수 없을 것임을 아는 알코올중독자처럼.

3주간 질리언에게 연락하지 않았다. 그러다가 하버드 의대 건물 앞 사각형 안뜰에서 그녀를 마주쳤을 때, 나는 피하는 대신 그녀를 따라갔다. 딱 맞는 청바지에 하늘하늘한 흰 블라우스를 입고 스카프를 맨 그녀는 우아했다.

내가 그녀를 따라잡았을 때, 그녀는 바빠서 대화할 시

간이 없다고 했다. 매리언과 어떻게 되었느냐고 묻지도 않았다. 나는 예전에 매리언이 준 노트에 써둔 쪽지를 그녀의 손에 쥐어주면서 나중에 연락하라고 했다.

질리언은 연락하지 않았다. 연락한 건 나였다. 그녀는 냉정하고 거리를 두려는 태도였다. 그런데도 나는 4시에 같이 커피를 마시자고 제안했고, 그녀는 알겠다고 했다.

질리언을 만나러 나가는데, 복도에서 마주친 학과장이 내 연구에 관해 질문을 던졌다. 그 역시 중요한 일이었다. 고무 노동자에 관한 연구의 진행 상황이며, 새로 시작한 귀금속 노동자의 사망률 연구와 관련된 소식을 전해주었다. 손목시계를 들여다보면서 최대한 간결하게 말하려 애썼다.

결국 약속 시간에 늦고 말았다. 내가 도착하자 질리언이 나를 보며 얼굴을 찌푸렸다.

"바쁘니까 급한 일 아니면 다음에 얘기해." 질리언의 목소리에 온기라고는 한 점도 없었다.

나는 한숨을 쉬었다. "얼음 같은 여왕 폐하와 말 섞기가 왜 이렇게 힘든지." 나는 아주 이따금만 긍정적인 강화가 일어나는 연옥 상태에 존재했다. 어떤 때는 친근감을 느꼈고, 어떤 때는 뼛속까지 얼어붙었다. 나 자신을 보호해야 한다는 생각은 들지 않았다.

"연구실로 돌아가야 해." 질리언은 내 낙심한 얼굴은 무시한 채 그렇게 말했다.

그다음 주, 질리언과는 아무런 연락도 주고받지 못했다. 매리언과 나의 경직된 공존 상태는 데이비드가 있을 때에야 누그러졌다. 나는 심리상담을 받기 시작했고, 상담사는 왜 내가 잘될 수 없는 여자들한테 끌리는지, 그것이 엄마와의 관계와 어떻게 연관되는지에 관한 질문을 던졌다.

어느 날 저녁, 매리언이 집에 없을 때 나는 스탠퍼드 대학교의 게이브리얼에게 전화했다. 투지를 품고 학계의 사다리를 올라가던 대학 시절에 가장 친했던 친구였다. 몇 달 만의 연락이었지만, 통화가 시작되자마자 우리는 지난번 이야기했던 주제로 곧바로 넘어갔다. 게이브리얼은 남자들과 수많은 연애 경험이 있었고, 우리는 몇 년째 그 이야기를 하고 있었다.

인사를 주고받은 다음 나는 말했다. "너무 혼란스러워서 너한테 조언을 듣고 싶어. 이성애자 여자한테 빠졌는데, 그 여자는 나랑 자고 나서 이제 날 무시해. 또 지금 난 사랑하지 않는 여자랑 살고 있어."

"이런, 좋은 소식이 아닌데. 와인 한 잔 가져와야겠다." 게이브리얼이 말했다.

나는 게이브리얼에게 그 일 이후 질리언이 했던 이야기들을 털어놓았다. 게이브리얼은 내 이야기를 듣더니 한숨을 쉬었다. "네가 상처받겠네. 좋은 쪽으로는 안 풀릴 거야. 질리언한테서 물러서. 매리언이랑 헤어져야 한다면 헤어지고."

"노력하고 있어." 실망감을 감출 수 없었다.

내가 질리언을 안았을 때 그녀가 어떤 기분을 느꼈는지, 어떻게 반응했는지, 말이 아닌 몸으로 나를 부추겼다는 사실을 게이브리얼은 몰라. 하지만 게이브리얼의 조언에 힘입어 나는 그 뒤로 몇 주간 질리언을 만나지 않는 대신 연구 프로젝트에 매진했다.

그렇게 2주가 지날 무렵, 더는 참을 수 없어진 나는 어느 날 주변에 아무도 없는 걸 확인하고 질리언의 연구실로 쳐들어갔다. "널 사랑해. 넌 내 삶에서 너무 중요한 존재야. 늘 네 생각만 하고, 그러느라 다른 중요한 일들은 하나도 챙길 수가 없어."

어린 시절 봤던 영화들에서는 대담하고 극적인 사랑 고백에 늘 긍정적인 결과가 따라왔다. 예를 들어, 〈사운드 오브 뮤직〉에서 크리스토퍼 플러머가 사랑을 고백하자 줄리 앤드루스는 그의 품으로 뛰어든다. 나는 이런 격정적 장면 속 남자들에게 이입하고는 했다. 남성성이 아니라 그 힘에. 하지만 우리 사이에 그런 일은 일어나지 않았다.

질리언이 펜을 내려놓고 한숨을 쉬더니 한 손으로 턱을 받친 자세로 나를 바라보았다. "미안해. 일을 이렇게 만든 건 내 책임이고, 후회하고 있어. 정말 솔직하게 말할 수 있는 건, 네가 내 가장 친한 친구 중 하나라는 것, 너와 함께 있는 게 좋다는 것뿐이야."

질리언의 말이 나를 후려치는 것 같았다. 가슴에 무언가 얹힌 것처럼 답답했다. 뭐라 대답해야 할지 알 수 없었다.

"다른 사람들이 넘지 못한 선을 네가 넘어온 건 사실이야." 그녀가 조금 누그러진 표정으로 덧붙였다.

아까보다는 나은 말이었지만, 여전히 누군가 심장을 주먹으로 움켜쥔 기분이었다. 나는 질리언의 눈을 들여다보았다.

"네게 줄 수 있는 건 우정이 전부야."

키스할 때는 그렇게 느껴지지 않았는걸. 내 심장을 움켜쥔 주먹 때문에, 목구멍에 걸린 덩어리 때문에, 간신히 그 말을 내뱉지 않았다.

"네가 매리언과 어떻게 하기로 하건, 내 행동이나 내가 줄 수 있는 것과는 무관했으면 해." 그렇게 말하는 질리언의 목소리는 아까보다 더 차갑고 권위적이었다.

"안타깝지만 내 마음과 상관없이 매리언이 결정을 내릴 거야." 질리언이 아무리 방어해도, 나는 끈덕지게 매달렸다. "나와 함께하는 상상, 해본 적 없어?"

"해봤어." 질리언은 인정했다. "하지만 나는 사람들과 거리를 두는 사람이야. 독립적이고, 혼자 있는 걸 좋아하고, 약간은 외로운 사람. 난 주로 현실적인 일들을 생각해. 사람들과의 관계라든지 섹스, 우정 같은 건 그리 중요하지 않아."

그 말을 듣자 따뜻한 감정이 밀려오는 바람에, 나는 손을 뻗어 그녀의 얼굴에 댔다. "하지만 넌 유머 감각이 뛰어나. 네 온기와 열정도 느껴져. 사람들과 거리를 두고 싶다는 게 진심이라고는 믿기 힘들어."

"바쁘다니까." 질리언은 나를 외면했다.

더는 할 수 있는 말도, 할 수 있는 일도 없었다. 나는 연구실을 나왔다. 눈물이 흘러 눈앞을 가렸다. 엘리베이터를 타고 1층으로 내려와 싸늘한 10월의 밤 속으로 나오자 발치에서 바람에 날린 낙엽이 소용돌이쳤다.

그 학기가 끝날 때까지 나는 연구에만 집중했고, 일터에서는 다른 친구들, 동료들과만 어울렸다. 더는 미룰 수 없다고 생각한 나는 매리언에게 나는 그녀가 원하고 필요로 하는 상대가 되어줄 수 없다고 말했다. 연인으로서의 관계는 이만 끝내자고 했다. 매리언도 이미 마음의 결정을 내린 뒤였다. 그녀는 학기 말에 집을 나가기로 했다. 나는 그 말을 받아들였고, 안도감을 느꼈지만, 일이 이런 식으로 진행된 건 내 책임이라고 생각했다.

질리언이 했던 말 역시 나를 낙담시켰다. 8월에 있었던 그 두 번의 밤을 그녀는 일탈이라 여기기로 한 것 같았다. 그러나 나는 잊을 수 없었다. 그래서 또 한 번, 안뜰을 지나가는 그녀를 따라갔다.

그날 질리언은 딱 붙는 청바지에 무릎까지 오는 부츠, 목깃이 느슨한 실크 블라우스 차림이었다. 눈부시게 아름다웠다. 다른 사람들이 걸음을 재촉하는 가운데, 바람이 불어 머리카락이 눈동자 앞으로 흩날렸다.

"왜?" 질리언은 짜증을 숨기지 않았다.

"난 아직도 널 사랑해." 사랑에 흠뻑 취한 10대들이나

할 법한 말처럼 들린다는 건 나도 알았다.

질리언은 불편한 표정으로 한숨을 쉬었다. 그러더니 목소리를 낮췄다. "아, 정말. 내가 친구로서 다가가려고 할 때마다 네가 일을 크게 만들잖아. 그냥 평범한 친구로 지내면 안 돼?"

"첫째, 난 평범하지 않아. 애초부터 평범했던 적 없었어. 난 여자를 사랑하는 여자야. 특히 너를." 나는 눈물을 참으려고 입술을 깨물며 대답했다. "둘째, 넌 친구 이상으로 다가왔어."

질리언은 여전히 짜증이 가시지 않은 표정이었다. "넌 네 감정이랑 욕망을 나한테 들이댄 다음에 반응하라고 강요해. 정말 지긋지긋할 정도로 거만해. 지금까지 널 거부한 여자가 한 명도 없었던 거야?"

잠시 생각해 보았다. 세실리아가 나를 배신하기는 했다. 하지만 나를 거절한 여자가 있었나?

"없었어." 하지만 그 일이 지금 일어나고 있었다. 나를 거절하는 질리언이 이토록 엄청나게 아름다워 보이지 않았으면 좋았으련만. 그녀의 말이 아팠다. 그래서 나는 또 한 번 물러섰다.

그 뒤로 3주간 나는 질리언에게 편지를 썼다가 쓰레기통에 던져버리기를 반복했다. 8월 말의 어느 밤, 그녀도 우정의 선을 넘었었다는 사실로 인한 분노가 내 마음의 상처를 뒤덮었다. 그 무렵 그녀에 대한 짝사랑을 거의 극복했다고 생각했었기 때문에 전혀 예상치 못했던 일이었다. 그 일이 매리언과의 관계에서 내가 헌신하지 않았다는 사실을 다시금 떠올리게 했다. 나는 매리언에게 상처 준 대가를 치러야 했다.

나는 질리언에게 쪽지를 썼다. "아직 무심함의 상태로 승화하지는 못했어."

질리언은 이런 답장을 썼다. "구세계에서는 그럴 때 찬물 샤워와 뜨거운 차를 권하더라."

1978년 1월 중순, 만나지 못한 지 몇 주나 지났을 때, 질리언은 나더러 하버드 보건대학원 동료가 여는 파티에 함께 가자고 했다. 그러면 안 된다는 걸 알면서도 나는 그녀의 초대에 응했다.

그날 밤, 나는 검은 개버딘 슬랙스에 붉은 실크 블라우스를 입고 검은색과 흰색 스카프를 목에 둘렀다. 문을 열자 질리언이 흡족한 표정으로 나를 보았다. "굉장히 우아하네."

내가 여전히 그녀를 경계하고 있었기에, 차 안에서의 대화는 경직된 채로 흘러갔다.

파티에는 남자보다 여자가 더 많았다. 다른 여자들도 함께 춤을 추고 있었고, 질리언은 내게 춤을 추자고 했지만 내가 거절했다. 도저히 그녀를 만질 수가 없었다.

파티의 대부분은 내 연구에 참여하고 싶다는 의대생과 대화하며 흘려보냈고, 내가 운전하지 않아도 되는 날이었으니 약간 취할 정도로 펀치를 마셨다. 늦은 밤이었던 데다가 알코올까지 들어가니 자제력도 결심도 흐려졌다. 질리언과 함께 차에 타자마자, 나는 좌석 건너편으로 몸을 뻗어 그녀에게 키스했다.

질리언은 저항하지 않았다.

"넌 정말 미쳤어."

"알아. 위험에 비해 얻는 게 없지. 매리언과는 헤어졌어. 곧 매리언이 집을 나갈 거야."

"안됐다." 진심 같았다.

나는 그녀의 손을 붙들고 내 뺨으로 가져갔다. "너를 알게 되어서 기뻐. 조금이라도 네 벽을 허물게 되어서, 우리가 한 그 일을 하게 되어서."

질리언이 나와 눈을 맞췄다. 나는 그녀가 다시 내게 키스할 줄 알았지만, 그녀는 이렇게만 말했다. "나도 너를 알게 되어서 진심으로 기뻐."

"이제 예전만큼 너를 낭만적으로나 성적으로만 생각하지는 않아. 하지만 나는 우정 이상을 원해."

내가 그렇게 말하자, 질리언이 내 뺨에서 손을 거두고 시선을 돌렸다. 나는 긴장된 침묵 속에서 다음 말을 기다렸다. 그녀가 다시 몸을 돌려 나를 바라보더니 입을 열었다. "확신할 수는 없지만, 나도 그런 것 같아."

와우! 그 짜릿한 전율이 다시 찾아왔다. 조심해. 내 뇌가 경고했다.

"나는 네가 스스로를 동성애자라고 생각하든, 이성애

자라고 생각하든 신경 안 써." 나는 내 생각을 제대로 표현하려고 애썼다. "그냥 이대로 만나면 안 될까. 정체성 위기 같은 거 겪지 말고, 그냥 너, 그리고 나로서."

나는 질리언의 연인이 되고 싶었고, 그녀와 함께 삶을 꾸리고 싶었고, 의미 있는 프로젝트를 함께 헤쳐나가고, 둘 다 직업적 성공을 거두었으면 했다. 그리고 그건 질리언이 자꾸만 자신이 이성애자라고 우기며 나를, 그리고 다른 사람들을 멀리하는 한 현실적으로 불가능한 꿈이었다. 그녀가 손짓하면 나는 개처럼 달려갔다.

나는 그녀에게 몸을 기울였다.

"넌 정말 미쳤어." 질리언이 말했다. "분명 네가 너 자신을 곤란에 빠뜨릴 거야. 이 상황 때문에 상처받은 사람들이 너무 많잖아. 좀 떨어져 있자. 나는 내가 원하는 게 뭔지 잘 모르겠어."

"아무 말 하지 마." 나는 부드럽게 말한 뒤 그녀를 끌어안고 키스했다. 그녀도 내게 키스했고, 차창에는 김이 서렸다.

몇 주 뒤, 나는 질리언과 내가 평생 차 안에서 키스하는 것 이상으로 발전할 수 없으리라는 걸 깨달았다. 질리언은 우리가 한 행위가 자신에게는 별 의미가 없다고, 자신은 레즈비언이 아니라고 우겼다. 뭐라 이름을 붙여야 할지조차 알 수 없는 우리 관계에서는 질리언이 모든 권력을 가지고 있었다. 나는 그녀에게 원하는 바가 분명했지만,

그녀는 내가 자신에게 무엇을 원하는지 확신하지 못했다. 나는 내가 가장 원하는 것, 즉 그녀의 사랑과 헌신을 도저히 얻을 수 없다는 사실을 받아들이는 수밖에 없었다. 앞으로 우리가 더 가까워지더라도, 나는 그녀가 정해둔 우정의 경계를 존중하고, 예전에 있었던 일을 입 밖에 내지 않아야 할 게 분명했다.

상담사의 말이 맞았다. 나는 가질 수 없는 여자들에게 끌리는 사람이었다. 당시에도 여전히 캐스를 사랑했고, 한때 그녀도 나를 사랑했었지만, 캐스조차도 그녀 인생의 여러 상황 때문에 온전히 가질 수 없는 사람이었다. 그럼에도 나는 여전히 캐스에게 사로잡혀 있었다. 나는 생각했다. 다시 시도하기엔 너무 늦은 걸까?

23

하버드에서 보낸 두 번째 해가 끝나갈 무렵, 나는 두 가지 연구 프로젝트의 현장 연구를 거의 다 완료했다. 수업을 몇 개 들었지만, 대부분의 시간은 연구실이나 컴퓨터실에서 데이터를 분석하며 보냈다. 내 삶의 짜임새는 헐거워졌고, 자유 시간이 많아졌다.

1978년 초 매리언이 집을 나간 뒤, 나는 캐스에게 연락했다. 다시 싱글이 되었으니 캐스도 나를 만나주겠다고 했다. 2월의 어느 금요일에 뉴햄프셔까지 운전해 갈 계획이었지만, 보스턴에 기록적인 폭설이 내리는 바람에 출발이 24시간 넘게 늦어졌다.

다음 날, 나는 캐스를 만나기 위해 팔꿈치와 어깨에 스웨이드 패치를 덧댄 트위드 재킷과 검은 슬랙스로 차려입었다. 뉴햄프셔에 도착하자 캐스는 〈토요일 밤의 열기〉를 보러 영화관에 가자고 했다.

영화에서 여성을 다루는 방식은 불쾌했지만, 음악과 춤은 우리 둘 다 즐겁게 보았다. 나는 영화가 끝나기만을 기다렸고, 집에 가는 내내 차오르는 욕구 때문에 긴장한 상태로 캐스의 허벅지에 한 손을 올려놓고 있었다.

창밖으로 눈송이가 떨어지는 캐스의 침실에서 우리는 사랑을 나누었다.

내가 보스턴으로 떠나고 며칠 뒤 캐스가 전화했다. "네가 떠난 뒤에 청소하느라 힘들었어." 지난 주말 이후 다시 한번 우리 관계를 생각해 본 그녀가 말했다. "네가 한 사람에게만 헌신할 수 없다면 우리 관계에 미래는 없어."

몇 주 뒤, 캐스는 만나자는 내 요청을 들어주었다. 그때 그녀는 보스턴으로 출장을 가던 길에 차가 고장 나서 버스를 타고 돌아가야 했다. 나는 지난 몇 년간 그녀를 실망시킨 것을 자잘한 방식으로 만회하려 애썼다. 비싼 천식 약을 사주고, 차 수리비를 대신 내주고, 보스턴까지 운전해서 차를 가져다주는 방식으로.

킨으로 가는 길에 캐스의 차가 또 고장 났다. 나는 봄이 와서 눈이 녹아내린 흙탕물을 밟고 뉴입시치의 휴게소까지 가서 차를 견인할 젊은 남자들을 데려왔다.

견인 고리에 차를 걸고 난 뒤 기술자(울퉁불퉁한 손을 가진 노인이었다)가 바닥에 침을 뱉더니 투덜거렸다. "휠 베어링이 망가진 것 같소만."

"오늘 바로 고칠 수 있어요? 오늘 오후까지 킨에 가야 하거든요." 캐스와 저녁을 보내지 못할지도 모른다는 생각에 어깨가 절로 축 늘어졌다.

늦는다고 알리려 했지만, 아무도 전화를 받지 않았다.

몇 시간 뒤, 해가 저물어 갔지만 나는 여전히 길 위에 있었다.

캐스의 집에 도착해 숨겨둔 열쇠로 문을 열고 들어갔다. 집에는 아무것도 없었다. 사람도, 먹을 것도. 지치고 실망한 나는 차를 몰고 가게에 가서 식료품을 사 온 다음 거실에 놓인 의자에 주저앉아 책을 읽으며 기다렸다.

세라와 함께 돌아온 캐스는 딱딱한 인사를 건넬 뿐이었다.

"오는 길에 차가 고장 났어. 휠 베어링이 망가졌다나." 내가 설명했다. "수리하는 데 몇 시간이나 걸렸어. 늦어서 미안해."

그러자 캐스는 대답했다. "저녁은 알아서 차려 먹어. 우린 벌써 먹었거든."

고맙다는 기색도 없어서 속상했지만, 나는 그냥 흘려 보내기로 하고 부엌에서 샐러드를 만들었다.

캐스는 금세 소파에서 잠들어 버렸다.

혼자 저녁을 먹은 뒤, 나는 캐스의 침대에 세탁해 깨끗한 시트를 깔았고, 내 몫의 시트는 접어서 소파 팔걸이에 올려놓은 채 그녀의 맞은편에 책을 들고 앉았다. 내가 혼자 자게 될 거라고 생각해서였다. 잠든 캐스는 너무나 사랑스럽고 연약해 보였다. 나는 그녀를 사랑하는 걸까? 내가 그녀의 삶을 덜 힘겹게 만들어 줄 수 있을까?

세라가 캐스를 깨워 침대에 가서 자라고 했다. 나는 그 기회를 놓치지 않고 캐스를 따라가 옆에 누웠다. 욕망으로 몸이 긴장됐다. 그녀는 나를 등지고 돌아누웠다.

나는 그녀의 몸을 돌려 나를 마주 보게 했다.

"미안한데, 이렇게 지친 상황에서 섹스를 기대하는 거야?" 그녀가 말했다.

"아니, 그래도 대화는 할 수 있잖아. 내가 이 집에 있다는 거 신경 쓰기는 해?" 나 역시 고되고 답답한 하루를 보냈다. 오늘 저녁을 캐스와 함께 보내고, 한때 우리가 나눴던 마법을 되찾고 싶다는, 변덕스러운 나를 그녀가 용서해 주길 바라는 마음이 가득했는데.

캐스는 돌아누웠다. "너무 피곤해서 지금은 신경 못 쓰겠어. 내일 아침에 신경 쓸게."

나는 그녀를 뒤에서 끌어안은 채 그녀의 등에 얼굴을 묻고 숨죽여 울었다. 온종일 마주했던 장애물들로 인해 쌓인 긴장감과 그녀를 향한 욕망이 거절당한 것에 대한 좌절감을 쏟아 냈다.

"왜 우는 거야?" 캐스의 목소리가 베개에 묻혀 잘 들리지 않았다.

"오늘 하루가 답답해서. 그리고 내일 아침엔 내 존재를 신경 쓴다는 게 다행이라서."

캐스가 몸을 돌리더니 내 어깨에 고개를 기댄 채 잠들

었다. 나도 어느새 잠들었다.

눈을 뜨니 캐스가 내 몸 위에 있었다. 열정에 들뜨며 생기를 얻은 그녀는 입과 손으로 나를 어루만졌지만, 내게는 오로지 받는 것만 허락하며 우리 관계의 힘의 균형을 바꾸었다. 그 덕분에 그녀는 더 흥분했다. 내 차례가 되자, 그녀는 예전보다 훨씬 더 좋다고 했다.

긴장이 녹아 없어졌다. 이제 대화할 수 있었다. 우리는 지난 몇 주간 있었던 일을 나누었다. 그녀의 일과 두 딸에 대한 걱정, 내가 매리언과 헤어진 이후의 상황, 질리언과의 답답한 관계를 이야기하다 보니 새들이 울기 시작했다. 우리는 다시 잠들었다.

3월에도, 4월 초에도 캐스를 찾아갔고, 우리는 마음 놓고 어울렸다. 사랑만 나누는 게 아니라 캐스의 친구들이나 세라와도 함께 시간을 보냈다. 한번은 일주일 내내 캐스, 세라와 시간을 보내면서 장을 보고, 감자 수프를 만들고, 정원 일을 하고, 음악을 듣고, 부엌에서 춤을 추는 등 별것 아닌 일을 하며 일주일을 함께 보내기도 했다.

캐스를 사랑하는 마음은 변한 적 없었지만, 오로지 그녀만의 것이 되겠다고 맹세할 수는 없었다.

왜 그게 겁이 났는지는 잘 모르겠다. 어쩌면 캐스가 내게 구원자 역할을 기대하는 게 싫어서였는지 모른다. 물론 그녀가 그러길 바란다는 언질을 준 적은 없었지만. 아니면 정서적이고 육체적인 사랑의 결합을, 그리고 그녀와 함께였던 때만큼의 정서적 취약함을 감당할 수 없었던 것일지도 모른다. 세실리아에게 배신당한 충격을 아직 극복하지 못해서였을 수도 있다. 어쩌면 캐스가 나보다 너무 연상이었을지도 모른다. 물론 고작 나보다 열 살 많은 서른일곱 살이었으니 웃어넘길 차이였지만, 나는 그녀의 시간과 애정을 놓고 딸들과 경쟁하고 싶지 않았다.

솔직히 말하면, 나는 아직 여성들의 세계를 탐구하는 여정을 끝내지 못했었다. 몇 주 지나지 않아 나는 또다시 세인츠를 찾았다.

늦봄, 캐스는 내게 다시 헤어지자고 말했다. 나는 내 방 침대에 외롭고 쓸쓸하게 앉아 어째서 사생활을 더 잘 관리할 수 없나 생각했다. 캐스를 잃고 싶지 않았지만, 그때는 그녀가 바라는 상대가 되어줄 수 없었다. 현관문이 열리더니 귀가한 데이비드가 복도에 짐을 던져두는 소리가 들렸다. 그가 부엌에 가는 길에 내 방에 들르기를 바랐지만, 그는 그저 곧바로 자기 방에 들어가서 문을 닫았다.

내가 방문을 노크하고 들어갔을 때, 그는 이미 잠옷 차림이었다. 내가 막 울음을 터뜨릴 지경인 것을 본 그가 침대 옆자리를 탁탁 두드렸고 나는 다가가 앉았다.

"내 인생은 망했어." 내가 흐느꼈다.

"아, 파트루스크." 그가 한 팔을 내 어깨에 둘렀다. "그렇게 보이겠지. 네가 질리언에게 반한 것도 이해해. 우아하고 세련되지만, 닿을 수 없는 사람이거든. 그리고 캐스는… 정말 사랑스럽지. 나도 캐스가 정말 좋아." 그러더니 데이비드는 잠시 말을 멈추고 생각에 잠겼다. "매리언은 너한텐 쉬운 상대가 아니었어. 강렬한 성격을 가진 데다 직설적인 사람이었으니까. 하지만 동거하는 사이라면 신의를 지켰어야지."

그의 말이 맞았다. 내가 매리언을 배신한 것에 대한 후회가 밀려오면서, 애초부터 그녀와 함께 살지 말았어야 한다는 생각에 얼굴이 찡그러졌다. 그러나 그 순간에는 죄책감에 시달리고 싶지 않았다. 내가 원하는 건 위로였다.

"파트루스크, 솔직히 말할게. 자신을 드러내는 네 모습이 보기 좋아. 비록 지금은 막막할지라도, 넌 용감하게 위험을 감수하고 많은 여자와 흥미로운 경험을 하잖아."

"고마워, 데이비드." 나는 긍정적인 쪽에 집중하려고 애썼다. "너 없었으면 어떡했을까?"

나는 데이비드로부터 상담사에게는 얻지 못한 위로를 얻었다. 내가 몇백 달러를 지불하는데도, 나더러 내가 상처받은 것도, 타인에게 상처를 주는 것도 내 탓이라고 하는 상담사 말이다.

어쩌면 내가 무엇을 필요로 하는지, 타인에게 무엇을 줄 수 있는지 이해하려면 다음번 로맨스에서 쾌감을 좇거나 완벽한 여자를 찾으며 균형을 찾아가길 애쓰기보다는 혼자인 시간이 필요할지도 몰랐다. 그러나 그런 일은 일어나지 않았다. 그때까지는.

4부 거울을 마주하다
The Reckoning

거울을 마주하다
The Reckoning

"넘어져야 한다면 넘어지게 두라.
훗날의 내가 붙잡아 줄 테니까."

—바알 셈 토브

24

매리언이 내 삶에서 떠났고, 질리언은 애매한 태도였으며, 캐스와의 관계는 타이밍도 우선순위도 어긋났던 1978년 봄, 나는 머리를 식힐 겸 보스턴에서 열린 전문직 동성애자 여성 모임을 찾았다.

누군가의 집이었다. 조명이 환한 부엌에서 거의 바닥을 드러낸 와인 잔을 들고 서 있다가, 이젠 돌아가야겠다고 생각하며 잔을 개수대에 내려놓고 돌아서다 여태 눈에 들어오지 않았던 한 여자의 어깨에 부딪혔다. 키는 나와 비슷한 6피트였지만, 빛바랜 데님 재킷에 가려진 몸은 여자치고 어깨가 넓은 탄탄한 체구라는 걸 알 수 있었다.

그 여자가 내게 미소 지었다. "미안해요. 그렇게 갑자기 돌아설 줄이야." 허스키하고 울림이 큰 목소리였다.

나는 계속 그녀의 모습을 눈에 담으며 대답했다. "괜찮아요. 이제 가려던 참이었어요." 하지만 이어 생각했다.

안 갈지도 모르겠다고.

도드라진 턱, 이를 드러내며 활짝 웃는 미소를 가진 그녀는 여성스러운 아름다움은 없었지만, 눈부시게 근사했다. 새파란 눈은 지적이면서도 교활해 보였고, 짙은 금발은 어깨까지 늘어뜨렸다. 당신을 알아. 그렇게 생각했지만, 이전에 본 기억은 나지 않았다.

나는 우리 두 사람 몫의 와인을 따랐고, 다른 여자들이 부엌을 드나드는 동안 그대로 개수대 앞에 서서 그 여자와 1시간도 넘게 이야기를 나누었다. 그녀의 이름은 다니였다. 나보다 네 살 많은 서른두 살로, 케임브리지에 살지만 보스턴 소재의 사진 학교에 다니고 있었다. 놀랍고 또 기쁘게도, 그곳을 떠나기 전 다니는 내게 전화번호를 건넸다.

혼자 지내며 나 자신을 알아가겠다던 바람은 그대로 사그라졌다. 다니에게 열정적인 구애를 하고 싶었지만, 서두르면 안 된다고 마음을 다잡았다. 우리는 세인츠나 모임에서 몇 번 더 예정에 없이 마주쳤고, 어느 날 밤 다니가 나를 집까지 차에 태워주기로 했다. 차에서 내리기 전 나는 머뭇거렸다. 그녀가 나를 보는 눈빛이 내 결심을 흔들며, 여태까지 늘 하던 대로 하라고, 이번엔 더 나은 결과를 기대하라고 유혹했다.

다니가 안전벨트를 풀었다. 맥박이 빨라지는 걸 느끼며 나도 안전벨트를 풀었다. 그녀가 내 쪽으로 몸을 뻗어 망설이듯 키스하더니, 그대로 내 자리로 넘어왔다. 온몸에 흥분감이 순식간에 밀려왔다. 나는 위로 손을 뻗어 그녀의 머리카락에 손가락을 묻은 채로 그녀를 끌어당겨 더 길고 깊게 키스했다.

애무가 진해지자, 다니가 물러났다. "서두르지 마. 지금 난 취약한 상태니까."

애인과 헤어진 지 얼마 안 됐나? "그래." 나는 깊은숨을 들이쉰 뒤 속으로 여섯까지 세며 천천히 다시 내쉬었다. "속도는 네가 정해."

작별 인사를 나눈 뒤, 차에서 내려 집 계단을 올라가는 내내 그녀를 다시 보게 되리라는 자신감에 찼다. 육체적인 끌림만 있는 게 아니었다. 다니에게는 내 영혼을 뒤흔드는 무언가가 있었다.

며칠 뒤, 다니가 케임브리지의 집으로 나를 초대했다. 다니 소유가 아닌, 보스턴의 유서 깊은 부자 가문 출신 노부부가 아래층에 살면서 빌려준 방이었다. 남편은 매사추세츠 공과대학 물리학과 명예교수였고, 아내는 거의 모든 문장 앞에 미안하다는 말을 붙이는 사람이었다. 다니는 2층에 있는 여러 방 중 하나를 빌려 살았지만, 18세기 앤티크 가구로 가득한 고풍스러운 저택을 마음껏 사용할 수 있었다. 집 앞 거리는 가로수가 즐비하고 고요했다.

저녁 식사 후 늦은 시각, 동료의 차를 얻어 타고 그 집에 도착하자, 타이트한 흰색 청바지와 몸에 딱 붙어 휜칠하고 나긋나긋한 몸매를 돋보이게 하는 검은 셔츠를 입은 다니가 현관문에서 나를 맞이했다.

함께 영화관까지 걸어가 프랑스 파리 피갈 지역의 엘리베이터 없는 6층에 사는 여성이 주인공인 영화 〈마담 로자Madame Rosa〉를 보았다. 마담 로자는 은퇴한 성매매 여성, 유대인, 아우슈비츠 생존자로서 다른 성매매 여성들의 아이들에게 위탁모 노릇을 했다. 다니는 영화를 보며 눈물을 흘렸고, 우리는 영화가 끝난 뒤 말없이 영화관을 나와 매사추세츠 애비뉴에서 하버드 스퀘어까지 걸었다. 감정이 수면 위로 드러나기 직전까지 고조된 그녀의 모습이 얼마나 감성적으로 보였던지 모른다.

우리는 하버드 스퀘어에 있는 벤치에 앉았다. 지나가는 사람들은 무시하고, 그녀가 하는 제 이야기에 완전히 몰입했다. 다니의 첫 여자친구는 걸스카우트 캠프에서 승마 강사로 일하던 시절 만난 독일인 심리학자 우타였다. 우타에게서 헤어지자는 편지를 받았을 때 다니는 절망한 나머지 손목을 그었다.

"몇 살이었는데?" 내가 물었다.

"고작 열아홉 살." 그녀는 생각에 잠긴 듯 대답했다.

다니는 관계를 지켜내려고 우타를 따라 유럽까지 갔지만, 모두 수포로 돌아갔다. 독일에 있을 때 밥이라는 남자와 잠깐 사귀었지만 임신할까 봐 두려웠다고 했다.

"정말이지 공감된다." 내가 말했다.

다니가 가장 진지하게 오래 만난 연애 상대는 제인이

었다. 둘은 몇 년이나 동거했지만, 제인이 미대에 입학하려 코네티컷을 떠나 보스턴으로 갔다. 다니가 따라가지 않기로 결정하자, 제인은 다시 남자를 사귀기 시작했다.

다니는 이성애자 여성들과도 사귄 경험이 여러 번 있었다. 가장 최근에 만난 사람은 수전으로, 다니가 사진 학교에 다니기 위해 보스턴으로 이주하기 전, 뉴햄프셔의 마운트워싱턴 호텔에서 웨이트리스로 일할 때 만난 동료였다. 다니는 뉴햄프셔를 떠나면서 수전과의 관계를 끝냈다고 생각했지만, 이별이 예상보다 더 힘들다고 했다.

그러다 마침내 다니는 예술과 사진에 대한 사랑을 이야기하기 시작했다.

"이 모든 일이 나를 강하게 만들었어." 그녀가 설명했다. "난 행동하고, 상처받고, 혼란스러워했지. 하지만 이젠 고통이라는 게 견딜 수 없는 일이 아니란 걸 알아. 고통은 또 찾아올 테고, 나에게는 그 고통을 받아들일 능력이 있다는 것도."

"이해돼." 내가 현명했더라면 그녀의 이야기 속에 담긴 경고 신호를 알아챘을지도 모르지만, 나는 이미 다니에게 홀딱 빠져 있었다. 다니의 강렬한 성격에, 그리고 기꺼이 위험을 감수하는 결단력에. 그녀는 사진을 향한 열정을 좇아 모든 것을 처음부터 다시 시작했다. 다니의 삶은, 적어도 일의 영역에서는 궤도를 충실히 따라온 내 삶과는 달랐다. 다니는 에비에이터 안경을 벗고 눈을 훔치더니 새파란 눈으로 나를 똑바로 바라보았다. 아직 그녀를 건드리지도 그녀에게 입 맞추지도 않았지만, 그 순간 끌림의 파도가 우리를 서로에게 바짝 끌어당겼고, 가슴 위쪽과 얼굴에 열기가 확 솟아올랐다.

다니는 내 손을 잡았고, 우리는 다시 그녀의 집까지 걸어갔다. 그녀는 나를 2층의 자기 방으로 데려갔고, 문이 닫히자마자 나는 그녀가 먼저 움직일 때까지 기다리겠다는 결심을 잃어버리고 말았다. 그녀에게 다가가 양손으로 얼굴을 감싸고 키스했다. 내게 반응하는 그녀의 입술은 부드럽고 약간 짠맛이 났다.

다니를 침대로 끌어안으며 나는 "어서 너와 함께 눕고 싶어서 견딜 수가 없어"라고 말하고는 그녀의 몸 위로 올라갔다.

다니가 두 팔로 나를 끌어안고는 내 몸으로 완전히 덮이니 기분 좋다고 했다. 그러나 그녀가 머뭇거리는 것 같아서, 나는 고개를 들고 그녀의 눈을 바라보았다.

"레즈비언을 만나는 건 네가 처음이야." 그녀가 불쑥 고백했다.

나는 놀라 그녀의 몸에서 내려온 뒤, 팔꿈치로 고개를 받친 채 그녀를 바라보았다. "하지만 이성애자도 유혹했잖아. 그쪽이 더 어려운 거 아닌가?"

다니는 내 질문을 못 들은 척 미소를 지었다. "눈이 정말 예뻐." 허스키하고, 짜릿한 목소리로 말하며 나를 향해 손을 뻗었다.

입고 있는 옷이 답답해진 우리는 서둘러 옷을 벗었다.

다니가 내 위로 올라가고 싶어 했고, 나는 그러라고 했다. 우리는 사랑을 나누었다. 그녀의 늘씬한 몸 아래서 호사를 누리며 널찍한 그녀의 어깨와 근육이 잘 잡힌 매끈한 등을 손가락으로 눌렀다.

섹스가 끝난 뒤, 우리는 수줍게 웃으며 서로의 벗은 몸을 바라보았다. 나는 옷을 입고, 작별 키스를 한 다음 보스턴으로 가는 기차에 올랐다. 레드라인을 따라 달리는 열차 속에서 흔들리며, 그렇게 중성적인 여자가 왜 그토록 유혹적으로 느껴지는 것인지 생각에 잠겼다. 나는 그때까지 다니 같은 여자에게 끌렸던 적이 없었다. 이성애자 여자를 유혹하는 여자, 키도 힘도 남자와 비슷한 여자, 내 위로 올라가고 싶어 하는 여자. 마침 그달에 읽은 버지니아 울프의 『올랜도』를 생각했다. 다니가 자연과 개를 사랑하며 수백 년간 살다가 결국은 여성이 된 귀족 남성 올랜도라고 상상했다.

다니가 무엇이건 간에, 그녀는 이성애자와 동성애자를 가리지 않고 자석처럼 여자들을 끌어들이는 사람, 따라서 문제를 일으킬 수 있는 사람이었다.

열차가 덜컹거리며 급정지했고, 나는 열차에서 내렸다.

하버드 스퀘어 벤치에 앉아 있는데, 다니가 했던 어떤 말이 자꾸 떠올랐다. 어린 시절 다니는 자기가 남자라고 여겼고, 여성의 몸으로 태어난 게 싫었다고 했다. 신기했다. 나는 남성들의 특권을 질투했다. (공을 인정받는 건 남자들인데도) 대부분의 할 일을 대신 해주는 여성들의 내

조를 받으며 편하게 사는 남성들을 질투했다. 그러나 나는 육체적인 힘만 제외하면 남성이 강하다고 생각지 않았고, 남성의 몸이 부러웠던 적도 없었다. 나를 남자라고 생각해본 적도 없었다. 다니가 여성이라 다행이라고 생각했다.

다니에게 그토록 강렬하게 끌리는 게 편치 않았던 나는 며칠 더 기다리다가 전화했다. 전화를 받은 다니는 어지럽고 우울하지만, 주말에 소프트볼 경기도 있고, 코네티컷의 고향 집에도 가야 해서 어쩔 수 없이 추스르고 있다고 했다. 나는 소프트볼 경기 시작 전에 하버드 의대 캠퍼스에서 만나자고 했다.

다니보다 내가 먼저 그녀를 알아보았다. 소프트볼 복장을 차려입은 그녀가 근육질의 팔다리를 드러내고 있었다. 근사하다. 나는 그렇게 생각했다. 몰래 뒤로 다가가 그녀를 끌어안았다. 다니도 몸을 돌려 나를 안았다. 지나가는 사람들이 고개를 돌려 우리를 쳐다보았다. 너무 대놓고 애정 표현을 했다는 생각에, 그늘이 있는 벽 근처에 서 있기로 했다.

지난번에 수전과의 관계를 끝내려 했다는 말을 들었기에, 나는 어림짐작으로 이렇게 말했다. "수전 때문에 마음이 안 좋아? 그게 어떤 기분인지 너도 아니까, 그녀에게 상처를 주고 싶지 않았던 거야?"

당연하게도 다니는 애초부터 성적으로 끌렸다는 이유만으로 수전과 엮인 것에 죄책감을 느꼈고, 관계를 끝내면서 자기가 그녀에게 주었던 상처를 후회한다고 했다. 그녀가 내게 기댔다. 내가 그녀를 안아주자, 그녀는 내게 얼굴을 묻고 눈물을 흘렸다. 혹시 내게 털어놓은 것보다 수전과 더 깊은 관계였던 것일까 하는 생각이 들었다.

다니 옆에 있어주고 싶었지만, 그녀를 안고 있자니 내 몸의 긴장이 점점 커지는 게 느껴졌다. 의대 안뜰을 지나는 사람들에게 여전히 보이는 위치였다. 다니는 키가 크고 여전사처럼 당당한 풍채였지만, 그렇다고 남자로 보이지는 않았다. 나는 교수들과 동료들에게는 여전히 내가 동성애자인 걸 숨기고 있었다. 그들이 나를 존중해 주는 게 좋았고, 내 입지를 위태롭게 하고 싶지 않았다.

잠시 후, 다니가 고개를 들더니 손등으로 눈물을 훔쳤다. "고마워. 그냥 마음 가는 대로 하고 싶었어."

"도움이 되었다니 다행이지. 차까지 배웅해 줄게."

다니가 떠나지 않았으면 했고, 아마 다니 역시 마찬가지였을 것이다. 안뜰 옆에 주차한 차에 도착했을 때, 그녀가 휙 돌아서더니 내 눈을 똑바로 바라보며 강렬하고 허스키한 목소리로 말했다. "잠깐만 타."

차에 타자마자 그녀가 나를 좌석에 강하게 짓누르며 키스해 왔다. 내 몸이 절벽 끝까지 몰려 아래로 떨어지는 기분이었지만, 나는 정신을 차리고 그녀를 밀어냈다. "여기서는 안 돼."

"그래." 다니가 한숨을 쉬더니 다시 등받이에 몸을 기댔다.

"코네티컷에서 돌아오면 바로 연락해 줘." 내리려고 문을 열면서 나는 용감하게 말했다.

"기대된다." 다니가 미소를 지었다.

그 뒤로 몇 주 동안 우리 사이에는 불이 붙었고, 나는 생각할 겨를도 없이 감정의 소용돌이에 사로잡혔다. 머릿속에는 우리가 함께 보낸 시간의 이미지가 영화처럼 둥둥 떠다녔다.

룸메이트가 계단을 올라오고 있는 사이에 다니가 열린 방문 뒤편 벽으로 나를 밀어붙이고 프렌치키스를 퍼부었던 것.

다니가 레프트필드로 홈런을 날리는 모습을 보며, 그녀가 정말 운동 체질이라고 생각했던 것.

사랑을 나눌 때 다니가 시계를 뒤집어 놓았던 것.

입을 활짝 벌린 미소.

차 안에서 〈미스 유Miss You〉 가사를 립싱크하던, 믹 재거를 닮은 그녀의 입술.

늘 필름을 넣어둔 가방을 메고, 목에는 카메라를 걸고 돌아다니는 다니.

다니 같은 사람을 만난 것도, 이렇게 흠뻑 빠진 적도 처음이었다.

당직 근무를 서지 않던 어느 주말에 데이비드도 처음으로 다니를 만났다. 우리 셋은 저녁 식사가 끝난 뒤 거실에서 포트와인을 마셨다. 데이비드는 평소답지 않게 말이 없다가 양해를 구하고 자리를 떠서 방에 들어갔다. 나는 아마 그가 다니의 외향적인 자신감과 넘치는 에너지에 부담을 느끼고, 중성적인 모습에 혼란스러워하는 거라고 짐작했다. 다니가 돌아간 뒤, 데이비드가 말했다. "조심해, 파트루스크."

내가 그 말을 무시하리라는 것을 데이비드가 알았더라면 좋았을 것이다.

욕망인지, 사랑인지에 흠뻑 빠져 유포리아에 둥둥 떠다니던 그해 봄은 마법 같았다. 우리는 뉴햄프셔의 친구네 농장에 놀러 갔다. 다니가 예술적으로 배열된 식물이며 아무렇게나 널려 있는 장작들을 사진으로 찍는 사이, 기다란 밧줄을 발견한 나는 카우보이 스타일로 올가미를 던져 그녀를 사로잡았다. 나보다 훨씬 힘이 센 다니는 쉽게 밧줄을 풀고는 내 몸에 올가미를 걸고 나를 바닥으로 주저앉혔다. 그 모습에 영감을 받은 건지, 다니는 내가 밧줄에 얽매인 모습을 사진으로 남겼다. 그녀는 나중에 그 이미지에 크고 하얀 거위 이미지를 덧씌운 결과물에 〈어리석은 거위〉라는 제목을 붙여 내게 보여주었다.

다니가 키우는 세 마리 개와 함께 바닥을 뒹굴기도 했다. 다니는 개들과 함께 으르렁거리고 밀고 당기고 짖다가, 바닥에 벌렁 드러누워 내 무릎을 베고 웃으며 나를 올려다보았다.

어느 날 오후, 러시아워라 붐비는 메모리얼 드라이브를 달릴 때 라디오에서 디스코곡 〈러브 이즈 인 디 에어Love is in the Air〉가 흘러나왔다. 다니는 갓길을 향해 가더니 거칠게 차를 세웠다. 라디오의 음량을 최대한 올린 다음, 조수석의 나를 끌어내 풀밭에서 함께 춤을 췄다. 우리가 웃고 서로를 끌어안고 있는 동안 지나가는 차들이 경적을 울리고, 몇몇 차들은 엄지를 세우거나 손을 흔들기도 했다.

둘 다 최신 영화를 좋아했고, 다니는 영화에 몰입해 내 손을 꽉 잡거나 내 가슴에 얼굴을 묻기도 했다. 때로 그녀를 쳐다보면 빰을 타고 눈물이 흐르는 모습이 보였다. 다니는 모든 것을 강렬하게 경험했고, 그 감정에는 전염성이 있었다. 나도 그녀를 따라 울었다.

이 독특한 여자를 향해 느낀 건 사랑이었을까, 욕망이었을까, 아니면 호기심이었을까? 아마 셋 다였을 것이다. 그녀의 손길을 갈망했음에도, 다니와의 섹스가 처음부터 마법 같지는 않았다. 그녀는 길고 남자처럼 무거운 몸으로 나를 짓누른 뒤, 아마 이성애자 여자들에게 했을 일을 했다. 그러면 내가 그녀를 부드럽게 유도하며 균형을 찾아갔다.

우리가 만나기 시작하고 몇 주가 흐른 6월의 어느 저녁, 내가 목앓이를 하는데도 다니는 만나러 오겠다고 했다. 우리는 〈여자의 결정A Woman's Decision〉이라는 그저 그런 폴란드 영화를 봤다. 영화를 보는 내내 내 다리에 올라가 있던 그녀의 손이 가장 좋은 부분이었다.

영화가 끝난 뒤에 다니가 집에 갈 줄 알았지만, 그녀는 잠시 둘만의 시간을 보내자고 했다. 나도 그녀를 돌려보내고 혼자만의 시간을 보낼 생각은 없었다. 그녀는 우리 집까지 아파트 계단을 따라 올라왔다. 숨 막힐 정도로 더웠다. 창문을 열기도 전에, 다니가 내게 키스하더니 난폭하게 나를 침대로 잡아끌었고, 기다란 손가락을 아플 정도로 내 몸속에 밀어 넣었다.

뜨겁고 끈적끈적한 섹스가 끝난 뒤, 나는 그녀의 품에 조금 더 안겨 있고 싶었지만, 다니는 곧바로 몸을 일으켰다. 그날 저녁 버몬트에서 올 수전을 만나야 한다고 했다.

수전이라니? 둘은 헤어진 거 아니었나? 다니는 아무런 설명도 해주지 않았다. 그녀가 문간에서 내게 키스한 뒤 꼭 마초처럼 "잘 있어, 자기"라고 하는 바람에 나는 당황하고 말았다.

축 처진 몸을 문설주에 기댄 채 다니의 뒷모습을 바라보았다. 의심이 스멀스멀 찾아왔지만, 옥시토신을 비롯한 사랑과 애착 호르몬에 흠뻑 젖어 있던 나는 그것들에 주의를 기울이지 않았다.

일주일 뒤, 다니의 소프트볼 시합을 보러 갔을 때 의심은 한층 더 강해졌다. 덥고 습한 날이었다. 경기장에는 먼지가 피어올랐고, 여자들의 고함 소리가 울려 퍼졌다. 다니의 근육질 팔과 어깨가 땀으로 번들거리고 있었다. 다니는 지각하는 바람에 선수로 뛸 수 없었지만, 포수석 뒤에 함께 서서 시합을 지켜보던 나는, 그녀가 다른 선수인 도나의 움직임을 뚫어지게 바라보고 있다는 사실을 알아차렸다. 가슴에서 질투심이 활활 타올랐다. 다니가 이 여자한테 끼 부리는 건가? 숨길 생각조차 안 하고?

시합이 끝난 뒤, 우리는 다시 다니의 집으로 갔고, 동성애자 여성 전문직 모임의 다른 여자들도 하나둘씩 모이기 시작했다. 와인을 두 잔 마시자, 참고 있던 말이 나왔다.

"도나한테 관심 있어?" 내 목소리가 퉁명스럽다는 걸 알아챘을 텐데도, 다니는 움찔하지조차 않았다.

"아니, 그럴 리가."

그 말을 믿을 수 없었다. 어쩌면 나 스스로가 한눈을 팔곤 하기 때문인지도 몰랐다.

다니가 나를 보스턴의 우리 집까지 차로 데려다주는 내내, 나를 안심시키는 그녀의 말로 내가 본 광경을 잊으려고 애쓰며 잠자코 있었다.

이틀 뒤, 다니는 할아버지와 함께 스웨덴 여행을 떠날 예정이었다. 그래서 그 전에 나와 둘만의 시간을 보내고 싶어 했다. 방에 함께 올라온 그녀가 내게 키스하며 내 블라우스 단추를 풀었지만, 여전히 마음속이 복잡했던 나는 긴장이 풀리지 않았다.

"너 도나한테 관심 있잖아." 나는 꼭 10대 청소년처럼 이렇게 내뱉었다. "난 그런 거 못 참아."

다니가 곧바로 내게서 몸을 떼더니 침대에 걸터앉았

다. 그녀의 눈썹이 일그러졌다. "너한테 나를 통제할 권리
가 있어?"

권리가 있냐고? 없다. 특히 단 한 명의 여자와의 관계에
너무 많은 것을 투자한 내 최근 연애사와 피로감을 고려하
면 말이다. 하지만 우리 사이의 규칙은 뭐였을까?

다니가 한숨을 내쉬었다. "나는 마지막 몇 시간을 너
와 보내려고 애썼어. 네 열정을 느끼고, 기분 좋게 스웨덴
에 가고 싶어서."

나는 다니의 옆에 앉아 한쪽 팔로 그녀의 몸을 감쌌
다. 다니가 긴장을 풀며 내 어깨에 고개를 놓았다.

"미안해. 네 애정을 다른 사람과 나누고 싶지 않았
어." 내가 말했다.

잠시 후, 나는 일어나서 우리 두 사람 몫의 와인을 한
잔씩 따른 뒤, 레코드플레이어로 베토벤 교향곡 6번을 틀
었다. 다니는 침대에서의 소원을 이루었다. 나는 그녀가
없는 사이 분명 그녀를 지독하게 그리워하게 되리라.

스웨덴에 도착한 다니는 내게 이런 편지를 보냈다.

더 괜찮은 이름이 떠오를 때까지 데이비드의 이름을
잠시 빌릴게. 우리는 내륙 수로를 따라 스톡홀름으로
가고 있어. 좋은 사진도 몇 장 찍었지. '욕망'에 관해
말하자면, 나는 내가 떠나기 전 우리가 함께 보낸 며칠을
떠올리면서, 네가 여기 있어서 이 작은 침대칸으로

들어오길 바랐어. 비가 오든 말든 상관없었겠지.

나는 편지를 읽으며 미소 지었다. 다니가 나를 생각하고 있었던 거다. 키가 훤칠하고 우아한 스웨덴 여자들에게 눈 돌리지 않고.

마르기트의 사진을 보냈어. 네 침대 머리맡에 붙은
포스터를 봤거든. 지금 내가 원하는 건 차가운 화이트
와인, 하얀 곰 가죽 러그, 내 옆에 있는 네 하얀 피부,
그리고 바다를 향해 넘어가는 황금빛 태양…. 배경
음악으로는 파헬벨이나 쇼팽이 좋겠어.

내 삶의 다른 여자들은 모두 배경 속으로 흐려져 버렸고, 나는 점점 더 다니에게 단단히 속박되고 있었다. 그녀의 부재는 내 욕망을 더 가중시킬 뿐이었다. 내가 찾던 단한 명의 여자를 드디어 찾은 걸까? 목표를 좇아 야망으로 가득한 내 삶에 비어 있던 모든 것을 채워줄 그 사람일까? 내가 오로지 그녀만을 사랑하기로 맹세할 수 있을까?

25

다니가 여전히 스웨덴에 있었던 1978년 6월, 데이비드와 나는 TGI 프라이데이에서 우리가 가장 좋아하는 자리의 등받이 높은 고리버들 의자에 앉아 브런치를 먹는 중이었다. 데이비드가 말했다. "집주인이 또 추잡하게 우리 서랍 속을 뒤질지도 모른다는 생각에 화딱지가 난다."

나는 에그 베네딕트를 한 입 먹고, 어느 날 오후 내가 들어왔을 때 그 변태가 내 속옷 서랍을 뒤지다가 딱 걸렸던 것을 떠올리며 얼굴을 찌푸렸다. "맞아, 그 미친 새끼."

데이비드는 그렇게 말하며 《보스턴 글로브》 부동산 면을 펼치더니, 매물로 나온 집들이 있는지 둘러보기 시작했다.

나는 계산해 보았다. 우리 둘의 소득을 합치면 주택담보대출을 받기에 충분한 자격이 되었다. 살면서 처음으로 마음껏 쓸 수 있는 소득이 생겼지만, 나는 돈을 대부분 다

써버렸다. 데이비드는 나보다 검소했다. 은행에 저축한 돈이 최소 몇천 달러는 있었다.

"그러지 뭐." 나도 찬성했다. "계약금 절반을 네가 빌려주면 가능해."

데이비드는 고개를 끄덕인 뒤 계속 매물을 찾았다.

우리는 의자를 바짝 끌어다 앉은 뒤 '집 팝니다' 광고 중 후보들을 찾아 동그라미를 그렸다. 마침 하버드 보건대학원과 자메이카 플레인 근처의 집이 매물로 나와 있어서, 우리는 식사가 끝나자마자 곧장 차를 몰고 그 집을 찾아갔다.

그리스인 가족 소유의 집이었다. 머리가 희끗희끗한 집주인이 우리를 데리고 집 안을 돌아다니며 2층에 있는 세 개의 방, 햇볕이 잘 드는 포치, 청결한 지하실을 보여주었다. 그가 멀어졌을 때, 우리는 신이 나 서로에게 엄지를 들어 보였다. 집주인에게 집을 사겠다고 했다. B 씨라는 노부인이 임대로 살고 있던 널찍한 1층은 아직 보기도 전이었는데 말이다. 우리는 그때까지 집을 산 적이 없었다. 처음 본 집이었고, 우리는 흥정조차 하지 않았다.

집주인은 아내를 부르더니 식당 캐비닛에서 우조 한 병을 꺼냈고, 그렇게 우리는 계약서를 쓰는 대신 술을 나누어 마시면서 계약을 마쳤다.

그토록 대담한 결정을 내렸다는 사실에 취한 채 집에 돌아가는 길에 데이비드는 자신이 며칠 뒤 코스타리카로 휴가를 떠날 예정이니, 계약서에 서명하는 것을 비롯해 부동산 매매의 세세한 과정들을 내가 도맡아 해야 한다는 사실을 주지시켰다. 상관없었다. 그 일로 바쁘면 다니를 그리워할 겨를이 없어질 테니까.

그곳은 데이비드와 내가 함께 살 네 번째 집이었고, 나는 그가 늘 내 곁에 있으리라는 사실을 당연하게 받아들였다. 그는 매리언과 함께 사는 것도 참아냈다. 만약 언젠가 다니가 우리 집에 들어온다면, 그것 또한 데이비드가 참아주었으면 했다. 데이비드와 나는 둘 다 아웃사이더였고, 둘 다 동성애자였기에 신뢰에 바탕을 둔 지속적인 우정을 일궈냈다. 우리는 경험을 나누고, 서로를 응원하며, 의사가 되기 위한 혹독한 수련을 함께 견뎌왔다는 점에서 삶의 파트너였다. 우리의 우정이, 나와는 커리어에 대한 야망도 성미도 사뭇 다른 다니 같은 여성과 나의 파트너 관계 역시 감당해 내고 보완해 주기를 바랐다.

6월 하순, 스웨덴에서 돌아온 다니가 연락해 나를 집으로 초대했다. 나는 블랙 진, 새로 산 실크 블라우스와 귀걸이로 단장하고 데이비드의 머스탱을 빌려 케임브리지까지 과속으로 운전했다. 그 집에 도착하자 다니가 문을 활짝 열더니 등 뒤 거실에 있는 나이 든 집주인 여자는 전혀 의식하지 않고 내게 키스했다. 그녀는 내 손을 잡고 촛불을 켜두고 저녁 식사가 차려져 있는 뒷문 포치로 데려갔다.

식탁 위에는 은식기, 냅킨, 유리잔이 정확한 배치로 놓여 있었다. 애피타이저는 게살과 크림치즈를 채워 구운

버섯과 캘리포니아산 쇼비뇽 블랑이었다. 그다음에는 매시트포테이토와 구운 아스파라거스를 곁들인 농어 구이였다. 피노누아를 마시기 시작했을 무렵에는 아직도 집주인이 등 뒤 거실에 있는데도 그녀에게 키스하고 싶은 사실을 참을 수가 없었다.

다니는 스웨덴에 있는 동안 내게 라키라는 새로운 애칭을 붙여주었다. 그건 의사를 뜻하는 스웨덴어 단어를 줄인 것이었다. 나는 팻이라는 이름이 마음에 들지 않아서 늘 퍼트리샤라고 불리고 싶어 했는데, 다니는 그 이름이 지나치게 격식을 갖춘 것 같다고 여겼다. "마음에 들어?" 하고 다니가 물었다.

"당연하지. 좋아." 그렇게 말하면서도, 내가 그녀에게 그저 의사 이상의 의미였으면 좋겠다고 생각했다.

나는 집을 샀다는 이야기를 해주었다.

"잘됐다. 사생활이 더 지켜지겠네."

그 말이 다니가 앞으로도 집에서 나와 함께 시간을 보낼 생각이 있으며, 데이비드가 내 삶에 존재하는 것을 불쾌해하지 않는다는 뜻이었으면 했다.

저녁 식사 동안 주고받은 대화는 지적인 영역에 머물렀다. 대화 주제는 릴리언 헬먼의 책 『펜티멘토Pentimento』에서 의례와 식사 예절의 중요성까지 아울렀지만, 나는 끝내 지겨워지고 말았다.

"나한테는 우리의 대화가 너무 추상적이야." 내 몸에 닿은 다니의 몸을 느끼고 싶었다. "2층에 올라가서 디저트

먹을까?"

그리고 우리는 디저트를 나중으로 미루었다. 아주 나중까지.

그해 7월, 사랑에 빠진 경험이 나를 온통 사로잡았다. 다니가 그 사랑을 내게 돌려줄 수 있다는 점이 짜릿했다. 그녀와 함께 있으면 마음을 열 수 있었다. 나는 그녀를 욕망했고, 그녀는 내게 지적으로 동등한 상태였다. 그 몇 주간 나는 일기장에 이 시기가 깊이, 갈망, 행복으로 가득하다고 썼다. 다니가 내 빈 곳을 채워주었고, 우리는 서로 꼭 맞았다. 사무실 책상 앞에 앉아 있는 고요한 시간이면 조각난 이미지들이 밀려와 자꾸 집중을 방해했다.

제멋대로 스카프와 재킷을 걸친, 공공장소에서 거리낌 없이 신체접촉을 하는 다니.

한 손을 핸들에, 다른 한 손을 내 허벅지 위쪽에 놓고 운전하느라 내 머리를 아찔하게 하는 다니.

좋은 사진을 알아보는 다니의 감식안.

레즈비언으로서의, 그리고 의사로서의 정체성과 내가 벌인 힘겨운 싸움을 털어놓았을 때 보여주었던 다니의 진지하고, 강렬하고, 참을성 있는 표정.

그녀는 밤하늘의 빛깔을, 구름의 모양을, 물 위로 비치는 빛을, 새 부리가 물고 있는 물고기를 바라보았다. 내 내 손을 내 무릎에 놓거나 내 어깨에 팔을 두르고 있었다. 나는 그녀의 사랑에 에워싸인 채, 그녀의 예리한 사진가의 눈을 통해 세계를 보았다.

가벼운 일상 대화에서 다니는 나를 놀리곤 했다. 내가 무언가에 지나치게 집착하면 다니는 "속보입니다, 속보입니다. 라키가 집착하고 있습니다" 하면서 내 말과 표정을 과장해 흉내 냈다. 그러면 순식간에 걱정이 물러가고 웃음이 나왔다.

모든 게 벅찼다. 그녀는 충분함 이상의 사람이었고, 우리의 관계는 넘쳐흘렀다. 하지만 우리는 앞으로의 삶이 어떤 모습을 띠게 될지, 우리가 함께 살게 될지, 우리가 서로에게만 헌신해야 할지 대화한 적이 없었다.

어느 날 밤, 사랑을 나눈 다음 나는 울었다. 다니가 나를 사랑하고 내 삶을 넓혀준 것이 행복해서, 그리고 내가 과거에도 사랑해 봤고 사랑을 잃어봤다는 사실이 괴로워서. 그러나 나는 우리가 서로의 차이를 비롯해 모든 걸 극복할 수 있으리라 믿었다. 우리 둘이 함께라면 물리치지 못할 어려움은 없었다.

8월의 어느 밤, 사랑을 나눈 직후의 열기에 젖어 침대에 함께 누워 있다가, 나는 다니에게 사랑한다고 말했다.

그 말을 들은 다니가 아무 말 없었던 탓에, 너무 빨리 사랑한다고 말했을지도 모른다는 두려움이 내 가슴을 움켜쥐었다. 그런데 다음 순간, 그녀의 눈에 차오른 눈물이 보였다.

"왜 울어?" 나는 눈물 때문에 더 강렬하게 새파란 빛을 띤 그녀의 눈을 들여다보았다.

"네 사랑이 느껴져서." 그녀가 내 어깨에 파고들었다. "너무 행복해서."

다니는 곧 잠들었지만, 나는 잠들지 못한 채 생각했다. 다니는 내 시간과 주의력의 상당 부분을 가져갔다. 연구 프로젝트를 위한 데이터 분석도 뒤처져 있었고, 내과 레지던트 과정을 마치러 병원으로(물론, 인턴 생활을 했던 곳과는 다른 곳으로) 돌아갈 가능성에 대비한 공부 역시 거의 하지 않고 있었다. 연애의 격동이 어떻든 나는 늘 일이 먼저였고, 평생 사생활과 일을 잘 분리하며 살아왔다. 그런데 다니와의 관계에서는 그것이 불가능할 때가 있었다.

그해 여름, 엄마가 보스턴에 왔다가 다니를 만난 뒤에 나와 나누었던 대화가 떠올랐다.

"조심해야겠다." 엄마는 그렇게 경고했다. "다니는 네가 자기 생계를 지탱해 주기를 기대할지도 몰라. 사진가는 돈을 많이 못 벌 테니까."

나는 딱딱하게 굳었다. 엄마는 왜 내 연애를 방해하려 하는 거지? 나는 이렇게 대꾸했다. "설마요. 다니는 꽤 독립적이에요."

어차피 나한테는 돈도 별로 없었고, 저축을 해두지도 않았다. 다니에게 작은 금 액세서리 몇 개며 가죽 카메라 케이스를 사준 적은 있지만, 다니가 사달라고 한 적은 없었다. 다니는 궁할 때가 종종 있었지만, 돈을 빌리기보다는 식사를 거르며 필요한 사진 장비를 샀다.

엄마는 늘, 특히 내가 의대를 졸업한 뒤부터는 여자들

이 내 돈을 노리는 거라고 짐작했다. 엄마는 아빠와의 결혼 생활이 덫이라고 생각했다. 비서 수입으로는 한부모 가정으로 두 딸을 기를 수 없으니 아빠를 떠날 수 없었다고. 그다음에는 자식들이 집을 떠난 뒤에는 아빠에게 엄마의 보호가 필요했기 때문에. 아무리 나를 안전하게 하고자 하는 마음 때문에 나온 두려움이라고 해도, 여자들이 오로지 내 경제적 능력 때문에 내 곁에 있을 거라고 생각하다니, 정말 어처구니가 없었다.

다니는 돈으로 사랑을 살 수 있는 종류의 사람이 아니었고, 어차피 나한테는 딱히 그럴 만한 능력도 없었다. 레즈비언 페미니스트인 그녀는 배우자의 부양을 받는 전통적 아내의 역할을 하고 싶어 하지 않았다. 자존감 있는 페미니스트라면 그 누구도 이런 식으로 가부장제를 모방하지 않을 것이고, 우리의 친구들 중 누구도 그런 삶을 인정하지 않을 것이었다. 그러나 다니는 내가 저녁 식사를 만드는 것, 외식 비용을 내는 것, 술 선반을 가득 채워놓는 것은 허락했다.

그해 여름에는 다니에게도 엄마 문제가 있었다. 내가 사랑한다고 말하고 며칠 뒤, 우리 집 거실 소파에 앉아서 다니가 말했다. "때로는 내가 엄마를 실망시킨 것 같아. 결혼도 안 했고, 엄마가 원하는 여성스러운 딸도 아니고, 아직도 학교에 다니니까. 라키, 나는 상업적인 사진가가 아니라 예술가가 되고 싶어."

나는 팔로 다니를 감쌌다. "엄마들이란 참 성가시잖아. 넌 네 모습 그대로 아름다워. 또, 넌 지금도 재능 있는 예술가야."

다니는 긴장을 품은 채 내게 기댔고, 우리는 그녀가 만든 라자냐가 오븐 속에서 완성되기를 기다리며 차가운 샤르도네를 마셨다. 거실에 치즈와 토마토 냄새가 퍼졌다.

그녀가 내 팔 안쪽 오목한 곳에 몸을 기댄 채로 말했다. "예전에는 거리를 두는 데 재능이 있었는데, 이제는 잃어버렸어. 간신히 일어서면, 쾅! 하고 또 다른 무언가가 날 아오는 바람에 다시 엉덩방아를 찧게 돼." 다니는 생각에 잠긴 듯 두 발을 커피테이블 위에 올렸다.

"어느 날 아주 감수성 넘치고, 너그럽고, 강인한 여자가 내 삶에 들어와 말해. '이리 와.' 나는 대답해. '좋아, 그래도 내 방식대로 갈게.' 내리쬐는 햇볕 속에서 그 사랑스러운 여자가 보여. 선물이지. 포장지부터 너무나 근사해." 다니는 손을 뻗어 내 머리카락을 헝클어뜨렸다.

나를 3인칭으로 묘사하는 걸 듣자니 기분이 묘했다. 나는 내가 근사하다고 생각하지 않았지만, 그래도 그녀가 그렇게 말해주니 좋았다. 그런데도 조금은 걱정이 들었다. 그 '방식'이 뭔데?

"나는 여전히 벽에 부딪히며 이리저리 튀고, 그 여자는 혼란스럽고 어리둥절한 눈빛으로 나를 지켜봐." 다니는 말을 이었다. "그녀는 언제까지 내 곁에 있을까? 내 삶에 개입해서 날 바꾸려고 할까?"

난 네가 특정 소프트볼 선수를 그렇게 흥미롭게 바라보지 않았으면 좋겠어. 나는 그렇게 생각했다.

"이 모든 행동과 설친 잠 때문에 그녀는 지쳤을 거야. 나는 그 사실을 곁눈으로 보고, 조심스레 다가가. 꼬리는 물음표 모양으로 세우고, 귀를 쫑긋 세운 채로."

개 비유가 우스워서 웃었다. 다니의 품속에서 밤을 보내느라, 좋은 의미로 지친 건 사실이었다. "네 강렬함이 내가 널 사랑하는 이유 중 하나야." 나는 그녀를 안심시켰다. "난 아무 데도 안 가."

오븐 타이머가 울렸고, 다니는 벌떡 일어나서 라자냐를 꺼내러 갔다. 나는 소파에 남아서 그녀의 애정이 주는 만족감에 흠뻑 젖었다.

8월 중순, 우리가 사귄 지 석 달쯤 지났을 때, 다니가 코네티컷에 있는 부모님 집에 나를 초대했다. 다니의 어머니는 잘생기고 육감적인 사람, 아버지는 말수 적고 다정한 사람이었다. 특히 아버지가 키우는 털북숭이 강아지인 디어드르가 좋았다. 사이드테이블 위에 허리까지 오는 머리를 한, 더 어렸던 때의 다니 사진이 놓여 있었다. 다니가 그 당시에 세상에 내비치는 모습과는 너무나 달랐다. 어머니는 다니에게 스웨덴에서 치마를 입었는지 물었다. 나는 다니에게 치마가 있는 것도 처음 알았다.

다니가 아끼는 남동생 리처드도 만났다. 다니가 늘 이야기하던 남동생은 작기는커녕 다니보다 더 강인한 체구였다. 리처드와 그의 아내가, 다니와 내게 자신들의 보트를 타보게 해 주었을 때, 나는 다니가 차분하고 현실적이며 유능한 태도를 지닌 리처드와 애정이 담뿍 담긴 대화를 하는 모습을 지켜보았다.

다니와 나는 부모님 댁 근처 해변을 산책했다. 머리 위에서 갈매기들의 거친 울음소리가 공기를 자욱하게 메웠고, 다니는 내게 가족 이야기를 들려주었다. 나는 리처드 부부가 아이를 원했는지 물었다.

"응, 아이를 무척 원했어. 그런데 안 생겼지. 리처드의 아내가 자꾸 유산해서 속상하더라. 조카가 생겼다면 내 아이를 낳는 것과 가장 비슷한 경험이었을 텐데."

나는 걷는 동안 말없이 발치를 굴러다니는 조약돌을 찼다. 나는 소금기 섞인 바다 공기를 크게 들이쉰 다음 말했다. "내가 네 동생이랑 자면 되겠네. 걔 외모도, 행동도 너랑 비슷하니까. 네가 날 임신시킨 기분일 거야."

이딴 소리는 어디서 나온 거지? 아이를 낳지 못한 게 후회스러웠던 걸까? 아니면, 아이가 생기면 다니와 더 단단하게 연결될 거라고 생각했던 걸까?

"진심이야?" 다니가 걸음을 멈췄다.

나도 멈췄다.

다니는 가만히 나만 쳐다보았다. 그녀는 내가 자신에게 사로잡혔음을 알았을 것이다. 그게 아니라면 그녀의 남동생과 아이를 갖는다는 생각 자체를 하지 않았을 테니까. 그녀가 내 제안이 말도 안 된다고 생각하지는 않은 듯했지만, 할 말을 잃은 것 같았다.

내가 잠시 미친 게 틀림없었다. 내 커리어의 궤도에서 절대 하지 말아야 할 일이 있다면, 그건 바로 임신이었다. 나는 임신이 두려웠다. 게다가 행복한 결혼 생활을 하는 다니의 남동생이 그런 일에 어떻게 동의하겠는가?

"음, 아마 현실적으로는 어렵겠지." 충동적인 제안에 스스로 놀란 나는 그렇게 물러났다.

다니는 한쪽 팔로 나를 감싸 바짝 끌어안았고, 우리는 그렇게 계속 걸어갔다. 나는 말없이 생각에 잠겼다. 레즈비언이고 의사인 데다가, 게이 남성 친구이자 동료와 플라토닉한 관계를 맺으며 살아가는, 어쩌면 폴리아모리 여성. 나는 이성애 규범적 기준의 바깥에서 살았다. 그러나 여성과 안정적인 가정을 꾸리고 싶다는 욕망은 더 커졌다. 상대가 커리어를 추구하건, 내 커리어에 조력하는 역할을 맡건, 혹은 둘 다건.

1970년대 보스턴은 자유분방한 성 해방 덕분에 바람을 피우기에는 좋았지만, 레즈비언 간의 독점적인 관계를 이어가는 이들은 운 좋은 몇몇 커플뿐이었다. 캐스나 매리언과는 준비되어 있지 않았었다. 그런데 지금의 나는 준비되어 있을까?

26

1978년, 다니와 보낸 첫 여름은 강렬한 욕망으로 채워졌지만, 기저에 줄곧 흐르던 두려움과 불안감은 들끓는 질투의 모습이 되어 수면 위로 드러났다. 다니는 그 사실을 눈치챘고, 때로 나는 우리가 떨어져 있는 시간에 무슨 일을 했는지 이야기할 때 그녀가 내 질투를 의식한다고 생각했다. 어린 시절, 나는 누군가의 애정을 바라며 경쟁할 때는 고통과 상실감이 따른다는 사실을 배웠다. 불안감을 억누르는 것, 다른 누구도 아닌 내가 다니를 얻었음을 자신 있게 받아들이는 것이 낯설게 느껴졌다. 그게 사실이라 믿는 데는 시간이 필요했다.

8월의 아주 따뜻한 어느 날 밤, 다니의 예전 룸메이트이자 여자친구였던 마리아나가 뉴햄프셔에서 우리를 찾아왔다. 그녀가 외출을 위해 집을 나서는 나와 다니를 배웅하러 아래층까지 내려왔을 때, 다니가 마리아나의 입술에 입맞춤을 지나치다 싶게 한참이나 하는 모습을 보자, 초록색 눈의 괴물이 내 가슴을 움켜잡았다.

차에 오르자마자 나는 따져 물었다. "왜 입술에 키스했어?" 목소리에 감정이 담기지 않도록 애썼다.

다니가 시동을 끄고 나를 똑바로 바라보았다. "친한 친구인데 몇 달 만에 만났으니까. 그게 뭐가 문제야?"

"널 믿을 수 없다는 생각이 들 때마다 속이 활활 타는 것 같아." 숨이 막혔고, 뜨거운 차 안이 나를 옥죄는 것 같았다.

"라키" 하고 부르면서 다니가 양손으로 내 손을 잡았다. "우리가 나누는 사랑에 비하면 키스 한 번은 아무것도 아니야. 다른 여자와 친구로 지내는 것조차 불안할 만큼 나한테 믿음이 없는 거야?" 다니가 진지함이 담긴 눈을 커다랗게 뜨고 나를 바라보았다.

"네가 다른 여자한테 그런 식으로 키스하는 건 못 견디겠어." 내면의 동요와 취약함을 숨기려고 목소리에 힘을 주었다. "친구 이상으로 보였어." 나는 다시 고개를 돌리고 창밖을 바라보았다. 다니는 나를 사랑해. 내가 왜 이런 말을 하는 거지? 내 두려움은 아주 오래되고 깊은 무언가에서 나온 것이었다.

"너 피곤하구나. 그래서 그래." 다니는 내 손을 꽉 잡더니 물러났다.

내 감정을 별것 아니라 치부하는 거야? 내 현실을 부정하는 거야? 나는 아무 말 하지 않고, 창밖만 바라보았지만, 마당에서 배드민턴을 치던 두 소녀는 눈에 잘 들어오지도 않았다. 내 침착함을 위협하는 눈물을 애써 참으면서, 차에서 뛰어내려 지하철을 타고 집에 가고 싶은 욕망을 억눌렀다. 양 가슴 사이로 땀 한 방울이 흘러내렸다.

다니는 운전대를 움켜쥔 채 앞을 똑바로 바라보았다. "우리 둘 중 누구도 우리가 나누는 사랑을 망가뜨리는 건 용납 못 해. 네가 날 소유한 것처럼 행동하지 마. 내가 오랫동안 기다렸던 사람을 위해서라면 너한테서도 떠날 수 있어. 그래, 아무리 너라고 해도 말이야."

목덜미가 뻣뻣하게 굳고, 머리가 아팠다. 나는 아무 말도 하지 않았다. 다니가 시동을 걸었고, 에어컨이 켜졌고, 차가 앞으로 나아갔다. 두려움 탓에 내가 다 망쳐버렸다. 다니는 앞으로 더 경계할 터였다. 다니를 다른 여자와 나누는 걸, 아니면 그녀를 완전히 잃는 걸, 내가 견딜 수 있을까?

우리 둘 중 누군가는 변해야 했다. 나는 그 사람이 다니이기를 바랐다.

그날 밤, 나는 일기에 다니는 내가 잡을 수도 붙들 수도 없는 바다의 파도 같다고 썼다. 질투와 불신을 드러내면 다니가 나를 더 경계하게 될 뿐이었다. 나는 다니가 경계하기를 원치 않았다. 그녀의 모든 걸 알고, 다른 사람들에게는 숨기는 모든 것들을 열어젖히고 싶었다. 그러려면 나 역시 내 그런 부분들을 그녀에게 보여주어야 했다.

동성애를 향한 사회의 태도가 서서히 변했다. 의학계에서 더 이상 동성애를 정신병으로 규정하지 않게 된 지 5년이 흘렀다. 동성애자 인권운동은 지지기반과 가시성을 얻어가고 있었다. 보스턴에서 매년 열리는 게이 프라이드 퍼레이드는 8주년을 맞았다.

진정한 나 자신과 여성에 대한 사랑을 숨기며 사는 세월을 더는 견딜 수 없었다. 하버드 보건대학원 동료 중 몇 명은 이미 공공장소에서 애정 표현에 거리낌이 없는 다니와 내가 함께 있는 모습을 보았을 것이다. 또 나는 레지던트이자 연구 펠로인 내 입지가 안정적이라고 느껴졌다. 교수들은 나를 마음에 들어 했고, 내 연구에 지원을 아끼지 않았다. 내 성적 지향을 흥미로워하는 이들도 있겠지만, 그들이 내가 레즈비언이라는 사실을 안다고 해서 하버드에서의 내 미래나 이후의 커리어 선택에 위협이 되리라고는 생각하지 않았다

8월의 어느 저녁, 나는 누군가의 집에서 열리는 학술 파티에 다니를 데려갔다. 다니는 화려하고 감각적으로 옷을 입었다. 사람들은 다니를 좋아했다. **괜찮을 거야.**

거실에서 동료와 연구 이야기를 한참이나 나누다가 정신을 차려 보니 다니를 못 본 지 30분도 넘었다는 사실을 알아차렸다. 다니의 웃음소리가 들려서, 잠시 양해를 구하고 부엌에 들어가 보았다. 다니는 내 남자 동료 두세 명과 셔츠 소매를 걷어 올린 채로 이두근에 힘을 주어 대결하고 있었다.

다니의 이두근이 더 컸다.

키가 크고, 근육질의 늘씬한 몸을 갖고 있었음에도, 나를 흥분시키는 건 다니의 여성적인 면들이었다. 나올 데 나오고 들어갈 데 들어간 곡선, 그리고 새롭고 짜릿하며 에로틱한 반응을 그녀에게서 찾아갔다.

나는 침대에서 내가 원하는 걸 요구하기 시작했다. 나는 다니의 육감적이고 여성스러운 몸을 섬세한 악기처럼 연주해 그녀가 통제력을 잃게 했다. 그 뒤에야 그녀를 놓아주고 내 쾌락을 채우기 시작하면, 기다림으로 인해 강렬함은 더 고조되었다. 내가 리드하는 이러한 역동은 다니에게 새로운 것이었지만, 그럼에도 그녀는 이를 받아들이고 즐기게 되었다.

그런데도 우리 사이의 긴장은 차츰 쌓여가고 있었다. 섹스가 아니라, 신뢰 문제였다. 예술과 사진에 대한 열정을 지닌 다니는 며칠씩 내 앞에 나타나지 않았다. 그러면 나는 걱정스러운 상상으로 공백을 채웠다. 점점 커지는 소유욕과 싸우려고, 나는 다니가 나를 사랑하고 오직 한 사람에게만 헌신한다고 되뇌었지만, 사실 다니는 아무런 약속도 한 적이 없었다.

노동절 직전, 우리는 게이들의 메카인 프로빈스타운으로 여행을 떠났다. 뒤편이 해변과 연결된 바에 들어가 자리를 잡았다. 누군가가 피아노로 폴 매카트니의 〈에보니 앤드 아이보리Ebony and Ivory〉를 연주했고, 부드럽고 따뜻한 바람이 내 살갗을 간질였다. 조그만 수영복만 걸친 동성 커플들이 해변에 누워 있거나, 바깥 스툴에 앉아 있거나, 바에 들어와 술을 마셨다. 다수에 속한다는 편안한 온기가 느껴져 긴장을 풀고 흠뻑 즐겼다.

지나가는 사람들을 흥미롭게 구경했다. 다니도 마찬가지였다. 늦은 오후, 바 안이 사람들로 점점 채워졌고 다니가 보이지 않았다.

나는 손가락으로 테이블을 탁탁 쳤다. 어디 갔지? 누구랑 있는 거지? 만남 상대를 찾고 있는 건 아닐까?

30분 뒤 다니가 다시 내 곁으로 돌아왔을 때, 나는 퉁명스럽게 말했다. "잠시 걷자."

어둠이 내리는 해변을 걸었다. 바 앞을 지나가자 도나 서머의 디스코 곡이 흘러나왔다. "가끔 난 네 마음이 어디로 가는지 모르겠어." 나는 그렇게 내뱉었다.

다니는 어깨를 으쓱 추어올렸다. "무슨 상관이야? 난 여기 네 곁에 있는데."

목덜미가 뻣뻣해지고, 숨이 잘 쉬어지지 않았다. 몇 주간 긴장이 누적되어 온 뒤였다. 마음 속에서 하지 마! 하는 외침이 들렸지만, 참을 수가 없었다.

"가끔 네가 날 진심으로 사랑하지 않는 것 같아."

다니가 걸음을 멈추더니 나를 쳐다보았다. 상처받아 일그러진 얼굴. "어떻게 그런 말을 해? 어떻게 내 사랑을 못 느낄 수가 있어?"

나는 곧장 내가 뱉은 말을 후회했다. 나중에, 다니는 내가 속마음을 말한 게 그녀에게는 가슴에 칼을 꽂는 것처럼 느껴졌다고 했다. 자신의 사랑이 충분하지 않았다는, 애초부터 충분한 적 없었다는 이야기를 듣는 순간 오래된 상처, 그리고 절대 건드려서는 안 되는 감정의 어떤 지점이 건드려졌다고 했다. 그녀는 자신이 온 존재를 걸고 나를 사랑한다는 걸 보여주려고 모든 걸 다 해왔다.

그 순간부터 다니는 내게서 마음의 한 부분을 거두었지만, 그때의 나는 알지 못했다.

27

　그해 여름, 데이비드는 내가 하버드에서 산업의학 레지던트 과정을 무척 즐기고 있다는 사실을 알아차리고 질투심을 느꼈다. 한편 그는 보스턴 대학교 병원에서 밤낮으로 일한 뒤 지치고, 짜증스럽고, 외로운 심정으로 힘없이 집에 돌아오곤 했다.

　데이비드가 불행해하며 펠로 과정을 밟아야 할지, 애초에 의학을 계속할지 결정을 못 내리는 게 걱정되었던 나는 그에게 조깅하러 나가자고 했다. 조깅하다 잠시 쉬며 숨을 돌릴 때 내가 말했다. "하버드 보건대학원에 산업의학 레지던트로 지원해 보는 건 어때?"

　데이비드는 오래지 않아 대답했다. "그럴까?"

　"잘됐다. 머스탱은 나한테 다시 팔아." 나는 그렇게 말했고, 우리는 다시 조깅을 시작했다.

데이비드는 보건학 석사 과정에 합격했다. 가을이 되어 하버드 보건대학원에서 각자의 할 일에 몰두하게 되자, 나는 또다시 우리의 직업적 삶이 같은 곳에서 펼쳐진다는 사실이 기뻤다. 나는 하버드에서 연구 펠로이자 강사로서 급여를 한 해 더 받게 되었다. 시간이 날 때면 데이비드와 나는 새집에 페인트칠을 하고 가구를 들였다.

그해 연말, 나는 내과 레지던트 과정을 마칠지 고민했다. 인턴 과정 1년은 마친 상태였다. 레지던트 과정을 2년만 더 수료하면 미국내과위원회 시험에 응시해 전문의 자격을 인증받을 수 있었다.

위원회 시험이 의사 자격과 진료 능력에 있어 꼭 필요한 것은 아니었다. 그럼에도 보건단체나 보험사에서는 중요한 자격 요건이었다. 환자들 역시 중요하게 생각했다. 나는 산업환경의학 분야에 시험 응시 자격이 있었기 때문에, 레지던트 과정의 몇 개월을 인정받을 수도 있었다. 내과에서 2년을 꼬박 더 보낼 필요 없으면 더 견딜 만할 터였다. 더욱이 나는 내가 진정한 의사라는 사실을 스스로에게 증명할 또 다른 기회를 원했다.

그러나 내과 레지던트 과정이 다니와의 관계, 그리고 다니가 원하는 대로 맞춰주는 데 영향을 줄까 봐 걱정되었다. 그 무렵에는 낮 동안에 하버드에서의 연구에 나를 온통 쏟아붓고 집중할 수 있었지만, 집에 갈 때도 에너지로 가득했다. 다니가 우리 집에서 더 많은 시간을 보내기를 바라며 그녀를 위해 요리하거나, 데이비드와 식사 준비를 분담했다. 다니는 붉은 육류를 먹지 않아서, 메뉴는 주로 채소와 매시트포테이토를 곁들인 해산물이나 닭고기였다. 저녁을 먹고 나면 티아 마리아 또는 쿠앵트로를 마시며 음악을 듣고, 책을 읽고, 대화했다. 그런데 내과 레지던트 과정은 내 에너지를 동나게 할 테고, 나를 더 궁색하게 만들 터였다. 나는 그 균형을 깨뜨리고 싶었던 걸까?

함께 보낸 첫 크리스마스, 다니는 코네티컷의 올드 세이브룩에 있는 가족의 집에 함께 가자고 했다. 부모님께는 나와 친한 친구라고 했지만, 얼마나 가까운지 그분들이 아시는지는 알 수 없었다. 그때 나는 가족과 친구들에게 커밍아웃한 상태였고, 하버드에서도 더는 내 성적 지향을 감추지 않았다. 다니에게는 남자친구가 없는데, 그녀의 부모님은 어떻게 모를 수 있는지 궁금했다. 우리가 함께 산다면 어떻게 될까? 다니는 부모님께 우리에 대해 뭐라고 말할까?

다니의 아버지가 키우는 개와 눈밭을 산책하고 돌아온 우리는 포치에 놓인 벤치에 앉아 따뜻한 차로 몸을 녹이면서 예전에 하던 이야기를 이어갔다.

"라키." 다니가 내 손을 잡으며 입을 열었다. "나한테 네가 필요할 때, 넌 늘 내 곁에 있어줬어. 네 명확한 통찰력과 좋은 감각이 나한테는 닻이야."

나는 다니의 등을 다독이면서 강인한 어깨에 기댔다. 내 문제보다 다른 사람들 문제에 내가 더 통찰력을 가진다고 생각하면서.

"넌 내가 너한테 삶의 기쁨을 준다고 말했지." 다니는 말을 이었다. "하지만 넌 내게 안정감을 줘. 그리고 우린 잘 맞아."

잘 준비를 하러 옷을 갈아입는데, 다니가 내 뒤로 다가오더니 두 팔로 나를 끌어안은 다음 자기 몸과 가슴을 내 등에 가져다 댔다. 다음이 기대되어서 몸이 떨렸다. "라키, 널 향한 내 사랑을 느껴봐."

어떻게 그녀를, 우리를, 함께할 미래를 믿지 않을 수가 있었겠는가?

1979년이 되고 반년 동안은 아무런 갈등도 없이 흘러 갔다. 봄이 오고 날씨가 따뜻해졌을 때, 다니와 나는 메인 주로 건너갔고, 그녀는 내가 사준 반지를 왼손 약지에 당당하게 끼었다. 다니가 사진을 촬영하러 나간 낮 동안, 나는 귀금속 노동자의 사망률과 페놀포름알데히드에 노출된 노동자의 폐 기능에 관한 연구를 마무리했다. 전부 질병 예방을 위해 환경적 원인을 밝히는 연구였다. 삶은 만족스러웠지만, 우리의 일과가 변하면 무슨 일이 일어날지는 여전히 걱정스러웠다.

내과 레지던트 과정의 마지막 2년은 터프츠 대학교가 지원하는 지역 병원의 프로그램을 택했다. 보스턴 대학교 병원에서 했던 인턴 과정보다는 더 인간적일 것 같았고, 병원이 가까워서 걸어갈 수도 있었다. 레지던트 과정이라는 고된 세계로 돌아간다는 결정이 쉽지는 않았지만, 그래도 도전하기로 했다. 더는 집에서 요리하지 못하고, 짬이 나면 병원 식당에서 대충 먹을 수밖에 없을 터였다. 그러나 나는 다니를, 우리를 믿었다. 7월부터 레지던트 과정을 시작하기로 했다.

데이비드는 하버드 보건대학원에서 보건학 석사 학위를 받았고, 모자란 잠을 보충하며 한 해를 보냈다. 우리는 집 벽에 칠해진 납 페인트를 벗겨 내고 새로 칠한 것은 물론이고, 그 밖에도 주거 공간을 개선하기 위해 여러 일을 해냈다. 그러나 집에서의 시간이 늘 무탈하게 흘러간 건 아니었다.

데이비드와의 관계에서 지난 몇 달간 쌓여가던 긴장감이 5월 하순의 어느 저녁에 폭발했다. 나는 데이비드가 어떤 프로그램을 보려고 기다리고 있던 걸 모른 채, 그가 보려던 프로그램이 시작하자마자 채널을 다른 데로 돌렸다. 그가 채널을 다시 바꾸고 리모컨을 집어 던진 뒤 자기 방에 들어가 문을 쾅 닫는 바람에 나는 놀랐다.

"왜 그래? 왜 화를 내는 건데?" 몇 분 뒤, 조금 진정한 데이비드가 다시 나타났을 때 내가 물었다. 텔레비전을 끄고 부엌 테이블에 앉아 냉동식품을 저녁 삼아 먹고 있던 중이었다.

데이비드가 맞은편에 앉아 팔을 문질렀다. 나는 그의 답을 기다리며 먹던 음식을 한 입 먹었다.

"본질적인 문제는 네가 집에 신경 쓰지 않는다는 점인 것 같아. 너는 너무 많은 프로젝트며 우선순위에 몰두해 있고, 곧 시작할 레지던트 과정 때문에 초조한 상태야. 요즘엔 네가 날 이용하는 느낌이야." 데이비드가 일어나서 부엌을 서성거렸다.

"이용한다니?" 나는 음식을 또 한 입 먹으며 물었다.

"관리비를 냈는지 확인하고, 주택보험을 알아보는 건 나야. 눈 오면 눈도 치우고, 쓰레기도 버리고, 식료품이랑 생필품도 내가 사잖아." 그는 개수대로 가더니 물이 똑똑 떨어지고 있던 수도꼭지를 잠갔다.

나는 식탁 아래서 양쪽 발을 들었다 놓았다 하며 안절부절못했다. 데이비드의 말대로였다. 뭔가 불길한 예감이 들어 식욕이 싹 달아나고 말았다.

"벽에 사진을 걸고, 건조기를 설치하고, 다니의 집에 있던 세탁기를 가져온 것도 나야. 커튼을 달 수 있도록 창문 치수를 잰 것도, 마지막 납 페인트 점검 예약을 잡은 것도, 수도꼭지를 고친 것도 나고. 파트루스크, 네가 조금 더 도와줬더라면 더 열심히 할 수 있었겠지만."

데이비드는 개수대 앞에 서서 여전히 물이 똑똑 떨어지는 수도꼭지만 빤히 보았다.

나는 메마른 가공육으로 만든 미트로프를 몇 입 더 먹었다. 맛이 지독했다. 먹던 음식을 치워놓고, 고개를 이리저리 돌려 목에 쌓인 긴장을 풀었다. "그래, 미안해. 지난 몇 달 동안 집안일을 너한테 미뤘고, 다니 집에서 너무 많은 시간을 보냈지. 앞으론 좀 더 책임감을 가질게.”

“네가 다니에게 요리를 해줄 때만 제외하고, 요리도 대부분 내가 해. 넌 조금도….”

데이비드의 비난이 지나치게 길어지고 있었다. 내가 이미 사과했는데도, 데이비드는 금방이라도 울음을 쏟을 것 같았다.

“벽에서 납 페인트 벗겨 낼 때는 나도 열심히 했어. 장 보기랑 요리도 가끔 하는걸.” 내가 반박했다.

“그래, 너도 조금은 하지. 하지만 대부분은 다니와 내가 하고 있어.” 그러면서 데이비드는 다시 식탁에 앉았다. “더는 못 참아. 그냥 다니와 알아서 살아. 지금 당장이라도 집 팔고 싶으면, 나도 동의할게.” 그가 어깨를 축 떨어뜨리더니, 의자 등받이에 기댄 채 바닥을 내려다보았다.

꼭 한 방 얻어맞은 기분이었다. 나는 손을 뻗어 그의 팔에 손을 얹었다.

데이비드가 눈을 들어 나를 보았다. “난 너를 세상 그 누구보다 사랑했어. 그래서 지금의 이 갈등이 더 고통스러운 거야.”

눈에 눈물이 차올랐다. 나 정말 나쁜 놈이구나. “내가 할 수 있는 일은 없어?”

그는 고개를 저었다. “늦었어. 벌써 마음을 정했어. 난 떠날게.”

1979년 6월 하순, 데이비드는 미국산업안전보건청

산하 산업의학국에 소속된 두 명의 내과의 중 하나가 되기 위해 워싱턴 DC로 떠났고, 동시에 나는 밤샘과 장시간 근무, 타인의 목숨에 대한 크나큰 책임감으로 이루어진 소용돌이 속으로 들어갔다.

데이비드가 떠난 건 내 삶에서 파국이나 마찬가지인 격변이었다. 그 일이 나를 얼마나 불행하게 할지 나는 미처 몰랐다. 레지던트 과정을 시작한 첫 주, 집에 돌아가자 그의 코트가 없고, 문간에 그의 서류가방도 없고, 찬장 위에도 그의 방에도 아무것도 없었다. 그 모습을 본 나는 낙심해 의자에 힘없이 주저앉았다. 우리가 나누던 대화가, 그의 별난 유머 감각이 그리웠다. 의대 시절부터, 연애가 어떻게 풀리건 상관없이 데이비드의 우정은 단단한 정서적 기반이 되어주었다. 나는 우정이란 단지 경험을 함께하는 것이 아니라, 서로를 돌보고, 믿고, 공감하는 태도가 필요하다는 점을 모른 채 그의 존재를 당연하게 받아들였다. 배려도 돌봄도 데이비드에게서 일방적으로 기대하기만 했을 뿐, 내가 그에게 주지는 않았다.

나는 한숨을 쉬며 와인을 한 잔 따랐다. 앞으로의 2년이 험난할 것 같았다.

28

1979년 7월, 자신감을 완전히 잃은 채 3년짜리 내과 레지던트 프로그램의 두 번째 해를 시작했다. 병원이라는 환경에서 일한 건 이미 3년 전 일이었는데, 나는 여러 인턴을 관리하는 역할을 맡았다. 매일 있는 회진에서 주치의, 다른 레지던트, 인턴과 소통하고 자문 전문의들의 권고 사항을 조율하는 역할을 했다.

가운 주머니에 넣어둔 작은 스프링 수첩은 내 두 번째 뇌나 마찬가지였다. 실험 결과 해석이나 여러 의학적 문제에 관한 정보를 요약해 적어둔 이 노트는 수시로 펼쳐 보느라 너덜너덜해졌다. 짬이 나면 레지던트 휴게실에 가서 환자들의 상태에 관한 자료를 읽었다. 살아남는 데 급급했던 인턴 시절에는 제대로 배웠다고 할 만한 게 거의 없었다. 나는 레지던트 생활을 하면서 더 나은 의사가 되겠다고 마음먹었다. 질병과 죽음이 넘쳐나는 이 세상에 맞서는 데 온 에너지와 집중력을 쏟았다. 의사로서 자신 감을 얻으려 노력할수록 다니와 삶을 함께할 자신은 점점 없어졌다.

9월의 어느 토요일 저녁, 밤샘 당직을 하고 집에 돌아 가자, 다니가 우리 집에 두고 간 개들이 부엌이며 거실 러 그 위에 온통 똥오줌을 싸놓은 게 보였다. 나는 문가에 놓 인 의자에 짐을 던져놓았다. "젠장!"

개들에게 고함이라도 지르고 싶은 충동이 일었지만, 그 녀석들 잘못은 아니었다. 기진맥진한 데다가 화까지 나 서 머리가 지끈거리는 가운데 똥오줌을 치우고 개들을 마 당으로 내보냈다. 계단을 오르는데, 다니가 차를 세우는 소리가 들렸다.

"대체 어디 갔던 거야? 네 개들 간수는 아예 안 하는 거야?" 내가 따져 물었다.

"미안. 일에 치여서 어젯밤 집에 데려갈 시간이 없었 어." 다니가 말했다.

나는 대답하지 않고, 마음을 가라앉히려 심호흡을 몇 번 했다.

다니는 팔 만한 작품을 만들려고, 부업을 구하려고, 앞으로 인생을 어떻게 살고 싶은지 정하려고 스트레스를 받고 있었다. 다니의 고민을 들어주며 조언과 응원을 해줄 수 있던 시절도 있었지만, 그때는 우리의 욕구가 서로 충 돌했다. 다니는 눈길을 사로잡는 무엇이든 좇을 수 있고,

마음을 움직이는 무엇에든 반응할 수 있는, 바람에 나부끼는 낙엽처럼 독립적인 사람으로 살고 싶어 했다. 한때 서로 잘 맞는다고 생각했던 점들이 더는 맞지 않았다.

개똥 사건으로부터 몇 주 뒤, 우리는 함께 우리 집 거실 소파에 앉아 커피를 마셨다. 나는 다니에게 몸을 기대고 다니는 한쪽 팔로 나를 감싼 채 창밖을 날아다니는 낙엽을 바라보며, 레코드플레이어로 해리 벨라폰테의 음악을 들었다.

다니가 커피를 더 따르려 자리에서 일어났다. 돌아와 다시 소파에 앉는 그녀의 표정이 방금 전과는 달리 고민으로 가득했다.

"지난주에 기말 과제 마무리를 도와줘서 고마웠어." 거기까지 말한 다니는 말을 멈췄다.

나는 말없이 커피만 홀짝였다.

다니가 나를 향해 몸을 돌리더니 말했다. "넌 내 곁에 없을 때가 너무 많아. 꼭 다른 연인이 생긴 것처럼. 그런데 곁에 있을 때도 불만스럽고 불행해 보여. 뭔가 잘못된 것 같아. 너도, 나도, 우리 사이도."

이런. 어깨에 힘이 들어갔다. 다니 말이 맞았다. 그러나 아침부터 그렇게 고통스러운 현실을 인정하고 싶지 않았다. "노력한다고 달라질까?" 나는 용기를 내서 물었다.

"달라질 수도 있겠지. 아닐 수도 있고." 아닐 수도 있다는 말에서 목이 메는 게 느껴졌지만, 다니는 말을 이었다. "너무 많이 부딪히다 보니 우리 관계가 흔들린다는 생각이 들고는 해. 서로가 하는 말을 듣지도 않잖아."

어쩌면 우리 사이를 돌이킬 수 없을지도 모른다는 생각이 들어서 속이 울렁거렸다. "다니, 나한테 바라는 게 뭐야?" 나는 애써 목소리에 평정심을 유지하며 물었다.

"우리한테 외부의 도움이 필요한 것 같아."

레코드가 끝나고, 바늘이 올라가자, 조용해졌다. 들리는 거라고는 내 머릿속에서 피가 솟구치는 소리뿐이었다. 다니가 내 상황을 조금 더 이해해 주었다면 부딪힐 일도 없었을 텐데. 상담사를 만날 시간을 낼 수 있을까? 내가 심리상담을 그만둔 지도 벌써 6개월이나 지났다. 어린 시절이 남긴 상처들(아빠의 우울증과 부재, 엄마가 내 감정을 늘 부정했던 것, 배신당할지도 모른다는 두려움 등)을 직면할 정신적·정서적 에너지가 없을 것 같았다. 하지만 그 상처들은 나의 정서적 반응에 계속해서 영향을 주었다. 레지던트 생활로 돌아간 건 실수였는지도 모른다. 나는 다니와의 관계가 망가지고 있는 게 내 탓이라고 생각했다.

늦가을이 되자 다니와 나 사이는 점점 더 서먹해졌고, 서로의 현실을 마주한 이상, 삶의 에너지도 기쁨도 모조리 빠져나가고 말았다. 나는 상담을 받자는 다니의 제안을 받아들이기로 했다. 나는 제대로 된 자격을 갖춘 심리치료사를 만나고 싶었다. 다니는 레즈비언 페미니스트인 심리치료사를 원했다. 우리 둘의 조건 모두를 충족하는 치료사는 찾을 수 없었다. 그래서 결국 치료사 두 명을 모두 만나보기로 합의했다. 유명 의대에서 일하며 자격증을 갖춘 커플 상담사인 린다, 그리고 심리치료에 종사하는 레즈비언 페미니스트인 낸시였다.

린다는 두 번째 상담이 끝난 뒤, 다음번 내 휴가에 다니와 내가 외부의 방해가 없는 곳으로 함께 여행을 간다면 다시 친밀함이 생겨날지도 모른다고 조언했다.

1979년 11월, 우리는 린다의 조언대로 함께 유카탄 반도로 여행을 떠났다. 비행기를 두려워하는 내게 멕시코가 이상적인 선택지는 아니었지만, 다니가 따뜻하고 해가 쨍쨍한 데다가 사진을 찍기도 좋은 그곳에 가고 싶어 해서 나도 동의했다.

우리는 마야 유적을 탐험했고, 다니는 그곳에서 사진 촬영에 몰두했다. 우리는 작은 오토바이를 한 대 빌려서 흙길을 달리며 내륙 지역들과 작은 마을들을 탐험했다. 흙바닥에 막대기와 풀로 지은 오두막, 해먹, 맨발로 돌아다니는 아이들, 비쩍 마른 개들을 지나쳤다. 키가 훤칠하고 새하얀 피부를 가진 여자 두 명이 조그만 오토바이에 올라타 무릎을 높이 치켜든 모습을 마을 사람들은 휘둥그레진 눈으로 구경했다.

나는 그곳에서 다니와 내가 또다시 뜨거운 사랑을 나눌 수 있기를 바랐지만, 그런 일은 없었다. 섹스를 하기는 했지만, 꼭 노부부라도 된 것처럼 형식적이고 효율적인 방식이었다. 나한테는 성욕이 곧 사랑이었으므로, 그녀가 나를 사랑하지 않는다는 걱정이 다시 찾아왔다. 건강한 장기 연애를 할 때조차 시간이 지나며 욕망과 열정이 사그라졌다가 다시 차오른 경험이 내게는 별로 없었다. 연애의 첫 시작에 찾아오는, 약에 취한 것 같은 강렬한 감정이 있어야 나는 우리가 여전히 서로에게 헌신하는 견고한 커플이라고, 다니가 내 레지던트 과정 동안 계속 옆에 있어줄 거라고 안심할 수 있었다.

여행 일주일째가 되던 날, 우리는 식당에 들어가 앉았고, 주변에는 스페인어를 쓰는 가족들이 자리했다. 다니의 뒤편 벽에 걸린 붉은색, 초록색, 금색 그림을 바라보고 있자니 묵직한 슬픔이 나를 짓누르는 것 같았다. 타말 껍질을 벗기는 데 몰두하고 있던 다니는 내 기분이 변한 걸 눈치채지 못했다.

"다시 사랑을 느끼고 싶어." 내가 툭 내뱉었다.

다니가 고개를 들더니 걱정스럽다는 표정으로 내 얼굴을 살폈다.

나는 방금 한 말을 후회하며 물러섰다. "그러니까, 처음의 그 열정을 다시 느끼면 좋겠다고."

"그래, 좋겠지." 다니는 그렇게 말하고 음식을 먹기 시작했다.

차마 그 이야기를 더 할 수는 없었다. 다니가 더는 열정이 존재하지 않는다고 말할지도 모르니까. 그렇다면 점점 더 자주 찾아오는 침잠된 기분에 대처할 수 있게 해 주고, 진정한 친밀감에 다가가지 못하게 막는 내면의 깊은 상처들을 마주하지 않게 해 주었던 그 중독적 고양감도 더는 없다는 뜻이니까.

다음 날, 우리는 이슬라 무헤레스에 가서 스노클링을 즐겼다. 슬픔에서 잠시 벗어난 채 산호들 사이를 몇 시간이고 떠다니고, 떼를 지어 쏜살같이 헤엄치는 블루탱과 옐로탱을 따라다니다가 이따금 나타나는 에인절피시, 게, 어둠 속에 도사리던 곰치까지도 만났다. 찬란한 빛깔의 해양 생태계에 홀린 나는 자외선차단제를 덧바르는 것조차 잊는 바람에 심한 화상을 입고 말았다. 그 뒤로 섹스는 아예 없는 일이 되었다.

멕시코에서 보스턴으로 돌아오고부터 우리 둘은 편안한 리듬을 찾았다. 당직을 서지 않는 저녁에 집에 돌아가면 다니는 대체로 집에 있었다. 외래 순환실습 기간이면 나한테도 장을 보고 두 사람 몫의 요리를 할 에너지가 있었고, 저녁이면 집에서 함께 책을 읽거나 대화하거나 음악을 들으며 조용히 시간을 보냈다. 사랑을 나눌 때는 부드러웠다. 처음처럼 열정적이지는 않더라도.
그러나 만족스러운 나날은 오래가지 않았다.

연말이 다가올 무렵 다니는 누군가에게 줘버린 강아지 두 마리와 어딘가로 사라져 버린 늙은 보더콜리를 대신할 파라오 하운드를 한 마리 얻어 와서 부토라고 이름을 지었다. 부토는 기분이 좋으면 입술을 말아 사랑스러운 미소를 지었고, 위풍당당한 자세로 앉아 다니의 사진 촬영에 근사한 소품 노릇을 했다. 하지만 부토를 꾸준히 돌봐주기에는 다니도 너무 정신없이 바빴고, 결국 부토는 내 침대에서 자는 날이 많았다. 다니보다도.

1980년 2월 말, 한창 정신없는 응급의학과 순환실습을 하던 중이었다. 환자들을 안정시키고 입원 수속을 받느라 낮은 물론 밤에도 쉴 새 없이 바쁜 시간을 보냈다. 그러다 집에 돌아가면 조용하고 편안한 휴식과 따스한 돌봄이 필요했다. 그러나 춥고 아무도 없는 집으로 돌아가는 날이 대부분이었고, 냉장고에는 음식이 없었고, 끌어안을 개조차도 없고는 했다.

그러다가 다니가 일주일이나 발길을 끊은 일이 생겼다. 다니의 집에 전화했더니 집주인 말이 헬린카라는 여자와 저녁 식사를 하러 나간 뒤로 사흘 밤이나 집에 오지 않았다고 했다.

속이 뒤틀렸다. 헬린카와 바람을 피우는 걸까?

그 주가 끝날 무렵, 다니가 부토를 데리고 우리 집을 찾았다. 부토는 계단을 올라 간식을 기대하며 자기 밥그릇을 향했다.

나는 다니가 가방을 내려놓을 틈도 주지 않고 따져 물었다. "어디 갔었어?"

그러자 다니는 반항적인 눈빛으로 나를 쏘아보았다. "친구 만났어."

"그래, 섹스도 하는 친구야?" 눈꺼풀이 절로 씰룩였다.

다니가 발끈하며 성을 냈다. "넌 너무 바라는 게 많고 나를 구속해. 이제 친구도 못 만나게 하겠네?"

사실이 아니었다. 나도 다니에게 친구가 있었으면 했다. 그러나 한편으로는 내가 늘 우선이기를 바랐다. 또, 다니가 친구와 잠자리를 하지 않기를 바랐다. 사진 학교 동기들부터, 소프트볼 팀 동료들, 다니가 속한 온갖 페미니스트 단체의 지인들까지 다니의 인맥은 나보다 훨씬 넓었다. 레지던트 과정의 수많은 단점 중 하나는 인간관계에서 고립되는 것이다.

나는 이미 다니를 기다리며 와인을 두어 잔 마신 뒤였고(점점 저녁 시간을 혼자 보내는 것이 습관이 되었다), 자제력을 잃은 상태였다.

"친구가 있는 건 상관없어, 하지만 내가 시간이 될 땐 네가 내 곁에 있길 바라." 일이 너무 고되었으니, 혼자 조용히 쉬면서 나 자신을 돌보고 환자들의 의료적 문제를 더 공부하며 시간을 보내도 좋았을 텐데, 나는 다니에게서 받지 못한 돌봄만을 아쉬워하고 있었다.

1970년대 후반에 우리가 알던 레즈비언 커플 중 몇 년 이상 장기적인 관계를 이어가는 이들은 아무도 없었다. 이성애자 친구들이나 가족이 우리가 서로에게 헌신하는 장기적인 관계를 이어가기를 응원해 주지도 않았다. 같은 레즈비언 사이에서도 일대일의 커플 관계를 지지해 주는 일은 드물었다. 자신을 존중하는 레즈비언 페미니스트들은 가부장제와 닮은 그 어떤 것에도 반대했기 때문이다. 그럼에도 나는 레지던트 과정이 끝나면 우리가 함께 삶을 꾸려가기를 바랐다. 내 기대치는 예전 세실리아와의 관계와 비슷한 흐름을 따라가고 있었다.

우리 둘 다 성공적인 관계를 유지하는 데 필요한 타협이나 협상의 기술이 부족했다. 전부 아니면 아무것도 안 된다는 식이었다. 한 사람이 상대의 요구 앞에서 자신이 원하는 걸 포기하고 분개하거나, 아니면 끈질기게 거부하거나. 그러니까 그 무렵 다니가 했던 것처럼.

그날 저녁 나는 용기를 끌어모아 이렇게 말했다. "나는 우리가 오로지 서로만 바라봤으면 좋겠어."

두려움이 나를 사로잡았다. 다니가 대답하는 데 시간이 걸리자, 눈물이 차올라 참을 수가 없었다.

"나는 결혼을 꿈꾸는 사람은 아닌 것 같아."

차디찬 목소리였다. 머리가 지끈거렸고 뱃속이 마구 뒤틀렸다. 어쩌면 내가 다니를 믿지 못해서 그런 태도를 보이는 것인지도 몰랐다. 레지던트 생활을 다시 시작하면서 안전을, 사랑을, 돌봄을 더 갈구하게 되었으니까. 눈물이 펑펑 쏟아졌지만, 참지도 않았다. 다니는 가방을 집어 들고 부토를 부르더니 떠났다. 나는 소파에 털썩 주저앉았다. 어떻게 모든 게 이토록 빠른 속도로 내리막으로 치달을 수가 있을까?

어느새 3월이었다. 나는 곧 서른 살이 될 것이었고,

당직 때는 선임 레지던트로서 병원 전체를 담당해야 했다. 한밤중에 앰뷸런스가 응급실에 도착했다. 온몸의 80퍼센트 이상에 화상을 입은 어린아이가 실려 왔다. 피부는 도저히 보기 힘든 회색으로 변해 있었고, 머리카락과 속눈썹은 타 없어졌으며, 눈은 부어 떠지지도 않았다. 내가 두 손으로 아이의 뜨거운 회색 머리통을 받치고 있는 동안 또 다른 레지던트가 기도가 붓기 전에 급히 기관삽관을 했다.

밀려오는 분노 때문에 몸이 저절로 움직여 치료를 지시했다. 아이 엄마가 아이를 혼자 집에 내버려둔 사이 고장 난 난방기 때문에 불이 났다. 침대 밑에 웅크리고 숨어 있던 아이를 소방관들이 발견했다. 엄마가 되어서 어떻게 그럴 수가 있지?

외과 레지던트가 숯처럼 그을린 아이의 조그만 발목을 절개해 정맥주사줄을 삽입했다. 아이의 화상 입은 피부에서 곧 새어 나올 체액을 보충하기 위해서였다. 이제 아이에게는 안과 밖의 경계도, 어떤 보호막도 없었다. (가능성이 거의 없었지만) 살아남는다 해도 수년간 말로 표현할 수 없는 고통을 겪을 터였다.

아이의 상태가 안정되어 치료실을 떠날 수 있게 되었을 때, 나는 눈물이 그렁그렁해진 채 물품 보관실로 달려갔다. 주먹으로 벽을 쾅쾅 쳤다. 엄마가 되어서 어떻게 이런 일이 일어나게 만들 수 있어?

아이의 엄마는 대기실에서 히스테리컬하게 울고 있었다. 간호사가 찾아와 내게 그 엄마에게 안정제를 처방해

줄 수 있느냐고 물었다. 잠깐이지만 이런 생각이 번개처럼 스쳤다. 고통받게 놔두자. 아이를 방치해서 일어난 고통에 흠뻑 절여지게 내버려두자. 그러나 나에게는 그런 판단을 할 자격이 없었고, 내 일은 고통을 누그러뜨리는 것이었다. 어차피 그 여자는 평생 자신이 한 끔찍한 일을 마주하며 살아야 할 것이었다. 나는 안정제를 처방해 주었다.

나는 다른 레지던트에게 병원 일을 맡겨두고, 아이와 함께 앰뷸런스를 타고 아동병원 화상센터로 향했다. 아이는 안정제로 인해 의식이 없었고 기도에는 튜브가 꽂혀 있었다. 살아남는다면 앞으로 몇 주, 몇 달, 몇 년간 아이가 겪어야 할 고통을 생각하기만 해도 토할 것 같았다. 차라리 살아남지 못하는 쪽이 나을지도 모르지만, 그것 역시 내가 판단할 일이 아니었다. 비에 젖은 도로를 덜컹거리며 달리는 동안 나는 화상을 입지 않은 아주 조그만 피부 위에 손을 얹고 눈물로 흐려진 눈을 한 채 아이에게 조용히 말을 걸었다.

화상 입은 아이의 모습이 뇌리를 떠나지 않는 채로 36시간의 병원 근무를 마치고 집에 돌아갔다. 외투와 가방을 걸 힘조차 없어서 그대로 바닥에 떨어뜨려 놓았다.

소파에 앉아 와인을 마시며 책을 읽는 다니의 모습을 보자 어깨가 축 처졌다. 저녁 식사를 준비하려는 기색도 없었다. 기운도 없고, 기분도 언짢은 데다가, 냉장고 문을 열 힘조차 없었던 나는 다니 옆자리에 풀썩 주저앉아 양발을 커피테이블에 올렸다.

"저녁이라도 좀 해놓지 그랬어."

그러자 다니가 책을 내려놓더니 한숨을 쉬었다. "라키, 나는 네 요구와 암묵적인 기대 때문에 짓눌리는 것 같아. 널 사랑하고, 네 사랑을 원해. 하지만 나한텐 자유 역시도 필요해."

대사 한번 굉장하네. 꼭 심리치료사가 알려준 대로 연습한 것 같았다. 더 이상 다니가 하는 그 말을 듣고 싶지 않았다. 나는 소파 끝쪽으로 멀찍이 옮겨 앉아 양팔로 눈을 가렸다. 이대로 모든 걸 외면해 버릴 수 있게. 화상 입은 아이를 더 이상 보지 않을 수 있게. 아무것도 느끼지 않을 수 있게.

"너와 함께하는 삶은 자꾸만 무게중심을 가늠하게 만드는 것 같아. 내가 신경 쓰고 말씨름하지 않으면 넌 온갖 요구로, 돌봄받고 싶은 욕구로 나를 짓밟아 버릴 거야. 널 사랑하니까 때로는 네가 바라는 대로 해주고 싶어. 하지만 난 네 연인이지 하인이 아닌걸." 다니가 말했다.

가슴에서 분노가 일었다. 그 아이를 치료하느라 가진 힘을 모조리 썼고, 마음은 아직 슬픔으로 욱신거렸다. 내가 원하는 건 저녁 식사, 평화, 그리고 사랑이 담긴 포옹일 뿐이었다. 그게 그렇게 과한 부탁인가?

"하인이라니, 무슨 소리야."

다니가 와인을 홀짝였다. 우리 사이에 성난 침묵이 감도는 동안, 나는 다섯까지 세며 심호흡을 하고 마음을 가라앉혔다.

내 기척을 알아차린 다니가 다시 입을 열었다. "난 우리가 평화롭게 지냈으면 좋겠어. 요즘 일이 힘들고 스트레스 많이 받는 거 알아. 나는 네게 그걸 감당할 힘이 있었으면 좋겠어. 넌 일하고 있지 않은 시간을 견딜 만하게 만들려고, 나한테 네가 원하는 온갖 일을 해달라며 너무 많은 걸 요구해."

확실해졌다. 우리가 함께 보내는 얼마 안 되는 시간조차도 나는 갈등을 빚고 있었다. 한때 우리가 함께하는 삶은 열정적이고 매혹적이었는데. 다니가 멀어지는 건 싫었다.

"알았어. 미안해."

내가 그녀를 바짝 끌어당겨 안자, 그녀도 내 어깨에 고개를 기댔다.

29

3월 초, 인턴 조시와 함께 최근에 입원한 환자들의 차트를 검토하다가 70대 후반 맨리 씨를 만났다. 인근 요양원에서 탈수와 호흡곤란 증세로 막 전원을 온 환자였다. 맨리 씨는 갈비뼈가 다 드러나 보일 정도로 수척해서, 힘겹게 숨 쉴 때마다 갈비뼈 사이며 목의 근육이 눈에 띄게 수축했다. 입술은 갈라지고 혀는 쪼글쪼글했다. 탈수 증세가 너무 심해서 조시가 정맥주사줄을 연결할 수조차 없었다. 몇 번이나 주삿바늘을 찌른 뒤에야 혈관을 찾았다. 손목 동맥에 바늘을 꽂아 혈액 가스도 채취해야 했다. 맨리 씨는 그 모든 과정을 무기력한 침묵으로 견뎌냈다.

조시와 함께 데스크에 앉아 맨리 씨의 입원지시서를 살펴보던 중에 차트 맨 앞 장에 **연명의료** 거부 도장이 찍혀 있는 걸 알게 되었다. 또 맨리 씨의 혈액 가스 검사 결과는 심각한 호흡곤란을 나타내고 있었지만, 그를 바로 중환자실로 보낼 수는 없는 상황이었다.

나는 인턴이라고 하기에는 너무 어려 보이는, 체형이 가냘프고 태도는 진지한 조시를 향해 말했다. "가족 연락처가 없네. 요양원에 연락해 자세한 정보를 받아서, 때가 되면 가족에게 연락할 수 있게 준비해 둬요."

다음 날 밤, 내 당직 시간까지 맨리 씨는 살아 있었다. 병실로 가보니 그는 옆으로 누워 입을 벌린 채 숨을 쉬려고 기를 쓰는 중이었다. 턱 가장자리를 따라 은빛으로 침이 한 줄기 흘러내렸다. 그의 어깨에 손을 대고 이름을 불렀지만, 그는 눈을 뜨지도 반응을 보이지도 않았다.

데스크로 가서 다시 차트를 확인했다. 여전히 가족 연락처는 보이지 않았다.

조시를 호출했다. "맨리 씨 가족 연락처는 확보했어? 가족한테 소식을 전해야지."

그러자 간호사가 고개를 들고는 대답했다. "가족이 없대요."

나는 멍하니 생각에 잠겼다. 삶이 끝나는 순간에 아무와도 연결되어 있지 않다는 건 어떤 기분일까? 홀로 삶을 떠나 죽음이라는 공허 속으로 들어가 버린다는 건?

그날 밤, 맨리 씨의 병실을 지나칠 때마다 그는 변함없이 옆으로 누운 채였고, 갈비뼈 근육도 계속 수축하고 있었다. 숨이 불규칙해졌고, 한참이나 멎었다가 체인-스토크스 호흡이라고 불리는 작게 코 고는 소리를 내고는 했다. 끝이 가까워 보였다. 그는 누구였을까? 어떤 이들의 삶에 다가갔을까? 그가 자기 사람이라고 부를 만한 사람들은 누구였을까? 지금 그들은 어디에 있을까?

나는 내 죽음을 상상해 보았다. 그때까지 부모님은 살아 계시지 않을 테고, 여동생은 먼 곳에 사는 데다, 내 연애에는 확실한 게 하나도 없었다. 아이도 없으니, 난 죽을 때 혼자일까? 몸이 부르르 떨렸다.

맨리 씨 곁에 있어야겠다는 생각이 들었다. 나는 그의 병실로 들어간 뒤, 그가 마지막 숨을 내쉬는 동안 그의 어깨에 손을 올려놓았다. 시선을 내려 손목시계를 확인했다. 오전 2시 10분, 내가 그의 사망진단서에 기입할 시각.

그 순간이 가져온 슬픔은 밤새도록, 그리고 이후의 몇 년간 나를 떠나지 않았다. 나는 종교에서 말하는 내세를 믿지 않았다. 그러나 그렇다고 죽은 뒤 맨리 씨가 어떻게 되었을지, 우리 모두 어떻게 될지 알 수는 없었다. 어떤 형태로건 무언가가 계속될까?

정체성에 기대어 살아온 인간으로서, 나는 그러기를 바랐다.

3월 중순, 내 서른 살 생일(응급실에서 당직하며 보냈다) 다음 날 다니와 나는 케임브리지에 가서 우리가 좋아하는 피콕에서 저녁을 먹었다. 피콕은 지역에서 생산한 신선한 해산물과 훌륭한 와인을 즐길 수 있는 레스토랑이었는데, 은은한 조명과 촛불 덕분에 아늑하고 친근하게 느껴지는 곳이었다.

캘리포니아산 샤르도네를 한 잔 마신 뒤 마음이 말랑해진 내가 다니에게 물었다. "이번 주에 올 거야? 차를 몰고 메인에 갈까? 작은 곳에 있는 식당에 가서 랍스터라도 먹자." 도시를 벗어나면 우리가 좀 더 가까워질지도 모른다고 생각했다.

"못 가, 라키. 헬린카한테 같이 요트 타겠다고 약속했거든." 다니는 마치 미용실 예약이 있다는 듯 아무렇지도 않게 대답했다.

그녀가 내게서 멀어지고 있다는 생각에 몸이 굳었다. 눈물이 차올라 눈이 따끔거렸다. 샤르도네를 두어 모금 홀짝이는데, 다니가 이 이야기를 이틀 전에도 했다는 사실이 떠올랐다. 와인 잔을 꽉 쥔 채 그녀의 너머에 앉아 있는 이성 커플을 바라보았다. 우리보다 훨씬 즐거운 시간을 보내며 웃고 있었다.

다니가 손가락으로 와인 잔 바닥을 따라 그렸다. 그러더니 파란 눈으로 나를 올려다보며 애틋한 표정을 지었다. "우리는 서로 사랑해. 하지만 오늘, 온종일 마음이 묵직하게 아팠어."

그녀가 와인을 머금는 동안 나는 가만히 있었다. 헤어지자고 말하려는 걸까?

"지금까지 내가 어떻게 살아왔는지, 앞으로 삶을 어떻게 살아야 할지 자꾸 생각해. 내가 누구인지, 다른 사람들에게 어떤 영향을 주는지 질문하게 돼. 이 모든 질문에 너도 포함돼, 라키."

진심이야? 그냥, 메인에 가서 주말이나 기분 좋게 보내면 안 되나? "어떻게 포함된다는 건데?" 종업원이 와인을 채우러 다가왔고, 나는 다니에게 물었다.

다니는 종업원이 물러간 뒤에야 다시 입을 열었다. "한 사람만 바라보는 거. 너는 그걸 관계의 측면에서 바라보지만, 난 그게 정체성과 연결된다고 봐. 전에 이야기했던 것처럼 나는 다른 사람들, 그러니까 나를 잘 아는 사람들한테 인정받고 싶어. 내가 누군가를 좋아하게 되면 사랑을 나눌 수도 있지. 그렇다고 그게 그 사람과 '사랑에 빠지는' 거라거나, 우리 삶이 달라지는 거라고는 생각 안 해."

나한테 다니의 말은 그저 뜻도 모를 심리학 용어를 지껄이며, 상대에게 헌신하지 않는 것과 자신의 다자연애를 정당화하는 소리처럼 들렸다.

음식이 나왔다. 렌틸콩 위에 올린 농어가 다니의 몫이었고, 소금에 절인 폭찹과 매시트포테이토, 그린빈이 내 몫이었다. 그런데 입맛이 뚝 떨어진 뒤였다. 우리는 종업원이 물러갈 때까지 가만히 있었다. 다니가 한 말이, 나와 사랑을 나누는 게 나를 사랑하는 일이 아니고 자기 삶을 달라지게 만들지도 않는다는 소리인지, 아니면 다른 여자 이야기인지 곰곰이 생각해 보았다.

"나한테 독점적 관계는 구속이야. 너든, 아니면 누구든 그런 식으로 나를 통제하게 허락하지 않을 거야. 오랫동안 한 여자와만 잠자리를 할 수도 있겠지만, 그렇다고 내가 한 사람한테만 헌신하는 사람이 되는 건 아니야. 사랑이든, 우정이든, 명예든, 돈이든 무엇에도 얽매이고 싶지 않거든." 다니는 음식을 한 입 먹더니, 마치 내가 반박해 주기를 바라는 것 같은 눈빛으로 나를 바라보았다.

팔다리가 무거워지고 몸이 의자에 푹 가라앉았다. 내 몫의 음식은 손도 대지 않은 그대로였다.

매리언을 만날 땐 나 역시 한 사람과의 관계가 제약처럼 느껴지지 않았던가. 질리언 그리고 캐스 둘 모두와 자고 싶었을 때도 있었다. 그런데 다니와의 독점적 관계를 갈망하며, 그녀에게 얽매인 기분을 안겨주는 사람이 이제 오히려 나였다.

"널 사랑하기 전만 해도 독점적 관계는 구속이라고 생각했어." 내가 말했다. "네가 나 말고도 다른 사람과 비슷한 경험을 한다는 걸 알고도 네게 마음을 열 수는 없을 것 같아."

와인을 크게 한 모금 삼킨 뒤 냅킨으로 눈물을 닦아 내며 다니의 어깨 너머 이성 커플에게 눈길을 던졌다. 그들은 이제 막 자리를 떠나는 참이었다. 남자의 손이 여자의 허리를 감싸자, 여자는 남자를 올려다보며 미소 지었다.

다니와의 관계에서 또 한 번 그런 기분을 느낄 수 있다면 무슨 일이든 할 수 있을 것 같았다. 두 명의 레즈비언이 헌신적 관계를 이어가는 건 불가능한 일일까?

30

3월 말, 데이비드가 나를 워싱턴 DC로 두 달간 초대했다. 나 또한 그곳에서 한시적으로 일할 수 있음을 확인한 뒤였다. 그는 하버드 보건대학원에서 레지던트 과정을 하라고 추천한 내게 고마워했고, 집을 소홀하게 돌보았던 것은 이미 용서했다. 임시직이었던 데이비드의 직위는 종신직으로 전환되었다.

나는 내과 과장에게 워싱턴 DC의 산업안전보건청 산하 직업의학 연구실에서 6주간 일하는 것을 레지던트 과정의 일부로 받아들여 달라고 제안했다. 일터에서 나는 평판이 좋았고, 과장은 나를 '더럽게 유능한 레지던트'라고 불렀다. 내 제안은 받아들여졌다.

워싱턴 DC로 떠나기 전, 다니와 함께 심리치료사인 린다를 만났다. "다니는 아직 당신에 대한 마음을 접지 않았어요. 아직 정서적인 애착을 크게 느끼고 있거든요." 그

러면서 린다는 우리가 잠시 떨어져 있으면 이 관계를 새롭
게 볼 수 있을 거라고 했다.

3월 말, 머스탱을 타고 데이비드가 세 들어 살고 있는
워싱턴 DC의 타운하우스로 갔다. 데이비드는 식사를 준
비해 둔 채 나를 포옹으로 맞이했다. 크랩 케이크, 샐러드,
와인을 먹으면서 데이비드가 자신이 하는 프로젝트를 설
명해 주었다. 당시 대통령은 지미 카터였다. 산업안전보건
청이 갓 출범했고, 직장 내 보건과 안전의 향상을 목표로
여러 헌신적인 과학자가 합류했다. 데이비드의 들뜬 감정
에 나도 절로 들떴다.

"얼른 빅터를 소개하고 싶어." 데이비드가 말했다. 빅
터는 직업의학 연구실에 처음으로 들어온 내과의였고, 하
버드 출신이었다.

데이비드의 말대로 곰처럼 커다란 덩치에 마구 헝클
어진 검은 머리, 깔끔하게 다듬은 검은 턱수염을 한 무척
인상적인 남자였다. 박식하면서도 불손한 그는 말끝마다
욕설을 붙였고, 강조의 의미로 덥수룩한 눈썹 한쪽을 치켜
올렸다.

우리 셋은 업무 프로젝트를 고르게 나누었다. 국장은
나를 아이다호 켈로그로 파견했다. 그곳에서 나는 납 제련
소인 벙커힐이 여성 입사 지원자들에게 불임시술을 강요
했다는 의혹을 조사하게 되었다. 연구 결과, 주변 토양의
납 오염도가 너무 높아 인근 학교에 다니는 아이들이 다른

지역의 학생들보다 IQ가 낮다는 사실까지 확인된 뒤였다.

아이다호의 시골에서는 반정부 정서가 강했기에 나는 아무 표시가 없는 차를 몰아야 했다. 지역 주민들이 내 차를 겨누고 총을 쏠 수도 있었다. 주차장을 나와 제련소까지 가는 내내 불안감이 나를 압도했다. 그곳에서 나는 몇 주를 보내며 조합 회관에서 노동자들을 면담하고 진찰했다. 산업위생 전문가들은 제련소 내부의 각종 수치를 측정했다. 회사가 직원들의 건강과 안전을 조금도 고려하지 않았다는 사실을 모든 결과가 확인해 주었다.

보고서가 발표되자 회사는 벌금을 선고받았으며, 우리 팀은 노동부 차관으로부터 성과를 인정받는 표창도 받았다. 벙커힐은 결국 폐쇄되었다. 부지는 미국 최대 규모의 독성 오염 지역 중 하나로 기록되었다.

다시 워싱턴 DC로 돌아간 뒤, 야간 당직도 없고, 돈을 더 재량껏 쓸 수 있게 된 덕분에 데이비드와 나는 시내의 고급 식당을 자주 찾았다. 늘 나눌 이야기가 있었다. 일, 각자의 생활, 정치, 앞으로의 계획 등.

어느 날 저녁 모노클이라는 레스토랑에서 식사하던 중에 데이비드가 물었다. "왜 다니를 떠나지 않는 거야? 다니와 있으면 넌 불행해 보여."

"요즘은 그래. 하지만 포기할 수 없어." 일할 때는 그토록 도움이 되었던 고집 탓에, 관계에서 서로가 바라는 게 이토록 다른데도 도저히 다니를 놓아줄 수가 없었다.

"안타깝다, 파트루스크. 그냥 헤어지고 여기 와서 빅터랑 다 같이 직업의학 연구실에서 일하자. 너라면 곧바로 채용될걸."

"모르겠네…." 보스턴을, 다니를, 질리언을, 그리고 그곳에 있는 다른 친구들을 떠날 생각을 하니 입맛이 뚝 떨어졌다.

그래도 데이비드를 다시 만나자 마음이 편안했다. 함께 요리하고, 쇼핑하고, 청소하다 보니 동지애도 다시금 돌아왔다. 바삐 출근하기 전이면 데이비드는 내 치마가 뒤로 돌아가지 않았는지, 스토브가 꺼져 있는지 확인했다. 우리는 같은 사무실을 쓰며 프로젝트에 관해 상의하고, 과학과 정치에 대한 조언을 서로에게 해줄 수도 있었다. 최근의 보건 문제를 찾아내고, 갓 익힌 예방의학 기술을 어디에 적용할 수 있을지 알아보겠다는 마음으로 들뜬 채 일에 뛰어들었다.

뉴욕 억양을 쓰고, 말솜씨는 개성 있고, 불손하지만 영리한 동료 빅터와도 점점 친해졌다. 우리는 우리가 하는 일이 중요하다고 굳게 믿으면서 전국의 노동자들이 질병에 걸리지 않도록 유해 노출 환경을 찾아내는 일을 했다.

다니와의 연애에서 매일같이 느끼던 아픔도 거의 희미해졌다. 그녀를 떠나면 어떤 느낌일지, 스치듯 맛보는 것 같았다.

캐스가 워싱턴 DC로 찾아왔다. 캐스는 새로운 회사로

이직했는데, 큰딸을 만나고자 뉴욕에서 지내던 중이었다. 데이비드의 타운하우스에 도착한 캐스가 따스한 목소리로 인사를 건네는 순간, 다시 한번 품에 안고 그녀를 느끼고 싶다는 욕망이 거세게 돌아오는 바람에 애써 참아야 했다. 다니가 나를 이렇게 고통스럽게 하는데, 독점적 관계를 원치 않는 다니에게 나는 왜 헌신해야 할까? 캐스가 그날 밤 묵어가기를 바랐다. 그녀 안에서 나 자신을 잃고 싶었다. 캐스와 함께였을 때, 우리 둘 다 느꼈던 욕망 가득한 방종을 경험한 지도 너무 오래였다.

방 안에 둘만 남았을 때, 나는 그녀에게 한 발짝 다가갔다. "자고 가."

캐스는 피곤해 보였다. 출장이 잦은 새 직장이 주는 스트레스, 한부모로서 느끼는 책임감이 여전히 사랑스러운 그녀의 얼굴에 걱정의 주름을 깊이 새겼다.

그녀가 한 발짝 물러났다. "이제는 안 돼."

캐스의 거절이 내 몸을 호되게 후려치는 것 같았다. 눈물이 핑 돌았다.

캐스의 표정이 누그러졌다. "넌 여전히 매력적이지만, 내 마음이 예전같지 않아."

어째서 나는 캐스는 늘 그 자리에 있을 줄 알았던 걸까? 비록 사랑은 아니더라도, 수년간 나를 향했던 그 욕망이 왜 여전할 줄 알았을까? 캐스에게는 캐스의 삶이, 욕망이 있었다. 어쩌면 새로운 사람이 생겼는지도 몰랐다. 그 뒤로도 오랫동안 나는 우리 관계에서 결국 타이밍이 어긋났다는 사실을 계속 후회하게 될 것이었다.

내가 떠나 있는 동안 다니는 내게 여러 차례 연락했다. 아이다호에서 워싱턴 DC로 돌아간 직후 다니가 나를 보러 왔다.

저녁에 도착한 다니는 나, 그리고 데이비드와 함께 저녁을 먹었다. 데이비드가 코코뱅을 만들었고, 나는 마늘이 들어간 매시트포테이토와 샐러드를 준비했다. 다니가 보스턴 생활을 이야기하는 내내 데이비드는 가만히 앉아 말을 자제했고, 테이블 너머로 내게 다 안다는 눈길을 던지기도 했다. 나는 그를 안심시키려 미소를 지어 보였다. 잘 될 거야. 눈빛으로 그에게 말했다.

식사가 끝난 뒤 내 방으로 들어온 다니가 외쳤다. "라키, 얼마나 보고 싶었는지 알아?"

그녀는 옷을 입은 그대로 침대 위로 올라가 한쪽 팔꿈치로 몸을 지탱한 채 나를 바라보았다. 나도 옆에 걸터앉았다. 그녀가 한쪽 팔을 들어 내 머리카락을 쓸어내렸다.

"그러니까. 잘 지내고 있네. 다행이야. 딱 적당한 만큼만 널 보고 싶어 하려고 노력했어."

"나도 보고 싶었어."

다니가 자리에서 일어나 옷을 벗기 시작했다. 나는 그녀의 유연한 몸, 팔다리에 선명하게 도드라진 근육, 군살 없는 배, 살짝 퍼진 골반을 감상했다. "근사하네." 보는 것만으로도 흥분이 몰려와 나는 미소를 지었다.

다니는 벗은 옷을 의자 위에 던졌다. "운동했거든. 아주 탄탄해졌지."

나도 옷을 벗었고, 우리는 함께 누웠다. 다니가 내게 몸을 붙여 오자 내 몸은 그녀의 손길에 곧바로 반응했다. "네가 없는 동안, 다른 사람은 못 만나겠더라. 그래서 네 집에 가 있었더니 도움이 됐어."

"그것 말고는 또 뭘 해서 마음을 달랬는데?" 그러면서 나는 근육이 잘 잡힌 다니의 늘씬하고 매끈한 등을 어루만졌다.

"운동하고 사우나했지. 힘들 때 마음을 진정하는 법을 배우고, 일부러 바쁘게 지냈어."

다니가 말하는 내내 나는 자꾸만 그녀의 몸을 만져댔다. 내 머리는 휴가 중이었지만, 내 몸은 아직 통제하에 있었다.

"사진을 하기로 마음먹었어. 상업 사진 말고, 예술 사진. 굶어 죽는 한이 있더라도, 오로지 사진만 할 거야." 그녀가 다시금 내게 몸을 붙여 왔다. "사랑해, 라키. 내 마음 알아줬으면 좋겠어. 난 하고 싶은 게 많아. 삶을 있는 힘껏 충만하게 살고 싶어. 네가 날 이해하고 받아주었으면 좋겠어. 있는 그대로."

나는 그녀를 꼭 끌어안은 채 시계를 흘끗 보았다. 밤 10시 30분이었다. 아침 일찍 일어나야 했다. 사랑을 나눌 시간이 있을까?

다니의 말은 거기서 끝이 아니었다.

“난 변덕스럽고, 창조적이고, 비현실적이고, 온갖 것에 열정적이야. 그래도 우린 잘될 수 있을 거야. 네가 날 있는 그대로 봐준다면 나도 기꺼이 노력할게, 라키.”

하지만 있는 그대로의 다니는 독점적인 관계도, 헌신도 불가능한 사람이지.

“나도 노력할게.” 그러면서 나는 다니가 그만 말을 멈추고 내게 키스했으면 했다. 우리의 어떤 갈등도, 내 어떤 의심도, 섹스만으로 나아지고는 했다.

다니가 내 목을 잘근잘근 깨물기 시작했고, 그걸로 충분했다. 더는 말이 필요 없었다.

다음 날 다니와 데이비드, 나는 버지니아주 알렉산드리아에 있는 토피도 팩토리 아트센터를 향했다. 대형 군수 공장을 개조한 곳으로, 미국에서 한 지붕 아래 예술가들의 오픈 스튜디오가 가장 많이 모여 있는 곳이었다.

그 예술가들 중 한 사람이 될 수 있다는 가능성에 들뜬 다니는 스튜디오 한 군데에 지원서를 냈다. 심사를 통과해야 합격할 수 있었다. 도박에 가까운 모험이었지만, 그녀는 해볼 만한 도전이라고 생각했다. 만약 내가 워싱턴 DC로 이사한다면, 또 만약 그녀가 나를 따라온다면 말이다. 그러나 역시 ‘만약’이 너무 많았다.

다니가 보스턴으로 돌아갔고, 나는 관계에 대한 걱정을 멈추고 의욕적으로 눈앞의 일들에 집중했다.

내가 워싱턴 DC에 머무르는 동안 데이비드는 로건서클에 있는 타운하우스를 샀다.

보스턴으로 돌아갈 날이 얼마 남지 않았을 무렵, 데이비드가 새집 등기 계약을 맺는 자리에 나도 동행했다. 그곳은 젠트리피케이션이 이루어지고 있는 저개발 지역이었지만, 외부인 출입이 제한된 보안형 주거 단지였다. "욕실 딸린 작은 방도 있어." 데이비드가 파란 눈을 반짝이며 말했다. "레지던트 과정 끝나면 보스턴으로 와서 산업안전보건청에서 일해. 나랑 같이 살자."

나는 작은 방 창밖을 바라보았다. 젊은 흑인 남자들이 불 피운 드럼통을 둘러싸고 서 있었고, 불꽃이 벽에 그림자를 던졌다. 그럴까. 또다시 데이비드와 같이 살고 같이 일할 수 있다고 생각하자, 마음이 동했다. 그가 주는 안정감이 도움이 될 것이고, 그의 우정을 당연한 것으로 여겨서는 안 된다는 교훈도 이미 얻었으니까.

31

1980년 5월, 보스턴으로 돌아가 레지던트 생활을 재개했다. 다니와의 행복한 재회는 오래가지 않았다. 얼마 지나지 않아 그녀는 데이트 약속을 취소해 댔고, 집에 전화하면 부재 중이었다. 다니가 소프트볼 팀의 제니퍼와 자는 것 같다고 의심하기 시작하자, 같은 도시에 사는데도 우리는 점점 더 멀어졌다. 다니에게는 더 많은 자유가, 더 많은 응원이, 더 많은 여자친구가 있었으니까.

지난 약 2년간 질리언과 나는 플라토닉한 우정을 이어갔다. 질리언은 다니를 마음에 들어 했다. 함께 저녁 식사를 하거나 영화를 보러 갔다. 5월 말, 내가 36시간의 당직 근무와 휴무를 반복하던 기간이었다. 다니는 또 어떤 여자친구를 만나러 가고 없었다. 질리언과 나는 이탈리안 식당에서 저녁을 먹고 함께 우리 집으로 갔다.

나는 '교양 없는 음악 취향'을 과시하려고 로레타 린,

브렌다 리, 팻시 클라인 등의 컨트리 음악을 틀었다. 와인을 마시면서, 나는 내가 가슴 깊이 좋아하는 노래들을 들려주었다. 밤이 깊어갈수록 질리언은 점점 솔직해졌고, 웃음도 더 많아졌다. 나는 적당히 거리를 둔 채 소파에 앉아 있었지만, 한때 그녀를 얼마나 원했는지 머릿속에서 지우기는 어려웠다.

그러다 새벽 2시가 되자, 질리언이 집에 가려고 일어났다. 그녀가 의자에 두었던 코트를 집어 드는 순간, 나는 그녀를 돌려세워 끌어안았지만, 이성애자 여자들끼리도 나눌 만한 포옹과 그보다 더 깊은 무엇 사이에서 마음을 정하지 못하고 허둥거렸다. 질리언은 코트를 바닥에 떨어뜨리고 나를 안더니, 내가 저항할 수 없는 익숙한 방식으로 내 몸에 자기 몸을 바짝 붙여 왔다.

질리언을 이대로 보낼 수 없었다. 팻시 클라인의 노래가 배경음악으로 들려왔다. 그녀의 입술을 찾던 내 입술이 목을 타고 아래로 내려갈수록 그녀의 숨소리가 밭아졌다. 예전의 두려움과 자의식은 사라지고, 그 자리에 자신감이 들어섰다. 나는 다니에게 아무런 의무도 없었고, 다니 역시 내게 그런 걸 기대하지 않았다. 거리낄 게 없었다. 나는 질리언을 침실로 이끌었고, 우리는 옷을 벗었다. 그녀의 몸 위에 엎드리자 따듯하고 부드러운 살갗이 느껴졌다. 그녀의 익숙하고 싱그러운 체취를 맡으면서 그녀의 젖은 한가운데를 만지는 동안 흥분감이 점차 솟구쳤다.

끝난 뒤 나는 그녀의 가슴에 고개를 얹은 채 누웠고,

그녀는 내 머리카락을 어루만졌다.

다음 날 아침, 질리언이 먼저 일어나 침대 모서리에 걸터앉은 채 생각에 잠긴 표정으로 나를 내려다보고 있었다. 나는 눈을 비비다 일어나 앉았다.

"자고 갈 생각 없었는데, 네게 미혹되고 말았네." 질리언이 말했다.

나는 웃었다. 야릇한 말 같았다. "미혹되다니, 그런 표현을 진짜로 써?" 나는 침대를 나와 가운을 걸쳐 입은 뒤 할아버지한테서 물려받은 거대한 1898년판 사전을 펼쳐 그 단어를 찾아보았다. "무엇에 홀려 정신을 차리지 못하다"라는 뜻이었다.

"네가 날 미혹한 것 같은데." 그러면서 나는 그녀를 향해 미소 지었다.

6월 말, 내과 레지던트 과정은 이제 6개월만을 남겨 두고 있었다. 1년 전 하버드에서 나를 가르친 교수들은 나보다 1년 후배인 남자 동료가 의학계에 자리 잡도록 밀어 주었다. 왜 그를 선택했던 걸까. 내 눈에는 시시하고 존재감도 없는 사람이었는데. 그 선택에 성차별주의나 동성애 혐오가 영향을 줬는지, 아니면 내가 부족해서였는지 알 수는 없었다. 그래도 나는 병원에서 장시간 일하는 와중에도 연구를 마무리하고 논문을 투고하는 일을 이어갔다.

점점 더 워싱턴 DC가 매력적으로 보였다. 다니와의

관계도, 하버드에서의 미래도, 더 이상 믿음을 가지기 힘
들었다. 나는 데이비드가 있는 산업안전보건청에 지원서
를 제출했다.

1980년 여름, 테리가 보스턴으로 와서 나와 두어 달
을 보내기로 했다. 반가운 방문이었다. 저녁때가 한참 지
나고 나서, 지친 몸을 이끌고 퇴근하면 맛있는 게 들어 있
는 도기 냄비가 나를 기다렸다. 테리는 부토를 돌봤고, 식
료품 장도 봐두었다. 다니도 테리를 마음에 들어 했다. 내
가 일하는 동안 다니의 사진을 액자에 넣는 작업을 테리가
도와주기도 했다.

어느 날 저녁을 먹다가 테리가 물었다. "다니랑 별일
없는 거지?"

"없다면 거짓말이지." 나는 털어놓았다. "우리 삶이
너무 달라. 점점 멀어지고 있는 것 같아."

"다니는 아직도 많이 좋아하는 것 같은데." 테리는 나
를 걱정했고, 또 응원해 주고 싶어 했다. 하지만 다니가 제
니퍼와 자는 것 같다는 의혹을 그 자리에서 이야기하고 싶
지는 않았다.

그 주에 다니는 사진전을 준비하느라 바빴다. 저녁을
먹은 뒤 테리는 케임브리지로 전시 설치를 도우러 갔다.

전시 개막 첫날 밤, 헬린카는 다니에게 풍선을 한 묶
음 선물했고, 레즈비언 심리치료사 낸시는 노란 장미 열두

송이를 가져왔다.

심리치료사가 장미를 준다고?

제니퍼를 포함한 소프트볼 팀 모두가 전시장을 찾았다. 테리와 함께 전시장을 배회하는 내내, 다니와는 몇 마디도 나누지 못했다.

테리와 나는 전시 개막 뒤풀이 파티를 위해 집도 준비해 두었다. 거실이 다니의 친구들과 팬들로 가득 찼다. 다니가 거실에서 제니퍼와 춤추는 동안, 질리언과 나는 포치에 앉아 온갖 이야기를 주고받았다. 다니와 내 관계가 지금 어떤 상태인지만 빼고. 질리언이 그날 다니를 한쪽으로 불러서 "퍼트리샤는 정말 좋은 사람니까 상처 주지 마"하고 경고했다는 건 뒤늦게 알았다.

다니와의 관계에 문제가 있다고 말한 적은 없었지만, 질리언도 뭔가를 느꼈기에 나를 보호하고 싶었던 것 같다. 나는 질리언과 잤다는 사실을 다니에게 말하지 않았다. 다니가 신경 쓰지 않을 거라고 생각했다. 그러면 내가 더 상처받을 것 같아서였는지도 모른다.

7월 하순, 테리는 피닉스로 돌아갔다. 2년쯤 사귄 남자와의 결혼식을 준비한다고 했다. 나 역시 여자와 결혼식을 하는 상상을 해보려 했지만 잘 되지 않았다.

몇 주 뒤, 미국산업안전보건청에서 합격 통지가 왔다. 12월에 레지던트 과정을 마친 뒤 시작하는 것으로 일정을 잡았다. 미국내과위원회에서는 6개월간의 하버드 레지던트 과정을 심사 자격에 포함하겠다고 알렸다.

아직 다니에게는 그 사실을 말하지 않았다.

그날 밤, 우리는 다니가 점점 더 내게 시간을 내어주지 않는 문제를 두고 전화로 싸웠다. 다니가 일주일에 적어도 이틀은 우리 집에서 보내겠다는 약속을 어기고, 또 데이트를 취소했던 것이다.

"어떻게 이렇게까지 이기적일 수가 있어!" 나는 수화기를 쾅 내려놓았다.

이틀 뒤, 다니가 찾아왔다. 지난 며칠은 주디 시카고의 〈디너 파티〉라는 전시의 설치를 도왔다고 했다. 다니는 피로한 몸을 끌고 들어와 깊은 한숨을 토해 내며 소파에 주저앉았다. 나는 갓 샤워하고 나온 참이어서, 스크럽은 바닥에 아무렇게나 내팽개쳐져 있었다. 내가 청바지와 스웨트 셔츠를 주워 입는 사이 다니는 와인을 한 잔 가득 따라 다시 소파에 앉았다.

다니의 표정이 시무룩해 보여서, 나는 부토와 나란히 그녀의 맞은편에 앉아 쏟아질 비난을 맞이할 마음의 준비를 했다. "할 말이 있어 보이네."

"맞아, 라키. 내가 돌봄이 필요할 정도로 지쳤을 때조차 넌 네 생각밖에 안 해. 난 온종일 작품 사진을 찍고, 주디 시카고의 〈디너 파티〉 설치를 도왔어. 조명 설치는 물론 접시와 자리 하나하나까지 전부 배치했어. 정말이지 근사하고 설레는 경험이었어. 나는 그런 일에서 에너지를 얻어. 너한테서가 아니라.”

왜 내가 에너지를 줘야 해? 다니가 친구들과 거리에서 게릴라 작업을 하는 동안 나는 밤새 병원에서 일했다. 주디 시카고의 〈디너 파티〉는 테이블에서 자기 자리를 찾는 여성들을 기리는 작품이었다. 나 또한 의학계에서 내 자리를 찾고 있었다. 일터에서 여성 노동자들이 겪는 건강 위험을 조사하고 알리는 나야말로 여성들을 위한 사회정의 실현에 조금이라도 기여하는 게 아닌가?

나는 부엌으로 가서 내 몫의 와인을 한 잔 따랐다. 한 모금 꿀꺽 들이켜고 조리대에 기댔다.

다니가 내 등 뒤로 다가왔다.

“네가 나한테 행사하는 그 압도적인 힘이 두려워. 그 힘을 준 건 나겠지만. 왜인지는 모르겠어.”

무슨 힘? 나는 저녁거리를 찾아 냉장고를 뒤졌다. 아무것도 없었다. 찬장에서 땅콩버터 병을 꺼내 쾅 소리를 내며 조리대에 내려놓고는 찬장 문을 거칠게 닫았다. 다니는 뭐든지 할 자유가 있었다. 밤에 깨지 않고 곤히 잘 수 있고, 원하는 대로 오고 갈 수 있는 자유. 예술을 하면서 보스턴의 페미니즘 정치계라는 신나는 세계에 참여할 수도 있고, 제니퍼와 함께 마서스 비니어드로 훌쩍 떠날 수도 있었다. 나는 빵에 피넛버터를 치덕치덕 바르며 병 속 버터 한가운데에 구멍을 냈다.

다니가 내게 불편할 정도로 바짝 다가왔다. “넌 불도저야. 날 온통 사로잡지. 그래도 네가 필요해. 아마 네가 강한 사람이라서일 거야. 넌 가장 약한 순간에도 엄청나게 강한 사람이야.”

내가 강하다거나 내게 힘이 있다는 느낌은 전혀 들지 않았다. 그저 배고프고, 피곤하고, 짜증이 날 뿐이었다. 그리고 인내심도 한계에 도달하고 말았다.

32

1980년 7월, 업무 강도가 높고 환자도 많은 중환자실의 환경에서 선임 레지던트로 근무한 지 2주째였다. 당직을 설 때는 병원 내의 모든 심정지와 호흡 정지 상황을 내가 총괄해야 했다.

나이가 들며 어느 정도 자신감도 붙은 나는 그 어떤 위중한 환자가 들어온들 감당할 수 있다고 생각했다. 그러나 당직 근무는 여전히 혹독하게만 느껴졌다. 당직 근무를 하는 동안에는 눈을 거의 붙일 수 없었는데, 그 탓인지 다니의 들쑥날쑥한 관심, 부재와 무관심에 대한 내 인내심은 더 약해져 갔다.

8월 초의 무더운 날, 나는 한계에 다다랐다. 근무가 없는 일요일, 케임브리지에 있는 다니의 집을 향하는 차 안에서 나는 전날 밤 또 한 번 취소된 데이트를 떠올렸다. 다니는 우리 집에 오겠다고 해놓고는, 약속 시간 직전이 되어서야 할 일이 있다며 약속을 취소했다.

숨겨놓은 열쇠를 꺼낸 다음 마음을 단단히 먹은 채 다니의 방으로 올라갔다. 나 자신을 위해서, 내 삶을 통제하기 위해서 해내야 했다.

나를 본 다니는 깜짝 놀랐다. 다행히 그녀는 혼자였고, 빛바랜 청바지에 청록색 테리면 티셔츠 차림으로 책상 위에 늘어놓은 사진들을 살펴보는 중이었다. 그녀가 고개를 들고 내게 미소 짓는 순간, 결심이 무너질 뻔했다. 나는 심호흡했다. "다니, 이야기 좀 해."

나란히 침대에 걸터앉은 뒤, 심장이 쿵쿵 뛰는 가운데 용기를 그러모았다.

"네가 내 삶에 들락날락하는 걸 더는 못 견디겠어."

다니는 생각에 잠긴 듯했다. 내 쪽을 바라보며 돌아앉아 몸을 기울이더니, 새파란 눈으로 나를 빤히 바라보았다.

"난 오로지 너만 원해. 너와 함께 삶을 일구고 싶어. 네가 다른 사람과 사귀는 건 참을 수 없어." 그러면서 나도 그녀의 눈을 바라보았다. "더 이상 상처받는 것도, 모욕당하는 것도, 자존감을 잃어버리는 것도 싫어." 서둘러 말을 쏟아 내는 수밖에 없었다. 울컥하는 바람에 숨이 막힐 것 같았으니까.

다니는 손을 입가로 가져갔다. 눈은 여전히 나를 응시하고 있었다.

"더는 못 하겠어." 가슴이 조여들고, 심장이 아팠다. 울지 않으려고, 그녀의 강렬한 푸른 눈 대신 문 뒤에 걸린 목욕가운을 바라보았다.

그때 다니에게서 흐느낌을 억누르는 듯한 소리가 새어 나왔다.

돌아보자 다니의 얼굴은 온통 일그러져 있었고, 눈에는 눈물이 가득 고여 있었다. 그녀가 아이처럼 울음을 터뜨렸다.

나는 다니가 내 말에 반박하거나 변명할 줄 알았다. 그런 반응이 아니라. 나는 티슈를 한 움큼 집어 건넸다. 그녀를 품에 안고 머리를 쓰다듬었다. 다니가 내 셔츠에 얼굴을 묻은 채 울다가, 코를 풀고, 다시 내 품에 머리를 기댔다.

온몸의 긴장이 빠져나갔다. "내가 바라는 게 많아서 네가 압도되는 기분이라고 한 것, 그리고 너는 독립적으로 살고 싶고, 온전히 받아들여지고 싶다고 한 것, 다 귀담아들었어." 나는 그녀의 머리카락에 대고 속삭였다. "내가 너한테 너무 많은 걸 요구했지."

다니의 눈물 속에서 나는 희망을 보았다.

다니는 이미 울음을 그친 뒤였다. 그녀는 단번에 나를 침대에 눕히더니 내게 키스하고는 청바지 단추를 풀었다. 사랑한다고 했다. 우리의 사랑은 강하다고. 우리의 열정은 다른 그 어떤 감정보다, 어느 누구보다 힘이 세다고. 나는 그녀를 떠날 수가 없었다.

머리가 지끈거렸지만 나는 다니가 내 옷을 벗기고 사랑을 나누게 내버려두었다. 내 결심은 내 옷가지들처럼 바닥에 풀썩 떨어져 버렸다.

두어 주가 흐른 뒤, 다니는 제니퍼와 함께 미시간에서 열린 위민스 뮤직 페스티벌에 가버렸다. 내 세상은 회색으로 변했다. 식사량이 줄었고, 잠잘 짬이 있어도 제대로 눈을 붙이지 못했다. 하지만 다니는 미시간에서 돌아오면 함께 코네티컷의 자기 가족들을 만나러 가서 새로 태어난 조카도 보자고 약속했다.

12일 뒤 다니가 돌아왔을 때 나는 당직 근무 중이었다. 병원 교환수가 나를 호출해서는 로비에서 어떤 여성이 나를 기다리고 있다고 알려주었다.

1층으로 내려가자, 다니가 웃으며 내 손을 잡았다. 우리는 건물 입구 밖, 나무가 우거진 곳까지 걸어갔다. 다니가 내게 키스했지만, 내 몸이 뻣뻣하게 굳어 있었기에 마치 나무에 입을 맞추는 것 같았을 것이다. 우리는 언덕을 따라 걸으며 산책하다가 벤치에 앉았다. 다니는 내게 여행 이야기를 들려주었다. 그녀는 제니퍼와 함께 캐나다의 어느 목가적인 호숫가에 들러 하룻밤을 머물렀다고 했다. 그날 밤, 서로의 몸을 덥히기 위해 두 사람의 침낭을 하나로 엮었다고도 했다.

가슴이 조여들었다. 이런 이야기를 왜 하는 거지?

다니가 자세를 바꾸더니, 내 무릎을 베고 누웠다. 나무에 우리 모습이 가려져 병원 직원들의 눈을 피할 수 있어 다행이었다. 그때, 다니가 결정적인 한 방을 날렸다.

제니퍼와 함께 새로 태어난 조카를 보려고 코네티컷까지 15시간을 꼬박 운전해 갔다고 했다.

나는 내 무릎에서 그녀의 머리를 떼어 내고 자세를 고쳐 앉았다. 속이 울렁거렸다.

"어머니가 내 이야기, 아니면 우리 이야기는 안 하셨어?" 다니가 제니퍼와의 관계를 어떻게 설명했는지는 알고 싶지 않았다.

"하셨어. 워싱턴 DC에 따라갈 거냐고 물으시던데."

"뭐라고 대답했는데?" 피가 몰리는 소리가 귓가를 두드렸다.

"따라간다고 했지."

나는 아무 말도 하지 않았다.

그러고 보니, 우리 팀에서 담당한 환자 한 명 한 명의 지난밤 상태가 어땠는지를 요약해 보고하는 '조간 보고' 시간에 늦었다는 사실이 떠올랐다. 나는 벤치에서 일어나 서둘러 병원으로 돌아갔다.

다니는 입구까지 나를 따라오면서 앞으로 한두 주 동안 어느 밤에 시간이 나고, 또 어느 밤에는 다른 사람들과 약속이 있는지 알려주었다. 듣고 싶지 않았다. 나는 작별 인사도 없이 그녀를 남겨둔 채 '조간 보고'의 나머지 부분을 들으러 병원에 돌아갔고, 인턴들은 호기심 어린 눈으로 나를 쳐다보았다.

그 뒤로 몇 주 동안, 나는 다니가 계속 제니퍼와 잔다는 사실을 확신했다. 다니와의 관계가 힘들 거라고 말했던 린다와 상담을 잡았다. 린다는 다니가 만나는 여자들을 중요하게 생각하지 말라고, 다니를 믿으라고, 그녀가 내게 상처를 준다는 말을 하지 말라고 했다. 원한다면 바람을 피우라고 했다. 그냥 버티면서 지켜보라고 말이었다.

이게 무슨 거지 같은 조언이람! 바람을 피우라고? 그거야말로 나한테 가장 필요 없는 일이었다. 질리언과의 일은 그저 하룻밤으로 끝난 것일 뿐이었다. 문득 상대가 이성애자 커플이었더라도 린다가 이런 조언을 했을까 하는 데 생각이 미쳤다.

아니었을 것이다.

8월의 어느 뜨거운 저녁, 일이 끝난 뒤 소파에 혼자 앉아 있다가 애틀랜타의 질병통제예방센터에서 일하던 남부 출신 비키가 떠올랐다. 그해 봄 산업의학 전문의 시험을 위해 워싱턴 DC에서 열린 학회를 찾았을 때 만난 사이였다. 비키는 나보다 나이가 많았고, 유머러스했고, 지혜로웠다.

나는 비키에게 장거리 전화를 걸어 다니에 대한 고민을 털어놓았다.

그러자 비키는 한숨을 쉬었다. "나무 밑에 서 있다가 새똥을 맞았으면 그 나무 밑에서 나와야지." 비키는 내가 보스턴으로 돌아가면 다니와 헤어질 거라고 생각한 모양이었다.

"괜찮은 남부 여자 한 명 소개해 줄까?"

고마운 제안이기는 했지만, 나는 괜찮은 남부 여자를 원하지 않았다. 다니를 원했다.

비키와 통화하고 나니 기분이 좀 나아졌다. 그런데 하필 그때 다니에게서 전화가 왔다. 그녀는 데이트 날짜를 바꿔야겠다고 했다. 위민스 뮤직 페스티벌에서 만난 여자들과 다 같이 모이기로 했던 걸 깜빡 잊고 있었다는 것이다. 나는 손바닥으로 벽을 쾅 내리친 다음 수화기를 거칠게 내려놓았다.

밖으로 나갈까 싶었지만, 그냥 집에 혼자 있는 게 나을 것 같았다. 그 선택이 옳았다. 채광 좋은 방에 앉아 TV로 자연 다큐멘터리를 보는 쪽이 다니와의 끊임없는 밀고 당기기보다 더 만족스러웠다.

바람을 피우는 건 내 오래된 대처 방식이었지만, 내게 더 이상은 그런 게 필요 없었다. 그저 나 자신을 돌보는 법을 배워야 했다. 영양가 있는 저녁을 차려 먹고, 혼자 편안히 쉬었더니 기분이 가벼워졌다. 언젠가 아프리카에 가서 산악고릴라를 추적하겠다는 몽상에 빠졌다. 어떤 식으로건, 다니가 내 안에 열어놓은 이 끝없는 결핍의 구덩이를 아물게 만들 수 있을 것이다.

아직 스스로 인정하지 못한 일이었는데도, 나는 내과 과장을 찾아가 파트너와 헤어지는 중이어서 일에 집중하기 어렵다고 털어놓았다. 나는 예전처럼 세심한 주의를 기울이지도, 효율적으로 행동하지도 못하고 있었다. 그가 나를 나쁘게 평가하지 않았으면 했다. 과장을 비롯한 몇몇 의사는 레지던트 생활 내내 나를 지지해 주었다. 일을 잘 해내고 그들에게 인정받는 게 좋았다.

혼자 워싱턴DC에 갈 것이라는 계획은 아직 다니에게 말하지 못했다. 우선 나부터도 그 생각을 받아들일 시간이 필요했다. 내가 캐스 그리고 매리언에게 했던 행동을 생각하면, 내게 필요한 안정감을 주지 못하는 여자를 사랑하게 된 건 카르마였는지도 모른다. 순간 자기파괴적 감정이 일며 레지던트 과정을 그만둘까 하는 생각이 들었다.

과장은 60대 후반 남성이었다. 그가 책상 너머에서 걱정스러운 표정으로 나를 바라보았다. "우리 조직 안에서 내가 도울 만한 일이 있나?"

예기치 못한 친절에 어안이 벙벙해졌다. 의학계에는 여전히 여성혐오가 만연했지만, 시간이 지나며 예외 역시 존재한다는 것을, 나를 지지하고 내가 성공하길 바라는 남성들도 있었다는 것을 깨닫게 되었다. 목에 뭔가 걸린 것 같은 기분이어서 억지로 꿀꺽 삼켰다. "전부 포기하고 떠나고 싶은 마음이에요." 나는 무릎 위에 깍지를 껴 올려둔 손을 내려다보며 말했다.

"감정 표현은 좋은 일이지. 자네는 일에 헌신적인 사람이고, 레지던트 과정이 힘들다는 걸 잘 알지. 하지만 내가 아는 한, 자네는 포기할 만한 사람이 아니네."

"레지던트 과정이 힘든 게, 어차피 끝나게 되어 있던

관계에 마지막 못을 박은 셈이죠." 떠나고 싶다는 유혹을 느꼈지만, 나는 내가 떠날 수 없다는 걸 알았다. 여기까지 오느라 치른 온갖 희생을 생각하면 그럴 수 없었다. 눈시울이 뜨거워졌다.

"며칠 휴가를 다녀오면 어떨까?"

나는 괜찮다고, 일하는 쪽이 낫겠다고 했지만, 과장의 친절한 눈빛을 보자 문득 솔직한 말이 입 밖으로 나왔다. "레지던트 과정이 지나면 제 손에는 무언가 남겠죠. 그런데 이 관계의 끝엔 아무것도 남은 게 없을 거예요." 손등으로 눈물을 훔쳤다.

"없는 게 아니야. 눈에 보이지 않을 뿐."

9월 하순, 붉은색과 금빛 단풍이 들고 밤은 더 쌀쌀해졌다. 케임브리지의 다니 집으로 가서, 마음을 단단히 먹고 계단을 올랐다. 이번에는 다니의 말에 흔들리지 말아야지. 정신적 지지가 될 부토도 데려갔다.

다니는 전화 통화 중이었지만 내 얼굴을 보더니 수화기를 내려놓았다. 그때 나는 독감에 걸린 듯 얼굴에 홍조가 오르고, 몸살 기운이 있고, 속이 안 좋았다. 얼른 끝을 보고 싶었다.

"잠시 산책하자." 이번에는 다니에게 넘어가 마음을 바꾸는 일은 없어야 했다.

"시간이 없어. 그냥 포치에 앉아서 이야기하자." 다니가 대답했다.

우리는 함께 계단을 내려갔다. 따라오는 부토의 발톱이 목재 바닥에 탁탁 부딪히는 소리가 들렸다.

다니는 청바지, 오픈칼라 셔츠에 날씨가 따뜻했는데도 데님 재킷을 입고 있었다. 주머니에는 사진 도구가 가득했다. 우리는 고리버들 의자에 마주 앉았다. 다니가 내 결심을 읽은 듯 내 눈을 바라보았다.

"다니." 나는 크게 숨을 들이쉬었다가 천천히 내쉬었다. "헤어지자. 워싱턴에는 혼자 갈게."

다니가 눈물을 흘릴 거라는 건 이미 예상하고 있었다. 나는 마음을 단단히 먹고 움직이지 않았다.

부토가 다니의 손을 핥았다.

"내가 할 수 있는 일은 없어?" 다니는 목멘 소리로 물었다. "앞으로는 친구들이랑 자지 않을게."

그게 가장 중요한 문제 아니었어?

"진심이야? 제니퍼는?"

그 말에 다니는 울음을 그치고 머뭇거렸다. "지금 결정할 수 있는 문제는 아니야."

헤어지는 마당에도 제니퍼랑 계속 자겠다고? 가슴을 메우던 답답한 감각이 목까지 치밀었다. 자리를 떠나려고 일어섰다가, 돌아서서 다니를 바라보았다.

"그럼 내가 결정할게. 시간을 2주 줄 테니까 제니퍼랑 정리해."

"불공평하잖아." 다니가 애원했다.

나는 빙글 몸을 돌린 뒤 바깥을 향하며 부토를 불렀다.

　집으로 돌아가는 내내, 다니가 아마 변하지 않을 거라는 생각에 가슴이 아팠다. 다니를 포기하는 건 마음이 미어지는 일이었다. 좋았던 순간들은 다른 누구와도 경험하지 못했던 짜릿함을 안겨주었다. 아팠고, 실망스러웠지만, 여전히 그녀를 사랑했다.

33

1980년 11월 7일은 마지막 당직 근무 날이었다. 새벽 녘에 잠시 여유가 생겨 《월스트리트 저널》을 읽었다. 로 널드 레이건이 압승으로 대통령에 당선되었으며, 산업안 전보건청을 대폭 축소하는 것을 최우선 과제로 삼겠다고 발표한 참이었다. 산업의학 연구실의 미래는 물론이고, 나 라 전체에도 좋은 징조는 아니었다.

고된 레지던트 생활에서 벗어날 자유가 눈앞에 아른 거리기 시작한 바로 그때, 대선 결과가 전통적 가치를 내 세우며 여성과 동성애자의 자유, 그리고 임신중지 선택권 을 제한하려는 다수파에 힘을 실어주었다. 창문도 없는 당 직실에 누워 있자니 불길한 예감을 떨칠 수가 없었다. 지 난 20년간 내가 목격해 온 모든 변화와 희망을 허사로 만 들 중대한 변화가 시작되고 있었다.

다음 날 밤, 나는 아래층에 세 들어 사는 노부인 B 씨와 셰리주를 마셨다. 약속 시간이 지났지만, 언제나 그렇듯 다니는 도착하지 않았다. 작은 체구에 등이 굽은 B 씨가 바삐 움직이며 내 잔을 다시 채워주었다. 내가 20대 시절 이룬 성취들을 B 씨와 함께 돌아보았다. 의대를 우등으로 졸업했고, 인턴 과정에서 살아남았으며, 하버드에서 석사 학위를 두 개 취득했다. 산업의학 전문의 자격과 내과 전문의 응시 자격을 갖춘 채로 두 번의 레지던트 과정을 곧 마칠 터였다. 연구 논문을 두 편 게재했고, 또 한 편이 곧 게재될 예정이었다. 의사로서 나는, 내가 뛰어난 진단 능력과 환자에 대한 연민을 지닌 임상의라는 단단한 확신이 있었다. 본능과 지식, 그리고 내 판단을 믿는 법을 배웠기 때문이다.

"그런데 사생활은 엉망이에요." 호박색 액체를 잔 속에서 빙글 돌리며 내가 말했다.

B 씨가 다 안다는 듯 고개를 주억거렸다. 다니가 오가는 기척, 다니와 내가 싸우는 소리 현관문이 쾅 닫히는 소리를 못 들을 정도로 청력이 떨어진 건 아니었으니까.

다음 날, 병원을 떠나기 전에 알코올중독으로 간 질환 말기에 다다른 스물일곱 살 남성 환자를 중환자실에 입원시켰다. 그는 응급실에서 식도정맥류 출혈로 피를 토했고, 그 피가 내 스크럽에 온통 튀었다. 환자의 간에서 혈액 응고 인자를 만들어 내지 못하는 탓에 피가 멈추지 않고 계속 흘러나왔다. 우리는 그가 피를 흘리는 만큼의 빠른 속도로 그의 혈관 속에 피를 주입했다. 외과 레지던트가 그의 하부 식도에 풍선을 삽입해 상태를 안정시킨 뒤에야 나는 병원을 나설 수 있었다.

나는 내가 제일 좋아하던 스크럽(키가 큰 탓에 물론 남성용이었다)을 벗어 수거함에 던져버린 뒤 병원을 떠났다.

집에 도착했을 때는 젖은 행주처럼 기운이 없어서 와인 한 잔을 마시며 자연 다큐멘터리를 보고 싶다는 생각뿐이었다.

다니가 TV 앞에 앉아 인스턴트 용기에 담긴 음식을 먹고 있었다. 그녀를 보자 짜증이 나서 얼굴이 절로 구겨졌다. 집 열쇠를 돌려달라고 할걸 그랬다. 다니는 입안에 음식이 가득 담긴 채 짧게 고갯짓으로 인사했다.

왜 여기 있는 거야? 무의미한 말씨름을 또 시작할지도 모른다는 생각에 불안해져 몸이 굳었다. 제니퍼와의 관계를 정리하라는 최후통첩을 내린 지 6주가 지났지만, 그녀에게서는 아무런 응답이 없었다.

"매일 반복되는 말씨름을 오늘 저녁엔 생략하면 안 될까?" 다니가 입을 열기도 전에 내가 말했다.

다니는 포크를 내려놓고 나를 보며 말했다. "대체 난 어쩌다가 이렇게 철저히 자기중심적인 여자와 엮인 걸까?" 그러더니 완제품으로 나온 매시트포테이토를 포크 가득 떠먹었다.

"내가 자기중심적이라고?" 내 평생 만나본 여자 중 다니처럼 자신만 아는 사람은 처음이었다. 이런 식으로 바람 피우는 걸 정당화하려는 걸까? "넌 너만의 세계에만 갇혀 있어서 내가 어떻게 지내는지 하나도 몰라. 어젯밤 8시까지 오기로 했었지. 그러더니 10시가 되어서야 나타났어. 내가 잠을 자야 하는 시간이었는데도."

난 비난을 쏟아 낼 준비를 하며 이리저리 서성였다.

그러나 다니가 내 말을 끊었다. "넌 내가 제니퍼와 잤다는 사실 때문에 너한테 잘못을 저질렀다고만 생각하고, 오로지 그 생각밖에 안 해. 너도 때로는 배려심 넘치고, 다정하고, 관대하지. 하지만 그건 언제나 네가 유리한 상황일 때뿐이야." 그러더니 다니는 눈앞에 놓여 있던 호박색 액체가 반쯤 찬 잔을 들어 한 모금 마셨다.

"네가 제니퍼와 마서스 비니어드에 놀러 가고, 헬린카와 요트를 타러 가고, 소프트볼 팀 사람들과 술 마시러 갈 때도 내가 배려심 넘치고 다정하긴 쉽지 않아. 넌 내가 일하지 않을 땐 나한테 시간을 거의 내주지도 않잖아. 부토 밥은 줬어?"

"아니, 아직."

부토가 기대감 가득한 눈빛으로 나를 올려다보았다. 나는 찬장에서 사료를 꺼내 밥그릇에 부어주었다. 물그릇도 비어 있었다. 부토는 우리 말투에서 분위기를 감지했는지 섣사리 밥그릇에 뛰어들지 않았다.

다니는 부토를 완전히 무시하고 말을 이었다.

"나한테 이래라저래라 해도 된다고 생각했던 모양인데, 난 선을 긋겠어. 네가 날 통제할 수 있도록 친구들을

버리라니, 거절할게. 그래, 난 다른 여자랑 잤어. 네가 내
욕구를 다 채워주지 못했으니까. 성적 욕구는 우선순위가
아니야, 라키. 나한테 가장 중요한 건 이타적이고 무조건
적인 사랑으로 나를 받아들여 주는 거였어. 다른 사람한테
는 너한테 그러는 것처럼 일일이 협상할 필요가 없었어.”

나는 코웃음을 쳤다. “그래, 이제 엄마 품에 안긴 아
기처럼 이타적이고 무조건적인 사랑만 받을 수 있는 그런
여자를 찾았나 보네? 넌 분명 언젠가 그 여자를 실망시킬
텐데, 실망할 때조차 변함없이 사랑을 줄 그런 여자?”

다니는 어두운 눈빛으로 나를 보더니, 쿠앵트로를 보
관해 둔 찬장을 열어 잔을 다시 채우려 했다. 내가 돌아오
기 전에 얼마나 마신 것일까? 술이 우리의 싸움을 부추겼
던 것일까?

그녀가 병을 향해 손을 뻗자, 나는 다가가 그녀의 손
목을 붙잡고 힘을 주었다. 어쩌면, 너무 세게. “안 돼. 그만
마셔.”

다니는 놀란 표정을 하더니 이내 도전적인 눈빛이 되
었다. 심장이 쿵쿵 뛰었다. 몸싸움을 벌인다면 분명 다니
가 나를 제압할 수 있었다. 나는 그녀의 손목을 놓지 않았
고, 그녀가 주먹을 쥐는 게 느껴졌다. 날 때리려는 걸까?

다음 순간 그녀가 팔을 내려놓았다. 나도 그녀의 손목
을 놓았다.

다니는 가만히 있었다. 여전히 가까운 거리였다. “너
만큼 나한테 이렇게 압도적인 공격성을 드러냈던 사람은

없었어."

내 얘기 하는 게 맞아? "이 공격적인 괴물은 배가 고파서 이만."

나는 발걸음을 옮겨 냉장고를 뒤졌다. 있는 거라고는 와인, 마요네즈, 케첩이 전부였다. 냉동실에서 시금치 수플레가 나오기는 했지만 굽는 데 1시간은 걸릴 터였다. 결국 나는 수플레를 오븐에 예열해 두고, 눅눅한 땅콩이나 집어 먹기로 했다.

다니는 계속 주위를 얼쩡거렸지만, 나는 지쳐버렸다.

"지긋지긋해. 네 예민한 감정을 무시하고 창조적 에너지를 짓밟는 분노한 괴물로 취급받는 거. 이제 네 마음대로 해. 누구랑 자든지, 너 혼자 하든지."

그 말을 남긴 뒤 나는 방으로 들어가 독서등을 켜고 잡지를 꺼냈지만, 너무 피곤하고 언짢아서 읽지 않고 페이지만 이리저리 넘겼다.

부엌에서 다니가 부토더러 밥을 먹으라며 나직하게 말을 거는 소리가 들렸다. 곧 부토가 바삭바삭 사료를 씹는 소리가 들렸다. 나는 다니가 떠나는 기척을 들으려고 귀를 기울였다.

그러나 다니는 떠나지 않았다. 방 안으로 들어와 내 근처 의자에 앉은 그녀의 얼굴은 그림자에 일부가 가려져 있었다.

"지난주, 내 삶에서 가장 끔찍했던 시절을 다시 겪는 기분이었어." 그녀가 떨리는 목소리로 말했다. "우울증,

자살 시도, 그리고 그 사실을 아는 사람들이 던지는 묘한 눈빛들. 그런데 넌 이해하려는 생각조차 없었어. 내가 제니퍼와 주말을 보냈다며 상처를 받고 화내기만 했지.” 그녀는 울음을 터뜨리기 직전이었다.

한때 다니가 내게 위로와 안식을 얻으려 했고, 내가 기꺼이 그것을 주던 시절도 있었다. 하지만 지난 1년간 나는 육체적으로도, 감정적으로도 그런 것을 줄 수가 없었다. 다니도 마찬가지였다. 그건 누구의 잘못이었을까?

“미안하지만 이제 이타적이고 무조건적인 사랑은 바닥났어.” 나는 그녀를 외면하고 잡지를 넘겼다.

다니가 우리 사이에 놓였던 테이블을 주먹으로 내리치는 바람에 조명이 흔들렸다. “넌 나한테 독점적인 관계를 요구해. 그런데 너도 매리언과 만날 때 바람 피웠잖아? 나한테 가장 중요한 건, 내 모습 그대로를 인정받는 거야. 네 뜻에 따라 나를 꺾어야 넌 날 인정해 줘. 네 사랑은 조건부라고, 라키.”

나는 다니를 올려다보았다. “제니퍼의 사랑도 조건부일 거야. 네가 상대방의 욕구를 충족하든 말든, 영원히 사랑하고 위로해 줄 여자가 세상에 있다고 믿을 정도로 순진한 거야?”

사실 내가 캐스에게서 원했던 게 바로 그것이었기에, 절로 얼굴이 찌푸려지는 것 같았다. 나는 잡지에 얼굴을 숨겼다.

그러자 다니가 덤벼들어 잡지를 빼앗았다. “상처 주

는 말은 얼마든지 할 수 있지만, 나 자신이 싫어질 것 같아서 참을게. 난 지금도 널 사랑해. 우린 정말 좋은 친구가 될 수 있고, 내가 아는 그 누구보다 더 잘 지낼 수 있을 거야. 그런 관계를 포기하긴 참 어렵지. 그래도 너무 멀리 왔어. 서로에게 너무 큰 상처를 줘.”

누그러진 말투였지만, 나는 무시했다. 제니퍼와 잤으니까. 아직도 제니퍼와 자니까. 다른 말은 들리지 않았다. 이제 다니와는 끝이었다. 머리로 피가 몰리는 소리가 들렸다. 후회할 말을 더 내뱉고 싶은 충동이 들었지만, 무의미했다. 우리는 끝이니까.

“가.” 내가 말했다.

다니는 문을 향해 가면서 코트와 가방을 집어 들었지만, 부토는 까맣게 잊었다.

“열쇠는 두고 가!” 내가 외쳤다.

문이 쾅 닫히며 벽이 흔들렸다. 나는 의자에 널브러졌다. 그제야 눈물이 나기 시작했다.

한참 울고 난 뒤에 샤르도네를 한 잔 따라놓고 다니와의 지난 연애를 생각했다. 그녀가 진짜 나를 본 적이 있기는 했을까? 나의 예민함, 취약함, 짐작한 것이 아닌 진짜 장점들, 그녀를 향한 진실한 사랑을 알기는 했을까? 그러나 지난 한 해 동안 다니에게서 사랑과 안정감을 얻으려한 건 철물점에 가서 멜론을 사려는 것이나 마찬가지였다.

우린 왜 이렇게 일방적이거나, 불만족스럽거나, 심지

어 학대적인 관계를 자꾸 이어가는 걸까? 지난 한 해를 보내며 내 자존감은 바닥에 떨어졌다. 어쩌면 헌신적인 사랑을 받을 자격이 없다고, 레즈비언에게 그런 관계는 불가능하다고 생각했는지도 모르겠다. 나는 롤러코스터 같은 관계에 중독된 셈이었다. 내가 다니를 가장 필요로 할 때 그녀가 나타나지 않으면 바닥에 떨어졌다가, 나를 방치한 끝에 돌아와 사랑한다고 말해주고 끝내주는 섹스를 나누면 도파민의 절정까지 솟구치던 그런 관계.

나는 내 희망에 스스로 갇히고 말았다. 처음 만난 행복한 몇 달간의 모습이 진짜 다니의 모습이라고, 언제까지나 그럴 것이라고 믿었다. 그녀가 변한 게, 억울해하고 화를 내고 바람을 피우는 게 내 탓이라고 믿었다. 어쩌면 그런 자책은 비록 거짓일지라도 나한테 이 관계를 바꿀 힘이 있다는 생각을 심어준 건지도 모른다.

다니를 떠남으로써, 내가 할 수 있는 유일한 방법으로 이 중독의 고리를 끊겠다고 생각하자 가슴이 아팠다. 수플레는 손 하나 대지 않은 채 식탁 위에 놓여 있었다. 부토를 부른 뒤, 침대에 누워 한쪽 손을 부토의 등 위에 얹어놓고 있다가 옷도 갈아입지 않은 채로 불편한 잠에 빠졌다.

34

3주 뒤, 나는 수납처에 병원 신분증을 던져놓고 성큼
성큼 병원을 걸어 나온 뒤 포드 머스탱에 올라타 보안 출
입문으로 향했다. 부스 안에 있던 경비원이 신분증이 없으
면 무료로 주차할 수 없다고 떠들어 댔지만, 나는 신경 쓰
지 않았다.

나는 창문 너머로 소리쳤다. "앞으로 볼 일 없을 거예
요. 탈출이다!"

경비원이 얼굴을 찌푸리더니 출입문을 열었다. 나는
엔진 소리를 요란하게 울리며 그곳을 빠져나왔다.

1980년 11월 30일, 내과 레지던트 3년 차의 마지막
날이었다.

싸우고 헤어진 뒤 몇 주 동안 다니와 나는 일종의 휴
전 상태에 도달했고, 우리 관계가 막다른 곳까지 왔음을
인정했다. 나는 기대를 버렸고, 다니는 마음을 풀고 아직

내게 남은 애정을 드러냈다. 그러나 그것은 내 고통 위에 덮인 얇은 막에 지나지 않았다.

워싱턴 DC에 있던 데이비드도 도착해 다니와 함께 집에서 나를 기다리고 있었다. 나는 서둘러 집 앞에 차를 세워두고, 집 안으로 들어가며 고래고래 외쳤다. "끝났다, 영원히!"

스크럽을 벗어 던졌지만, 나중에 불로 태우는 의식을 치르려고 버리지는 않았다.

샤워를 마치자 다니가 내 방문을 두드렸다. "잘 차려입고 나와. 외출할 거니까."

아주 오랜만에 행복한 기분을 느끼며, 나는 흐르는 듯한 실루엣의 검은색 벨벳 바지와, 빨간색 실크 블라우스를 입었다. 콘택트렌즈, 귀걸이, 립스틱, 하이힐까지 갖추고 방에서 나와보니 다니는 흰색 턱시도에 라벤더색 커머번드까지 두른 차림이었다. 은촛대에 기다란 노란색 초를 꽂고 불을 붙이는 그녀가 눈부시게 아름다웠다. 그러더니 가장 친한 친구들(질리언, 크리스, 폴라)이 하나씩 계단을 올라왔다. 다들 근사하게 차려입은 모습이었다.

모두 거실에 앉아 촛불을 켜둔 채 대화를 나누었다. 친구들에게 마실 것을 권하려는데, 데이비드가 먼저 말을 꺼냈다.

"누가 찾아온 것 같네, 파트루스크. 가서 확인해 봐."

데이비드는 속마음이 얼굴에 잘 드러나는 사람이었고, 그날 밤도 예외는 아니었다. 뭔가 꿍꿍이가 있다는 게 느껴졌다. 다니와 함께 현관문으로 걸어가 보았다. 집 앞에는 후드에 은색 엠블럼이 달린, 길쭉하고 반질반질한 우윳빛 롤스로이스 한 대가 서 있었다. 운전기사까지 딸린 리무진이었다.

"와, 상상도 못 했어!"

다니가 활짝 웃었고, 나도 미소로 답했다. 그럴 때야말로 다니가 가장 사랑스러운 순간이었다.

우리는 코트를 챙겼고, 다니는 내가 리무진 앞에 서 있는 모습을 사진으로 남겼다. 폴라, 질리언, 내가 뒷좌석에 타고, 다니와 크리스는 우리와 마주 보는 접이식 좌석에 앉았다. 데이비드는 잘생긴 게이 운전기사와 함께 앞좌석을 차지했다. 운전기사가 차가운 샴페인과 잔을 꺼내주었고, 우리는 고급스러운 호두나무색 가죽 시트에 앉아 건배했다.

"오늘의 경로는 이미 정해져 있어." 우리가 샴페인을 홀짝이는 가운데 데이비드가 알려주었다.

첫 번째 목적지는 불과 2시간 전에 내가 영원히 돌아오지 않겠다고 장담한 그 병원이었다. 출입구로 다가가자아까 그 경비원이 부스 안에 있었다. 나는 롤스로이스 창문 너머로 몸을 뻗어 그에게 샴페인 잔을 건넸다. 경비원이 껄껄 웃더니 들어가도 좋다는 몸짓을 했다.

우리는 가장 싫어하던 응급실 앞을 느릿느릿 지났고, 바쁘지 않아서 바깥으로 달려 나올 수 있었던 간호사 두 명에게 건배하는 시늉을 했다. 그다음에는 다시 경비원 곁을 지나며 잔을 돌려받았다.

리무진이 하버드 보건대학원 앞을 미끄러지듯 지나갈 때, 예전 내 사무실이 있던 14층의 불빛이 보였다. 지금도 그곳에서 누가 늦게까지 근무하는 중일까. 그곳에서 새로운 진로를 개척할 수 있었던 것이, 나를 지지하는 동료들을 만난 것이 그저 감사했다. 이 중 몇몇은 평생 친구로 남을 것이라는 생각이 들었다.

운전기사가 차를 세우더니 샴페인을 세 병째 꺼내 주었다. 우리는 이미 취기가 올라 있었는데, 오히려 잘된 일이었다. 다음 목적지는 데이비드와 내가 고통스러운 인턴 생활을 했던 보스턴 시립병원과 보스턴 대학교 병원이었기 때문이다.

이스트뉴턴 스트리트를 따라 보스턴 대학교 병원 입구까지 갔다. 데이비드와 나는 인턴 과정에서 우리를 시달리게 했던 내과 과장을 비롯한 폭군들을 떠올리며 가운뎃손가락을 들었다. 우리는 그 혹독한 시기를 살아내며 상처를 입었지만 망가지지 않았고, 나는 의사로서의 능력에 대한 자신감과 믿음을 되찾았다.

우리는 불편한 기억에 오래 머무르지 않았다. 두어 블록 떨어진 이스트스프링필드 스트리트로 가서, 우리가 예전에 살던 타운하우스, 그리고 내가 잠든 사이 화재로 전소되었던 옆 건물 자리에 새로 생긴 건물을 보았다.

워싱턴 스트리트를 지나 보스턴 코먼 공원에 다다르자 화려한 크리스마스 조명이 펼쳐졌다. 곧 이 도시를 떠나게 되리라 생각하자 목이 메었다. 솔트레이크시티에서 처음 보스턴으로 왔을 때, 보스턴의 젊고 지적인 분위기, 페미니즘 문화, 역사, 그리고 동부 특유의 치열한 활력에 얼마나 설렜었나. 이곳에서 나는 가장 가까운 친구들, 사랑하는 사람들과 함께였다. 이 도시를 영영 떠날 수도 있다는 생각은 도저히 할 수가 없었다.

리무진 여정의 끝은 보스턴 워터프론트였다. 운전기사는 우리를 해산물 레스토랑에 내려주었다. 2층 예약석에서 내 동료와 그의 남편이 기다리고 있었다. 데이비드와 다니가 내 양옆에 앉았다. 우리 셋은 알래스카 킹크랩을, 다른 사람들은 굴을 주문했다.

잠시 후, 턱시도를 입은 젊은 남자가 풍선 다발을 들고 나타나더니 새로운 직장과 새로운 삶에 행운이 함께하기를 빈다는 카드를 읽어주었다. 다니가 씩 웃었고, 나도 그녀를 향해 미소 지으며 그녀의 손을 꼭 잡았다. 과장되면서도 화려한, 정말이지 다니다운 제스처였다.

우리는 질리언의 차에 풍선을 싣고 집으로 돌아갔다. 차에 여유 공간이 없어 나는 바닥에 앉아야 했다. 그러다 어느 순간 폴라가 몸을 기울여 내 귀에 대고 속삭였다. 오랫동안 나를 사랑해 왔다고, 내가 원한다면 나와 결혼하겠다고. 와인을 너무 많이 마신 것 같았지만, 그녀의 애정이 기꺼워 나도 미소를 지었다.

집에 도착하자, 폴라와 크리스는 한없이 포옹과 키스를 하며 작별 인사를 나눈 끝에 먼저 돌아갔다. 질리언, 데이비드, 다니, 나는 함께 2층으로 올라갔다. 데이비드는 짐을 정리하러 자기 방으로 들어갔고, 소파에 앉은 다니와 나 사이에 질리언이 앉았다. 나는 질리언의 어깨에 팔을 둘렀고, 질리언은 다니의 어깨에 고개를 기댄 자세로 우리는 이야기를 나누었다.

그러다가 다니가 벌떡 일어나 이제 자야겠다며 방으로 들어갔다. 그녀가 우리 집에서 자고 간다는 건 예상 밖이었지만, 마법 같은 밤이 가져온 노곤한 분위기에 도취된 나는 굳이 안 된다고 하지 않았다.

질리언을 팔로 감싼 채 앉아 있는 그 소파에서 일어나고 싶지 않았다. 질리언이 내게 조금씩 가까이 다가오더니 얼굴을 들어 내게 키스했다. 처음에는 부드럽게, 이어 더 열정적으로. 복도 바닥널이 삐걱거리는 소리가 들렸다. 데이비드인지, 다니인지 알 수 없었지만, 굳이 알아내려 하지 않았다. 나는 질리언을 일으켜 포치로 데리고 나갔다.

질리언이 나를 끌어안자, 그녀에게 키스하고 싶은 충동이 일었지만, 그럼에도 나는 더 나은 판단을 내렸다.

"너와 함께여서 오늘 밤은 완벽했어."

작별 인사를 나눈 뒤, 나는 계단을 올라가 옷을 벗고 다니 곁에 누웠다. 팔로 다니를 감쌌지만, 그녀는 이미 깊은 잠에 빠진 뒤였다. 슬픔의 바닷속 행복의 섬에 표류한 것처럼, 쉽사리 잠이 오지 않았다.

35

　12월 초, 다니는 또 다른 사진전을 준비하며 내 의견을 구했다. 해산물 레스토랑에서 허겁지겁 저녁을 먹고, 케임브리지에 다니를 내려준 뒤 집으로 돌아가던 길에, 그녀가 차에 재킷과 열쇠를 두고 내린 걸 알았다. 차를 돌려 다니의 집으로 돌아가서, 잠겨 있지 않은 문으로 들어가 계단을 올라간 내 눈에 다니와 그녀의 레즈비언 페미니스트 '치료사' 낸시가 방 안에 촛불을 켜두고 마주 앉아 '치료'를 하는 중이었다.

　나는 비틀거리며 한 발짝 물러섰다. 한동안 우리 모두 눈만 휘둥그레 뜬 채 차마 아무 말도 하지 못했다.

　"퍽이나 프로답네요, 낸시." 나는 비꼬는 기색을 숨기지도 않았다.

　두 사람이 뭐라 말하기도 전에, 나는 돌아서서 그 집을 떠났다.

그다음 주, 나는 내 송별 파티를 열었다. 캐스도 왔다. 우리 집 거실과 부엌을 가득 메운 동료들, 친구들과 대화하고, 술을 마시고, 춤을 췄다. 자정이 넘는 시각까지 친구들이 나를 안아주고 앞으로의 삶을 응원해 주었다.

낸시와 함께 있는 모습을 들킨 다니는 현명한 선택을 했다. 파티에 오지 않은 것이다. 새벽 1시 30분경, 손님들이 모두 돌아간 뒤 다니와 낸시가 함께 우리 집에 찾아왔다. 낸시가 준 꽃다발에는 이렇게 쓰인 카드가 들어 있었다. "프로답지 못하다면, 멋이라도 챙길게요." 나는 그것들을 쓰레기통에 던져버렸다. 둘은 내가 필요로 하는 걸 다니가 줄 수 없다는 둥의 이야기를 하려 들었다.

나는 코웃음을 치며 둘을 미친 사람들처럼 쳐다보았다. "나가."

"라키, 나랑 얘기 좀 해. 낸시는 가고 나만 남을게." 다니가 애원했다.

나는 아무 말 없이 방으로 들어가 문을 닫은 뒤, 문 앞에 의자를 가져다 놓았다. 침대에 앉자 숨이 가빠지고 구역감이 밀려왔다.

두 사람이 떠나는 소리를 들은 뒤에야 비틀거리며 일어난 나는 앞문을 잠그고 빗장까지 걸었다.

며칠 뒤, 이삿짐 센터 사람들을 기다리던 나는 거실에 서서 디펜바키아 화분을 한참 바라보았다. 데이비드와 내가 처음 보스턴에 와서 이스트스프링필드 스트리트에 집을 얻었을 때 산 화분이었다. 그때는 잎이 하나밖에 없었는데, 지금은 훌쩍 자라 키가 나만큼 자랐다. 보스턴에서 보낸 시간 동안 식물은 이만큼이나 자랐는데… 나도 성장했을까? 많은 여자와 사랑을 주고받았지만, 내 곁에 남은 사람은 아무도 없었다. 내가 꿈꾸던, 서로 헌신하는 동등한 독점적 관계는 아직 멀기만 했다. 하지만 적어도 의사로서의 내 능력에는 자신감이 생겼다.

부토는 지난 며칠간 내 곁에 있어주었고, 사랑을 담아 쓰다듬어 주면 예쁘게 웃었다. 바버라 스트라이샌드의 〈더 러브 인사이드The Love Inside〉를 반복재생 해둔 채 울면서 이삿짐을 쌌다. 이 눈물은 오직 다니뿐 아니라, 캐스, 질리언, 매리언, 세실리아를 비롯해 내가 사랑했고 잃어버린 모든 여자를 위한 것이었다.

이삿짐 싸기를 마치자마자 소파에 주저앉았다.

그날, 밤늦게 질리언과 저녁 약속을 해두었는데, 우리는 서로 다른 식당으로 가고 말았다. 나는 브루클라인에 있는 상하이에, 질리언은 차이나타운에 있는 상하이에 갔던 것이다. 나는 한참 기다리다가 결국 혼자 저녁을 먹었다. 집에 돌아가서 질리언의 전화를 받고서야 우리는 서로의 실수를 알고 함께 웃었다.

전화를 끊고 나서, 질리언이 내가 보스턴을 영영 떠날지도 모른다는 사실에 신경을 쓰는지 궁금해졌다. 나는 질리언으로부터 내가 원하는 사랑을 받으려고 더는 시도하지 않고 있었다. 질리언은 야생동물처럼 쉽게 겁을 먹었

다. 그녀가 다가올 수 있도록 가만히 있어야 했다. 붙잡아
서도, 규정하려 해서도 안 되었다.

다음 날 아침, 이삿짐 센터 사람들이 도착했다. 1층에
서 B 씨가 아침을 먹자고 불렀지만, 아무것도 먹을 수가 없
었다. 다시 위층으로 올라간 나는 후들거리는 다리로 벽에
기대선 채 엄마가 준 크리스털, 내 책들, 레코드플레이어,
레코드들, 옷가지가 모두 상자 속으로 사라지는 모습을 지
켜보았다.

정오가 되어 이삿짐 나르는 사람들이 떠났을 때, 나는
속에 있는 걸 다 게워 냈다.

새벽 2시에 눈을 떴다. 창밖의 헐벗은 나뭇가지 위로
갓 내린 눈이 덮여 도시의 소음을 잠재웠다. 부토를 데리
고 나가 오줌을 누인 뒤 고요를 즐겼다. 눈 속에서 데굴거
리는 부토를 보자 또 목이 메었다. 부토 역시 두고 떠나야
했다. 우리는 다시 안으로 들어가 침대에 함께 웅크리고
누웠다.

이삿짐 센터 사람들이 상자를 트럭에 싣고 난 뒤, 나
는 다니의 물건들을 포드 머스탱에 실어두고 아래층으로
내려가 B 씨와 함께 점심을 먹었다. 팔다리가 물속에 있
는 것처럼 움직였다. 방향감각이 없었고, 텅 빈 기분이었
고, 내 삶이 진짜 같지 않았다. 내 미래가 불확실하다는 느
낌 속에서 케임브리지의 다니 집으로 간 나는 그녀에게 우
리가 함께한 삶의 흔적과 부토를 넘겨주었다. 실용적인 의

미에서, 우리의 관계를 정리하는 건 쉬웠다. 공동 재산도, 아이도 없었고, 각자의 친구들이 있었으며, 공유한 건 개 한 마리뿐이었다. 우리를 묶어준 건 오로지 사랑뿐이었고, 그것만으로는 충분하지 않았다. 이별을 받아들인 뒤 지난 6주간 다니와 아무렇지 않게 소통할 수 있었지만, 내 상처를 덮은 얇은 막은 조금만 자극해도 부서질 거라는 걸 나는 알았다.

다니는 프랑스 술이 담긴 잔을 들고 나를 맞이했다. 우리는 계단을 올라 그녀의 방으로 갔다. 나는 하나뿐인 의자에 앉아 말없이 술을 마시며 그녀가 하던 일을 마치는 모습을 바라보았다. 집중한 다니의 모습, 햇볕에 그을린 팔뚝의 근육이 움직이는 방식, 넓은 어깨 위로 셔츠가 팽팽하게 당겨지는 모양. 그녀를 떠날 준비를 하면서도, 그녀에 대한 사랑은 점점 더 커졌다.

잠깐이지만 의심이 찾아왔다.

"내 친구 데비가 파티에 와서 그러더라. 우리가 참 흥미로운 커플이라고. 우리한테는 서로가 필요하다고. 또, 헤어지는 건 실수라고." 나는 그렇게 말하고, 술을 한 모금 더 마셨다. 목구멍이 활활 타는 것 같았다.

다니가 내 얼굴을 보더니 한숨을 쉬었다. "아니야, 라키. 실수가 아니야. 우리 둘 다 지쳤고, 데비는 우리가 겪은 시간을 모르잖아."

다음 날 아침은 화창하고, 맑고, 눈이 녹지 않아 추웠다. 나는 팔꿈치에 스웨이드 패치를 덧댄 갈색 트위드 재킷을 입고 새로 산 가죽 서류가방을 챙겨 시내로 향했다. 우리 집을 사기로 한 목사의 아내를 만나 계약을 마무리하기 위해서였다.

집을 매도하며 생긴 돈은 데이비드와 내가 평생 본 적 없는 거액이었다. 나는 B 씨가 임대료 인상 없이 최대한 오래 그 집에 살 수 있도록 새 집주인과 협의했다.

계약이 끝난 뒤, 지난 몇 주 사이 친해진 목사의 아내와 식당에서 점심을 함께 먹었다. 음식이 나오기를 기다리며 나는 속마음을 털어놓았다. "이 집에서 살면서, 바람 잘 날 없으면서도 너무나 중요했던 2년 반 동안 관계의 시작과 끝을 겪었어요."

목사의 아내가 다정한 눈으로 나를 쳐다보더니, 내 손에 자기 손을 얹었다. "퍼트리샤, 문 하나가 닫히면 또 다른 문이 열려요." 그녀는 과거 한 남자와 헤어지고 불과 몇 달 만에 지금의 이상적인 남편을 만났다는 이야기를 들려주었다.

당분간 다른 여자를 사랑할 수 있으리라는 확신은 없었다. 그러나 그녀의 다정함 덕분에 기운이 조금 났고, 도시철도를 타고 이제는 다른 사람의 것이 된 집으로 돌아가 남은 짐을 머스탱에 싣는 동안에도 덜 우울했다.

다니는 내가 워싱턴 DC까지 먼 길을 운전해야 하니

자신이 대신 주유해 주겠다며, 피콕에서 저녁을 먹고 마지막 밤을 케임브리지에서 함께 보내자고 했다. 현명한 제안인지 알 수 없어서 거절할 뻔했지만, 결국은 받아들였다. 울적한 기분을 숨기고, 겉으로는 괜찮아 보이고 싶어서 검은색 슬랙스, 빨간색 실크 블라우스, 귀걸이를 갖추고 그날 밤을 맞이할 마음의 준비를 했다.

집 안을 천천히 돌아다니고 모든 방을 살펴보며 행복한 기억들을 되짚었다. 처음 데이비드와 그 집을 샀을 때 느꼈던 설렘, 다니, 질리언, 크리스, 폴라, 다른 친구들과 함께한 즐거운 시간. 내가 막막함과 쓸쓸함을 느끼던 날이면 방에서 불쑥 나와서는, 내게 내려와 함께 차를 마시자고 부르던 B 씨를 그리워하게 될 게 분명했다.

1시간 뒤 피콕에 도착했을 때는 목과 어깨가 긴장해 뻐근했고 목구멍도 조여드는 기분이었다.

와인 한 잔을 다 마셨는데도 마음이 누그러지지 않았다. 나는 가슴 앞에 팔짱을 낀 채 의자 등받이에 기대며 일부러 천박한 말투로 물었다. "그래, 그래서 네 치료사랑 그짓 했어?"

다니의 눈에 분노가 번쩍였다. "넌 이해 못 해."

"그 여자가 사기꾼이고, 넌 바보라는 건 이해했어."

"입 닥쳐, 라키."

우리는 분노로 가득한 침묵 속에서 식사를 마쳤다.

다니를 두고 그냥 나올까 했지만, 갈 곳이 없었다. 케임브리지의 다니 집에 도착하자, 나이 든 집주인이 출타

중이어서 집 안은 캄캄했다. 더는 버틸 수가 없었다. 보호 막을 뚫고 고통이 마구잡이로 쏟아졌다. 나는 비틀거리며 부엌으로 들어가, 조리대에 몸을 지탱하고 정신을 가다듬 었다. 다니와 삶을 꾸리고 싶었던 욕망은 좌절되었고, 다 니는 처음에는 제니퍼, 다음에는 낸시와 만나며 나를 배신 했다. 내가 원하는 사랑을 찾고 지키는 일에 거듭 실패해 온 모든 고통이 한꺼번에 나를 덮쳤다. 나는 개수대 위로 몸을 수그린 채 어둠 속에서 하염없이 울음을 토했다. 우 주선과 연결된 줄이 끊어져 홀로 외로운 우주를 떠도는 것 처럼 잡아주는 이도 없이, 사랑도 없이 길을 잃고 헤매는 기분이었다. 오래되고, 깊고, 누구도 위로할 수 없는 고통 이었다. 사랑이 없으면 살 수 없음을 아는 아이처럼 울음 이 멈추지 않았다.

나는 오로지 특정한 형태의 사랑, 영원할 줄로만 알았 던 격렬한 열정에만 매달리느라 내 주변을 온통 둘러싼 사 랑을 보지 못했다. 크리스, 폴라, 질리언, 그리고 B 씨의 우 정. 여전히 나를 아끼던 캐스. 갈등을 잠시 내려놓고 레지 던트 과정을 마친 것을 정성껏 축하해 준 다니의 사랑도. 무엇보다도 중요한 건, 가장 필요한 순간에 변치 않는 사 랑, 안정감, 그리고 안식처를 내어준 데이비드였다.

계단을 올라가니 다니는 등을 돌리고 누워 있었다. 나 도 침대로 올라가 그녀를 등지고 누웠다. 우느라 지친 나 는 깊은 잠 속으로 곯아떨어졌다.

아침이 되자, 나도 조금 더 이성적으로 행동할 수 있었다. 내가 지나치게 비꼬았고, 그녀는 너무 화를 냈다는데 우리 둘 다 동의했다.

"어젯밤이 너와 마지막으로 한 침대에 함께 있는 순간이었다는 걸, 네가 정말로 나를 떠난다는 걸 도저히 믿을 수가 없었어." 다니가 눈물을 글썽이며 훌쩍이다가 코를 풀었다.

"그게 우리 나름의 대처 방식이었을 거야." 내가 말했다.

나는 옷을 입고 현관문에서 그녀에게 작별의 포옹을 건넸다. 머스탱에 타자, 연료 게이지가 거의 동나 있었다. 나는 한숨을 쉬고는 고개를 저었다. 다니는 대신 주유해주겠다는 약속조차 지키지 않았다. 내가 의지할 수 있는 사랑을 위해 남겨둔 내 안의 빈자리도 채워주지 않았다. 나는 차에 시동을 걸었다. 이제 내게 필요한 걸 내가 책임지는 수밖에 없었다.

그 후로 40년간, 다니를 다시 보는 일은 없었다.

마지막 점심을 친구와 함께한 뒤, 차를 청소하고, 짐을 싣고, 기름을 넣자 이미 오후 4시였다. 워싱턴 DC까지는 9시간 거리였다. 마지막으로 계단을 오르는데, B 씨가 아래층에서 새처럼 작은 얼굴을 내밀었다.

"지금 떠나기엔 너무 늦었잖아, 퍼트리샤. 나랑 저녁 먹고, 아침에 상쾌한 기분으로 떠나렴."

B 씨가 생선 요리를 해주었고, 우리는 핫토디를 마셨다. 나는 그분의 남는 방의 깨끗하고 빳빳한 시트에 누워 깊이 잠들었다. 아침 6시가 되자, B 씨가 나를 깨웠다. 위층으로 올라가 텅 빈 집과 디펜바키아 화분에 마지막으로 눈길을 돌렸다. 그다음에는 눈물의 키스로 B 씨와 작별하고, 열쇠를 건네준 뒤 워싱턴 DC로 떠났다.

운전하는 동안 앨 스튜어트가 1976년 발표한 〈고양이의 해Year of the Cat〉를 들었다. 아련한 가사와 흐느끼는 듯한 관악기 소리를 들으며 다니를, 그녀의 열정을, 그녀의 고통을 떠올렸다.

내가 보스턴을 영영 떠난 그날, 충분히 쉰 상태로 머스탱에 올라 워싱턴 DC를 향하는 동안, 절망 대신 낙관이 조금씩 찾아오기 시작했다. 평생, 혼란이야말로 나를 새로이 만들어 나가는 원천이었다. 20대 시절의 나는 믿을 만한 사람도, 존중받을 만한 사람도 아니었고, 내가 나 자신에게 주어야 마땅할 사랑과 수용, 돌봄을 연인이 줄 것이라고 기대했다. 이제는 바뀌어야 했다. 그래야 언젠가 헌신할 수 있는 여자를 만나고, 그녀를 사랑할 수 있을 것이다.

나는 곰곰이 생각했다. 상처받기 쉬운 감정을 지키기 위해 경계가 존재한다고. 믿음과 의리의 테두리가 있어야 사랑은 자랄 수 있다. 그 경계가 무너지면 믿음은 사라져 다시는 돌아오지 않을 수도 있다. 그와 동시에 온전히 상대를 사랑하는 것에만 몰두할 수 있는 능력도 사라진다.

이제는 알겠다.

　다니는 내게 거울을 마주하게 해 주었다. 이제 누군가를 사랑하기 이전에, 나 자신에게 더 좋은 친구가 되는 법을 배워야 했다. 두려움 없이 취약함을 받아들이는 법. 필요한 것을 말하되 상대에게 부담을 주지도, 강요하지도 않는 법. 욕망이 곧 사랑이 아님을 이해하는 법. 욕망과 사랑이 한동안 공존할 수는 있지만, 사랑은 훨씬 귀하고 지속적인 것이다.

　20대의 격동하던 나날 속에서, 나는 진정으로 연결된 특별한 몇 사람을 만났다. 그들이 평생 내 친구로 남아주기를 바랐다.

　나는 내가 함께하고 싶은 그 여자가 되기로 했다.

이야기를 마치며

20대 시절의 일기와 편지를 흠뻑 몰입해 읽은 건 2019년
봄이었다. 40년이나 지난 과거의 감정을 다시 한번 그토록
깊이 느끼게 되다니 믿기지 않았다. 내 이야기 속 몇몇 인물은
여전히 친구로 남아 있다. 데이비드는 물론이고, 세실리아,
캐스, 질리언, 크리스, 게이브리얼, 그리고 더까지.

　수십 년간 이어진 우정은 비록 자주 만나거나 대화하지
못하더라도 특별하다. 서로가 몇 번이나 변화하는 모습을
지켜보면서, 서로의 삶을 목격하니까. 그리고 결점을
용서하고 받아들일 수 있을 만큼 잘 알게 되니까. 오랜만에
대화를 나누더라도, 대화는 지난번 멈춘 그 자리에서
수월히 이어진다. 신뢰의 바탕이 이미 있으니까. 또, 서로를
이해하기에 가장 깊은 속내까지 나눌 수 있다.

　보스턴을 떠나고 열 달 뒤, 런던으로 출장을 갔다가 한
여자를 만났고, 그 사람은 결국 내 배우자가 되었다. 우리는
긴 시간을 보내고 캐나다로 이민한 뒤에야 함께 살 수 있었다.
나는 언제나 되고 싶었던, 한 사람만 바라보는 믿음직한
파트너가 될 수 있었다. 이번에는 내가 택한 여자 역시 그런
사람이 되어줄 수 있었다.

　보스턴을 떠난 뒤 의사로서의 내 경력은 상승세를 탔다.
그러다 1984년, 레즈비언이라는 이유로 노스캐롤라이나주에
본사를 둔 어느 기업의 고위직에서 해고를 당하면서 나는
워싱턴주로 이주하게 되었다. 그럼에도 다시 시애틀에서

내과 전문의로 승승장구하던 나는 마침내 의학 컨설팅
회사를 차렸다. 40년간의 의사 생활에서 은퇴한 셈이다.
(물론 완전한 은퇴라고는 볼 수 없다. 의사라는 정체성을
버리는 건 쉽지 않으니까.) 풍요로운 직업 생활을 할 수 있어
감사하다. 타인을 돕고 싶다는 바람, 그리고 인간을, 특히
나 자신의 강인함과 나약함을 이해하고 싶다는 오래된
바람은 여전히 나를 움직인다.

　　회고록을 쓰면서 여전히 내 평생의 친구로 남은
인물들에게 연락했다. 40년간 연락이 끊겼던 다니도
수소문해 찾았다. 모두의 삶은 각자의 모양대로 흘러갔다.
캐스는 남자와 결혼했고, 나와의 관계는 영원한 비밀로
남았다. 세실리아와 질리언은 오랫동안 싱글이었다.
세실리아는 대학교에서 영문학과 교수이자 학과장이 되었다.
데이비드는 정체성을 받아들인 뒤, 쾌활하고 재치 넘치며
교양 있는 남자를 만나 정착했다. 다니는 수십 년간 싱글로
살아가며 조경 사업체를 운영하고 자기 집을 직접 지었다.
그 친구들과 몇 달간 대화를 나누면서 40년 전 우리 관계를
새로운 눈으로 볼 수 있었다.

　　애석하게도 수전은 자신이 내 삶에 얼마나 큰 영향을
미쳤는지 영영 알 수 없었다.

　　이 회고록을 쓰는 동안 인내해 준 아내에게 큰 빚을 진
셈이다. 아내는 이 책을 읽을 마음이 전혀 없었고, 내가 글을
쓰기 시작했을 때는 이렇게 말했다. "나는 결과물을 사랑해.
과정까지 알고 싶지는 않아."

　　나는 수십 년간 레즈비언인 내 정체성을 완전히

드러내고 살았다. 2006년에는 평생의 사랑과 캐나다에서
결혼한다는, 살면서 불가능할 줄 알았던 일도 해냈다.
캐나다에서 우리는 대부분 이성애자로 이루어진, 친밀한
공동체 속에서 살아간다. 우리의 성적 지향은 이 친구들
사이에서는 아무런 문제도 되지 않는다. 그리고 30년 이상
알고 지낸 시애틀의 레즈비언 공동체와도 가깝게 지내고
있다. 이제 우리는 배척당하는 소수자로서 연대하지 않는다.
사회가 변하는 모습을 두 눈으로 지켜본 친구들로서 함께할
뿐이다.

처음 내가 동성애자라는 사실을 깨닫고, 내가
애리조나에 하나뿐인 레즈비언인지도 모른다고 생각했던
그날 이후로, LGBTQ+를 대하는 세상의 태도가 긍정적으로
진화해 온 사실을 당연하게 받아들이지는 않는다. 우리가
얻어낸 것이 얼마나 취약할 수 있는지 잊지 않았으니까.
다름에 대한 혐오와 편협함의 문화를 그대로 둔다면 우리는
언제든 권리와 자유를 빼앗기고 과거의 어두운 시절로
돌아가게 될 것이다.

감사의 말

글을 쓰라고 처음 응원해 준 제 친구 멜라니 도슨위스커Melanie
Dawson-Whisker와 그 자매 리자 도슨위스커Liza Dawson-Whisker,
그리고 제 첫 번째 글쓰기 선생님인 시애틀 대학교의
수전 메이어Susan Meyer 박사에게 고맙습니다. 시애틀
휴고하우스Hugo House에서 시오 네스터Theo Nestor, 스티브
아먼드Steve Almond, 크리스틴 헴프Christine Hemp의 수업을
들은 것이 글쓰기를 향한 열정을 한층 북돋아 주었습니다.
휴고하우스에서 만난 세라 킴Sarah Kim, 린다 록우드Linda
Lockwood, 헬렌 워틀리에임스Helen Wattley-Ames, 아누 가그Anu Garg,
코니 발루Connie Ballou와 레이크포레스트 글쓰기 모임Lake Forest
Writing Group을 만들기도 했습니다.

린다 조이 마이어스Linda Joy Myers와 함께 6개월간의
회고록 쓰기 수업과 부트캠프를 이끌며 멘토이자 코치가
되어준 브룩 워너Brook Warner의 인내심과 응원에 감사합니다.
초고를 읽고 피드백을 해준 작가 로라 먼슨Laura Munson, 린
슈미트Lynne Schmidt, 스티브 아먼드, 주디 키하트Judy Kiehart,
모건 엘리엇Morgan Elliot에게 고맙습니다. 영문학과 명예교수인
세실리아 림Cecilia Lim은 불필요한 내용을 줄이도록 도와주고
귀한 통찰을 나누어 주었습니다. 이 책을 출판할 수 있게
해 준 시라이츠프레스She Writes Press, 스파크프레스Spark Press의
섀넌 그린Shannon Green, 크리사 라고스Krissa Lagos와 그 외의
편집자들, 디자이너들께 감사드립니다. 홍보를 도맡아 준
미셸 칼스버그Michele Karlsberg에게도 고맙습니다.

상당한 양의 원고를 함께 읽어주고, 때로는 웃음으로 때로는 눈물로 그 시절의 기억을 확인해 준 친구 데이비드, 크리스, 세실리아, 디, 다니, 질리언, 캐스에게 고맙습니다.

이 회고록을 쓰는 내내 사랑과 인내심으로 함께해 준 아내 린다에게 고맙습니다. 제가 과거로 여행을 떠나는 모습을 지켜보는 것도, 제 이야기를 세상에 내보내고 싶다는 바람을 이해하는 것도, 아내에게 쉬운 일은 아니었습니다. 그 과정을 함께하면서, 린다가 내 평생을 함께할 바로 그 여자라는 믿음은 더욱 굳건해졌습니다.

마지막으로 여러분의 피드백, 여러분의 이야기로 매일 제게 영감을 전해주는 독자 여러분께 감사드립니다.

옮긴이의 말

삶에서 무언가를 이룬 사람들 앞에서는 어쩐지 움츠리게
된다. 그런 사람들의 이야기가 재미있는 경우는 별로 없기
때문이다. 처음 노년 레즈비언 여성의 회고록을 작업하게
되었을 때, 나는 나보다 먼저 삶을 살아본 저자에게서
무언가를 배울 수 있을 거라고 생각했다. 그런데 이 책에
선배 레즈비언의 지혜나 삶의 기술은 딱히 들어 있지 않았다.
오히려 경쟁적이며 여성혐오적인 의학의 세계를 버티고
살아남았다는 저자의 이력에 지레 거리감을 느낄 뻔했다.
　만약 『침대와 침대를 오가며』가 젊고 재능 있는
한 여성이 의사가 된다는 그 목표를 이루기까지
흔들림 없이 나아가는 과정만을 그렸더라면, 그러면서
레즈비언으로서의 헌신적이고 만족스러운 관계까지 덤으로
누린 사람의 이야기였다면, 나는 이 책을 옮기는 과정에서
좀 지루해했을지도 모른다. 저자의 삶을 있는 그대로
존중하고자 하는 마음과는 별개로, 연대기순으로 잘 꾸려진
이 책을 그렇게 좋아하지는 않았을지도 모른다.
　삶은 생각보다 길고, 누구도 모든 것을 회고할 수는
없다. 다만 회고록 독자로서, 좋은 회고록은 자신의 진실을
말하는 글이라는 당연한 사실을 이 책을 읽으면서 또 한
번 확인했다. 또 내가 회고록에서 궁금해하는 건 그 삶의
주인공이 자기 삶의 진실을 어디에서 찾기로 결심했는가라는
사실도.

나는 이 회고록이 의사로서 강한 야망을 품고, 그 야망에
걸맞은 재능을 갖춘 여성이 어쩐지 사랑에 있어서는 자꾸만
실패하는 책이라 좋았다. 나이부터 직업, 삶을 향해 품은
투지까지 나와 닮은 구석이 거의 없는 사람의 자기 이야기에
나와 비슷한 구석이 조금은 있어서 좋았다. 오로지 자신만이
이런 존재이고 이런 열망을 품는 것인지도 모른다고 짐작할
때의 어리둥절한 절망감, 얼른 나와 비슷한 사람을 만나
내가 원하는 욕망을 취하겠다고 작정한 아주 젊은 사람의
마음. 그런 것은 시간과 공간의 차이를 넘어 나 또한 잘 아는
감정이다.

한 사람의 긴 삶에서 아주 짧은 기간만을 회고한 이
책 속에서도 저자는 많은 여성과 만나고 또 헤어진다.
침대와 침대를 오가는 과정에서 자꾸만 잘못된 침대에
다다르고, 다른 누가 아니라 오로지 자신의 잘못으로 관계를
망쳐버린다. 나는 저자가 누구를 어떻게 사랑해야 하는지
감도 잡지 못한 채로 결핍과 짜릿함 사이를 마구 헤매면서,
그럼에도 불구하고 오로지 자신의 감정과 열망을 믿고
무작정 나아가던 시절에서 자신의 진실을 찾고자 했다는
점에 매혹되었다. 내가 저자에게 배운 것이 있다면 자신을
미워하면서도 또 다른 사랑을 찾아 나서는 끈질긴 태도다.

책은 자신이 함께하고 싶은 그 여자가 되겠다는 단단한
결심으로 끝난다. 「이야기를 마치며」에 따르면 이후로
퍼트리샤는 의사로서도, 사랑에서도 성공과 만족을 누린 것
같다. 더 나아가 과거에는 자신이 원하는지, 원하지 않는지
스스로도 확신하지 못했던 헌신적인 일대일 관계에서

446

기쁨을 얻은 것 같다. 그러나 그 모습이 이야기를 마치던
순간 마음먹은 바로 그 미래의 상이었는지는 불확실하다는
것, 그리고 그것이 그리 중요하지는 않으리라는 것이 내가
느낀 인상이다. 책에 쓰이지 않은 또 어떤 이야기가 있었는지
우리는 모르지만, 아마 퍼트리샤는 그사이에 또 다른
침대들에 도달했을 것이고, 또 그 침대들을 떠났을 것이다.
그 모든 것이 한 사람을 만들었을 것이다.
　다른 누군가가 쓴 책을 우리가 다 같이 읽을 책으로
만드는 과정에서, 이 책의 어떤 부분이 좋은지, 또 어떤
독자들을 만날지, 함께 기대할 수 있는 동료들을 만나는 건
큰 행운이다. 이 책을 함께 완성한 오시경 편집자를 비롯한
물결점의 선생님들께 감사드린다.

2026년 2월

송섬별

침대와 침대를 오가며
의학과 사랑 그리고 나

초판 1쇄 찍은날   2026년 2월 10일
초판 1쇄 펴낸날   2026년 2월 26일

지은이   퍼트리샤 그레이홀
옮긴이   송섬별
펴낸이   한성봉
편집   안태운·오시경
콘텐츠제작   안상준
디자인   최세정
마케팅   오주형·박민지·이예지·정효인
경영지원   국지연·송인경

펴낸곳   물결점
등록   2025년 9월 17일 제2025-000068호
주소   서울시 중구 필동로8길 73 [예장동 1-42] 동아시아빌딩
페이스북   www.facebook.com/dongasiabooks
전자우편   dongasiabook@naver.com
블로그   blog.naver.com/dongasiabook
인스타그램   www.instagram.com/tilde.dot
전화   02) 757-9724, 5
팩스   02) 757-9726

ISBN   979-11-995332-2-6 03840

↳ 물결점은 동아시아 출판사의 문학·예술 브랜드입니다.
↳ 잘못된 책은 구입하신 서점에서 바꿔드립니다.

만든 사람들

책임편집   오시경
디자인   이은돌
크로스교열   안상준